Die Akte Schietwetter

Hauke Lindemann, geboren 1971 im schleswig-holsteinischen Rendsburg, arbeitet als Berufsoffizier bei der Bundeswehr. Er lebt mit Frau und zwei Töchtern in Elmshorn, wo er sich von der weiblichen Dominanz in seinem Haus überhaupt nicht unterdrückt fühlt.

Dieses Buch ist ein Roman. Handlungen und die meisten Personen sind frei erfunden. Ähnlichkeiten mit lebenden oder toten Personen sind nicht gewollt und rein zufällig.
Die beiden einzigen Ausnahmen sind Frau Sandra Herr und Herr Jens Lindemann, die es auch im wahren Leben gibt und die so freundlich waren, ihre Identitäten dem Gelingen dieses Romans zur Verfügung zu stellen.

HAUKE LINDEMANN

Die Akte Schietwetter

KÜSTEN KRIMI

emons:

Bibliografische Information der Deutschen Nationalbibliothek
Die Deutsche Nationalbibliothek verzeichnet diese Publikation in der Deutschen Nationalbibliografie; detaillierte bibliografische Daten sind im Internet über http://dnb.d-nb.de abrufbar.

FSC www.fsc.org
MIX
Papier aus verantwortungsvollen Quellen
FSC® C083411

Umschlagmotiv: suze/photocase.de
Umschlaggestaltung: Nina Schäfer, Tobias Doetsch
Gestaltung Innenteil: César Satz & Grafik GmbH, Köln
Lektorat: Saskia Römer
Druck und Bindung: CPI – Clausen & Bosse, Leck
Printed in Germany 2017
ISBN 978-3-7408-0191-5
Küsten Krimi
Originalausgabe

Dieses Werk wurde vermittelt durch die Agentur Editio Dialog, Dr. Michael Wenzel (www.editio-dialog.com).

Für meine Mutter.
Weil du ein guter Mensch bist.
Und weil achtzig ein echt verrücktes Alter ist.

Vorspann

»So ist es richtig, Jungs. Auf in den Krebstod«, murmelte Timo Maschmann leise, als er nach draußen trat.

Auf dem Rasen vor dem Hotel stand die Nachbildung einer Windmühle, etwas über einen Meter hoch. Drei Mitglieder hatten sich darum versammelt, um in der angenehm milden Frühlingsluft noch eine Zigarette zu rauchen. Sie hätten auch drinnen rauchen können, das war heute ausdrücklich erlaubt. Im Laufe des Abends würde von dieser Möglichkeit noch ausgiebig Gebrauch gemacht werden, sodass es nicht lange dauern sollte, bis es im Veranstaltungsraum warm und stickig würde. So war es noch jedes Mal gewesen. Dieses Mal würde es sogar noch sehr viel schneller sehr viel wärmer und sehr viel stickiger werden als sonst, denn die Location war ein gutes Stück kleiner als bei den vorherigen Events. Dafür war es eine der gemütlichsten, die sie jemals gemietet hatten, wie man Timo bereits mehrfach anerkennend versichert hatte. Aber selbst diese Stimmen würden das Minus an Raumvolumen noch sehr schnell verfluchen lernen. Doch auch das war eigentlich nichts Neues.

»Meine Herren, wir wollen gleich beginnen«, rief Timo.

Die drei Männer sahen fast synchron erst zu ihm, dann auf ihre Uhren. Sie zogen ein letztes Mal an ihren Zigaretten, um sie dann – erneut fast synchron – auf den Rasen fallen zu lassen und auszutreten, bevor sie sich mit ernsten Mienen auf den Weg machten. Neben dem Eingang, in dem Timo immer noch stand, um ihnen die Tür aufzuhalten, befand sich ein großer Aschenbecher. Ihn zu benutzen wäre nur anständig gewesen, und unter anderen Umständen hätte er einen entsprechenden Hinweis platziert, weil er achtlos weggeworfene Kippen hasste wie die Pest. Dies waren jedoch Männer, denen man mit derart kleinlichen Empfindlichkeiten nicht kommen konnte. Oder sollte. Sie bezahlten immerhin eine stolze Summe für diesen Abend und ließen ihre Kippe daher genau dort fallen, wo sie es für richtig hielten. Grenzen bekamen sie schon lange nicht mehr aufgezeigt. Sie waren diejenigen, für die man wie selbstverständlich Ausnahmen machte. Bei denen man sich dumm, blind und taub stellte und die Existenz oder zumindest den genauen Verlauf einer Grenze einfach mal vergaß. Bemerkenswerterweise schloss das nicht aus, dass einige der Herren von anderen Menschen regelmäßig und mit unbeirrbarem Anspruch auf Gehorsam die Einhaltung von Grenzen einforderten. Dies waren Männer, die es geschafft hatten.

Die drei gingen im Gänsemarsch an Timo vorbei. Jeder von ihnen nickte ihm stumm für das Aufhalten der Tür zu. Timo folgte ihnen, passierte die Treppe zur Rechten, die nach oben zu den Zimmern führte, ging den Gang bis zum Ende und bog dann nach rechts ab, in den Raum, in dem normalerweise das Frühstücksbüfett angerichtet wurde.

Jemand hatte seine kurze Abwesenheit genutzt, um sich an der Anlage zu vergreifen und – natürlich – Black Sabbath aufzulegen. Timo nahm sich die Freiheit für ein wenig stillen Hochmut gegenüber seinen Gästen. Über zwanzig gestandene und erfolgreiche Männer. Gekleidet in Anzüge, und das nicht etwa, weil es einen Dresscode gab, sondern aus Überzeugung. Unterschiedliche Herkunft, unterschiedliche Karrieren, denkbar unterschiedliche Charaktere. Der Jüngste von ihnen siebenundvierzig, der Älteste achtundsechzig. Und trotzdem einte sie dieses Faible für die Musik einer der ersten Hard-Rock-Bands überhaupt. Natürlich nur für die Ära Ozzy Osbourne, darüber musste man sich im Klaren sein. Das Album »Technical Ecstasy« sollte in diesem Zusammenhang totgeschwiegen werden, auch das galt es auf dem Schirm zu haben. Er selbst kannte lange Zeit nur zwei bis drei Klassiker von Black Sabbath, war jedoch nie darauf abgefahren. Ozzy Osbourne kannte er aus einer Reality-TV-Show, die er einst mit großem Interesse verfolgt hatte. Er wäre nie auf die Idee gekommen, sich diese Musik aus eigenem Antrieb anzuhören, hatte es aber im Verlauf der letzten zwölf Monate, seit Übernahme des Postens als Organisator, in ihrer Diskografie immerhin bis zum Rang eines Kenners gebracht. Nicht dass es ihm abseits dieser Veranstaltungen jemals irgendwo irgendetwas nutzen würde.

Er sah auf die Uhr. Noch etwa fünf Minuten, bis es offiziell losgehen würde. Pünktlichkeit war auch so eine Sache, die jedem Einzelnen hier unheimlich wichtig war. Da standen sie drauf, sie konnten sogar richtig biestig werden, wenn man es damit nicht so ernst zu nehmen wagte. Eine der wenigen Eigenarten, die Timo mit diesen Männern teilte.

Er ging schon einmal zur Anlage, um sie zur richtigen Zeit verstummen zu lassen, ließ ihnen aber noch die letzten Akkorde von »Sabbath bloody Sabbath« und auch noch die ersten vom folgenden »A National Acrobat«. Timo sah in die Runde. Obwohl die meisten der anwesenden Herren sich bereits seit einer ganzen Weile kannten und obwohl gerade ihre Lieblingsmusik druckvoll aus den Boxen waberte, herrschte eine eher steife und förmliche Atmosphäre. Alle saßen auf ihren Plätzen und stellten ernste Mienen zur Schau, in Erwartung der bevorstehenden Eröffnung des Abends. Einige nippten an den Getränken, die ihnen von einer der drei leicht bekleideten Damen, die heute sozusagen zum Begleitprogramm gehörten, gebracht worden waren. Andere trommelten leicht nervös mit den Fingern auf den Tischen, aber das waren Ausnahmen. Die meisten blieben absolut kontrolliert, musterten sich gegenseitig oder fixierten einen unverfänglichen Punkt im Raum und zeigten kein Interesse an Unterhaltungen. Das waren ihre Alltagsgesichter, die Fassade für das Umfeld, die reine Selbstkontrolle. So sehr verinnerlicht, dass keiner auch nur einen kurzen Blick auf die praktisch entblößten und sehr ansehnlichen Hinterteile der Mädels warf. So sehr in Fleisch und Blut übergegangen, dass sie selbst an Abenden wie diesem, wo sie viel Geld dafür bezahlten, ihre Selbstkontrolle ohne Konsequenzen für ein paar Stunden an der Garderobe abgeben zu können, nicht einfach loslassen konnten. Aber das würde noch passieren.

Der Duft von Tabak hing bereits in der Luft, wurde aber noch vom schweren und irgendwie klebrigen Odeur all der unterschiedlichen Aftershaves und Eaux de Toilette im Raum überlagert. Das würde irgendwann verschwunden sein, später, wenn die Jacketts erst ausgezogen waren und die darunter liegenden Hemden vollständig vom Qualm verbrannten Tabaks und einer gewissen anderen Pflanze imprägniert waren.

Es war schon jetzt eindeutig zu warm in dem Raum, obwohl die Fenster geöffnet waren. Einige tupften sich mit ihren Taschentüchern bereits einen dünnen Schweißfilm von der Stirn oder zogen an einem Knopf ihr Hemd vor und zurück, um sich Luft zuzufächeln.

Timo sah erneut auf die Uhr, räusperte sich kräftig, legte den Zeigefinger der anderen Hand auf die Pause-Taste und verfolgte den stummen Countdown der letzten Sekunden auf der Uhr.

»Meine Herren, ich darf Sie herzlich begrüßen zum nunmehr achtundzwanzigsten Gathering unserer Gemeinschaft, dem sechsten, bei dem mir die Ehre zuteilwird, es zu organisieren und zu leiten.«

Der folgende Applaus war verhalten, aber das hatte ihn nur bei den beiden ersten Events leicht verunsichert. Überschwang war an dieser Stelle einfach noch nicht zu erwarten.

»Es ist mir in diesem Zusammenhang eine ganz besondere Freude, dass es mir dieses Mal gelungen ist, eine geeignete Location in meinem schönen Heimatort Friedrichskoog zu finden. So darf ich Sie auch im Namen des Ehepaares Herr, der Betreiber des Haus Sonnenschein, sehr herzlich willkommen heißen.«

Derselbe verhaltene Applaus wie kurz zuvor. Alles lief normal.

»Natürlich wurde, wie immer, alles so vorbereitet, wie Sie, meine Herren, es kennen und schätzen. Sämtliche Ihrer Lieblingsspirituosen stehen in ausreichender Menge zur Verfügung. Unsere drei besonders bezaubernden Damen, Anna, Tamara und Jenny … Kommt, Mädels, tretet mal vor.«

Die drei leicht bekleideten Frauen, von denen keine wesentlich über zwanzig war, hatten sich zu Beginn seiner Ansprache hinter die kleine hölzerne Bar am Kopf des Raumes zurückgezogen. Nun traten sie mit klackenden High Heels und einem schüchternen Lächeln wieder hervor, an Timos Seite. Der nun einsetzende Applaus war bereits deutlich herzlicher.

»Anna, Tamara und Jenny, meine Herren. Zu zwei Dritteln heimische Gewächse aus der Region, wenn man das so sagen möchte. Wirklich bezaubernd, oder? Kommt, Kinder, dreht euch doch einmal.«

Die drei leisteten ohne zu zögern Folge und brachten es fertig, ihre Pirouetten leicht und vergnügt aussehen zu lassen, sie sogar mit einem Hauch Erotik zu versehen. Die Männer wussten dies mit ein paar ersten Pfiffen und noch stärkerem Applaus zu honorieren, der auch nicht verebbte, als Timo weitersprach.

»Meine Güte, wirklich atemberaubend. Vielen Dank, ihr drei. Anna, Tamara und Jenny werden Sie mit Getränken versorgen, die eine oder andere Performance bieten und den Abend, für den, der will, mit einem Happy End krönen.«

Den nicht versiegenden Applaus und die immer noch tänzelnden Frauen ignorierend, wandte er sich einer anderen Ecke des Raumes zu und deutete auf die beiden dort stehenden Tische. »Und natürlich steht auch das bereit, was Männer wie Tony Iommi und Ozzy Osbourne zu einigen der großartigsten Songs aller Zeiten inspiriert hat.«

Auf dem größeren der beiden Tische standen Schalen mit großen Mengen an Cannabis und Marihuana, außerdem eine kleine Phiole mit Öl. Des Weiteren fanden sich dort Blättchen, normaler, zusatzfreier Tabak, Haschpfeifen, zwei Shishas, Kannen mit heißem Wasser, Teetassen, eine Zuckerdose und silberne Tabletts mit Keksen und Cupcakes. Auf dem kleineren Tisch stand ebenfalls eine Schale, fast bis zum Rand voll mit Kokain. Drum herum waren Handspiegel drapiert worden, auf denen jeweils ein kleiner Teelöffel und ein silbernes Metallröhrchen lagen.

»Reines kolumbianisches Kokain, meine Herren. Außerdem feinster Indian Kush in all seinen wunderbaren Darreichungsformen. Ich bin mir sicher, dass für jeden etwas nach seinem persönlichen Geschmack dabei ist.«

Der Applaus erreichte nun seinen Höhepunkt. Wenn es die Damen kränkte, dass die Männer den Drogen offensichtlich mehr Wertschätzung entgegenbrachten als ihnen, ließen sie es sich zumindest nicht anmerken.

Timo wartete kurz, bis sich der Applaus wieder gelegt hatte. Er wusste, dass sie wussten, was als Nächstes kam.

»Meine Herren, bevor es gleich losgeht, möchte ich diejenigen unter Ihnen, die noch nicht dazu gekommen sind, den Einsatz für den heutigen Abend im Vorfeld zu überweisen oder zu übergeben, höflichst darum bitten, mir das Geld nun auszuhändigen.«

Die letzten Reste des Applauses, der den kokett zur Bar zurücktänzelnden jungen Frauen gegolten hatte, erstarben. Drei Männer standen von ihren Plätzen auf, gingen auf Timo zu und griffen sich dabei in die Innentasche ihres Jacketts. Zwei von ihnen holten einen Geld-Clip hervor, einer seine Brieftasche. Nacheinander überreichten sie Timo ein Bündel Geldscheine, das er, ohne nachzuzählen, in den Taschen seines eigenen Jacketts verschwinden ließ.

»Vielen Dank. Nun, meine Herren, damit wären die Formalitäten erledigt. Bevor es nun gleich, zur Schaffung einer anständigen Grundlage, ein typisches Dithmarscher Gericht geben wird, nämlich Weißkohl mit Mettenden und Kartoffeln …«

Neuerlicher Beifall brach aus. Hätte Timo über seine Schulter gesehen, hätte er beobachten können, wie sich Anna, Tamara und Jenny verständnislose Blicke zuwarfen. Er sah jedoch nicht über seine Schulter und ließ sich auch nicht von dem Klatschen oder dem Gejohle aus der Spur werfen.

»… um dann endlich die Karten sprechen zu lassen, ist noch eine Entscheidung zu treffen. Ihnen wird vielleicht schon aufgefallen sein, dass wir heute Abend jemanden hier haben, der bisher noch nicht an unseren Runden teilgenommen hat. Herr Kaspers, wenn Sie vielleicht kurz zu mir nach vorne kommen mögen?«

Einer der wenigen Männer, die ihre Finger vorhin nervös auf dem Tisch hatten tanzen lassen, stand nun auf, knöpfte sich das Jackett seines hellbeigen Anzugs zu und trat steifbeinig an Timos Seite. Auf den ersten Blick wirkte er durch und durch unscheinbar, ein Jedermann, der ohne Probleme als kleiner Sachbearbeiter in irgendeiner Behörde durchgegangen wäre. Er war eher klein, hatte schütteres dunkelblondes Haar, das an verschiedenen Stellen bereits ergraute, ausgeprägte Tränensäcke und eine ungesund blasse Gesichtsfarbe. Der zweite Blick, der etwas intensivere, änderte an diesem Eindruck im Grunde nichts. Kaspers besaß nicht gerade das Naturell eines Löwen. Zumindest war er, im Gegensatz zu den anderen, noch nicht daran gewöhnt, einer zu sein. Gleichwohl war er sehr vermögend, verfügte sogar über mehr Geld als jeder andere der Anwesenden. Dieses Geld verlieh ihm Macht, brachte ihn auf Augenhöhe und machte ihn so zu einem ernst zu nehmenden Anwärter auf die Mitgliedschaft in ihrer Gruppe. Dennoch war der Mann eindeutig nervös.

»Möchten Sie sich kurz vorstellen?«, flüsterte Timo ihm zu.

»Seien Sie doch so gut und übernehmen Sie das bitte für mich«, raunte Kaspers zurück.

»Das will ich selbstverständlich gerne tun, Herr Kaspers«, flüsterte er jovial. »Ich möchte aber zu bedenken geben, dass es möglicherweise einen ungünstigen Eindruck auf die anderen Mitglieder macht, wenn Sie nicht selbst ein paar Worte sagen.«

Kaspers bekam hektische Flecken im Gesicht. Er nickte und holte tief Luft. »Mein Name ist Roland Kaspers. Ich bin zweiundfünfzig Jahre alt, ledig und kinderlos. Bis vor wenigen Jahren führte ich meine eigene Apotheke in der Nortorfer Innenstadt. Äh ... Nortorf, ja, das bei Neumünster, dort lebe ich auch immer noch. Inzwischen verwalte ich jedoch nur noch mein Vermögen, äh ... investiere in Start-ups und unterstütze aufstrebende Künstler.« Kaspers lachte nervös und murmelte: »Tja, was gäbe es noch zu sagen?«

Einer der Männer von Kaspers' Tisch räusperte sich mit übertriebener Lautstärke.

»Oh, genau, ich habe über Herrn Kaltenecker von dieser Gemeinschaft erfahren und war praktisch sofort Feuer und Flamme. Und, äh ... na ja, es wäre mir wirklich eine große Ehre, wenn Sie mich in Ihre Mitte aufnehmen.«

Timo übernahm wieder. »Vielen Dank, Herr Kaspers. Meine Herren, Sie haben es gehört, Herr Kaspers aus Nortorf. Sein Bürge ist Herr Kaltenecker.«

Kaltenecker, ein großer und dürrer Mann mit dem Gesicht eines altgedienten Seebären, ausgezehrt, wettergegerbt und bärtig, stand auf, deutete einen militärischen Gruß an, erhob den Daumen mit einem zuversichtlichen Zwinkern in Richtung Kaspers und setzte sich wieder.

»Die Abstimmung über die Aufnahme von Herrn Kaspers erfolgt offen. Ich bitte Sie nun, per Handzeichen zu signalisieren, ob Sie für oder gegen seine Aufnahme sind. Bitte denken Sie daran, dass Enthaltung keine Option ist. Wir beginnen mit denen, die für eine Aufnahme von Herrn Kaspers sind«, sagte Timo und hob, noch während er den letzten Satz sprach, bereits seine Hand.

Zwanzig Männer taten es ihm gleich.

»Nun, ich schätze, dass dies bereits die erforderliche Dreiviertelmehrheit gewesen sein dürfte. Aber wir spielen hier mit offenen Karten, sodass auch diejenigen, die möglicherweise gegen seine Aufnahme sind, die Gelegenheit erhalten, ihren Standpunkt zu vertreten. Ich bitte nun um das Handzeichen derer, die Herrn Kaspers lieber nicht in unserer Runde sehen würden.«

Langsam wurde eine Hand in die Höhe gestreckt. Sie gehörte Andreas Miric, einem Autohändler aus Neumünster, der sich erfolgreich auf den Handel mit US-amerikanischen Muscle-Cars spezialisiert hatte. Kurz nachdem Timo die Rolle als Organisator übernommen hatte, war er Mitglied der Gemeinschaft geworden. Er war sozusagen der Erste gewesen, für den Timo hatte abstimmen lassen.

»Eine Gegenstimme von Herrn Miric. Herr Miric, möchten Sie das kurz begründen?«

Miric wirkte enttäuscht, ließ die Hand wieder sinken und zog mit ihr, auf halbem Weg nach unten, einen Schlussstrich in die Luft.

»Er verzichtet. Schön, damit wäre das geklärt«, murmelte Timo und wandte sich Kaspers zu. »Herr Kaspers, bevor ich Sie gleich abschließend befrage, ob Sie noch immer Mitglied unserer Gemeinschaft werden wollen, muss ich Sie über ein paar Regeln belehren, deren Einhaltung für das Funktionieren und den Fortbestand unserer Gemeinschaft von entscheidender Bedeutung ist.« Er schaute über die Schulter, zu der Bar, hinter der sich die drei jungen Frauen offenkundig furchtbar langweilten. »Anna, Tamara, Jenny, raus!«, bellte er im Befehlston. »Ich sage euch Bescheid, wenn ihr den Raum wieder betreten dürft. Wartet bitte draußen, okay? Nicht im Flur.«

Die jungen Frauen warfen sich verwirrte Blicke zu, leisteten dann aber sofort Folge.

»Herr Kaspers, mit Beitritt zu unserer Gemeinschaft verpflichten Sie sich zur absoluten Verschwiegenheit über die Existenz dieser Runde und die Identitäten ihrer Mitglieder. Dies gilt auch gegenüber engsten Familienangehörigen und den Vertretern der staatlichen Exekutive. Das Anwerben eines neuen Mitglieds, so wie es Herr Kaltenecker bei Ihnen getan hat, steht Ihnen frühestens nach einem Jahr Mitgliedschaft zu. Die Pflicht zur Verschwiegenheit gilt auch dann noch, wenn Sie nicht mehr zu unserer Runde gehören, sei es auf eigenen Wunsch oder auf Mehrheitsbeschluss. Sie müssen sich darüber im Klaren sein, dass Zuwiderhandlungen schmerzhafte Konsequenzen nach sich ziehen, und ich kann gar nicht deutlich genug betonen, wie wörtlich das Adjektiv ›schmerzhaft‹ in diesem Zusammenhang zu nehmen ist. Sie müssen sich ebenfalls darüber im Klaren sein, dass dergleichen schmerzhafte Konsequenzen ausdrücklich auch in Ihrem Namen veranlasst und mit Ihrer Billigung an anderen Mitgliedern vollstreckt werden können.«

Timo hielt kurz inne und beobachtete Kaspers, der dies mit starrem Blick erwiderte. »Herr Kaspers, haben Sie verstanden, was ich gerade zu Ihnen gesagt habe?«

Kaspers schluckte und nickte.

»Bitte antworten Sie laut vernehmlich, sodass es für mich und jeden anderen hier eindeutig ist.«

»Ja, ich habe verstanden«, antwortete Kaspers mit dünner Stimme.

»Herr Kaspers, sind Sie unter diesen Bedingungen immer noch gewillt, unserer Gemeinschaft beizutreten?«

»Ja, das bin ich.«

»Herr Kaspers, Sie sind hiermit in unsere Gemeinschaft aufgenommen. Herzlichen Glückwunsch und herzlich willkommen.«

Die anderen Mitglieder standen auf und applaudierten höflich, was Kaspers zu einem gleichermaßen verlegenen wie gerührten Lächeln nötigte. Nur Miric blieb sitzen und tat, als suche er in seinem Drink nach Schmutzpartikeln.

»Dann möchte ich Sie bitten, mir nun ebenfalls den Beitrag für den heutigen Abend auszuhändigen«, forderte Timo mit der gebotenen Zielstrebigkeit eines Protokolloffiziers, der seinen Zeitplan gefährdet sah.

Kaspers zog einen Umschlag aus der Innentasche seines Jacketts und überreichte ihn. Timo sah erneut davon ab, die darin befindlichen Banknoten auch nur in Augenschein zu nehmen, und steckte den Umschlag in eine Hosentasche.

»Der heutige Pott liegt somit bei hundertfünfzigtausend Euro. Siebzigtausend werden an den Ersten, fünfzigtausend an den Zweiten und immerhin noch dreißigtausend an den Dritten ausgezahlt. Ich wünsche Ihnen allen wie immer viel Glück. Wenn Sie einverstanden sind, würde ich dann das Essen servieren lassen.«

Als Zeichen der Zustimmung erklang der letzte Applaus des Abends.

Das musst du dir ansehen – Vollkommen demotiviert – Durchtrennte Bindung

Das Gespräch mit dem Altkanzler dauerte schon viel länger, als Liane es jemals für möglich gehalten hätte. Dass er sich ausgerechnet für sie so viel Zeit nahm, fand sie wirklich bemerkenswert.

Grundsätzlich lief ihr unerwartetes Zusammentreffen jedoch in eine Richtung, auf die Liane nicht vorbereitet war, sowohl inhaltlich wie auch die Begleitumstände betreffend. Zuerst hatte Helmut Kohl seinen obligatorischen Begleit-Tross, immerhin zehn Personen, aus dem Zimmer geschickt. Alle Proteste diesbezüglich hatte er mit bemerkenswerter Strenge abgebügelt, sodass seine Mitarbeiter schließlich widerwillig Folge leisteten. Nachdem er sich dann mit einem schelmischen Lächeln einen Bonbon ausgepackt und in den Mund gesteckt hatte, war er wie selbstverständlich aus seinem Rollstuhl aufgestanden, um ein Fenster zu öffnen. Liane war darüber leicht verblüfft und hatte ihn sofort auf seine offensichtlich gute Verfassung angesprochen. Der Auslöser für einen nicht enden wollenden Monolog Kohls über die enormen Vorteile, die es nach seiner Bewertung mit sich brachte, wenn man dem eigenen Umfeld einen maroden Gesundheitszustand vorgaukelte. Liane verstand nicht alles, interessierte sich eigentlich auch gar nicht dafür, zumindest nicht in dieser Tiefe. Aber sie fühlte sich geehrt, von einer historisch schwergewichtigen Person wie ihm so ins Vertrauen gezogen zu werden.

Zwischendurch öffneten immer wieder Angehörige von Kohls Mitarbeiterstab die Tür und wollten nach dem Rechten sehen. Nachdem der besorgte Blick für einen Moment auf dem leeren Rollstuhl haften geblieben war, richtete man die Frage nach Herrn Kohls Verbleib jedes Mal an sie. Erstaunlicherweise fiel niemandem von ihnen auf, dass der Gesuchte gesund, munter und auf das Köstlichste amüsiert direkt neben ihr stand. Sie wies jedes Mal darauf hin, erntete allerdings nur Kopfschütteln. Was für ein verrückter Besuch.

Und es wurde noch verrückter. Kohl schnippte das Bonbonpapier plötzlich achtlos in den Raum, ging auf sie zu und baute sich, mit einem liebevollen Lächeln im Gesicht, in seiner ganzen Größe vor ihr auf. Sie war aufgeregt und unsicher, weil sie keine Ahnung hatte, worauf das gerade hinauslief. Als er ihr plötzlich die Hände um den Hals legte, und dabei auch noch relativ grob zu Werke ging, schrak sie zusammen.

Liane öffnete die Augen. Das alle paar Sekunden blinkende rote Kontrolllämpchen vom Feuermelder, den ihr Mann unsinnigerweise direkt über dem Bett angebracht hatte, gab ihr die Gewissheit, dass sie sich in ihrem Schlafzimmer befand. Obwohl Helmut Kohl nun verschwunden war, spürte sie immer noch einen leichten Druck an ihrem Hals. Es war der Arm ihres Göttergatten, der mal wieder im Schlaf übergriffig geworden war. Als er wann auch immer von seiner Veranstaltung heimgekehrt war – angeblich eine Wiedersehensfeier mit alten Kameraden –, hatte er sich ausnahmsweise leise verhalten und sie nicht aufgeweckt. Zumindest konnte sie sich nicht daran erinnern. Dafür hatte er es jetzt nachgeholt. Sie packte seinen Arm beim Handgelenk und schmiss ihn nach unten. Ihr Mann brummte nur und drehte sich auf die andere Seite.

Liane sah zum Radiowecker. Es war erst kurz vor sieben, noch dazu am Sonntagmorgen. Was für eine beschissene Nacht, dachte sie. Traumverseucht und dementsprechend unruhig, wie so oft in letzter Zeit. Obwohl sie abends eigentlich immer ziemlich kaputt, manchmal sogar regelrecht erschöpft ins Bett ging, war es ihr zurzeit nicht möglich, in eine längere Tiefschlafphase einzutauchen.

Nachdem sie für einige Minuten zum Feuermelder gesehen und die Sekunden zwischen dem Kontrollblinken gezählt hatte – es waren jedes Mal exakt dreißig –, musste sie sich eingestehen, dass sie hellwach war. Ins Reich der Träume schien vorerst kein Weg zurückzuführen, also konnte sie ebenso gut aufstehen und einen Tee trinken.

Liane glitt aus dem Bett und tastete sich in ihre Puschen. Während sie aus dem Schlafzimmer schlich, verfluchte sie in Gedanken den frühen Morgen, das Konzept der Ehe und ihre Tendenz zu lebhaften Träumen, die immer dann besonders intensiv zum Tragen kam, wenn sie überspannt war. Ihr erster Weg führte sie in die Küche, wo sie den Wasserkocher anstellte und das Tee-Ei mit Drachentee füllte. Dann schlurfte sie zur Haustür, um sich die Sonntagszeitung zu holen. Dünn bekleidet, wie sie war, nur mit einem Slip und einem Trägershirt, fröstelte es sie, als sie die Tür öffnete. Sie vergewisserte sich, dass niemand da war, von dem sie in diesem Aufzug hätte gesehen werden können, trat kurz nach draußen und zog die Zeitung aus der Box. Zitternd drehte sie sich um, schloss die Tür wieder – und erstarrte. Hatte sie das gerade wirklich gesehen? Sie wandte sich wieder der Tür zu und spähte durch das Bullauge. Ja, es war keine Sinnestäuschung gewesen. Die Gänsehaut, die sie nun bekam, war ganz eindeutig nicht der Kälte geschuldet.

Liane wirbelte herum und lief zurück ins Schlafzimmer.

»Timo! Aufwachen! Sofort!«, rief sie und rüttelte mit Leibeskräften an ihrem Mann.

Die Reflexe eines altgedienten Soldaten griffen sofort. Schon saß er kerzengerade im Bett, die Augen weit aufgerissen, und schüttelte den Schlaf wie einen viel zu schweren Rucksack ab. »Hab ich verschlafen?«

»Nein, es ist Sonntag. Aber da ist etwas, das du dir ansehen musst«, plapperte sie aufgeregt.

»Oh. Ja. Sonntag«, murmelte Timo und rieb sich ein paarmal kräftig mit den Händen durchs Gesicht. Dann sah er auf den Wecker, registrierte die Uhrzeit, rief »Oh Mann!« und ließ sich wieder in die Kissen zurückfallen.

»Ja, ich weiß. Es tut mir leid, aber das musst du dir wirklich ansehen. Komm jetzt bitte mit. Ich warte bei der Haustür auf dich«, drängte Liane und verließ das Schlafzimmer, ohne auf ihn zu warten.

Als Timo sich endlich bequemte, ihr zu folgen, waren bereits ein paar Minuten vergangen. Er hatte sich noch die Zeit genommen, ein Kapuzenshirt und eine Jogginghose anzuziehen. Liane, die sich inzwischen in ihre Übergangsjacke gewickelt hatte, stand vor der geschlossenen Haustür und spähte wieder durch das Bullauge.

»Und nun?«, fragte er ohne echtes Interesse.

»Sieh selbst«, entgegnete sie knapp und trat zur Seite. »Auf dem Rasen.«

Timo nahm ihren Platz vor der Tür ein und sah nach draußen. Als hätte er sich an dem Bullauge seine Nase verbrannt, schnellte er sofort zurück und zischte: »Achduscheiße!«

Auf dem Rasen lag jemand, allem Anschein nach ein Mann. Zumindest trug die Person so etwas wie einen Anzug, hellbeige, soweit man es bei den Lichtverhältnissen ausmachen konnte. Die Person lag, den Rücken dem Hauseingang der Maschmanns zugewandt, auf der Seite, in einer Mischung aus Embryonalhaltung und stabiler Seitenlage.

Da Timo noch mit der Verarbeitung des Schocks beschäftigt schien, öffnete Liane die Tür, trat einen Schritt nach draußen und sah ganz genau hin. Sie hielt sogar den Atem an.

»Da bewegt sich absolut gar nichts, kein Zucken der Gliedmaßen, keine Atembewegungen, nichts«, murmelte sie und sah zu Timo, dem sämtliche Farbe aus dem Gesicht gewichen war. Er machte einen regelrecht verängstigten Eindruck auf Liane, was sie, aller Umstände zum Trotz, dann doch für ein klein wenig überzogen hielt.

»Hallo, Sie da?«, rief sie versuchsweise, kam sich dabei aber sofort ziemlich albern vor.

Der Blick, mit dem sie von Timo bedacht wurde, ließ ähnliche Empfindungen vermuten.

»Was denn? Hätte ja sein können«, rechtfertigte sie sich trotzdem und ging nun entschlossen auf die Person zu, nichts mehr drauf gebend, dass sie nur spärlich bekleidet war.

»Lebt er noch?«, fragte Timo mit ungewohnt dünner Stimme. Er war zwar dicker angezogen als Liane, zog aber offensichtlich trotzdem den etwas wärmeren Wachposten an der offenen Haustür vor.

Sie fragte sich inzwischen, warum sie sich überhaupt die Mühe gemacht hatte, ihn zu wecken. »Genau das möchte ich gerade herausfinden«, murmelte Liane genervt. Sie versuchte, die Kälte zu ignorieren, und ging um die Person herum.

Noch bevor sie sich hinhockte, kannte sie die Antwort auf Timos Frage. Es war, wie von Liane vermutet, ein Mann, und er war mausetot. Aus seiner Brust war eine große Menge Blut geflossen, welches das weiße Hemd, das beige Jackett und den

Rasen dunkelrot gefärbt hatte. Spuren von verschmiertem Blut und Schmutz reichten von der Brust bis zu den Knien des Toten, als wäre er hierher gerobbt. Vorsichtig nahm Liane einen mehr oder weniger sauberen Zipfel seines Revers zwischen die Fingerspitzen von Daumen und Zeigefinger und hob es leicht an. Das darunter liegende Hemd klebte vom Blut regelrecht an der Haut des Toten, aber trotzdem war es noch im Weg. Sie konnte es nicht genau erkennen, war sich aber zu mindestens neunzig Prozent sicher, dass sie es mit einem Messerstich zu tun hatte.

Aus ihrer hockenden Position warf sie einen Blick in alle Richtungen, auf der Suche nach Blutspuren, die von der Straße, über ihren Gehweg oder auch über den Rasen zum Toten führten. Sie hoffte, dass der Mann tatsächlich hierher gekrochen war, denn das würde bedeuten, dass er nicht auf ihrem Rasen umgebracht worden war. Aus irgendeinem Grund erschien ihr das sehr wichtig. Schlimm genug, dass ausgerechnet ihr Grundstück zum Ort seines Dahinscheidens geworden war. Ihr Blick blieb an der riesigen Silhouette zu ihrer Rechten haften, die sich dunkel gegen den langsam heller werdenden Horizont abzeichnete – und ihre Laune wurde sofort noch einen Tick schlechter. Eine gigantische Monstrosität, die hinter dem Wall auf der Lauer zu liegen schien, um sie zu beobachten. In Schottland hatte man Loch Ness und das Ungeheuer, Friedrichskoog hatte den Albig Tümpel und Willy Wal. Sie riss ihren Blick los, schenkte den bitteren Gedanken keine weitere Beachtung und schaute angestrengt auf den Rasen. War da nicht eine Kriechspur zu erkennen?

»Was ist denn jetzt? Ist er tot?«

»Ja, Timo. Tot«, erwiderte Liane und musste sich dabei nicht unerheblich Mühe geben, ruhig zu bleiben.

Trotz ihrer Bestätigung drückte sie dem Toten Zeige- und Mittelfinger auf die Halsschlagader, aber da war wirklich nichts mehr. »Sei so gut und ruf die Polizei.«

Timo blieb stehen, wo er war, und starrte sie an.

Sie seufzte tief. »Oder soll ich das machen?«

***

»Meine Güte, was für ein Aufgebot«, murmelte Beate fasziniert.

Beate Klein, Nachbarin von der anderen Seite der Straße und eine wirklich gute Freundin Lianes, war sofort rübergekommen, als sie mitbekommen hatte, dass ein besonderes Ereignis die sonntägliche Routine und Langeweile zu vertreiben versprach. Anders ließ es sich ja wohl nicht interpretieren, wenn die eigene Freundin, bei Temperaturen nicht weit über dem Gefrierpunkt, halb nackt vor einem leblosen Körper mit einem großen dunklen Fleck auf der Brust herumhockte.

»War das damals, beim Mord an unserem Herrn Staatssekretär, auch so ein Aufgebot?«

Liane antwortete nicht. Sie hatte nur Augen für all die Polizisten, Spurensicherer und Sanitäter, die konzentriert ihren jeweiligen Aufgaben nachgingen. Und auch für all die Fahrzeuge, deren Blaulichter sich immer noch munter drehten. Für die Absperrbänder, die großzügig um ihr Grundstück gezogen worden waren, für die neugierigen Gaffer, die in Friedrichskoog nie lange auf sich warten ließen – eine stand sogar direkt neben ihr. Und natürlich für Hauptkommissar Jan Saalfeld. Eigentlich vor allem für ihn. Als Leiter der Polizeistation Marne war selbstverständlich auch er am Ort des Geschehens, nicht zuletzt, weil sie die Meldung über den Toten auf ihrem Rasen bei ihm gemacht hatte.

»Oder damals, als die geile Maria Hinrichsen diesen Finanzbeamten im Haus der Willers zu Tode gevögelt hat?«

Liane antwortete noch immer nicht. Sie verfolgte, wie Saalfeld einer Person, die gerade eingetroffen war, eine Einweisung in den Tatort gab. Dabei zeigte er auch in ihre Richtung. Gemessen an der Mimik und dem Habitus der Person, war es mit großer Wahrscheinlichkeit der von der Kripo Itzehoe entsandte leitende Ermittler in diesem Fall. Lianes Hoffnung, ihn vielleicht zu kennen, erfüllte sich leider nicht.

Beates forschender Blick wanderte ein paarmal zwischen Liane und Timo hin und her, die sich aber beide nicht darum scherten.

»Was wird denn das jetzt hier? Wollt ihr nicht mit mir sprechen, oder arbeitet ihr noch an einer Antwort?«

»Ich will nicht mit dir sprechen«, grummelte Timo, ohne Beate dabei auch nur kurz anzusehen.

»Charmant wie immer, Herr Strapsfeldwebel.«

Timo Maschmanns Kiefermuskeln arbeiteten, ansonsten riss er sich aber zusammen, während Liane ein schwaches Grinsen zuließ.

»Und du? Was ist deine Ausrede?«, wandte Beate sich an sie.

»Ich habe vor circa einer Stunde einen praktisch ausgebluteten Toten auf meinem Rasen gefunden. Das hat mich verstimmt.«

Das brachte Beate zum Schweigen, zumindest für den Moment, sodass Liane sich endlich wieder auf Saalfeld konzentrieren konnte, der jetzt zusammen mit dem leitenden Ermittler und dessen Partner verschiedene Punkte des Grundstücks genauer in Augenschein nahm. Während sein Partner einen netten und sehr aufmerksamen Eindruck machte, strahlte der leitende Ermittler eine gewisse Distanziertheit aus. Nicht direkt überheblich, zumindest aber leicht reserviert.

Nach einer Weile kamen die drei zielstrebig auf Liane, Timo und Beate zugelaufen. Was auch Zeit wurde, wie Liane fand. Sie hatte sich schon gefragt, ob man wohl tatsächlich darauf verzichten wollte, ihr und Timo ein paar Antworten zu entlocken.

Ein leichter Nieselregen hatte eingesetzt. Das Vorspiel eines angekündigten Tiefdruckgebiets, das den Norden Deutschlands, speziell den Nordwesten, für mindestens eine Woche zuverlässig mit niedrigen Temperaturen und jeder Menge Niederschlag versorgen sollte. Da waren sich alle Vorhersagen ausnahmsweise mal einig. Lustiger Nebeneffekt des Nieselregens: Es sah aus, als würden die Jacken und Mützen von Saalfeld und den beiden Kripobeamten schwitzen. Mikroskopisch kleine Tröpfchen saßen auf der Oberfläche und waren größtenteils noch nicht ineinander verlaufen. Liane musste sich ein dümmliches Grinsen verkneifen.

Saalfeld übernahm die Rolle des Vermittlers. »Dies sind Herr und Frau Maschmann, die Eigentümer des Hauses. Sie haben den Toten heute in der Frühe auf ihrem Rasen gefunden«, stellte er sie vor. »Herr und Frau Maschmann, dies ist Hauptkommissar Christiansen von der Kriminalpolizei in Itzehoe. Er ist der Verantwortliche in diesem Fall.«

Timo war in Sachen Umgangsformen grundsätzlich der passive Typ. Auch die Anwesenheit eines Kripobeamten war ihm offenbar nicht Anlass genug, um sich zu einer Ausnahme genötigt zu fühlen. Beate suchte wahrscheinlich gerade nach einer geeigneten bissigen Bemerkung, weil Saalfeld es gewagt hatte, sie von vornherein auszuklammern.

Also blieb es mal wieder an Liane hängen.

Sie sah Christiansen direkt in die Augen, der ihren Blick ausdruckslos erwiderte, reichte ihm die Hand und sagte: »Guten Morgen, Herr Christiansen.«

Er griff zu und zeigte die Andeutung eines Lächelns. »Frau Maschmann.« Timo und Beate behandelte er so wie sie ihn.

»Dies ist Kommissar Panke. Er wird Herrn Christiansen bei den Ermittlungen unterstützen«, schaltete sich Saalfeld wieder ein.

»Guten Morgen, Herr und Frau Maschmann. Tut mir wirklich leid, dass Ihr Sonntag auf eine so unangenehme Weise begonnen hat. Darf ich fragen, wer die andere junge Dame ist?«, fügte Panke direkt an, ohne eine Reaktion von Liane und Timo abzuwarten.

Beate trat mit einem entzückten Lächeln zwischen den Maschmanns hervor und reichte Panke die Hand. »Oh, wie nett. Wenigstens einer, der zu wissen scheint, was sich gehört. Beate Klein, junger Mann, der gute Geist von nebenan. Sehr erfreut.«

»Gut. Dann kennen wir uns ja alle und können anfangen, nicht wahr?«, sagte Christiansen und klang dabei, als würde er sich über seine eigenen Worte wundern. »Herr Panke, Sie schreiben bitte mit, wie gehabt. Also, Herr Maschmann, Frau Maschmann, der Tote auf Ihrem Rasen, wissen Sie, wer das ist?«

Liane sah kurz zu ihrem Mann, der nur mit den Schultern zuckte. »Nein, noch nie gesehen.«

»Nein? Niemand aus Friedrichskoog also? Sie kennen hier sonst doch jeden, nicht wahr?«

»Ja, das stimmt. Beides.«

»Sehr gut. Äh, verzeihen Sie bitte, aber ich muss das fragen … Ach, was red ich, Sie kennen das ja. Wir haben leider nichts bei dem Toten gefunden, was zu dessen Identifizierung beitragen könnte. Sie haben ihm nicht zufällig etwas aus der Tasche genommen? Sein Portemonnaie oder seine Ausweishülle zum Beispiel? So aus alter Gewohnheit, um mal nachzuschauen? Und dann vergessen, es wieder zurückzustecken?«

Christiansen sprach langsam und unaufgeregt, als würde er ohne große Leidenschaft einen Text aufsagen, den er hatte auswendig lernen müssen, obwohl er ihm nicht besonders gefiel. Seine nicht allzu tiefe Stimme verstärkte dabei noch den etwas gleichgültigen Eindruck, den er auf Liane machte. Trotzdem fühlte sie sich geschmeichelt, weil er offensichtlich wusste, dass sie mal eine Kollegin gewesen war, und dies auch durchblicken ließ.

»Nein, natürlich nicht«, antwortete sie.

»Natürlich nicht, verstehe.«

»Äh, Frau Maschmann, wie sind Sie auf den Toten aufmerksam geworden, würden Sie mir das bitte schildern?«, fragte nun Kommissar Panke.

Liane registrierte sein freundliches Lächeln. Sie registrierte auch, wie eindeutig verärgert Christiansen seinen Mitarbeiter nun ansah, der das aber scheinbar gelassen ignorierte.

Sie erzählte, dass sie aufgestanden war, um sich einen Tee zu machen und dabei in der Sonntagszeitung zu lesen.

Christiansen musterte sie ausdruckslos. »Ist das Ihre normale Aufstehzeit an einem Sonntag?«

»Nein, eigentlich komme ich am Wochenende nicht vor neun aus dem Bett. In letzter Zeit schlafe ich aber ziemlich schlecht und werde schon von Kleinigkeiten wach. Zum Beispiel Hundebellen oder wenn mein Mann erst spät in der Nacht heimkommt oder …«

»Ist er letzte Nacht denn spät heimgekommen?«, unterbrach Panke.

Christiansens Miene verfinsterte sich sofort. Liane hielt die Frage für sinnvoll und angebracht, sodass sie die immer offensichtlicher werdende Verärgerung des Hauptkommissars über die Fragen seines Mitarbeiters nicht recht verstehen konnte. War er einer dieser Platzhirsche, denen es stank, wenn sich da ein junger aufstrebender Konkurrent in seinem Revier dicketat?

»Äh – ja, ist er. Und wenn ich dann erst mal wach bin, ist jeder Versuch, wieder einzuschlafen, leider vergebens. Heute war es um kurz vor sieben so weit.«

»Ich fühle mit Ihnen. Das wird kein Trost für Sie sein, aber ich weiß genau, was Sie durchmachen. Zurück zum Toten: Als Sie ihn gefunden haben, lag er da bereits in derselben Position wie jetzt?«

»Ganz recht.«

»Verstehe. Danke, Frau Maschmann«, sagte Christiansen. Er schien sich mit Lianes Ausführungen vorerst zufriedenzugeben, warf Panke einen kurzen Blick zu, den sie für so etwas wie eine Warnung hielt, und wandte sich an Timo. »Herr Maschmann, wann genau sind Sie heimgekehrt? Und wo waren Sie vorher?«

Timo sah ihn böse an. »Ich verstehe nicht, warum Sie das überhaupt interessiert.«

Christiansen lächelte unverbindlich. »Das gehört zum Standardvorgehen, Herr Maschmann. Derlei Fragen sollen verhindern, Anhaltspunkte vorenthalten zu bekommen, weil die Befragten ihnen leichtfertig keine Bedeutung beimessen. Natürlich ohne bösen Vorsatz. Ihre Frau wird Ihnen dies sicher gerne bestätigen.«

Timo sah zu Liane, die mit drängender Mimik antwortete.

»Also schön«, murrte Timo missmutig. »Ich war bei einer Wiedersehensfeier in Itzehoe. Alte Crew-Kameraden von mir, mit denen ich vor etlichen Jahren in Pinneberg meinen Feldwebellehrgang gemacht habe. Einer von ihnen lebt jetzt in Itzehoe, bei dem haben wir uns getroffen. Als ich wieder hier war, muss es so kurz nach zwei gewesen sein. Die Nachrichten im Radio waren gerade vorbei.«

»Wäre es möglich, dass Sie den Toten schlicht übersehen haben?«, fragte Panke.

»Nein, ausgeschlossen«, erwiderte Timo, jetzt leicht aufgebracht. »Der lag da noch nicht, das hätte ich sonst bemerkt. Veränderungen fallen mir immer sofort auf.«

Es sei denn, sie betreffen mich. Da müsste man dich schon explizit drauf hinweisen, dachte Liane leicht frustriert.

Christiansen kratzte sich das Kinn, während er seinem Mitarbeiter beim Notieren der Aussage zusah. »Haben Sie die Uhrzeit notiert, Panke?«

Der junge Mann hob einen Daumen und murmelte: »Selbstverständlich.«

Liane fand, dass es genervt klang.

»Na schön, dann weiter im Text. Die Spurensicherer haben die Vermutung geäußert, dass dem Opfer wohl nicht an dem Ort die tödliche Verletzung beigebracht wurde, an dem Sie es gefunden haben. Es gibt eine Blutspur, die bis zu Ihrer Auffahrt zurückreicht. Wir vermuten, dass es entweder dort passiert ist oder dass er dort abgeladen wurde. Ich würde daher gerne das Fahrzeug sehen, mit dem Sie heimgekehrt sind, Herr Maschmann.«

Timo verlor langsam die Geduld, wie Liane mit aufkeimendem Unbehagen registrierte. Christiansens Bitte ließ die Adern an seinem Hals anschwellen. »Das sollen Standardfragen sein? Sie unterstellen mir standardmäßig, dass ich etwas damit zu tun habe?«

Christiansen schüttelte gleichmütig den Kopf. »Kein Grund zur Aufregung, Herr Maschmann. Noch unterstelle ich niemandem etwas. Ich schließe aber auch nichts aus. Wie ich gerade schon ausführte, ist das jetzt einfach die Phase, in der so viele Informationen wie möglich gesammelt werden. Da Sie erst spät in der Nacht heimgekommen sind, möchte ich mir Ihr Fahrzeug ansehen. Täte ich es nicht, würde man es mir später als Versäumnis aufs Brot schmieren. Ihre Frau wird Ihnen auch dies bestimmt gerne bestätigen.«

Liane war zu einem weiteren drängenden Blick bereit, aber Timo sah gar nicht erst zu ihr. Stattdessen ging er sofort ins Haus. Seine Bewegungen ließen erahnen, wie wütend er war.

Während die fünf auf seine Rückkehr warteten, sprach niemand ein Wort. Beate versuchte, Blickkontakt zu den anderen herzustellen, hatte aber nur bei Christiansen und Panke Erfolg. Christiansen erwiderte ihren prüfenden Blick irgendwie verträumt, während Panke lächelte, dann aber rot anlief und sofort wieder wegsah. Liane und Saalfeld hielten ihre Aufmerksamkeit eisern auf etwas oder jemanden im abgesperrten Bereich gerichtet.

Endlich kam Timo mit dem Schlüssel zurück. »Ich musste ihn erst suchen. Hatte ihn in der Jackentasche gelassen«, murmelte er und ging zur Auffahrt, sorgfältig darauf achtend, dass er nicht versehentlich in die markierte Blutspur trat.

Als er um die Hausecke bog, blieb er plötzlich stehen, verharrte kurz in dieser Haltung und verschränkte dann die Hände auf dem Kopf. »Das kann ja wohl nicht wahr sein! So eine *verfickte Scheiße*!«

»Was denn?«, fragte Liane und schloss zu ihm auf.

Die Front der Garage war bündig mit der Rückseite des Hauses. Timo pflegte seinen schwarzen Ford Kuga in diesem von weiten Teilen des Rasens nicht einsehbaren Winkel abzustellen, sodass Liane nun, angesichts Timos kleinen Ausbruchs, mit einem abgebrochenen Scheibenwischer oder einer Delle in der Karosserie seines heiß geliebten Autos rechnete. Stattdessen war da – einfach nichts. Der Wagen war nicht da, wo er hätte sein müssen. In der Garage konnte er auch nicht sein, weil dort ihr Wagen stand.

»Gibt es Probleme?«, fragte Christiansen.

»Das kann man wohl sagen«, polterte Timo. »Irgendein Arschloch hat meinen Wagen geklaut.«

»Tatsächlich? Das ist ärgerlich«, stellte Christiansen fest.

Der Kerl machte Liane langsam kribbelig. Keine Unterstellungen? Keine kritischen Fragen oder Andeutungen? Einfach nur erwähnen, dass es ärgerlich ist, und zwar mit dem gleichen emotionalen Aufwand, mit dem man feststellt, dass es regnet? Liane fragte sich, ob dieser Polizist wirklich so gleichgültig war oder einfach nur besonders abgebrüht und sich nicht in die Karten gucken lassen wollte.

Zumindest Kommissar Panke schien das ebenfalls ein klein wenig zu dünn zu sein. »Wann haben Sie den Wagen denn zuletzt gesehen, Herr Maschmann?«

»Na, heute früh. Um null zweihundert, als ich heimgekommen bin. Hab ich doch gerade schon gesagt.«

»Null zweihundert«, lachte Panke. »Ich liebe diesen Soldatenjargon.«

Timo starrte den Kommissar stumm an.

Liane konnte sehen, dass es ihn Mühe kostete, in dieser Situation nichts Falsches zu tun. Sie fragte sich, wie viele Zähne er den beiden Ermittlern in Gedanken schon ausgeschlagen hatte.

Christiansen schien das auch zu registrieren. »Vielen Dank, Herr Maschmann. Sie sollten Ihren Wagen so schnell wie möglich als gestohlen melden. Noch ist er vielleicht nicht über die Grenze, wenn Sie verstehen«, riet er Timo, um sich gleich darauf Liane zuzuwenden. »Frau Maschmann, der Ford Kuga, ist das Ihr einziges Fahrzeug?«

»Nein, wir haben beide ein Auto. Meins steht in der Garage.«

»Wären Sie bitte so freundlich, es mir zu zeigen?«

Liane sah zu Timo, der aber trotz seines Zorns den Schlüssel bereits ins Schloss steckte. Kurz darauf zog er das Tor nach oben, trat beiseite und gab den Blick auf den weißen VW Polo frei.

Christiansen betrat sofort die Garage und zog am Türgriff der Fahrerseite. Es schien ihn zu verwundern, dass die Tür sich öffnen ließ. »Oh, wie unvorsichtig«, merkte er an.

Liane biss sich auf die Zunge und sagte nichts, sah ihm nur dabei zu, wie er das Innere des Fahrzeugs in Augenschein nahm. Nach ein paar Minuten kletterte er wieder aus dem Wagen und öffnete gleich darauf den Kofferraum. »Bei einer ehemaligen Polizistin kann ich bestimmt davon ausgehen, dass der Verbandskasten noch nicht abgelaufen ist, nicht wahr?«, frotzelte Christiansen und schmiss den Kofferraumdeckel gleich wieder zu.

Liane war von diesem unerwarteten Humor-Anflug zu überrumpelt, um darauf schlagfertig zu reagieren.

»Ich glaube, das wäre dann erst mal alles. Herr Panke, fällt Ihnen noch eine gescheite Frage ein?«

Zu Lianes Überraschung verneinte Panke nun.

»Nicht? Na schön, mir ebenfalls nicht. Zeit für ein Resümee. Für mich sieht es so aus, als hätte man den Toten hier abgeladen, direkt auf Ihrer Auffahrt. Ob das passiert ist, nachdem Ihr Wagen gestohlen wurde, oder ob der Diebstahl damit sogar im Zusammenhang steht, lässt sich zum jetzigen Zeitpunkt natürlich noch nicht sagen. Ob es möglicherweise sogar einen bestimmten Grund dafür gab, ihn hier abzuladen, oder ob das alles nur ein unglücklicher Zufall ist, wird auch noch zu klären sein. Die weiteren Ermittlungen werden uns sicher zu ein paar Antworten führen. Gibt es noch etwas, was Sie anzumerken für wichtig erachten? Oder haben Sie noch Fragen an mich?«

Liane sah Christiansen stumm an. Sie wollte ihn fragen, wann er die Freude an seinem Beruf verloren hatte. Ob es ein schleichender Prozess gewesen oder gar einem besonderen Anlass geschuldet war.

»Halten Sie uns bitte auf dem Laufenden«, forderte Timo ein.

»Oh, selbstverständlich, Herr Maschmann«, antwortete Christiansen mit aufrichtiger Höflichkeit. »Ein schönes Wochenende wünsche ich Ihnen noch.«

Panke verabschiedete sich ebenfalls, und auch Saalfeld schloss sich an, sodass Liane wieder mit Beate und Timo allein war.

»Menschenkenntnis hat er ja«, meinte Beate. »Deinen Mann kann er jedenfalls nicht leiden. Vielleicht etwas zu dröge, was meinst du?«

»Und vollkommen demotiviert«, sagte Liane langsam.

***

Liane fand ihren Mann im Schlafzimmer. Er hatte gerade begonnen, seine Tasche zu packen. Normalerweise machte er das immer unmittelbar bevor er wieder in Richtung Kaserne aufbrach, um sich ihrer für eine weitere Woche zu entledigen. Da es erst zwei Uhr am Nachmittag war, würde er sie heute also schon deutlich früher als sonst wieder allein lassen. Im Grunde hatte er sie das ganze Wochenende über allein gelassen – so wie schon die meisten Wochenenden in all den Monaten zuvor. Da das Aufgebot der Polizei erst vor wenigen Minuten wieder zur Gänze abgezogen war, hatte sich auch an diesem Sonntag bislang keine Gelegenheit für etwas Zweisamkeit zwischen Mann und Frau ergeben. Liane machte sich nichts vor, seit seiner Rückkehr aus dem Einsatz an der türkisch-syrischen Grenze hatte es ihre Ehe weniger denn je verdient, als solche bezeichnet zu werden. Es machte also eigentlich keinen Unterschied, wenn er bereits jetzt wegfuhr und nicht noch bis sechs Uhr wartete, wie normalerweise.

»Du machst dich schon auf den Weg?«

»Ja, ich muss«, antwortete er, ohne sie anzusehen. »Nächste Woche findet bei uns die Tagung der Luftwaffen-Spieße statt. Ich bin im Organisationsteam, und es gibt noch einiges vorzubereiten und abzusprechen. Wir wollen uns heute schon mal zusammensetzen und ein paar Dinge bequatschen.«

Liane sagte nichts dazu. Die Zahl der Events, die an der Unteroffiziersschule der Luftwaffe stattfanden, war in letzter Zeit bemerkenswert angestiegen. Und dass ausgerechnet er neuerdings jedes Mal eine verantwortliche Rolle bei der Planung und Vorbereitung innehatte, war so auch noch nie dagewesen. Sie glaubte ihm kein Wort, schon lange nicht mehr, wollte aber vorerst nichts sagen, um keinen weiteren Streit zu provozieren. Obwohl es darauf eigentlich nicht mehr ankam, denn einer mehr oder weniger machte den Kohl nicht fett. Stattdessen setzte sie sich auf ihre Seite des Bettes und sah ihm eine Weile schweigend beim Packen zu. Sie wusste, dass es nicht lange dauern würde, bis ihn das störte.

»Sag mal, muss das sein?«

»Ich sitz hier doch nur. Geh ich dir etwa auf die Nerven?«

»Nein«, grummelte er und stopfte ein paar Knäuel olivgrüner Socken in seine Tasche. »Doch! Ich mag das nicht, wenn du mich beobachtest. Das weißt du doch.«

»Ja, weiß ich«, sagte sie lapidar, ging aber trotzdem nicht.

Er störte sich praktisch sofort daran. »Scheiße, Liane, was soll das jetzt? Ist irgendwas?«

»Abgesehen davon, dass da vorhin ein Toter auf unserem Rasen lag, meinst du? Nein, alles schön.«

Timo seufzte herzhaft, als wäre das Zusammenleben mit ihr eine Bürde, die bisweilen unerträglich schwer wurde. Er hantierte weiter mit seiner Tasche, sah sie nun aber endlich direkt an. »Du willst darüber reden, stimmt's? Okay, na gut. Lass uns reden. Was liegt dir auf der Seele?«

Liane sagte nichts.

»Was denn nun? Komm schon, Liane, für so etwas habe ich jetzt echt keine Zeit mehr, ich muss wirklich bald los. Drüber reden oder nicht, entscheide dich.«

»Tja, ich weiß nicht so genau. Ich möchte eigentlich schon mit dir reden. Ich bin mir nur nicht sicher, ob es unbedingt mit diesem Toten zu tun hat.«

Liane legte eine Kunstpause ein, ließ ihm ein wenig Zeit, um sich unbehaglicher zu fühlen. Seine Bewegungen wurden auch prompt aggressiver, sein Blick genervter, und eine leichte Zornesröte stieg ihm ins Gesicht.

»Ich fang einfach mal an. Wo warst du letzte Nacht wirklich?«

»Das habe ich vorhin doch schon gesagt. Warum muss ich

heute eigentlich alles zweimal erzählen? Ich war in Itzehoe, bei Christian, zusammen mit ein paar alten Crew-Kameraden.«

»Dabei bleibst du also?«

»Ja, natürlich. Warum denn auch nicht?«

»Hm. Und du warst um zwei Uhr zu Hause?«

Timo schnaubte belustigt. »Kann auch schon drei Uhr gewesen sein, das weiß ich ehrlich gesagt nicht mehr so genau.«

»Und dir ist wirklich nichts aufgefallen? Oder merkwürdig vorgekommen? Der Tote lag noch nicht da?«

»Negativ. Hör mal, ich hatte einen wirklich netten Abend mit wirklich netten Kameraden. Und als ich heimgekommen bin, lag da definitiv kein verdammter Toter auf unserem Rasen. Das hätte ich ja wohl bemerkt. Denkst du denn, dass ich mit geschlossenen Augen vom Wagen zur Haustür laufe?«

Das glaubte sie eigentlich nicht. Aber die Vorstellung, dass ihr Mann bis spät in die Nacht mit mehreren Kameraden zusammen gewesen war, ohne sich dabei so maßlos zu betrinken, dass er nicht mehr fahren durfte, war geradezu absurd.

»Willst du mir wirklich nicht verraten, wo du in Wahrheit gewesen bist?«

Timo antwortete nicht und stopfte die letzten Reste der zurechtgelegten Kleidungsstücke in seine Tasche.

»Und wie kommst du jetzt überhaupt nach Appen? Ich meine, dein Auto wurde ja wohl gestohlen, oder nicht?«

»Das ist mir sehr wohl bewusst, mein lieber Schatz«, sagte Timo, erfolglos bemüht, seine Geringschätzung für dieses Gespräch mit ihr nicht durchklingen zu lassen. »Christian holt mich ab. Als Kommissar Arschloch deinen Wagen durchsucht hat, habe ich ihm 'ne WhatsApp geschickt. Er müsste bald hier sein.«

»Christian, natürlich. Blöde Frage«, sagte Liane und stand wieder vom Bett auf. »Soll ich das mit der Polizei regeln? Den Wagen als gestohlen melden, meine ich.«

»Nein, das mache ich. Mein Wagen, mein Problem. Du hast deine eigenen«, knurrte Timo, wandte sich ab und ging Richtung Tür.

»Ich glaube dir die Geschichte mit deinen Crew-Kameraden nicht, Timo. Das solltest du wissen.«

Er hielt nur ganz kurz inne, besann sich dann aber eines Besseren und verließ das Schlafzimmer, ohne auf ihre Bemerkung einzugehen.

Liane blieb, wo sie war, stellte sich mit verschränkten Armen vors Fenster und schaute in den Garten, in dem noch sämtliche Blätter des vergangenen Herbstes verstreut lagen. Timo war schlicht nie lange genug da gewesen, um sich darum zu kümmern, und Liane hatte zu dieser Drecksarbeit einfach keine Lust.

Als es eine Viertelstunde später an der Tür klingelte, war Liane immer noch im Schlafzimmer. Der Impuls, nach vorne zu gehen und sich von Timo zu verabschieden, ließ sie kurz zusammenzucken. Sie hielt jedoch inne, wollte sehen, was passierte, und blieb vor dem Fenster stehen. Sie konnte hören, wie Timo und Christian sich leise unterhielten, ohne jedoch zu verstehen, um was es dabei ging. Dann hörte sie, wie die Tür zugeworfen wurde, ohne dass vorher ein gewisser Herr Maschmann nach ihr gerufen oder wenigstens ein lautes »Tschüss« hinterlassen hätte. Das Motorengeräusch des sich entfernenden Fahrzeugs wartete sie auch noch ab. Erst dann ging sie nach vorne und schaute sich in Wohnzimmer und Küche um, ob dort vielleicht eine kleine schriftliche Botschaft auf sie wartete. Sie fand nichts.

Die Entscheidung, ob Timo Maschmann sich auf die Personal-Abfrage für den Einsatz an der türkisch-syrischen Grenze freiwillig melden sollte, hatte er nicht allein getroffen. Wille und Bereitschaft waren grundsätzlich vorhanden, aber er wusste so gut wie Liane, dass es mit ihrer Ehe schon seit einigen Jahren nicht mehr zum Besten stand. Also band er sie, wie es sich in einer Beziehung gehörte, in den Prozess der Entscheidungsfindung ein. In einer solchen Situation konnte eine mehrmonatige Abwesenheit unkalkulierbare Entwicklungen in Gang setzen, in dem Punkt waren sich beide schnell einig. Man bemerkte, dass etwas fehlte, wenn der andere nicht da war, oder man kam zu der Erkenntnis, dass es allein nicht schlechter wurde. Vielleicht wurde es sogar besser. Das schienen die Optionen zu sein, mit denen sie es zu tun hatten. Und so hatten sie die Trennung auf Zeit als Chance gesehen, Aufschluss über ihre Ehe zu gewinnen.

So wie es schon viele andere vor ihnen getan hatten. Nach Timos Rückkehr wollten sie dann ein Resümee ziehen und die Karten auf den Tisch legen.

So weit zur Theorie.

Liane hatte schnell begriffen, was los war. Die Abwesenheit ihres Mannes riss eindeutig keine unausfüllbare Lücke in ihr Leben. Keine Sehnsucht, kein Vermissen. Wenn sie daran überhaupt etwas störte, dann der Umstand, dass der Moment, in dem sie die emotionale Bindung zwischen sich und ihrem Timo durchtrennt hatte, von ihr selbst unbemerkt geblieben war. Der oberste Freund und Helfer in Marne und Umgebung, Hauptkommissar Jan Saalfeld, spielte dabei sicherlich keine ganz unwesentliche Rolle. Seit er vor knapp zwei Jahren in ihr Leben getreten war, war ihr Verhältnis zueinander kompliziert gewesen, obwohl ihre Gefühle eigentlich gar nicht so kompliziert waren. Genau genommen waren sie sogar sehr eindeutig. Kompliziert wurde es nur deswegen, weil sie es sich nicht eingestehen mochte. Sie war immerhin verheiratet – und stur. Das Alte und Abgenutzte einfach aufgeben, um sich etwas Neues und Besseres zu holen, war ihr zu billig. Das konnte jeder. Sie war eine Kämpferin, die selbst dann nicht aufgab, wenn sie eigentlich gar kein Interesse am Sieg hatte. Sie erkannte sehr wohl, wie offenkundig dämlich das im Grunde war, aber sie konnte nicht aus ihrer Haut.

Jedenfalls wurden ihre Gefühle für Saalfeld während der Abwesenheit ihres Mannes noch intensiver. Sie waren sich nähergekommen. Viel näher. Sie hatten sich an der mehr oder weniger ständigen Verfügbarkeit des jeweils anderen erfreut. Eigentlich betraf diese Verbesserung nur die Wochenenden, denn in der Woche war Timo ohnehin nie zu Hause, aber für Liane fühlte es sich trotzdem anders an. Sie fühlte sich freier als sonst. Solange Timo fort war, genossen sie und Saalfeld einen kleinen Vorschuss an Zweisamkeit. Es gab jedoch eine heilige Grenze, die sie nicht überschritten.

Dann kam das Unvermeidliche: Timo kehrte zurück. Statt nun aber genau das zu tun, worüber sie sich mit ihm vor seinem Einsatz verständigt hatte, nahm sie den Kampf wieder auf, konnte die Tatsache, dass ihre Ehe am Ende war, einfach nicht akzeptieren. Unglücklicherweise machte Timo keine Anstalten, das Thema von sich aus anzuschneiden, obwohl sein Interesse an ihrer Beziehung mindestens so gering wie Lianes war, daran hatte sie nicht den Hauch eines Zweifels. Jegliche Herzlichkeit im Umgang mit ihr war verschwunden, wie weggeblasen. Und die ohnehin knapp bemessene Zeit mit ihr wurde nun noch weiter zusammengekürzt. Nicht ein Wochenende hatte er seit seiner Rückkehr durchgehend zu Hause verbracht. Immer war er irgendwohin unterwegs, angeblich, um sich mit anderen Kameraden zu treffen. Er hatte ihr eine Geschichte aufgetischt: Angeblich engagierte er sich nun ehrenamtlich in der Betreuung von Kameraden mit PTBS und bei der Unterstützung von Hinterbliebenenfamilien. Liane hatte das sofort als Lüge durchschaut, denn ihr Timo war kein Altruist, und selbstlos war er auch nicht. Aber sie sagte trotzdem nichts. Sie versäumte es, das längst überfällige, richtungsweisende Gespräch über die Fortsetzung ihres gemeinsamen Lebensweges zu führen, und behielt ihr Misstrauen für sich. Die üblen Streitereien der jüngeren Vergangenheit, die aus genau diesem Nährboden gewachsen waren, gingen somit zu mindestens fünfzig Prozent auf ihre Kappe. Sie fragte sich, wie schlimm es eigentlich noch werden musste, damit diese Farce ein Ende nahm.

Eingemümmelt in eine leichte Decke, saß Liane auf der Terrasse, trank einen Becher Tee und sah dem Regen beim Fallen zu. In ihrem Kopf herrschte wunderbare Ruhe, nichts beschäftigte sie. Nicht der Tote, der erst vor wenigen Stunden von ihrem Rasen geborgen worden war, und auch nicht der grußlos verschwundene Ehemann, den sie nicht mehr liebte. Selbst die Aussicht auf all die neugierigen Kunden ihrer Massagepraxis, die ihr ab morgen wahrscheinlich Löcher in den Bauch fragen würden, was da denn wohl los gewesen sei, berührte sie nicht. Ihr kam der Gedanke, dass sie wegen des einen Ereignisses doch zumindest ein wenig verstört und wegen des anderen vielleicht ein wenig traurig sein sollte … Aber der Tee war heiß und aromatisch und der beständige, leichte Niederschlag so wunderbar beruhigend. Es wäre eine Schande gewesen, sich diesen Zustand beinahe perfekten Friedens von ein paar Nichtigkeiten kaputt machen zu lassen.

Aber machte sie sich vielleicht nur ziemlich erfolgreich, weil unfassbar überzeugend, etwas vor? Oder war sie emotional schon so abgestumpft, dass sie nichts mehr berührte? Diese Frage beschäftigte sie schon ein wenig. Erst war es nur ein leichtes Kitzeln, das sich noch problemlos ignorieren ließ. Aber mit jeder verstreichenden Minute wurde das Kitzeln intensiver, so intensiv, dass es irgendwann unangenehm wurde und ihr schließlich doch die Ruhe verdarb. Sie wusste es wirklich nicht.

Sie ließ die Decke draußen auf dem Stuhl liegen und trug ihren Becher wieder ins Haus, wütend auf sich selbst. Es fühlte sich so echt an, wie die perfekte Gleichgültigkeit. Keine quälenden Gedanken, die in ihrem Kopf Loopings flogen und sich in einer Endlosschleife wiederholten. Und überhaupt – was hätte sie auch machen sollen? Für den Toten waren andere zuständig, und Timo war erst mal weg. Sie hätte ihn anrufen können oder eine SMS schreiben, aber dass das, eingedenk des Anlasses, unangemessen gewesen wäre, verstand sich von selbst.

Ziellos schlenderte sie durch das Haus, ging in Wohnzimmer und Küche auf und ab, machte einen Abstecher ins Schlafzimmer, danach ins Gästezimmer und wieder zurück ins Wohnzimmer. Dabei versuchte sie, alle Gegenstände, die Timo gehörten oder in besonderer Weise mit ihm in Verbindung standen, bewusst anzusehen, und wartete auf eine Empfindung oder Eingebung. Jedes Mal dasselbe Ergebnis: Gleichgültigkeit. Schließlich fiel ihr Blick auf das Notebook. War sie eigentlich jemals dem Verdacht nachgegangen, dass Timo ein Verhältnis mit einer anderen Frau haben könnte? Sie wusste, dass er sie mit irgendetwas hinterging. Dass es sich um eine andere Frau handeln könnte, war naheliegend. Sie hatte zwar keinen konkreten Hinweis, aber den brauchte sie wohl auch nicht.

Liane gab sich einen Ruck, schnappte sich das Notebook und fläzte sich damit auf das Sofa. Sie wusste, dass Timo zwei E-Mail-Accounts hatte, einen bei ihrem Telefon- und Internetanbieter und einen bei einem Free-Mail-Anbieter. Um zumindest irgendetwas zu unternehmen und vor sich selbst nicht ganz so gleichgültig dazustehen, würde sie einfach seine Mails checken. Im Zeitalter des Smartphones, mit SMS, WhatsApp, dem Facebook Messenger und anderen Plattformen, wäre es zwar ausgesprochen dumm von ihm gewesen, sich mit seiner neuen Perle via E-Mail auszutauschen, aber gänzlich ausschließen konnte man es nicht. Sie versuchte bei beiden Accounts, sich einzuloggen – vergeblich. Timo wusste nicht, dass sie alle Passwörter kannte, die er jemals benutzt hatte, da war sie sich mehr oder weniger sicher. Zugegebenermaßen keine große detektivische Leistung ihrerseits, denn es waren exakt zwei: StOrmtrOOper und DepecheMode535, beide in Benutzung, solange sie ihn kannte. Aber beide funktionierten nicht mehr. Sie variierte die Groß- und Kleinschreibung, stellte auch Ziffern an Anfang und Ende des Passworts, aber der Zugang blieb ihr verwehrt.

Es *hatte* Zeiten gegeben, in denen sie eifersüchtig gewesen war, in denen sie die Abwesenheit ihres Mannes nicht gut verkraftete und einen Generalverdacht gegen jedes weibliche Wesen der Welt hegte. Das war die Zeit gewesen, in der sie seine Passwörter ausspioniert und sich gleichzeitig angewöhnt hatte, seine Accounts im Wochenrhythmus zu kontrollieren. Erzählt hatte sie ihm davon nie, weder von der Eifersucht noch von der Kontrolle. Immerhin war das ziemlich verrückt. Aber sie behielt diese Angewohnheit bei. Heute, im Rückblick, kam ihr dieses Verhalten nur noch wie eine jugendliche Marotte vor. Die letzte Kontrolle war bestimmt schon einige Monate her. Liane hielt inne und überlegte. Die letzte Kontrolle musste sogar schon deutlich über ein Jahr her sein.

Egal, wie viel Zeit inzwischen wirklich vergangen war, sie hatte keinen Zugriff mehr. Timo hatte etwas geändert, und diese Mühe machte er sich nur, wenn er unbedingt auf Nummer sicher gehen wollte. Wenn er etwas zu verlieren hatte. Das vermochte sie noch immer nicht in eine Krise zu stürzen, aber zumindest war ihre Neugier geweckt. Sie fühlte sich herausgefordert.

Er sah gar nicht wie eine Koksnase aus

»Herzchen! Was tust du da?«

Liane saß vor ihrer Haustür auf der Stufe, eine größere Lücke in den Regenwolken nutzend, die zumindest für einen kurzen Moment mal wieder die Sonne ans Schlagzeug ließ. Sie sah auf die Uhr. Keine drei Minuten hatte es gedauert. Das war um einiges schneller, als sie erwartet hatte.

»Um Gottes willen, nein. Hör auf damit!«, rief Beate und kam über die Straße gelaufen. Das Entsetzen in ihrer Stimme war nicht zu überhören.

Genau darauf hatte Liane es abgesehen. Sie grinste in sich hinein – und sog an der Zigarette.

»Liane!«, heulte Beate und eilte den Gehweg herauf, die Hände an ihre Wangen gepresst. »Erklärst du mir das bitte?«

»Was gibt es da groß zu erklären? Ich rauche.«

»Ja, das sehe ich selbst«, geiferte Beate und setzte sich neben Liane. »Aber warum?«

Liane zuckte mit den Schultern. »Weiß auch nicht. Kam so über mich.«

Beate starrte sie verständnislos an. »Kam so über dich? Willst du mich verscheißern? Hör mal, du bist erwachsen, und ich bin nicht deine Mutter. Ich kann dir also leider keine Vorschriften machen, auch wenn das für dich eindeutig von Vorteil wäre. Als deine Freundin bin ich aber trotzdem um dich besorgt, und darum befehle ich dir, sofort mit dem Rauchen dieser Scheißdinger aufzuhören.«

Liane musste lachen.

»Es ist mir ernst!«

»Weiß ich. Hast ja auch recht. Aber zurzeit brauche ich das irgendwie. In meinem Leben geht gerade einiges drunter und drüber – manches auch den Bach runter. Ich habe Stress.«

»Entschuldige bitte, aber ich kann mich nicht erinnern, dich um eine paar Plattitüden gebeten zu haben.«

Liane seufzte. »Meine Massagepraxis läuft besser denn je. Allein heute hatte ich schon zehn Kunden. An einem Montag. Und es ist erst kurz nach vier, zwei kommen noch.«

Beate legte die Stirn in Falten, als sie versuchte, den Sinn aus Lianes Worten zu destillieren. »Also rauchst du, weil es *gut* läuft? Das hatte sich gerade anders angehört.«

Liane schüttelte den Kopf und nahm einen tiefen Zug. »Ja, die Praxis läuft gut. Wirklich gut. Es macht mir aber keinen Spaß mehr, und da liegt das Problem. Eine Zeit lang habe ich meine Befriedigung daraus gezogen, zum Wohlbefinden anderer Menschen beizutragen. Diese Befriedigung ist mir zuletzt aber abhandengekommen. Ich bin schon länger nicht mehr mit dem Herzen bei der Sache. Und an Tagen wie heute, wenn mal so richtig viele Kunden kommen, von denen wirklich jeder einzelne wissen möchte, was da denn gestern bei mir los war, ist es sogar so schlimm, dass ich am liebsten sofort alles hinschmeißen würde.«

Beate schwieg, sie schien über Lianes Worte nachzudenken.

»Ich bin ein Stress-Raucher, war ich schon immer. Stress war damals der Grund, warum ich mit dem Mist angefangen habe, und aus demselben Grund bin ich auch jetzt wieder schwach geworden.«

»Verstehe«, murmelte Beate. »Ich finde es noch immer unverzeihlich, aber ich verstehe. Und dann auch noch die bevorstehende Trennung von deinem Mann.«

Liane riss den Kopf herum und starrte Beate entgeistert an.

»Job unbefriedigend, Ehe kaputt. Das ist schon ganz schön viel auf einmal. Doch, das verstehe ich«, resümierte Beate.

»Hast du die Karten über mich befragt, oder ist es so offensichtlich?«

»Letzteres, Herzchen. Auch in diesem Fall kann ich dir leider keine Vorschriften machen. Wenn ich es aber könnte, wärst du schon lange nicht mehr mit Timo verheiratet und würdest inzwischen unter dem Namen Liane Saalfeld firmieren. Oder wenigstens wieder unter deinem Mädchennamen.«

Liane sog nachdenklich an der Zigarette, sagte aber nichts dazu.

»Meine Güte, allein dieser Gestank«, schimpfte Beate und versuchte, sich händewedelnd die Rauchschwaden vom Leib zu halten.

»Apropos Saalfeld«, murmelte Liane und beobachtete den Polizeiwagen, der an ihrem Haus vorbeirollte und auf die Auffahrt fuhr.

»Wie weit seid ihr inzwischen eigentlich?«, fragte Beate leise.

»Das geht dich überhaupt nichts an.«

»Ich könnte ebenso gut die Karten fragen.«

»Ja, könntest du. Tust du aber nicht, weil du meine Privatsphäre viel zu sehr respektierst. Und jetzt kein Wort mehr zu diesem Thema.«

»Guten Tag, die Damen«, sagte Saalfeld. Seiner festen Stimme zum Trotz ging er bedächtig auf die beiden zu und musterte sie mit einer gewissen Skepsis, als würde er jederzeit mit einem Angriff rechnen. Er hatte es immerhin mit zwei starken Frauen zu tun. Ein Mann, der wusste, wie man überlebte.

Als Liane den letzten Zug aus ihrer Zigarette herausholte, blieb er wie angewurzelt stehen und machte ein furchtbar komisches Gesicht. Seine Augen standen weit offen, und sein Mund schien breit zu grinsen, während seine Augenbrauen wie zu einem bösen Blick zusammengezogen waren. Als würden sich die Impulse mehrerer gleich starker Empfindungen um die Herrschaft über seine Mimik streiten. Beide Frauen fingen lauthals an zu lachen.

»Was … hast du … ist das ein Scherz?«, stammelte Saalfeld.

»Hm, nein, das ist eine Gauloises«, antwortete Liane, drückte die Kippe zwischen ihren Füßen auf dem Weg aus und legte den Stummel neben den Kaffeebecher.

»Aber … du rauchst doch gar nicht.«

»Nicht *mehr*, müsste es richtigerweise heißen. Nein, eigentlich nicht. Aber nun habe ich wieder angefangen«, antwortete sie etwas gereizt, bemerkte aber seinen aufrichtig verwirrten Blick, sodass ihr ihre Reaktion sofort leidtat. »Keine Sorge, Jan. Das wird kein Dauerzustand. Im Moment ist es mir einfach alles ein bisschen zu viel.«

»Sie ist ein Stress-Raucher«, erklärte Beate.

»*Wann* hast du wieder damit angefangen?«

»Heute Mittag, nach meinen ersten sieben Kunden. Das war gerade die zweite Zigarette des Tages.«

Liane spürte die vorwurfsvollen Blicke von zwei Menschen auf sich ruhen, die ihr zwar sehr wichtig waren, sie deswegen aber noch lange nicht in eine Ecke treiben durften, und offensichtlich erwarteten, dass sie sich für ihr Laster rechtfertigte. »Vorsicht, ihr beiden. Ihr solltet nicht den Fehler machen, euch gegen mich zu verbünden, um mir etwas auszureden, was euch an mir nicht gefällt. Ich gestehe euch eure Macken und schlechten Angewohnheiten schließlich auch zu.«

Saalfeld sah verlegen zu Boden, worauf Beate Liane sanft mit dem Ellenbogen anstieß und dann aufstand.

»So, ihr zwei Turteltäubchen, ich werde euch jetzt allein lassen. Das passt euch sicher nicht, aber ich habe noch viel zu viel zu tun, also findet euch damit ab und macht das Beste draus.«

Liane und Saalfeld sahen ihr hinterher und sprachen kein Wort miteinander, bis Beate in ihrem Haus verschwunden war und die Tür hinter sich zugemacht hatte. Vorher konnte die Frau selbst auf diese Entfernung einfach alles hören.

Saalfeld setzte sich auf den frei gewordenen Platz. »Ich weiß, dass du das nicht hören willst, aber das mit dem Rauchen ist echt 'ne richtig blöde Angewohnheit.«

Liane seufzte. Hatte er ihr gerade nicht zugehört? »Bist du aus einem bestimmten Grund hier, Jan?«

Er sagte nichts und beobachtete konzentriert seine Mütze, mit der er zwischen den Knien herumspielte.

»Na komm schon. Jetzt sei nicht beleidigt«, forderte sie ihn auf und kniff ihm in die Wade.

»Bin ich nicht. Alles gut. Ich war nur gerade in der Nähe und wollte die Gelegenheit nutzen, dir etwas über den Toten zu erzählen. Also, falls es dich interessiert.«

»Natürlich interessiert mich das. Wer ist es? Schieß los.«

»Ich habe keine Ahnung, wer er ist. Das weiß zurzeit noch niemand. Er hatte ja leider nichts dabei, was bei seiner Identifizierung in irgendeiner Weise hätte hilfreich sein können.«

»Ich weiß, dass die Frage eigentlich überflüssig ist, aber wurden die aktuellen Vermisstenmeldungen gecheckt?«

»Na komm, das würde nicht mal ein Anfänger versäumen. Er ist nicht dabei. Dafür sind die Obduktionsergebnisse da. Ihm wurde mit einem Messer in die Brust gestochen. Die Klinge war etwa drei Zentimeter breit und ist ungefähr acht Zentimeter tief eingedrungen. Es wurden aber weder Lunge noch Herz verletzt. Das bedeutet, dass er letztlich am massiven Blutverlust gestorben ist. Außerdem hatte der Kerl Alkohol und Kokain im Blut. Und wir wissen, dass er wenige Stunden vor seinem Tod eine ordentliche Portion Weißkohl mit Mettenden gegessen hat.«

»Kokain«, murmelte Liane nachdenklich. »So sah er gar nicht aus.«

»Was meinst du? Wie eine Koksnase?«

Liane hob die Schultern.

»Wie sähe so einer denn deiner Meinung nach aus?«

»Pff, weiß ich auch nicht. Zumindest trägt die klassische Koksnase wohl eher nicht einen so hässlichen Anzug.«

Saalfeld musste grinsen. »Stimmt, der Anzug war wirklich hässlich. Aber was die klassische Koksnase angeht, sagt mir meine Erfahrung, dass es die gar nicht gibt. Die kommen in allen Bevölkerungsschichten vor. Ist erst mal aber auch nicht von Bedeutung. Wir müssen wissen, wer er ist, das ist entscheidend.«

»Wirst du denn von Hauptkommissar Christiansen über alles informiert?«

»Nein. Wenn ich was wissen will, hole ich mir die Antworten von Kommissar Panke. Das ist ein Netter, mit dem kann man reden. Die Chemie zwischen Christiansen und mir ist nicht so doll.«

»Ja, den Eindruck hatte ich auch.«

Die beiden schwiegen eine Weile. Liane hatte Lust auf eine weitere Zigarette, aber Saalfeld hätte ihr die todsicher verdorben.

»Sag mal, ging es eigentlich nur mir so, oder ist dieser Christiansen hier ziemlich unmotiviert aufgetreten?«

Saalfeld schnaubte. »Oh nein, das ging definitiv nicht nur dir so. Panke ist das, glaube ich, ganz schön peinlich gewesen. Zwischendurch hatte ich das Gefühl, dass er drauf und dran war, das Zepter an sich zu reißen. Aber Christiansen ist Hauptkommissar, und die werden sich was dabei gedacht haben, ihn zu schicken.«

»Mit anderen Worten: Er hatte einen schlechten Tag?«

Saalfeld zuckte mit den Schultern.

»Dann lassen wir uns mal überraschen. Musst du gleich schon wieder weiter? Oder hast du noch Zeit für ’nen Kaffee?«

»Nein, leider nicht. Ich muss zurück nach Marne. Auf meinem Schreibtisch türmt sich schon wieder so viel Papierkram, dass ich gar nicht weiß, wann ich das alles machen soll. Am liebsten würde ich den Haufen anzünden.«

»Du willst wirklich schon gehen?«, fragte Liane mit zuckersüßer Stimme und hauchte ihm einen Kuss auf die Wange.

Saalfeld verspannte sich sofort und sah sich erschrocken um. »Du küsst mich hier draußen? Wo es jeder sehen kann?«

»Jawohl, Herr Wachtmeister. Ich bin ein verwegenes Mädchen. Ich drapiere Leichen auf meinem Rasen, rauche Kette, und manchmal küsse ich Ordnungshüter in der Öffentlichkeit.«

Ein weißer Porsche – Das Bild eines Toten

Der Dienstag war nicht so ausgebucht wie der Montag. Liane hatte gerade ihren dritten und für den Vormittag letzten Kunden verabschiedet. Für den Nachmittag standen noch zwei weitere Massagetermine in ihrem Kalender, von denen der erste um zwölf Uhr fünfundvierzig kommen würde. Das hieß, sie hatte fast zweieinhalb Stunden für sich. Keine Massagen, die ihr mit jedem Termin immer lästiger wurden, und vor allem keine neugierigen Fragen von ihren Patienten. Einfach nur ein gutes Buch, heißen Tee, vielleicht einen Happen essen und auf jeden Fall eine Zigarette rauchen. Ganz ungestört.

Das Klingeln an der Tür hatte sie nicht direkt erwartet, aber es kam dennoch beinahe zwangsläufig. Es war das Symptom einer lästigen Entwicklung, die sich zuletzt etabliert hatte. Immer wenn Liane sich etwas Gutes tun wollte, kam sofort etwas oder jemand dazwischen. Möchtegernkunden, kommunikationswütige Nachbarinnen und verliebte Polizisten besonders oft. Gerne aber auch lästige Vertreter, leere Autobatterien, kaputte Gerätschaften, verlegte Schlüssel, verlorener Verstand oder einfach nur Scheißwetter. Das Schicksal zog gerade alle Register, und Liane fühlte sich dem zuletzt nicht uneingeschränkt gewachsen, verlor in solche Situationen immer wieder ihre eigentlich obligatorische Gelassenheit.

An diesem Dienstagmorgen war der Störenfried eine Sie. Durch das Bullauge in der Haustür sah sie das sympathische Lächeln auf dem runden Gesicht von Sandra Herr, der Betreiberin des Haus Sonnenschein, eines hübschen kleinen Hotels, etwas abseits gelegen, genau zwischen Friedrichskoog und Friedrichskoog-Spitze. Als es neben dem Hotelbetrieb auch noch einen gastronomischen Betrieb gegeben hatte, war Liane dort des Öfteren als Gast eingekehrt. Frau Herr war nämlich eine wirklich talentierte Köchin, und ihre kreativen Rezeptideen wussten regelmäßig zu begeistern. An dem Tag, als sie Liane mitteilte, dass sie den Gastronomiebetrieb wegen ausbleibender Kundschaft bald würde einstellen müssen, brach für die daher eine kleine Welt zusammen.

Seitdem waren sie sich eher selten über den Weg gelaufen, Liane konnte sich schon gar nicht mehr erinnern, wann das letzte Mal. Dass Frau Herr nun plötzlich vor ihrer Tür stand, konnte eigentlich nur bedeuten, dass sie sich für eine Massage interessierte. Das passte Liane gerade überhaupt nicht, aber sie öffnete natürlich trotzdem.

»Hallo, Sandra! Das ist aber 'ne echte Überraschung, so lange wie wir uns schon nicht mehr gesehen haben.«

»Ja, ist wirklich schon eine ganze Weile her. Schade eigentlich, oder?«

»Ja, ich muss allerdings gestehen, dass ich vor allem immer auf dein Essen scharf war. Ich habe es damals zu dir gesagt, und ich sage es gerne wieder: Wenn du mit dem Kochen jemals wieder anfangen solltest, verlange ich, dass du mich sofort informierst«, forderte Liane.

Sandra wurde ein wenig rot und lächelte verlegen.

»Und nun bist du scharf auf meine Massagen?«, spekulierte Liane.

»Ach so, ja ... nein, deswegen bin ich nicht hier. Ich, äh ...«

Sie schien nicht recht zu wissen, wie sie anfangen sollte, trat verlegen von einem Bein aufs andere und warf immer wieder besorgte Blicke zu Boden. Liane hatte den Eindruck, dass ihr irgendetwas unangenehm war. Statt sie aber danach zu fragen, wartete sie geduldig, bis Sandra die richtigen Worte gefunden haben würde. Gleichzeitig war sie fest entschlossen, ihre Besucherin auf keinen Fall hereinzubitten. Eigentlich wäre das angesichts der Bindfäden, die gerade mal wieder vom Himmel fielen, nur angemessen gewesen. Aber hatten ihre Eltern nicht genau für Situationen wie diese ein kleines Dach über dem Eingang montiert? Es war nun mal bedeutend einfacher, unerwünschten Besuch an der Tür abzuwimmeln. Jemanden wieder loszuwerden, den man in sein Haus gelassen hatte, konnte ein verdammt schwieriges und langwieriges Unterfangen sein.

»Sag mal, stimmt es, dass hier ...«, Sandra sah wieder kurz zu Boden, »... am Sonntag vor eurer Tür ein Toter gelegen hat?«

»Ach du meine Güte«, entfuhr es Liane. »Stille Post in Friedrichskoog, das ist doch immer wieder ein Abenteuer. Entschuldige, Sandra, aber der hat nicht *hier* vor unserer Tür gelegen, der hat *da* auf dem Rasen gelegen«, erklärte sie und zeigte in die entsprechende Richtung. »Wundert mich direkt, dass es bei nur einem Toten geblieben ist«, fügte sie murmelnd an.

Sandra sah sich kurz zum Rasen um und fragte: »Wer war es denn?«

»Du, bloß weil der hier lag, kenne ich den nicht automatisch.«

»Nein, schon klar. Aber du warst ja immerhin mal bei der Polizei. Und nach allem, was man so hört, kannst du ja wohl auch ganz gut mit Hauptkommissar Saalfeld«, preschte Sandra vor, besaß aber so viel Anstand, ein wenig rot zu werden.

»Hört man das also?«, sagte Liane kühl. »Weißt du, Sandra, ich könnte mich hier mit dir bestimmt noch stundenlang in Spekulationen ergehen, mit wem ich so alles kann und mit wem vielleicht nicht …«

»Nein, nein, bitte nicht sauer sein! Ich wollte dir nicht zu nahe treten.«

»… aber es stehen heute noch ein paar Kunden auf meinem Zettel, und ich habe praktisch jetzt gerade meine vorgezogene Mittagspause, wenn man es denn so nennen will. Wenn du also nicht aus reiner Sensationsgier hier bist, sei so gut und komm auf den Punkt.«

Sandra seufzte enttäuscht und atmete durch. »Am Samstag hat in meinem Hotel doch diese Veranstaltung stattgefunden.«

Liane zog die Stirn kraus. »Müsste ich davon wissen?«

Frau Herr lachte, als hätte Liane sich einen ganz passablen Witz erlaubt. »Lass mal überlegen. Äh – ja!«

Liane konnte sich beim besten Willen nicht daran erinnern, etwas von dieser Veranstaltung gehört zu haben. »Tut mir leid, Sandra. Hilf mir mal auf die Sprünge.«

»Na, Samstagabend. Zweiundzwanzig Männer, die sich selbst feiern. Essen, Pokern, Saufen und Rauchen, als gäbe es kein Morgen, und dabei die ganze Zeit über Rockmusik aus den Siebzigern laufen lassen. Die hatten doch sogar ein paar … äh … Servicekräfte engagiert, die ihnen den ganzen Abend über die

Getränke gereicht haben. So ganz magere Klappergestelle waren das.«

Liane verkniff sich ein Grinsen. Sie hatte das Gefühl, dass die Servicekräfte nicht angeheuert worden waren, um sich aufs Bedienen zu beschränken. Zumindest nicht nur mit Getränken. Und sie war sich ziemlich sicher, dass Frau Herr das auch genau wusste.

»Ich hatte denen sogar schon eine Trischendamm-Wanderung organisiert – also, für den Fall, dass die Interesse an einem Event vor dem Event haben, und um die Gegend hier ein wenig in sich aufzunehmen. Timo meinte, so was in der Art könnte bei einigen durchaus auf Interesse stoßen. Zumindest bei denen, die hier auch übernachten wollten. Das waren immerhin zwölf. Aber als die dann hörten, dass der Damm über zwei Kilometer lang ist, hatte sich das mit dem Interesse bei allen erledigt.«

»Faule Bande! Und, äh – warum hast du das Servieren nicht machen dürfen? Oder wolltest du nicht?«, fragte Liane und war neugierig auf die Reaktion.

»Ich?«

Liane zuckte mit den Schultern und entsendete ein wissendes Lächeln in Richtung Hotelbetreiberin.

»Ach, na ja, ich … die wollten das halt anders haben, und der Gast ist nun mal König. Außerdem hat Timo gut gezahlt. Er hatte sich auch extra ausgebeten, an diesem Abend keine anderen Gäste aufzunehmen, und das habe ich zu dem Preis gerne akzeptiert. Du weißt, wie hart umkämpft das Gewerbe ist, Liane, da muss jeder sehen, wo er bleibt. Das gilt auch für uns. Ein so lukratives Geschäft auszuschlagen wäre einfach nur dumm gewesen. Gerade jetzt, wo diese *Gutmenschen* vom Gewerbeamt uns so zusetzen. Und du musst mir bitte glauben, dass ich vor der Zusage Skrupel hatte. Ich glaube, wenn es nicht Timo gewesen wäre, hätte ich trotz des vielen Geldes vielleicht doch abgelehnt.«

Liane hatte Mühe, Schritt zu halten. »Entschuldige bitte, aber hast du gerade dreimal den Namen meines Mannes fallen lassen? Oder sprichst du von einem anderen Timo?«

Wieder dieses deplatziert erscheinende Lachen. »Äh, nein, ich spreche von deinem Timo.«

Liane blinzelte verwirrt. »Mein Timo hat am Wochenende eine Party bei dir steigen lassen?«

»Ja.«

»Mit … dünnen Servicekräften?«

»Wie ich sagte«, bekräftigte eine erneut rot werdende Frau Herr und legte den Kopf schief. »Sag bloß, das hast du nicht gewusst.«

»Nein. Habe ich nicht«, antwortete Liane nach kurzem Zögern.

»Oh!«

Liane brauchte ein paar Sekunden, um sich aus der Umklammerung dieser faustdicken Überraschung zu befreien. Sandra Herr nutzte die Zeit, um ihre nächsten Worte auf weitere Fettnäpfchen zu prüfen.

»Jetzt bin ich aber so richtig neugierig, warum du eigentlich hier bist, meine Liebe«, sagte Liane mit erzwungener Ruhe.

»Ist eigentlich gar nichts Wildes. Wie gesagt, zwölf von ihnen hatten ein Zimmer für die Nacht. Die haben sich am nächsten Morgen alle ganz eilig wieder aus dem Staub gemacht. Nicht einer von ihnen wollte ein Frühstück, ist das zu fassen? – Vergiss es, egal«, fügte sie schnell an, als sie Lianes ungeduldigen Blick bemerkte. »Auf jeden Fall steht auf unserem Parkplatz seit Samstagabend ein weißer Porsche Cayenne mit Rendsburger Kennzeichen. Er muss einem der Teilnehmer gehören. Ich wollte Timo bitten, dass er den Besitzer auffordert, ihn da endlich wieder wegzufahren. Da ich seine Handynummer aber nicht habe und bei euch gestern keiner ans Telefon gegangen ist, hatte ich gehofft, du würdest dich darum kümmern.«

In Liane wurde es ganz warm und ruhig. Die Ungewissheit darüber, womit ihr lieber Mann sie in letzter Zeit hinterging, schien sich endlich aufklären zu lassen. »Na klar, mach ich. Du hast nicht zufällig das Kennzeichen des Fahrzeugs parat?«

»Doch, schon.« Sandra holte einen Zettel aus ihrer Gesäßtasche hervor und reichte ihn Liane. »Meistens wissen Männer ja, was für Karren ihre Kumpels fahren. Gerade wenn es so ein Geschoss ist. Aber ich wollte sichergehen.«

»Ich sage es Timo, versprochen, Sandra.«

Und noch so einiges mehr, verlass dich drauf, fügte sie in Gedanken hinzu.

Liane fackelte nicht lange. Als Sandra Herr wieder gegangen war, versuchte sie sofort, ihren Mann auf seinem Handy zu erreichen. Der drückte ihre drei Anrufe einfach weg. Also versuchte sie es auf seinem Dienstapparat, aber selbst die Telefone der Bundeswehr hatten mittlerweile ein Display, sodass er ihre Nummer sehen konnte und den Anruf nicht entgegennahm. Stattdessen aktivierte sich nach mehrmaligem Klingeln die Anrufweiterschaltung, und sie landete im Geschäftszimmer seiner Inspektion. Die dort eingesetzte Soldatin, deren Büro direkt neben Timos lag, wie Liane sehr wohl wusste, klang überfordert und richtete Liane mit zittriger Stimme aus, dass Stabsfeldwebel Maschmann zurzeit nicht abkömmlich sei. Liane kochte vor Wut, legte aber rechtzeitig auf, bevor sie die dumme Idee, diesen Gemütszustand an dem armen Mädchen abzureagieren, in die Tat umsetzen konnte.

Stattdessen versuchte sie es bei Saalfeld, um über ihn zumindest schon mal den Halter des weißen Porsche ermitteln zu lassen. Sie wollte wissen, was für Kerle das waren, die sich von ihrem Mann eine Party mit »dünnen Servicekräften« organisieren ließen. Aber auch er reagierte nicht auf ihren Anruf. Im Gegensatz zu Timo tat Saalfeld das nur, wenn *echte* wichtige Obliegenheiten seine volle Aufmerksamkeit erforderten, das wusste Liane. Das war tröstlich, half ihr aber vorerst nicht weiter.

Ein paar Minuten lang saß sie neben dem Telefon und starrte es schmollend an, als trüge es eine Mitschuld an der ganzen Misere mit ihrem Mann und Saalfeld und dem Massieren und überhaupt allem, was jemals in ihrem Leben schiefgelaufen war. Dann meldete sich ihre Kämpfernatur und erinnerte sie daran, dass sie über andere Verbindungen verfügte, um den Halter des weißen Bonzen-Schlittens ermitteln zu lassen. Sie entschied sich kurzerhand für einen Kollegen, der zurzeit bei der Schutzpolizei in Kiel-Gaarden seinen Dienst versah. Erst vor einer Woche hatte sie mit ihm gesprochen, um ihm zum Geburtstag zu gratulieren. Das würde ihr den nervigen Small Talk ersparen, an dem man nach längerer Zeit ohne Kontakt ansonsten nicht vorbeigekommen wäre. Wie es sich gehörte, fragte er nur nach dem Kennzeichen, RD-NL 31, ohne sie mit überflüssigen Fragen in Bedrängnis zu bringen. So brauchte sie nicht zu lügen, und er musste kein Arschloch sein.

Keine zehn Minuten später rief er sie zurück und nannte ihr den gewünschten Namen nebst Adresse. Halter des weißen Porsche war ein gewisser Roland Kaspers, wohnhaft in Nortorf bei Neumünster.

Liane freute sich, dass es so schnell gegangen war. Sie unternahm noch zwei Versuche, zu ihrem Mann durchzudringen, aber die wurden erneut gnadenlos abgebügelt. Sie hatte auch nichts anderes erwartet. Also verbrachte sie die verbliebene Stunde Freiheit so, wie sie es sich vor dem Besuch von Sandra Herr vorgenommen hatte. Wer sich hinter dem Namen Roland Kaspers verbarg, wollte sie erst am Abend herausfinden, wenn sie die letzten Kunden des Tages behandelt hatte.

***

Der zweite ihrer beiden Nachmittags-Kunden war vor etwa einer Stunde gegangen. Liane stand splitternackt vor dem Badezimmerfenster und beobachtete, wie Hauptkommissar Jan Saalfeld eilig aus seinem Dienstwagen stieg und unter dem Regen durch zu ihrer Haustür lief.

Eigentlich hatte sie ein Bad nehmen wollen. Das Wasser war bereits eingelassen, bedeckt von einer beachtlichen Schaumkrone, die darauf wartete, dass Liane sich unter ihr versteckte. Das Radio lief. RSH spielte ausnahmsweise mal wieder Musik, mit der sie etwas anfangen konnte. Auf dem gemauerten Rand der Wanne stand eine Flasche eiskaltes Bier, an der der Wasserdampf kräftig kondensierte. Das brauchte sie jetzt, denn sie stand gerade unter einer Art Schock, war aufgeregt, fahrig und konnte keinen klaren Gedanken fassen. Schuld an diesem Zustand waren Roland Kaspers und ihr Mann Timo.

Schon als ihr letzter Kunde noch im Behandlungsraum war und sich gerade wieder anzog, hatte sie Kaspers' Namen durch die Suchmaschine gejagt. Die spuckte eine Vielzahl an Ergebnissen aus und bot auch gleich ein paar Bilder an, die zu diesem Namen im Netz zu finden waren. Liane stockte der Atem. Sie legte das Tablet mit der Displayseite auf den Tresen, gepeinigt von spontan aufflammender Ungeduld, dass ihr letzter Kunde endlich fertig wurde. Sobald sie ihn wenige Minuten später verabschiedet hatte, riss sie das Tablet wieder an sich und tippte eines der Bildchen an, ließ es sich in Originalgröße anzeigen. Es stammte aus einem Artikel in den Kieler Nachrichten und zeigte Kaspers zusammen mit einem anderen Mann, einem Künstler aus der Nähe von Nortorf. Sie versuchte sich einzureden, dass sie sich irren musste – vergeblich, denn sie erkannte den hässlichen Anzug wieder. Nachdem sie sich auch die anderen Bilder vergrößert angesehen hatte, gab es vor der Erkenntnis kein Entrinnen mehr. Roland Kaspers war der Tote, den sie am Sonntagmorgen auf ihrem Rasen gefunden hatte, daran bestand überhaupt kein Zweifel.

Sofort waren lauter schreckliche Schlussfolgerungen mit grausam stringenter Logik über Liane hergefallen. Timo hatte kein Wort darüber verloren, dass er den Toten kannte. Dabei hatte er, praktisch vor ihrer Nase, aber dennoch ohne ihr Wissen, eine Party organisiert, an der Kaspers nach Lage der Dinge teilgenommen hatte. Eine Party mit »dünnen Servicekräften« und einem Gast, der ausgerechnet auf ihrem Rasen verblutet war, einige Kilometer vom Veranstaltungsort entfernt. Warum hatte Timo eine so wichtige Information einfach zurückgehalten? Das ließ ihn nicht nur schlecht dastehen, sondern konnte sogar verhängnisvoll sein, wenn es rauskam. So wie jetzt.

Im Affekt schnappte sie sich ihr Handy und wählte Jan Saalfelds Nummer, brach den Anruf aber schon nach dem ersten Freizeichen wieder ab. Sie konnte ihm das nicht erzählen. Sie durfte nicht. Schlimmstenfalls musste sie davon ausgehen, dass Timo tatsächlich etwas mit dem Tod von Herrn Kaspers zu tun hatte. Sie konnte von Saalfeld unmöglich verlangen, dass er Informationen zurückhielt oder gar verfälschte, damit sie mehr Zeit gewann, um Aufschluss über die Rolle ihres Mannes in dieser Sache zu gewinnen. Sie hatte Saalfeld schon oft genug in Gewissensnöte gebracht. Es war noch gar nicht lange her, dass sie sich vorgenommen hatte, diese Form der unausgesprochenen, emotionalen Erpressung nicht überzustrapazieren. Nein, vorerst durfte niemand etwas wissen. Nicht Jan Saalfeld und schon gar nicht ein gewisser Hauptkommissar Christiansen. Sie musste jetzt allein klarkommen.

Also versuchte sie es wieder einmal bei ihrem Mann, aber der blieb seiner Linie treu. Er reagierte auch nicht auf ihre Textmitteilung, die sie den erfolglosen Anrufen folgen ließ. Ohne Details zu nennen, brachte sie darin die Dringlichkeit eines sofortigen Gespräches zum Ausdruck, doch auch das schien ihn nicht zu beeindrucken.

Erst sehr viel später war sie über die Reihenfolge ihrer Kontaktversuche gestolpert. Ihr Mann, der Mensch, mit dem sie den Bund der Ehe geschlossen hatte, die Person, die ihr gerade noch mehr Kopfzerbrechen als sonst bereitete, war wie selbstverständlich erst an zweiter Stelle gekommen. *Nach* Jan Saalfeld.

Und jetzt, wo Saalfeld auf ihre Haustür zuging, wurde ihr klar, dass sie mit seinem Besuch hätte rechnen müssen. Sie hatte zweimal erfolglos versucht, mit ihm in Kontakt zu treten. Er war nicht der Typ, der es einfach dabei beließ. Saalfeld hakte nach.

Liane schnappte sich ein großes Handtuch, wickelte es direkt unterhalb der Achseln um den Körper und schaffte es, die Haustür zu öffnen, bevor Saalfeld klingeln konnte.

Ihm sank praktisch sofort der Kiefer herunter, während er sich ein wenig Zeit nahm, um den Anblick zu verarbeiten – und zu genießen. Er sah sich noch kurz um, bevor er sagte: »Das wirft jetzt ganz viele Fragen auf.«

»Steh da nicht blöd rum und komm endlich rein. Unter dem Handtuch bin ich nackt.«

Saalfeld rollte mit den Augen. »Musstest du das jetzt so betonen? Warum tust du mir das an?«, jammerte er und betrat das Haus wie unter Qualen.

»Witzbold. Warum wohl sonst das Handtuch? Ich wollte gerade ein Bad nehmen und habe nun mal nicht mit dir gerechnet.«

Sie bemerkte seinen verträumten Blick, in dem auch eine unausgesprochene Frage lag. Sie hatte aber keine Lust, darauf einzugehen, und keine Zeit, sich davon zumindest geschmeichelt zu fühlen. Ihr Badewasser wurde kalt. »Bist du aus einem bestimmten Grund hier?«

»Hey, warum so schroff? Man könnte glatt meinen, dass du mich möglichst schnell wieder loswerden willst.«

»Du meinst, ich sollte es etwas mehr genießen, dass du mir auf die Beine starrst und deiner Phantasie grünes Licht gibst, um die Konturen des Handtuchs zu interpretieren?«

Saalfeld blinzelte sie rat- und hilflos an.

»Lektion des Tages: Stelle dich nie zwischen eine Frau und ihr Schaumbad. Und nun raus mit der Sprache, warum bist du hier?«

Saalfeld erweckte den Anschein, als wäre er zumindest ein kleines bisschen brüskiert. Liane tat es sofort leid, denn sie wusste natürlich nur zu gut, was ihn hergelockt hatte. Und dass ihm seine bemerkenswert eiserne Zurückhaltung bestimmt nicht leichtfiel, konnte sie sich durchaus denken. Dennoch hielt er, ohne jemals zu klagen oder Liane auch nur sanft zu bedrängen, anstandslos durch. Er hatte sie jedenfalls noch nicht nackt zu Gesicht bekommen, und in diesem Moment trennte ihn nur das Missgeschick eines fallenden Handtuchs vom Blick in die Sonne. Eindeutig eine prickelnde Situation, in der sie sich da gerade befanden. Aber nur, wenn sie mitspielte, und, bei aller Liebe, das würde sie auf gar keinen Fall tun, denn danach stand ihr gerade wirklich nicht der Sinn.

Saalfeld sah sie wie ein geprügelter Hund an. »Du hast versucht, mich zu erreichen. Zwei Mal.«

Liane seufzte tief und justierte den Sitz des Handtuchs ein wenig nach. Dass Saalfeld sie dabei sehr aufmerksam beobachten würde, kam ihr erst in den Sinn, als sie schon dabei war. »Deswegen musst du doch nicht gleich alles stehen und liegen lassen, um bei mir persönlich nach dem Rechten zu sehen. Ich war einfach nur neugierig, ob ihr inzwischen herausgefunden habt, wer der Tote ist«, log sie.

»Ach so. Nein, hab noch nichts gehört«, antwortete Saalfeld und sah zu Boden.

Sie konnte an seinem Gesicht ablesen, dass er sich gerade unglaublich dämlich und wahrscheinlich auch ein klein wenig gedemütigt vorkam. Dabei hatte er es nur gut gemeint. Das war allein ihre Schuld, und sie bedauerte das zutiefst, brachte es aber trotzdem nicht fertig, ihn einzubeziehen. Gerade weil er ihr so wichtig war. Sie musste ihn jetzt bitten, zu gehen. Hier mit ihm zu stehen und so zu tun, als wäre gerade alles mehr oder weniger normal, kostete sie viel zu viel Kraft. Sie musste allein sein, um erst mal wieder zur Ruhe zu kommen und dann alles durchdenken zu können. »Nimm es mir bitte nicht übel, Jan, aber ich habe heute leider keinen allzu guten Tag. Ich bin gerade mit meinen Patienten durch und möchte für den Rest des Tages nur noch egoistisch sein und mich um mich selbst kümmern, beginnend mit einem schönen langen Schaumbad. Ich melde mich morgen wieder bei dir. Ist das okay für dich?«

Er lächelte, sah sie aber nicht an. »Na klar, alles in Ordnung. Genieß dein Bad und entspann dich.«

Sie wollte ihn zum Abschied noch kurz drücken und ging ein paar Schritte auf ihn zu, aber er hatte sich schon abgewandt und verließ das Haus, ohne sich noch einmal zu ihr umzudrehen.

Anna Hufschmied – Bestechende Logik – Wer ist ihr Auftraggeber? – Was auf der Strecke blieb

Es war noch früh am Morgen, gerade mal kurz vor acht, aber Liane hatte Hummeln im Hintern und sich bereits auf den Weg nach Nortorf gemacht, einer kleinen Stadt zwischen Rendsburg und Neumünster, von der sie nie bewusst Notiz genommen hatte. Daran hatte auch der ihr bislang unbekannte Umstand nichts ändern können, dass sich an deren westlichem Rand der geografische Mittelpunkt Schleswig-Holsteins befand. Liane stolperte über ein paar Fotos von dem markierenden Betonsiegel, eingerahmt von zwei Stelen, auf denen sich die Wappen des Bundeslandes und der Stadt befanden.

Sie war aufgeregt, sogar gut gelaunt und voller Energie, und das trotz des beständig erbärmlichen Schietwetters.

Nachdem sie Saalfeld am Vortag so unsanft vor den Kopf gestoßen hatte, war es mit ihr, allen Gewissensbissen zum Trotz, tatsächlich bergauf gegangen. Das Schaumbad hatte die erwünschte Wirkung entfaltet und sie alles klarer sehen lassen. Natürlich war die Situation mit Timo immer noch prekär und konnte ihr im schlechtesten Fall noch viel mehr Kummer bescheren, als sie das ohnehin schon tat. Liane war aber schon immer in der Lage gewesen, selbst ungünstigste Umstände einfach als gegeben zu akzeptieren, wenn sie sich sowieso nicht mehr ändern ließen, um dann mit voller Kraft daran zu arbeiten, für sich selbst das Beste daraus zu machen.

Nachdem sie ihre fast zweistündige Bade- und Denksession beendet hatte, verbrachte sie den Rest des Tages mit Recherchen und einer Flasche Rotwein. Nun gut, ein paar Zigaretten kamen auch zum Einsatz, aber das wusste nur sie. Mittelpunkt der Recherchen war Roland Kaspers gewesen, Opfer eines Gewaltverbrechens, ermordet und abgeladen – nicht zwingend in dieser Reihenfolge – auf ihrem Grundstück.

Kaspers hatte sich seine Brötchen ursprünglich als Apotheker verdient. Dann, vor etwa drei Jahren, war Fortuna ihm hold gewesen. Ein Lottogewinn in unbekannter Höhe ermöglichte es ihm, seinen Beruf an den Nagel zu hängen und nur noch das Leben zu genießen – was ihm wohl bald zu langweilig wurde. Kaspers begann, sich für innovative Geschäftsideen aufstrebender Möchtegern-Unternehmer zu interessieren. Er machte sich schnell einen Namen als Mann, der nicht nur in vielversprechend erscheinende Start-Ups investierte, sondern dabei auch ein verdammt feines Näschen bewies. Wer von ihm gefördert wurde, konnte fast sicher sein, dass sich die Geschäftsidee als tragfähig erweisen würde. Eine Investition von Kaspers entwickelte sich zum Qualitätsmerkmal, und inzwischen verdankten einige dieser ehemaligen Möchtegern-Unternehmer ihren Fuß in der Tür zum Großunternehmertum dem Wohlwollen von Kaspers.

Irgendwann hatte ihm offenbar auch dieses Betätigungsfeld nicht mehr gereicht, und so wandte er seine Aufmerksamkeit der Kunst zu. Speziell die Malerei hatte es ihm angetan. Das Interesse der Allgemeinheit an seiner neu entdeckten Passion war ihm durch seine geschäftlichen Erfolge natürlich gewiss. In einigen Zeitungsartikeln und Blog-Einträgen waren in diesem Zusammenhang allerdings auch unverblümt abfällige Kommentare zu finden, in denen zum Ausdruck gebracht wurde, dass Kaspers in unternehmerischer Hinsicht ein Visionär sein mochte, von Kunst aber leider überhaupt keine Ahnung habe. Man bezeichnete ihn als Banausen, als leicht zu beeindruckenden Narren, der sich von der Maxime leiten ließ, dass alles, was ihm gefiel, auch qualitativ hochwertig sein musste. Es schien jedoch, als hätte Kaspers sich von diesen Kommentaren nicht beeindrucken lassen, denn er setzte sein Mäzenatentum auch in diesem Segment unbeirrt fort.

Mit Hilfe der Zeitungsartikel, zu denen es in den meisten Fällen mindestens ein Foto gab, war es Liane schnell gelungen, ein paar Nutznießer von Kaspers' Großzügigkeit, nämlich einen Künstler und vier Jungunternehmer, zu identifizieren. Deren Adressen herauszufinden war dann ein Kinderspiel. Darüber hinaus war da noch Kaspers' Schwester, Inge Kaspers, die auf vielen Fotos als seine Begleitung zu sehen war. Liane hatte den Eindruck gewonnen, dass sie die Frau an seiner Seite gab, weil er keine Frau an seiner Seite hatte.

Zusammen mit Kaspers' Nachbarn aus Nortorf gab es also ein

erkleckliches Sümmchen an potenziellen Gesprächspartnern, mit deren Hilfe Liane ihr Kaspers-Bild vervollständigen konnte. Auf dieser Grundlage würde sie dann weitere Schlüsse ziehen und dem Täter – der hoffentlich nicht ihr eigener Mann war – vielleicht wirklich auf die Spur kommen. Jawohl, sie würde wieder ermitteln. Es war das erste Mal seit ihrer Demission bei der Polizei, dass sie komplett ohne das Wissen oder die Unterstützung von Saalfeld vorging. Die Geheimnistuerei und der leidlich illegale Touch, gleich zwei Umstände, die eigentlich sofort ein schlechtes Gewissen und eine Intervention ihrer Vernunft nach sich ziehen sollten, erzeugten nur zusätzliches Knistern.

Sie hatte einige Zeit darauf verwendet, sich eine gute Geschichte zurechtzulegen. Immerhin konnte sie nicht einfach dort auftauchen und sich als die Frau vorstellen, deren Rasen mit dem Blut des kürzlich ermordeten Herrn Kaspers gedüngt wurde. Bislang wussten nur Liane und Timo von seinem Tod, und sie würde nicht so dumm sein, diesen Kreis zu erweitern. Nein, sie würde ein Pseudonym benutzen, in Verbindung mit einer frei erfundenen Vita. In den nächsten Stunden war sie Anna Hufschmied, eine erfolgreiche Privatermittlerin aus Dithmarschen.

Kaspers' Haus befand sich am nordöstlichen Ortsrand von Nortorf, das mittlere von drei Häusern in einer Stichstraße. Das Gebäude selbst war ein Bungalow, weiß verklinkert mit schwarzem Dach und einem üppig begrünten, dabei aber gepflegten Grundstück – wie alle anderen Häuser drum herum. Liane konnte erkennen, dass dies keine neue Wohnsiedlung war: Bäume, Sträucher und Hecken hatten bereits Dimensionen erreicht, für die mindestens zwei Jahrzehnte ins Land gegangen sein dürften. Bemerkenswerterweise sah man den meisten Häusern dieses Alter nicht unbedingt an. Eine gutbürgerliche Umgebung, die etwas hermachte und in der man sich wohlfühlen konnte. Dennoch wäre Liane nicht auf die Idee gekommen, dass ausgerechnet hier ein vermögender Mann leben sollte. Der plötzliche Reichtum hatte augenscheinlich nicht dafür gesorgt, dass Kaspers die Bodenhaftung verlor. Lianes ursprünglicher Plan hatte vorgesehen, es jeweils bei den beiden Häusern links und rechts von Kaspers zu versuchen.

Da ihr dort aber niemand öffnete, weitete sie ihre Bemühungen aus und hatte immerhin bei drei entfernteren Nachbarn Glück.

In allen Fällen wurde ihr von Frauen in den Fünfzigern und Sechzigern geöffnet, die scheinbar allein zu Hause waren und Liane nach kurzer, aber gestrenger Musterung bereitwillig hineinbaten, Getränke anboten und freimütig Auskünfte erteilten. Die Grundlage für ein erstes Bild von Kaspers. Es zeigte einen leicht kauzigen Mann, der zwar immer freundlich und gut gelaunt daherkam, sich aber dennoch nicht großartig in die Nachbarschaft einbrachte. Ein durch und durch unscheinbarer und uninteressanter Kerl, der nicht mal hübsch anzusehen oder wenigstens geheimnisvoll war. Ruhig, ohne Frauen oder Kinder, lebte er einfach sein Leben.

Auf ihr Nachhaken, ob es denn jemanden gäbe, mit dem sich Kaspers besonders gut verstehen würde oder mit dem er im Clinch läge – beides war angeblich nicht der Fall –, kam bei jeder der drei Frauen erstmals die Frage auf, ob er vielleicht etwas angestellt habe. Liane versicherte dann, dass dies nicht der Fall war und dass sie wirklich nur beauftragt wurde, Kaspers' aktuellen Aufenthaltsort herauszufinden. Liane hatte das Gefühl, dass sie ihr die Geschichte abkauften.

Inzwischen war es bereits Mittagszeit. Liane brummte der Schädel, und sie war ziemlich hungrig. Statt jedoch sofort etwas gegen diesen Hunger zu unternehmen, klappte sie ihren Regenschirm auf und schlenderte noch ein wenig durch die Straße, in der Kaspers bis vor Kurzem gelebt hatte. Dabei rauchte sie gleich zwei Zigaretten hintereinander. Es war schon komisch, wie angestrengtes Zuhören ihr Verlangen nach diesen giftigen Scheißdingern förderte.

Schließlich fuhr sie in die Innenstadt. Nortorf war eigentlich nicht besonders groß, mit einer Einwohnerzahl knapp über sechstausend aber doch deutlich größer als Friedrichskoog. Sie parkte am Marktplatz, direkt vor der neugotischen St.-Martin-Kirche, und kehrte bei einem Griechen mit dem verheißungsvollen Namen »Dionysos« ein. Wein trank sie dort zwar keinen, aber sie bestellte sich eine Portion Moussaka, die ihr ausnehmend gut schmeckte.

Danach, etwa eine Dreiviertelstunde später, nahm sie die nächste Personengruppe in Angriff: die Jungunternehmer, die von Kaspers finanziell unterstützt worden waren. Sie hatte sich vier herausgesucht und hoffte auf eine höhere Erfolgsquote als bei den Nachbarn. Ansonsten wäre ihre Mission vorbei, ohne dass sie wirklich spektakuläre Erkenntnisse hätte gewinnen können.

Es begann wie befürchtet. Die ersten drei Herren auf ihrer Liste waren für sie nicht erreichbar, und Liane sah bereits ihre Felle davonschwimmen. Erst bei Nummer vier hatte sie Erfolg. Erik Jeckel, ein junger Mann Ende zwanzig, klein, blass, spindeldürr und milchgesichtig. Und offenbar so etwas wie ein Computergenie. Er hatte sich darauf spezialisiert, die App-Ideen anderer Menschen binnen achtundvierzig Stunden nach Auftragserteilung technisch umzusetzen. Auch er begegnete Liane praktisch ohne jedes Misstrauen und war gleich bereit, ihr Rede und Antwort zu stehen. Sie war sich allerdings sehr schnell darüber im Klaren, dass diese Bereitschaft zu mindestens siebzig Prozent ihrem hübschen Gesicht und ihren sekundären Geschlechtsmerkmalen geschuldet war. Das unentwegte Abschweifen seines Blickes war höchst verräterisch. Liane war an solche Reaktionen allerdings durchaus gewöhnt und daher auch nicht übertrieben kleinlich. Immerhin half es ihr weiter. Es zeigte sich jedoch schnell, dass dieser junge Mann keine echte Hilfe sein würde. Er wollte nicht über Kaspers sprechen, sondern viel lieber über sich selbst. Wenn Liane insistierte, sprach Jeckel ihm nur ein kurzes Lob aus, weil er immerhin der Mann gewesen war, der sein enormes Potenzial erkannt und gefördert hatte. Womit er dann wieder bei seinem Lieblingsthema war. Liane musste schließlich einsehen, dass es hier nur eine Art Endlosschleife von Jeckels Selbstverherrlichungen abzugreifen gab, während der sie auch noch mit den Augen ausgezogen wurde. Also brach sie die Befragung ab.

Zum Abschied zeigte sich Jeckel naiv und größenwahnsinnig genug, seine Chance gekommen zu sehen und die von ihm gezeigte Gesprächsbereitschaft mit dem Einfordern einer Gegenleistung zu verbinden. Dabei trat er ganz nah an sie heran, legte eine Hand auf ihre linke Pobacke und griff zu. Wenige Sekunden später versuchte er heulend und wehklagend, den Schmerzen des bis zum Anschlag umgedrehten Armes auszuweichen. Dass es so weit kommen musste, war natürlich ärgerlich, aber leider auch unvermeidbar.

***

Jens Lindemann war der letzte Name auf ihrer Liste. Ein Mann, der in seiner Eigenschaft als Künstler von Kaspers gefördert worden war. Er lebte nicht direkt in Nortorf, sondern etwa sieben Kilometer außerhalb, in einem Ort namens Oldenhütten. Ein Dorf im wahrsten Sinne des Wortes, so klein, dass sogar Friedrichskoog im direkten Vergleich groß wirkte. Im Prinzip bestand es nur aus einer Hauptstraße, von der ein paar kleine Verästelungen abgingen. Liane schätzte, dass das Dörfchen keine zweihundert Einwohner zählte.

Lindemanns Haus befand sich direkt am Ortseingang auf der linken Seite, etwas oberhalb eines größeren Ackers gelegen. Liane lenkte den Wagen auf die Auffahrt und ließ das Bild kurz auf sich wirken. Alles hier wirkte irgendwie antik auf sie, abgesehen von der Auffahrt, die wohl erst vor Kurzem neu gepflastert worden war. Das Haus jedoch hatte bestimmt schon ein hohes zwei-, wenn nicht sogar dreistelliges Alter.

Liane stieg aus, verzichtete für die paar Meter auf den Schirm und klopfte an die Tür, was sofort mit energischem Hundegebell beantwortet wurde. Sie verzog das Gesicht. Dieser Kelch war bislang an ihr vorübergegangen. Die Chemie zwischen ihr und dem treuesten Freund des Menschen war aus irgendeinem Grund gestört. Eigentlich hatte sie nichts gegen Hunde, aber die mochten sie in der Regel nicht. Fast hoffte sie, dass Herr Lindemann nicht zu Hause war. Aber schon hörte sie, wie sich der Schlüssel in der dunklen Eichenholztür wand, die gleich darauf aufschwang. Zum Vorschein kam ein großer schlanker Mann mit Brille, dünnem hellblonden Haar und einem ebenfalls blonden Schnauzbart, irgendwo zwischen Ende vierzig und Anfang fünfzig.

Ein Blick in seine Augen genügte, um zu erkennen, dass er sprichwörtlich den Schalk im Nacken hatte. Er begrüßte sie nur mit einem knappen »Hallo«, aber er schaffte es, dieses kleine Wort so zu betonen, dass es noch weit mehr zum Ausdruck brachte. In etwa, dass er bis zu einem Besuch wie diesem, von dem er schon immer geträumt hatte, frustrierend lange ausharren musste, jetzt aber bestimmt nicht so dumm sein würde, sich über die Wartezeit zu beklagen. Sein ganz leicht anzügliches Lächeln bestätigte diesen Eindruck.

»Sind Sie Herr Jens Lindemann?«

»Ja, bin ich. Und wer sind Sie?«

»Freut mich, Sie kennenzulernen, Herr Lindemann. Mein Name ist Anna Hufschmied, und ich bin Privatdetektivin.«

Lindemanns Grinsen wurde breiter. »Kein Scheiß? Eine richtige Privatdetektivin? Wie im Film?«

Liane spürte ihre Haare immer nasser werden, blieb aber gelassen. »Ich weiß ja nicht, auf welchen speziellen Film Sie sich da beziehen. Grundsätzlich gestaltet sich mein Berufsalltag deutlich unspektakulärer, als es in solchen Machwerken aus dramaturgischen Gründen üblicherweise dargestellt wird.«

Lindemann kicherte. »Alles klar, das müssen Sie sicher öfter klarstellen«, sagte er und wurde wieder etwas ernster. »Und was möchten Sie von mir?«

»Wenn meine Informationen stimmen, müssten Sie Herrn Roland Kaspers aus Nortorf kennen.«

»Roland. Ja, klar, den kenne ich.«

»Wissen Sie noch, wann Sie ihn zuletzt gesehen oder von ihm gehört haben?«

Lindemann sah sie skeptisch an. »Ist ihm was passiert?«

»Das herauszufinden ist mein Auftrag, Herr Lindemann. Darum bin ich hier.«

»Scheiße«, zischte Lindemann. Sein Blick blieb dabei skeptisch. »Darf ich fragen, wie Sie ausgerechnet auf mich gekommen sind?«

»Internet. Der Artikel über das Atelier, das Sie sich mit seiner Unterstützung einrichten konnten.«

Das zauberte das Lächeln zurück auf sein Gesicht. »Wollen Sie reinkommen?«

Liane wollte unbedingt.

Lindemann führte sie durch eine ziemlich kleine Küche und ein Esszimmer ins Wohnzimmer.

»Handtuch?«, fragte er über die Schulter.

»Danke, geht schon.«

Der Eindruck von hohem Alter setzte sich auch im Inneren des Hauses fort. Viele dunkle Möbel, Schränke, Stühle, Tische und sogar ein Salon-Flügel. Alles schien antik zu sein und wirkte ein wenig erdrückend auf Liane. Es hingen allerdings auch mehrere Bilder an den Wänden. Vor einem, ein Werk in leuchtenden Farben, wenig Landschaft, dafür viel blauer Himmel, in den jemand einen lachenden Drachen steigen ließ, blieb sie kurz stehen, weil sie sich für die Signatur interessierte. Wie vermutet war es ein echter Lindemann. Sie hatte leider überhaupt keine Ahnung von Kunst und bewertete Bilder und Skulpturen daher mit demselben Maßstab, den man Kaspers vorgeworfen hatte: Wenn es gefiel, war es auch gut. Und Lindemanns Bilder gefielen ihr.

Nachdem Liane Platz genommen hatte, bot Lindemann ihr einen Kaffee an, und sie akzeptierte dankend. Während er in die Küche zurückging, um den Kaffee zu holen, sah sie sich weiter um – und entdeckte den Aschenbecher, direkt vor ihrer Nase auf dem Tisch.

»Ist Rauchen bei Ihnen erlaubt?«, fragte sie, als er mit dem Kaffee zurückkam.

Lindemann stellte das Tablett auf den Tisch, nahm Platz, steckte sich eine Gitanes an und grinste herausfordernd.

Liane holte ihre Gauloises hervor und tat es ihm gleich.

»Wo ist eigentlich Ihr Hund?«

»Hündin. Die habe ich rausgelassen, ist hinten im Garten. Wenn Besuch kommt, wird sie immer ein wenig aufdringlich.«

Liane lächelte dankbar. »Ich würde dann gerne noch mal auf meine Frage von gerade eben zurückkommen, Herr Lindemann.«

»Das letzte Lebenszeichen von Roland? Pah – das ist 'ne Weile her. Bestimmt schon ein Vierteljahr, aber so genau weiß ich das gerade nicht.« Er sah sie durchdringend an. »Dann *ist* er also verschwunden?«

»Mein Auftraggeber befürchtet das. Herr Kaspers hat sich seit Tagen nicht gemeldet und ist auch nicht zu erreichen. Beides ist wohl ungewöhnlich für ihn. Ich versuche jetzt herauszufinden, wo ich nach ihm suchen könnte. Dabei bin ich auf die Unterstützung von Menschen angewiesen, die ihn kennen. Er scheint nicht viele richtige Freunde zu haben, aber es gibt zumindest Menschen wie Sie, denen er in der Vergangenheit finanziell unter die Arme gegriffen hat. Ich würde unterstellen wollen, dass das verbindet.«

»Das tut es«, bestätigte er. »Haben Sie auf dem Zettel, dass Roland eine Schwester hat? Inge Kaspers? Ah, von der haben Sie bestimmt den Auftrag, oder?«

»Nein, habe ich nicht. Aber ich weiß natürlich von ihrer Existenz. Sie wird heute auch noch Besuch von mir bekommen. Aber erst sind Sie dran.«

Lindemann schien an ihrem letzten Satz Gefallen zu finden. Er setzte wieder das leicht anzügliche Lächeln auf, mit dem er sie begrüßt hatte, und schaffte es, sie ein wenig verlegen zu machen.

»Wer ist das?«, hörte Liane plötzlich jemanden sagen und drehte sich um. Ein Junge im Teenageralter, schlank, drahtig und mit verschlafenen Augen, stand im Durchgang zwischen Esszimmer und Wohnzimmer. Er sah aus wie Lindemann, nur mit volleren Haaren, ohne Brille, ohne Schnauzbart und sehr viel jünger.

»Deine neue Betreuerin. Sag Hallo und dann verschwinde.«

Das Gesicht des Jungen blieb ausdruckslos. Stumm reckte er beide Daumen in die Höhe und trollte sich dann wieder. Konzentrierte Coolness steuerte jede seiner Bewegungen.

»Mein Sohn. Ein Prachtkerl«, erklärte Lindemann trocken.

»Ich verstehe.« Liane musste lachen. »Zurück zu Herrn Kaspers. Wie würden Sie ihn beschreiben, Herr Lindemann?«

»Roland beschreiben, hm. Er ist bodenständig. Er ist zurückhaltend. Er ist ein bisschen schräg. Und er ist jemand, den ich mag. Das fällt mir spontan zu ihm ein.« Er schwieg eine Weile und dachte nach. »Ein ziemlich intelligenter Kontrollfreak ist er. Kontrollfreak deswegen, weil er nicht gut delegieren kann. Er hat nämlich eine sehr klare Vorstellung davon, wie gewisse Dinge laufen sollten. Zu Beginn seines Mäzenatentums hatte er mal kurzzeitig einen Assistenten, aber der ist schon nach wenigen Wochen an Roberts Erwartungshaltung zerbrochen. Seitdem macht er alles selbst. Ja, ich glaube, man kann sagen, dass er manchmal etwas zu pedantisch ist, dann schießt er echt übers Ziel hinaus.

Komischerweise aber meist nur dann, wenn es um irgendwelche Nichtigkeiten geht – von der Assistenten-Sache mal abgesehen.«

Liane sah ihn fragend an.

»Okay, Beispiel. Ich sage zu ihm: Weißt du noch, Roland, als wir uns letzten Freitag über das und das unterhalten haben? Dann behauptet er aber, dass das am letzten Donnerstag war. Wenn man dann widerspricht und seine Version beharrlich in Frage stellt, kann er echt penetrant, sogar regelrecht fies werden. Sagt man ihm aber andererseits, dass er ein Arschloch ist, ein Geizhals, ein Dummkopf oder sonst eine Gemeinheit, nimmt er das klaglos hin, obwohl nichts davon stimmt. Verstehen Sie, worauf ich hinauswill? Roland ist ungefährlich, ein gutmütiger Spinner, der im Umgang mit anderen Menschen grundsätzlich eher defensiv ist und manchmal eben etwas unbeholfen agiert. Man sollte das nur nicht mit Schüchternheit, Schwäche oder gar Einfältigkeit verwechseln, das wäre ein Fehler. Besser kann ich das nicht erklären. Ach ja, und er ist reich, aber das dürften Sie ja schon wissen.«

»In der Tat. Vielen Dank, Herr Lindemann. Wissen Sie denn auch, ob er vielleicht Feinde hat?«

»Nein, das weiß ich leider nicht. Kann ich mir aber nicht vorstellen. Er ist unterm Strich einfach zu harmlos, um sich Feinde zu machen.«

»Dieser Assistent, von dem Sie sprachen, hat er es ihm nicht übel genommen, dass er rausgeschmissen wurde?«

Lindemann lachte. »Roland hätte den niemals rausgeschmissen. Der ist von sich aus gegangen. Immer wenn der arme Kerl etwas erledigt hatte, machte Roland die komplette Arbeit erneut, nur eben nach seinen Vorstellungen. So was macht niemand lange mit.«

Liane sah Lindemann durchdringend an. Die Sache mit dem Assistenten schien ihr von Bedeutung zu sein. »Was sollte dieser Assistent denn für Herrn Kaspers machen?«

»Die Bearbeitung sämtlicher Anfragen nach finanzieller Unterstützung, inklusive Archivierung. Das Führen der Buchhaltung und des Terminkalenders. Recherchen. Solche Dinge eben.«

»Entschuldigung, sagten Sie gerade, dass Herr Kaspers ganz

konkret um finanzielle Unterstützung angebettelt wurde?«, fragte Liane ungläubig.

»Ja, sicher. Und das wohl nicht mal selten. Einige waren sogar so dreist, es regelrecht einzufordern, als hätten sie einen Anspruch darauf. Überrascht Sie das?«

»Hätte ich nicht gedacht. Ich finde das frech.«

»Wirklich? Ich halte das für normal. Wenn jemand Geld verteilt, spricht sich das nun mal schnell rum. Da dauert es nicht lange, bis die ersten Bittsteller kommen und ungefragt ihre Hand aufhalten. Roland sieht das übrigens auch so.«

Liane zuckte mit den Schultern. »Ich habe da eine andere Einstellung. Mir selbst würde das nie in den Sinn kommen. Aber wenn es Herrn Kaspers nicht abschreckt – na schön. Haben Sie ihn denn auch gefragt?«

»Nein, er hat es mir von sich aus angeboten. Auf einer Vernissage, an der ich beteiligt war, kamen wir ins Gespräch. Er mochte meine Bilder und bot mir seine Unterstützung an. Ich war der erste Künstler, den er protegiert hat.«

Liane hatte das Gefühl, alles erfahren zu haben, was sie von diesem Mann bekommen konnte. Jetzt galt es nur noch, ein wenig den Schein zu wahren und ein paar Fragen zu stellen, die eine echte Privatdetektivin wohl gestellt haben würde. Danach dann auf zu Kaspers' Schwester.

»Okay, verstehe. Haben Sie denn vielleicht eine Idee, wo er sich aufhalten könnte? Hat er vielleicht mal von einem Ort erzählt, an den er sich gerne zurückzieht? Oder wo er schon immer mal hinwollte? Irgendetwas in der Art?«, fragte Liane ohne die Spur echten Interesses.

»Kann ich mich nicht dran erinnern. Wir haben mal über Urlaub gesprochen. Da brachte er relativ deutlich zum Ausdruck –«

»Natürlich!«, rief Liane und beugte sich aufgeregt vor. Ihr war ein Gedanke von bestechender Logik gekommen. »Entschuldigen Sie die Unterbrechung, aber ich muss noch mal auf unser vorheriges Thema zurückkommen. Sie sagten, dass es etliche Bittsteller gab, die von Herrn Kaspers Geld haben wollten?«

»Das stimmt.«

»Die hat er doch bestimmt nicht alle … wie sagt man? Angenommen? Oder akzeptiert?«

»Nein, selbstverständlich nicht. Wenn ihn eine Geschäftsidee nicht überzeugt, gibt es eine höfliche, aber unmissverständliche Absage. Genauso wie bei den Künstlern, deren Stil ihm nicht gefällt. Bei denen, die einfach nur einen Kredit haben wollen, für ein Auto oder Möbel oder so was – ja, die gibt es auch –, macht er sich die Mühe einer Absage gar nicht erst. Die ignoriert er einfach.«

»Das ist interessant«, murmelte Liane. »Es kommt also durchaus öfter vor, dass er seine Unterstützung verweigert. Habe ich das richtig verstanden?«

»Ich kann das nicht quantifizieren. Ich weiß nur, dass es vorkommt.«

»Hat denn mal einer von denen, die einen Korb von Herrn Kaspers bekommen haben – wie soll ich sagen –, unwirsch auf die Absage reagiert?«

Lindemann starrte Liane nachdenklich an und zog an seiner zweiten Gitanes. »Beim besten Willen, Frau Hufschmied, das weiß ich nicht. So tief stecke ich nicht drin. Mich beschleicht langsam das Gefühl, dass Sie ein falsches Bild von mir haben. Ich bin Roland wirklich sehr dankbar für seine Hilfe, und ich mag ihn als Typ, aber ich bin nicht sein bester Freund oder seine Kummerkastentante. Warum reiten Sie eigentlich so darauf rum, dass möglicherweise jemand auf ihn sauer ist? Das kann doch eigentlich nur bedeuten, dass Sie davon ausgehen, dass ihm jemand Gewalt angetan hat. Haben Sie dafür schon konkrete Anhaltspunkte?«

Liane konnte Lindemanns forschendem Blick nicht lange standhalten. Vor allem konnte sie ihm nicht sagen, wie furchtbar recht er mit seiner Vermutung hatte.

»Oder interpretiere ich das falsch?«

»Ich gehe nicht davon aus, dass ihm jemand Gewalt angetan hat. Aber ich hätte meinen Beruf verfehlt, wenn ich den schlimmsten Fall nicht zumindest in Betracht ziehen würde.«

Sie hatte nicht das Gefühl, Lindemann damit überzeugt zu haben. Aber zumindest hakte er nicht weiter nach.

»Okay, Herr Lindemann. Wenn Ihnen sonst nichts mehr einfällt, was für mich von Relevanz sein könnte …«, setzte sie an und bedachte ihren Gastgeber mit einem fragenden Blick.

Lindemann schüttelte stumm den Kopf. Ihre Fragerei hatte ihn sehr nachdenklich gestimmt. Wenn er irgendwann in den nächsten Tagen erfahren würde, dass Kaspers ermordet worden war, würde das für diesen Mann keine Nachricht sein, die er einfach nur zur Kenntnis nahm.

»… möchte ich mich für Ihre Hilfe ganz herzlich bedanken. Vielen Dank auch für den Kaffee«, beendete sie ihren Satz und erhob sich.

»Kein Problem«, murmelte Lindemann und erhob sich ebenfalls. »Grüßen Sie Inge von mir, wenn Sie gleich noch zu ihr fahren.«

Liane versprach es ihm.

***

Inge Kaspers lebte in einer Wohnsiedlung am westlichen Stadtrand von Nortorf, auf dem Weg zurück von Oldenhütten rechter Hand. Die Gegend unterschied sich in vielerlei Hinsicht von der, in der Kaspers lebte. Als Erstes fiel Liane auf, dass es hier im direkten Vergleich einfach kahler aussah. Viel weniger Grün, sowohl auf den Grundstücken wie auch entlang der Zuwege. Dafür erweckten die meisten Häuser den Eindruck, als hätten sie eine hübsche Stange Geld gekostet. Sie waren eindeutig neueren Datums, und es war kein Wert auf Einheitlichkeit gelegt worden. Klinker, Dachziegel, Bauweise, alles ausgesprochen individuell. Diese bunte Vielfalt gefiel Liane zwar, aber Kaspers' Ecke, mit den vielen weißen und gut gepflegten Häusern und der schönen Begrünung, hätte sie im Zweifelsfall den Vorzug gegeben.

Liane lenkte den Wagen auf die großzügige Auffahrt, stieg aus – und staunte. Noch nie in ihrem ganzen Leben hatte sie einen so perfekt durchgestylten Vorgarten wie diesen gesehen. Selbst in Friedrichskoog, wo es etliche Kandidaten gab, die sich einiges auf ihre botanische Akribie und ihre gestalterischen Fähigkeiten einbildeten, wurde einem ein solcher Anblick nicht geboten. Kein Fitzelchen Unkraut war zu sehen, weder in den Beeten noch zwischen den Steinen. Klare Strukturen, rechte Winkel, scharfe Kanten, perfekte Kreise und Halbkreise, akkurate Konturen, angenehme Farben, eine hochwertige Pflasterung mit integriertem weißen Kiesel sowie ein kolossaler Findling als Zentrum des ganzen Arrangements, in den man eine schmiedeeiserne Hausnummer hineingetrieben hatte. Es war so gnadenlos perfekt, dass es einen schon fast abweisenden Eindruck auf sie machte. Liane war trotzdem aufrichtig beeindruckt. Die Schufterei, die man in Kauf nehmen musste, um diesen Zustand zu erreichen und zu erhalten, war der Ausdruck wahrer Leidenschaft. Vom finanziellen Aufwand ganz zu schweigen.

»Kann ich Ihnen helfen?«

Liane hatte vor lauter Faszination nicht bemerkt, dass die Hausbesitzerin bereits die Tür geöffnet hatte. Eine dunkelblonde Frau, ungefähr in Lianes Alter, vielleicht einige wenige Jahre älter. Klein und dünn, weder hübsch noch hässlich, dafür aber sehr adrett gekleidet. Mit verschränkten Armen stand sie vor ihrer Haustür und musterte Liane, neugierig, aber nicht unfreundlich.

»Wenn Sie Frau Inge Kaspers sind, wäre das gut möglich.«

Liane ging auf die Frau zu und streckte ihr schon auf halbem Weg die Hand entgegen. »Liane Maschmann, ich …« Liane hielt inne, blieb sogar kurz stehen und schalt sich eine dumme Kuh. Sie hatte ihren richtigen Namen genannt. Jetzt musste sie irgendwie dafür sorgen, dass Frau Kaspers über ihren Besuch Stillschweigen gegenüber der Polizei wahren würde. Was für ein bescheuerter Fehler. »… bin Privatdetektivin und würde Ihnen gerne ein paar Minuten Ihrer Zeit stehlen, wenn ich darf.«

»Eine Privatdetektivin?«, wiederholte Inge Kaspers und ließ ein ähnliches Lächeln auf ihrem Gesicht erscheinen wie kurz zuvor Jens Lindemann.

»Ja, Frau Kaspers. Es geht um Ihren Bruder Roland.«

Die kurze Erwähnung des Bruders reichte bereits, um das Lächeln ihrer Gastgeberin aufzulösen.

»Was ist mit ihm passiert? Steckt er in Schwierigkeiten?«

»Frau Kaspers, darf ich so unverschämt sein, den Vorschlag zu machen, dass wir das in Ihrem Haus besprechen? Es ist zwar sonst gerade niemand hier draußen, aber es ist schon ein heikles Thema.

Das bespricht sich einfach besser, wenn man die Gewissheit hat, nicht auf ein drittes Paar Ohren Rücksicht nehmen zu müssen. Außerdem fängt es bestimmt gleich wieder an zu regnen.«

»Ja, ja, natürlich, kommen Sie rein«, stammelte die Frau und trat zur Seite, um Liane vorbeizulassen.

Die trat ein – und staunte erneut. So wie sich bei Lindemann der äußere Eindruck hohen Alters auch im Inneren seines Hauses fortgesetzt hatte, setzte sich im Inneren dieses Hauses der Eindruck durchdachter und geradezu penibler Hochwertigkeit fort. Liane stand auf einem Boden aus weißem Marmor. Glänzende Textiltapeten in Weiß und Silber schmückten den Flur, der sich durch das ganze ebenerdige Haus zog und von weißen Kommoden und Vitrinen im Landhausstil gesäumt wurde. Frau Kaspers hatte sogar allen Ernstes eine Stuckdecke einziehen lassen, an der etwas hing, das viel zu viel Ähnlichkeit mit einem Kronleuchter hatte, um als ordinäre Lampe verunglimpft zu werden. Liane war sprachlos.

»Finden Sie es übertrieben?«, fragte Frau Kaspers unvermittelt.

Liane fühlte sich ertappt und wollte sofort dementieren, aber sie spürte, dass sie schon rot anlief. Sie hielt es daher für das Beste, einfach gar nichts zu sagen und ein demütiges Lächeln aufzusetzen.

»Ist schon in Ordnung. Die meisten meiner Freundinnen finden es auch übertrieben. Ist eben eine Frage des persönlichen Geschmacks. Mir gefällt es, und ich kann es mir leisten, Roland sei Dank.« Das erinnerte Frau Kaspers wieder daran, dass Liane kurz zuvor eine alarmierende Andeutung gemacht hatte. Also fragte sie erneut, noch bevor sie Liane Einlass in einen der anderen Räume gewährte, was mit ihrem Bruder sei.

»Das weiß ich nicht, Frau Kaspers, genau deswegen bin ich hier. Ich soll für meinen Auftraggeber herausfinden, wo sich Ihr Bruder Roland zurzeit aufhält und ob es ihm gut geht.«

»Oh mein Gott!«, hauchte sie besorgt. »Wer ist denn Ihr Auftraggeber?«

»Das darf ich Ihnen leider nicht sagen, Frau Kaspers. Tut mir wirklich leid.«

»Ich bin Rolands einzige noch lebende Verwandte, und allzu

viele Freundschaften pflegt mein Bruder nicht. Ich kenne jeden, der für einen solchen Auftrag in Frage käme, aber es ist niemand darunter, der dies einfach so, an mir vorbei tun würde. Also sagen Sie es mir bitte, Frau Maschmann. Was geht hier vor, und wer schickt Sie?«

Okay, Inge Kaspers war nicht halb so harmlos und unbedarft, wie es der erste Eindruck vermuten ließ. Diese Frau konnte man nicht mit ein paar einstudierten Floskeln abfertigen. Es kam Liane zwar nicht entgegen, aber sie fand das trotzdem gut.

»Ich verstehe, dass Sie das wissen wollen. Ganz im Ernst, ich sage das nicht nur so dahin. Mein Auftraggeber bezahlt mir aber eine stattliche Summe, und zwar nicht nur für das Aufspüren Ihres Bruders, sondern auch für meine Verschwiegenheit. Ich darf es Ihnen einfach nicht sagen.«

Inge Kaspers' Augen blitzten kurz zornig auf, aber sie hatte sich schnell wieder im Griff. »Ich zahle Ihnen dasselbe wie Ihr Auftraggeber, wenn Sie mir verraten, wer es ist.«

»Das ist sehr großzügig, aber ich darf –«

»Ich zahle Ihnen das Doppelte.«

Liane atmete durch, seufzte bedauernd und verdrängte die Frage, welche Summen diese Frau wohl so alle verdoppelt hätte. »Und wenn Sie mir das Fünffache böten, Frau Kaspers, ich kann das nicht tun. Ich hätte dann zwar kurzfristig viel Geld, aber es würde sich auch schnell herumsprechen, dass ich meine Prinzipien, die ich übrigens auch vertraglich zusichere, sofort verrate, sobald der Preis stimmt. Wenn Sie meine Weigerung Ihrerseits zum Anlass nehmen wollen, nicht mit mir zu sprechen, würde mich das zwar ärgern, weil es die Erfüllung des Auftrags erschwert, aber das wäre für mich das kleinere Übel.«

Inge Kaspers musterte sie kurz mit finsterer Miene. Dann drehte sie sich um, öffnete eine Tür und sagte: »Hier entlang, bitte.«

Liane folgte ihr in einen relativ kleinen und spärlich möblierten Raum. Lediglich drei große weinrote Ledersessel standen dort um einen kleinen, runden Tisch herum, auf dem sich ein Emaille-Tablett mit einer zur Hälfte gefüllten Karaffe und ein paar Sherry-Gläsern befand. Dafür waren über die gesamte Höhe und

Breite von zwei Wänden Regale montiert worden. Die Regale standen voller Bücher, Zeitschriftensammler und Fotoalben.

»Möchten Sie einen Sherry?«, fragte Frau Kaspers, nachdem sie beide Platz genommen hatten.

Liane verwies auf ihre Null-Promille-Regel beim Autofahren und lehnte dankend ab. Frau Kaspers hielt das nicht davon ab, sich selbst ein Gläschen zu genehmigen.

»Wissen Sie, dass mein Bruder vor drei Jahren in der Lotterie gewonnen hat, Frau Maschmann?«

»Ja, das ist mir bekannt. Die Grundlage für sein Mäzenatentum in Wirtschaft und Kunst. Ich weiß allerdings nicht, wie viel er damals gewonnen hat.«

Inge Kaspers ließ einen strengen und eindeutig abschätzenden Blick auf Liane ruhen. Die Frau hatte sich noch nicht damit abgefunden, dass Liane den Namen ihres Auftraggebers nicht rausrücken wollte. Darüber hinaus schien sie noch kein abschließendes Urteil über Liane gefällt zu haben.

»Ich werde es Ihnen verraten. Es waren achtundvierzig Millionen Euro. Einer der höchsten Jackpots, die es in dieser Lotterie jemals gegeben hat. Mein Bruder hatte als Einziger alle sechs Richtigen mit der Superzahl in der Mittwochs-Ziehung.«

Liane stieß einen leisen, anerkennenden Pfiff aus.

»Ja, das ist etwas Besonderes, ein echtes Ereignis. Es stellt das ganze bisherige Leben auf den Kopf. Zumindest dann, wenn man vorher nicht im Geld geschwommen ist. Roland war zwar gut situiert, aber er war nicht reich. Und ich war es noch viel weniger. Bis zu dem Gewinn habe ich in einer kleinen Boutique in Rendsburg Damenmode verkauft. Nachdem Roland mir dann aber von den achtundvierzig Millionen ganze fünfzehn abgegeben hatte, konnte ich diesen Job, den ich nicht besonders mochte, sofort kündigen.« Sie hielt kurz inne, um an ihrem Sherry zu nippen. »Schenkt mir fünfzehn Millionen Euro, ohne jede Gegenleistung, einfach nur, weil ich seine kleine Schwester bin. Das muss man sich mal vorstellen. Das hätte nicht jeder getan.«

Frau Kaspers holte ein Taschentuch hervor und drückte es sich kurz gegen die Augen. »Er ist ein wirklich guter Bruder, und das nicht nur wegen des vielen Geldes, das er mir geschenkt hat. Er hat sich schon immer aufopferungsvoll um mich gekümmert. Als vor neunundzwanzig Jahren unsere Eltern starben, war ich erst zwölf. Er war damals dreiundzwanzig und hatte sicher andere Pläne für sein Leben, als sich um die kleine Schwester zu kümmern. Die hat er aber, wann immer es nötig war, hintangestellt. Ich verdanke ihm, im wahrsten Sinne des Wortes, alles. Darum war ich auch immer für ihn da, wenn er mich später mal gebraucht hat. Zurzeit haben wir beide keinen Partner an unserer Seite, und wir sind beide kinderlos geblieben. Man kann ohne Übertreibung sagen, dass wir uns schon unser ganzes Leben lang gegenseitig Halt geben. Und die wenigen Menschen, die uns näherstehen, wissen das auch.« Erneut führte Inge Kaspers mit ruhiger Hand das Sherry-Glas zum Mund und nippte daran. Dann lehnte sie sich ein wenig vor und sah Liane fest in die Augen. »Ich kann mir einfach nicht vorstellen, Frau Maschmann, dass einer dieser Menschen so unvernünftig und unverfroren war, Sie zu engagieren, ohne vorher mit mir darüber zu sprechen.«

Liane blieb, der beeindruckenden Beharrlichkeit ihrer Gastgeberin zum Trotz, absolut gefasst. »Was Sie da sagen, wird sicher stimmen. Ich kann überhaupt nicht ermessen, in welchem Verhältnis mein Auftraggeber zu Ihrem Bruder oder Ihnen steht. Das interessiert mich ehrlich gesagt auch nicht. Wissen Sie, in meinem Gewerbe funktioniert das so: Jemand kommt mit einem klar umrissenen Anliegen zu mir und formuliert es. Entscheide ich mich, den Auftrag annehmen zu wollen, informiere ich ihn über meine Konditionen. Akzeptiert er sie, kommt ein Vertrag zustande, der mir nicht nur das Recht auf Bezahlung einräumt, sondern mir auch Pflichten auferlegt. Unter anderem die vertrauliche Behandlung der Identität des Auftraggebers, wenn es denn gewünscht wird. In diesem Fall wurde es gewünscht. Mir wird gutes Geld gezahlt, wenn ich herausfinde, wo sich Ihr Bruder, der seit mehreren Tagen wie vom Erdboden verschluckt scheint, zurzeit aufhält. Ich ziehe diesen Auftrag durch, mit allem, was dazugehört, mit oder ohne Ihre Hilfe. Verlassen Sie sich drauf, dass ich mich nicht von Ihnen umstimmen lasse. Ich werde Ihnen die Identität meines Auftraggebers nicht verraten.«

Der Blick ihrer Gastgeberin verriet einen erneuten Anflug

von Zorn, nur um sich gleich darauf in etwas zu verwandeln, was Liane für Anerkennung hielt. »Ich mache mir natürlich auch längst Sorgen um Roland. Seit fünf Tagen habe ich nichts mehr von ihm gesehen oder gehört. Er meldet sich nicht, geht nicht ans Telefon und war in den letzten Tagen auch nicht ein einziges Mal zu Hause. Ich habe einen Schlüssel zu seinem Haus und dort die letzten drei Tage jeweils abends nach dem Rechten gesehen. Er war nicht dort. Alles ist unberührt. Und er hat auch nichts mitgenommen. Keine Kleidung, keine Koffer oder Kulturbeutel, nichts von dem, was man üblicherweise mitnimmt, wenn man sich für ein paar Tage absetzt. Alles ist da, wo es immer ist. Da stimmt etwas nicht, Frau Maschmann. Ich bin ganz kurz davor, ihn bei der Polizei als vermisst zu melden. Ich hätte es wohl längst tun sollen.«

Liane stellte ihr nun all die Fragen, die sie auch Jens Lindemann gestellt hatte, wies sogar darauf hin, dass sie zuvor schon bei dem Oldenhüttener Künstler gewesen war. Die Antworten waren jedoch so gut wie identisch. Es gab keine neuen Erkenntnisse, keine neuen Anhaltspunkte auf bestimmte Menschen, deren Abneigung gegen Kaspers innig genug war, um ihm das Leben zu nehmen.

Inge Kaspers hatte endlich so etwas wie Zutrauen zu Liane gefasst und ließ ihre Deckung fallen. Liane konnte nun deutlich sehen, wie sehr die Frau an ihrem Bruder hing und wie groß ihre Sorgen um ihn waren, die ihr wahrscheinlich schon ein paar schlaflose Nächte bereitet hatten.

»Wissen Sie, Frau Maschmann, die Arglosigkeit meines Bruders, der Umstand, dass er praktisch jeden, den es interessierte, darüber informierte, wie und warum sich sein Leben vor drei Jahren so dramatisch änderte, hat mir schon immer Kopfzerbrechen bereitet. Ich halte es für möglich, nein, es ist sogar sehr wahrscheinlich, dass es Menschen gibt, die auf Grundlage dieser Information Pläne entwickeln, die ihnen Zugang zum Vermögen meines Bruders ermöglichen.«

Liane nickte wissend. Die Welt war voll von solchen Gaunern, darüber wusste sie nur zu gut Bescheid. Wie furchtbar es sein musste, mit anzusehen, wie ein geliebter Mensch sich in diesem Zusammenhang unbelehrbar naiv gab und dieses Gesocks somit regelrecht anlockte, wie ein Misthaufen die Fliegen, konnte Liane nur erahnen.

»War das denn hilfreich für Sie, Frau Maschmann? Haben Sie brauchbare Informationen von mir bekommen? Ich möchte nicht, dass Sie mit Ihrem Auftraggeber in Schwierigkeiten geraten.«

»Oh ja, das war wirklich sehr aufschlussreich. Vielen Dank dafür, auch dass Sie so spontan Zeit für mich erübrigen konnten«, antwortete Liane und beschloss, Inge Kaspers die kleine Spitze gegen sie nicht übel zu nehmen. Immerhin konnte sie nur zu gut verstehen, was die Frau umtrieb. Stattdessen entschuldigte sie sich sogar in mehr oder weniger echter Demut für die Störung – vor allem aber für die Geheimhaltung, was Frau Kaspers mit einem dankbaren Lächeln goutierte. Nun galt es nur noch, Inge Kaspers darum zu bitten, niemandem von ihrem Besuch zu erzählen.

Sie war sicher, dass diese skeptisch veranlagte Frau an ihrer Bitte Anstoß nehmen und genau wissen wollen würde, warum Liane Derartiges von ihr verlangte. Doch Frau Kaspers überraschte Liane. Ihr Blick wartete zwar mit der befürchteten Skepsis auf, aber dennoch versprach sie sofort, Liane im Fall der Fälle zu decken. Sie stellte allerdings eine Bedingung: Sie wollte Lianes Karte haben, für den Fall, dass sie noch Fragen oder selbst mal eine Aufgabe für eine gute Privatdetektivin haben würde. Das war der Punkt, an dem Liane eingestehen musste, keine Karte dabeizuhaben. Frau Kaspers begnügte sich jedoch auch mit einem Zettel, auf dem Liane Telefonnummer und E-Mail-Adresse von sich notierte.

Liane hatte kurz darüber nachgedacht, falsche Angaben zu machen, entschied sich dann jedoch dagegen. Immerhin konnte sie nicht ausschließen, dass sie in dieser Angelegenheit vielleicht noch einmal auf die Unterstützung von Frau Kaspers angewiesen sein würde – auch wenn sie dies für eher unwahrscheinlich hielt.

Als die beiden Frauen sich schließlich voneinander verabschiedeten, bat Inge Kaspers sich noch aus, bei Neuigkeiten sofort informiert zu werden. Sie versprach im Gegenzug, Bescheid zu geben, wenn sie etwas von ihrem Bruder hören sollte. Da Liane nur zu genau wusste, dass dies niemals geschehen würde, fiel es ihr immer schwerer, sich zusammenzureißen und nicht einfach mit der ganzen Wahrheit herauszuplatzen.

***

Mit einem Gefühl von Wärme im Herzen, für das Liane keine Erklärung brauchte, um es genießen zu können, fuhr sie am späten Nachmittag wieder nach Hause. Es war ein produktiver, aber auch anstrengender Tag gewesen, und sie war jetzt einfach nur kaputt und auch ziemlich müde. Sie würde sich vielleicht noch mit einem Tee vor die Glotze setzen, aber wahrscheinlich nicht für lange. Als sie den Wagen bei laufendem Motor und strömendem Regen verließ, um das Garagentor zu öffnen, hörte sie *die* Stimme.

»Huhu! Herzchen!«

Sie konnte auch hören, dass die Besitzerin der Stimme jetzt über die regennasse Straße lief. Liane ließ sich davon aber nicht beirren, öffnete das Tor und fuhr den Wagen in die Garage.

Beate ließ sich genauso wenig beirren und folgte ihr.

»Ist alles in Ordnung bei dir?«, fragte Beate besorgt, als Liane wieder ausstieg.

»Ja, klar. Warum fragst du?«

Beate stand vor ihr und sah ihr tief in die Augen. Als sie anscheinend nicht fand, wonach sie gesucht hatte, verschränkte sie die Arme und verfiel in ein mütterlich anmutendes Verhalten, das sie nur an den Tag legte, wenn sie an Liane Kritik üben wollte. »Mein liebes Kind –«

»Och nein, nicht das«, fiel ihr Liane jaulend ins Wort. »Komm schon, Beate, ich hatte einen langen, anstrengenden Tag und bin echt fertig. Um diese Uhrzeit bitte keine Mein-liebes-Kind-Ansprachen mehr.«

»Das kann ich dir aber leider nicht ersparen«, beharrte Beate. »Fünfmal bin ich heute ausgerückt und habe die Beschwerden deiner Kunden über mich ergehen lassen. Und das waren nur die fünf, die ich mitbekommen habe. Ich betreibe immerhin selbst ein Gewerbe, wie du vielleicht noch weißt. Ich kann nicht die ganze Zeit hinter dir herräumen.«

Beates Worte trafen Liane wie Faustschläge. Ihr wurde direkt ein wenig schwindelig, sodass sie sich gegen das Auto lehnen musste.

»Bei den ersten beiden dachte ich noch, dass die sich vielleicht im Datum oder in der Zeit vertan haben. Aber als dann der dritte kam, war mir klar, dass hier was nicht stimmt. Was hattest du denn so Wichtiges zu tun, dass du einfach all deine Kunden vergisst?«

Das war ihr noch nie passiert. Sie hätte auch nicht für möglich gehalten, dass ihr so etwas jemals passieren könnte. Liane hielt sich selbst für einen gewissenhaften Menschen, der seinen Verpflichtungen auf jeden Fall nachkam. Auch denen, die ihr auf den Keks gingen. Aber von dem Moment an, als sie beschlossen hatte, den Umständen von Kaspers' Tod auf den Grund zu gehen, um ihrem Mann den Arsch zu retten, hatten sich ihre Gedanken ausnahmslos darum gedreht. Trotz inzwischen knapp dreijähriger Routine war sie im Verlauf des Tages nicht einmal darüber gestolpert, dass es in Friedrichskoog ein paar Menschen gab, die auf sie warteten. Da war nicht mal ein unbestimmtes Gefühl gewesen, irgendetwas vergessen zu haben. Wirklich unglaublich.

»Ach – du – Scheiße!«

»Hast wohl wieder Polizistin gespielt?«

»Jetzt hör schon auf, dich wie meine Mutter aufzuspielen. Du bist gerade mal acht Jahre älter als ich, also lass das bitte«, polterte Liane nach diesem Volltreffer und wusste sofort, dass sie zu weit gegangen war.

Beate stockte kurz der Atem. »Da kannst du auch froh sein, dass ich nicht deine Mutter bin, sonst würde ich dich jetzt nämlich übers Knie legen«, gab sie beleidigt zurück.

Liane stieß sich vom Wagen ab und nahm Beate in den Arm. Die gab sich nur für wenige Sekunden unversöhnlich und hielt ihre Arme weiter verschränkt, knickte dann aber ein und erwiderte die Umarmung. Für eine ganze Weile standen die beiden Frauen einfach nur da, schweigend und sich gegenseitig festhaltend.

Beate brach als Erste das Schweigen. »Du *hast* wieder Polizistin gespielt, oder?«, murmelte sie.

»Ja. Na ja, eigentlich … doch, ja.«

»Den ganzen Tag?«

»Ja.«

»War es … gut?«

Liane löste die Umarmung, griff ihre Freundin bei den Schultern und sah ihr fest in die Augen. »Es war herrlich, Beate. Wenn ich das mache, habe ich immer das Gefühl, in meinem Element zu sein. Ich leiste einen Beitrag, aber ich tue auch etwas für mein eigenes Wohlbefinden. Beim Massieren weiß ich zwar auch, dass ich anderen damit helfe, aber mir selbst gibt es inzwischen rein gar nichts mehr. Ich stehe nur da, habe halb nackte Menschen vor mir liegen, vor denen ich mich manchmal sogar ein bisschen ekele, verfluche den Geruch des Massageöls, den ich kaum noch ertragen kann, spule mein Programm ab und warte darauf, dass die Behandlungszeit endlich rum ist.«

»Du kannst das aber so gut«, sagte Beate traurig.

»Mag ja sein. Ermitteln kann ich aber auch. Und es gefällt mir besser.«

Beate musterte Liane ausgiebig. »Heißt das, du willst das Massieren wieder aufgeben und zurück zur Polizei?«

Liane lachte bitter. »Wäre schön, wenn das so einfach wäre. Ich bin mir nicht mal sicher, ob die mich überhaupt wieder einstellen würden. Ich bin ja nun schon ein paar Jahre raus … und inzwischen auch nicht mehr die Allerjüngste. Und selbst wenn sie es tun würden, wo käme ich dann hin? Sicher nicht nach Marne.«

»Du wirst hier nicht weggehen!«, entfuhr es Beate. Echte Angst weitete ihre Augen. »Das verbiete ich dir, hast du verstanden?«

»Mach dir keine Sorgen, Schätzchen. So schnell werde ich meine Heimat nicht verlassen.«

Es dauerte ein Weilchen, die bis in die Haarspitzen alarmierte und entsprechend skeptische Beate zu beruhigen. Liane musste diverse heilige Eide schwören und angemessen Furcht vor all den plastisch geschilderten, unheilvollen Szenarien bekunden, die ihre Freundin als Drohkulisse vor ihr aufbaute. Zentrale Druckmittel waren Freundschafts- und Liebesentzug. Aber dann hatte Liane es doch noch irgendwie geschafft. Beate war wieder in ihr Haus zurückgekehrt, und Liane war wieder allein. An ihrem ursprünglichen

Plan, sich einen Tee zu machen und ein wenig fernzusehen, hielt sie jedoch nicht fest. Sie bereitete sich zwar den Tee zu, ließ die Glotze aber aus, schnappte sich stattdessen ihr Telefon und hatte auch schon den Laptop hochgefahren.

Während der Rückfahrt von Nortorf hatte sie darüber nachgedacht, was sich mit den gewonnenen Erkenntnissen anfangen ließ. Die Antwort lautete: erst mal gar nichts. Das Gegenteil war sogar der Fall, denn das Bild, das sie von Kaspers gewonnen hatte, war nicht so ausgefallen wie erwartet. Was ein so biederer und schon fast langweilig anständiger Mann wie er auf einer Party zu suchen hatte, bei der man sich zu Klängen von Rockmusik betrank und von dünnen Servicekräften bedienen ließ, erschloss sich ihr nicht. Dass er trotzdem mit von der Partie gewesen war, warf also noch mehr Fragen auf. Zum Beispiel, ob die anderen Partygäste ähnliche Charaktere waren.

Zwischendurch probierte sie es wieder ein paarmal bei ihrem Mann, dessen Auskünfte in diesem Zusammenhang sicher hilfreich gewesen wären, aber die Verstimmung über sie schien zu groß zu sein, um seinen Stolz herunterschlucken zu können. Er drückte sie konsequent weg. Eigentlich kaum zu glauben, dass sie gerade Himmel und Hölle in Bewegung setzte, um dieser treulosen Tomate prophylaktisch den Hals zu retten. Davon wollte sie sich jedoch nicht aufhalten lassen. Jetzt nicht mehr, nachdem sie schon als Privatdetektivin Anna Hufschmied in Erscheinung getreten war. Einmal sogar als Privatdetektivin Liane Maschmann. Aber was konnte sie als Nächstes tun? Wer konnte ihr weitere Auskünfte zu Kaspers und dieser ominösen Party geben?

Liane griff wieder zum Telefon und wählte Sandra Herrs Nummer. Es war inzwischen schon kurz nach neun, aber ihre persönliche Anstandsgrenze begann erst um zehn Uhr herum. So fand sie nicht, dass es zu spät für einen Anruf war, schon gar nicht bei einem Hotelier.

»Haus Sonnenschein, Sandra Herr am Apparat.«

»Liane hier. Hallo, Sandra.«

»Oh, du. So spät noch?«

Liane verdrehte die Augen. »Entschuldige, wenn ich dich bei etwas gestört habe. Ich wollte dir eigentlich nur sagen, dass ich

Timo noch nicht erreicht habe. Der … ist diese Woche dienstlich verhindert.«

Für einen Augenblick blieb es ruhig. »Mit anderen Worten, die Karre bleibt hier noch ein paar Tage länger stehen? Das ist scheiße. Nein, weißt du was, dann werde ich ihn eben abschleppen lassen. Ich finde, dass ich lange genug guten Willen gezeigt habe. Der Kerl ist jetzt einfach selbst schuld, oder meinst du nicht?«

»Doch, grundsätzlich schon. Ich hätte aber noch einen anderen Vorschlag mit weniger Konfliktpotenzial: Du gibst mir die Namen deiner Übernachtungsgäste vom besagten Abend – wenn du hast, gleich mit Telefonnummern. Ich klappere die dann morgen so lange ab, bis ich den Besitzer des Porsche gefunden habe. Was hältst du davon?«

»Unsinn, das musst du nicht. Warum solltest du dir Arbeit damit machen? Du kannst ja ebenso wenig dafür wie ich.«

»Ach, das bisschen Telefonieren. Wenn ich Glück habe, ist es gleich der Erste, den ich anrufe. Außerdem hatte ich dir gestern meine Hilfe zugesagt, und ich lege nun mal Wert darauf, meine Versprechen auch zu halten.«

»Tja – wenn du meinst. Da sage ich vielen Dank, das ist echt lieb von dir. Dann schicke ich dir gleich die Liste. Telefonnummern habe ich aber leider keine. Die haben … wie soll ich sagen? Na, die haben sich hier nicht wie normale Gäste eingetragen. Das war auch so 'ne Bitte von Timo. Er hat mir einfach nur eine Namensliste mit Adressen gegeben. Die Adressen sind aber teilweise auch nicht vollständig. Ich glaube, bei den meisten ist nur der Wohnort angegeben. Warte mal, wo hab ich die denn?«

Liane hörte das Rascheln von Papier, das umgeschichtet wurde.

»Find ich auf die Schnelle nicht, aber ich habe sie definitiv noch. Sobald ich sie gefunden habe, scanne ich sie ein und schicke sie dir. Musst mir nur noch deine E-Mail-Adresse geben.«

Das tat Liane, und die beiden verabschiedeten sich voneinander.

Einen Teil der Wartezeit bis zum Eintreffen der Liste überbrückte Liane mit der Bestellung einer Bluse und eines Tops bei einem Online-Versandhandel. Ein Auge hatte sie dabei immer auf den geöffneten Posteingang ihres Mail-Accounts. Es dauerte eine ganze Stunde, bis sie die Mail von Sandra Herr bekam. Liane öffnete den Anhang und verschaffte sich einen Überblick.

Gleich der erste Name war ein dicker Fisch. Wolfgang Kerkramm, ein Schauspieler, geboren und aufgewachsen in Heide, wo er immer noch ein Haus besaß und zwischen seinen Engagements lebte. Auch der nächste Name gehörte zu einem Mann, den man nicht der grauen Masse zurechnen durfte: Horst Kaltenecker, ehemaliger Universitätsprofessor, ehemaliger Innensenator von Hamburg, immer noch ein begehrter Redner zu innen- und weltpolitischen Themen, wohnhaft in Wedel. Auf diese Weise ging es weiter. Politiker, Arzt, Anwalt, Unternehmer. Alles Männer aus der Region, alles Erfolgsmenschen, ohne Ausnahme. Eindeutig ein Muster, das sicher etwas zu sagen hatte.

Liane notierte zu jedem Namen auf der Liste mindestens eine Telefonnummer aus dem Netz, was gar nicht so einfach war. Zu lesen gab es jede Menge über die Burschen, aber eine Telefonnummer, die auf direktem Weg zur Zielperson führte, musste man mühsam suchen. So vergingen knapp zwei Stunden, bis sie endlich alle Nummern beisammen hatte. Danach schaltete sie den Rechner aus, ging sofort ins Bett und holte sich den längst herbeigesehnten Schlaf.

Protokoll einer Farce

Es ging zwar bereits auf die Mittagszeit zu, aber Lianes Appetit war im Verlauf der letzten Stunde versiegt. Der einzige Gegenstand, auf dem sie zurzeit – wenn auch unbewusst – kauen mochte, war ein Bleistift. Mit ihm hatte sie jedes Telefongespräch beziehungsweise den entsprechenden Versuch, eines zustande kommen zu lassen, protokolliert. Vorgestellt hatte sie sich dabei jedes Mal mit ihrem jüngst ersonnenen Pseudonym Anna Hufschmied.

Sie las sich das Protokoll zum x-ten Mal durch, rekapitulierte zu jedem Eintrag den entsprechenden Verlauf und hinterfragte ihre Objektivität. Sie brauchte Gewissheit, dass sie nicht voreingenommen an die Sache heranging und ihre Bemühungen dadurch manipulierte.

Nummer eins, Wolfgang Kerkramm. Unterbricht mich schon bei der Vorstellung. Lässt mich mit reichlich Arroganz und Theatralik in der Stimme wissen, dass er einer Ex-Polizistin gegenüber zu keinerlei Auskünften oder Unterstützung verpflichtet ist, verbittet sich weitere Belästigungen und legt dann auf.
Nummer zwei der Liste, Horst Kaltenecker. Nicht zu sprechen. Abgewimmelt von einer Sekretärin.
Nummer drei der Liste, Karl-Heinz Dobler. Hört zu, wie ich mich vorstelle und ihm sage, was ich von ihm will. Legt dann einfach mit den Worten »Falsch verbunden« auf. Danach nicht mehr erreichbar.
Nummer vier der Liste, Bernd Guse-Frisch. Nicht erreichbar.
Nummer fünf der Liste, Andreas Miric. Hört in Ruhe zu, wie ich mich vorstelle und ihm sage, was ich von ihm will. Behauptet, in letzter Zeit nicht in Friedrichskoog gewesen zu sein, schon gar nicht als Gast einer billigen Absteige, in der man scheinbar problemlos mit falschem Namen einchecken kann. Stellt die Vermutung auf, dass irgendein ruchloser Witzbold genau das getan haben muss. Auf meine Frage, ob er einen Herrn Roland Kaspers kennt, reagiert er gereizt, lässt mich wissen, dass er für diese Scharade keine Zeit

hat, zumal er einer Ex-Polizistin(!) wohl ohnehin kaum Rechenschaft schuldig sein dürfte. Dann legt er auf.
Nummer sechs der Liste, Dr. Werner Bischof. Nicht zu sprechen. Abgewimmelt von einer Arzthelferin.
Nummer sieben auf der Liste, Hans-Joachim Kock. Nicht zu sprechen. Abgewimmelt von einem Mann, der seinen Namen nicht nennen wollte (vielleicht war er es auch selbst).
Nummer acht auf der Liste, Dr. Wolfgang Otten. Legt nach meiner Vorstellung auf. Danach nicht mehr erreichbar.
Nummer neun auf der Liste, Olaf Röhnfeld. Hört in Ruhe zu, wie ich mich vorstelle und ihm sage, was ich von ihm will. Behauptet, noch nie in Friedrichskoog gewesen zu sein. Vermutet, dass irgendein Idiot sich einfach seines Namens bedient hat. Wünscht mir bei meinen Nachforschungen weiter viel Glück. Auf meine Frage, ob er einen Herrn Roland Kaspers kennt, behauptet er, diesen Namen noch nie gehört zu haben, verabschiedet sich höflich(!) und legt auf.
Nummer zehn auf der Liste, Rudolph Schwabe. Nicht zu sprechen. Abgewimmelt von einem Mann, der seinen Namen nicht nennen wollte (siehe Kock).
Nummer elf auf der Liste, Alexander Steinweller. Nicht erreichbar.
Nummer zwölf auf der Liste, Kurt Wessels. Hört schwer atmend zu, wie ich mich vorstelle, fängt dann sofort an, mich wüst zu beschimpfen. Als unverfrorenes Miststück und dumme Gans, die sich scheinbar für etwas Besseres hält. Dann noch als Frauenzimmer, das sich irrigerweise einzubilden scheint, nicht an allgemeingültige Regeln gebunden zu sein. Er verbittet sich weitere Belästigungen dieser Art und droht mir mit der Polizei. Er weist mich darauf hin, dass sich seit der Zeit, als ich selbst noch Polizistin war(!), nicht so arg viel in der entsprechenden Gesetzgebung geändert hat. Auf meine Frage, ob er einen Herrn Roland Kaspers kennt, sagt er »Einen schönen Tag noch, Frau Maschmann(!)« und legt dann auf.

Nein, man konnte es drehen und wenden, wie man wollte, genau das hatte sie zu hören bekommen – genau so. Und es bedurfte schon besonderer Maßnahmen, wie zum Beispiel einer Lobotomie, um jemanden daran zu hindern, das Muster und die damit verbundene Botschaft zu erkennen: Wir wissen, wer du bist, wir wissen, was du vorhast, wir haben etwas zu verbergen, und wir stecken alle unter einer Decke. Die Herren waren sich darüber im Klaren, dass sie nicht mit der Privatermittlerin Anna Hufschmied sprachen, sondern mit Liane Maschmann. Der neugierigen Ex-Polizistin aus Friedrichskoog, die lieber selbst herausfinden wollte, warum ein gewisser Herr Kaspers auf ihrem Rasen verbluten musste, statt dies ihrem ehemaligen Arbeitgeber zu überlassen, wie es sich gehörte. Es stellte sich auf jeden Fall die Frage, woher die Herren das mit dieser Sicherheit wussten.

Liane grübelte angestrengt und biss dabei immer mehr unansehnliche Stellen in das Ende des Bleistifts. Natürlich, sie genoss einen gewissen Ruf, seit sie knapp zwei Jahre zuvor den damaligen Friedrichskooger Bürgermeister zu Fall gebracht hatte. Und spätestens seit sie vor knapp einem Jahr maßgeblich zur Aufklärung des Mordes am damaligen Kieler Staatssekretär Malte Reese beigetragen hatte, war bekannt, dass man Liane Maschmanns Tatendrang nicht unterschätzen durfte. Aber dass es sich so weit herumgesprochen haben sollte, konnte sie sich nicht vorstellen. Der Mann, der am nächsten an Friedrichskoog dran war, lebte in Brunsbüttel. Das waren immerhin zwanzig Kilometer, und sie fand, dass dies eindeutig zu weit entfernt war, um auch dort einen Ruf zu genießen. Eine Merkwürdigkeit, an die sich gleich eine weitere anschloss. Wie konnten die Kerle so dumm sein, sich mit dem Leugnen von Roland Kaspers' Bekanntschaft verdächtig zu machen? Es bedurfte keiner herausragenden kriminalistischen Finesse, um herauszufinden, dass sie zumindest Teile des Abends in Kaspers' Gesellschaft verbracht haben *mussten*.

Wie es schien, hatte sie es mit einer groß angelegten Verschwörung zu tun. Sie mochte dieses Wort eigentlich nicht, aber nach Lage der Dinge fiel ihr kein geeigneteres ein. In was war ihr Timo da bloß hineingeraten? Und wie war es dazu gekommen?

Liane nahm ihr Smartphone und versuchte erneut, ihren Mann zu erreichen. Dieses Mal beschränkte sie sich nicht auf dessen Handy und Dienstapparat. Sie rief auch bei seinem Chef, seinem Lehrgruppenkommandeur und seinem Kumpel Christian an, erreichte sogar alle drei. Sie gaben sich unbedarft und überfreundlich. Keiner konnte sich vorstellen, dass Timo beziehungsweise Stabsfeldwebel Maschmann nicht erreichbar sein sollte, und jeder Einzelne versicherte, Timo umgehend ausrichten zu wollen, dass er dringend zu Hause anrufen solle. Ihr war sofort klar, dass dies niemals geschehen würde. Timo hatte ihren Anruf bei seinen Kameraden offensichtlich vorausgesehen und sie geimpft. Das erkannte sie daran, dass trotz der Dringlichkeit ihrer Anfrage keiner von ihnen neugierig genug war, um mal ganz unverbindlich zu fragen, ob vielleicht etwas Schwerwiegendes passiert war.

Dieser verdammte, starrköpfige Idiot geriet mit jeder verstreichenden Minute immer tiefer in einen ziemlichen Schlamassel. Und er ahnte es wahrscheinlich nicht mal, weil er unbedingt eine Woche Ruhe vor ihr haben wollte.

Den Rest des Tages verbrachte sie mit Grübeleien, die alles andere, unter anderem die drei anstehenden Massagetermine, in den Hintergrund drängten. Die Partyteilnehmer, mit denen sie gesprochen hatte, wussten von vornherein, wer sie war. Das konnte nur bedeuten, dass sie auf ihren Anruf vorbereitet worden waren, und für diese Rolle kamen nur zwei Personen in Frage: Sandra Herr, die Hotelbetreiberin, und Timo Maschmann, der Kerl, dem sie eigentlich den Arsch retten wollte und der ganz nebenbei auch noch ihr Ehemann war. In der Schnittmenge zwischen Liane und den Hotelgästen waren sie die einzigen Personen, die wussten – beziehungsweise, die sich denken konnten –, dass Liane anrufen würde.

Welchen Grund ihr lieber Timo dafür gehabt haben könnte, war ihr mehr oder weniger klar. Wenn er Scheiße gebaut hatte – und davon war wohl leider auszugehen –, hatte er natürlich kein Interesse daran, dass sie davon erfuhr. Und das aus gutem Grund! Zu gerne hätte sie ihn deswegen zur Rede gestellt, aber der Armleuchter hatte sich ja leider ziemlich gut abgeschottet, was ihr Misstrauen verschärfte. Aber bevor sie ihn nicht befragt hatte, hatte sie keine Gewissheit.

Dass Sandra Herr es getan haben könnte, war hingegen unwahrscheinlich. Warum sollte sie Liane erst freimütig die Namen und Adressen geben, um dann alle vor ihr zu warnen? Bei aller

Bereitschaft zu einer guten Verschwörungstheorie, das ergab überhaupt keinen Sinn.

Vielleicht befand sich ja noch jemand anders in der Schnittmenge. Jemand, an den sie zurzeit einfach nicht dachte. Jemand, der sie oder zumindest ihren Ruf kannte und der auch in irgendeiner Weise mit dieser Männerveranstaltung am vergangenen Samstag in Verbindung stand. Vorzugsweise jemand aus dem Ort. Vielleicht hatte Frau Herr der Person bei einem harmlosen Schwätzchen über den weißen Porsche, der da schon so lange stand, anvertraut, dass Liane Maschmann versuchen würde, den Halter zu kontaktieren. Gar nicht mal so abwegig, denn Sandra Herr hatte von zweiundzwanzig Teilnehmern gesprochen, daran konnte Liane sich noch erinnern. Es war also gut möglich, dass auch jemand aus Friedrichskoog teilgenommen hatte. Dass der nicht auf der Liste der Übernachtungsgäste auftauchen würde, war logisch. Ein paar Meter nach Hause torkeln, das bekam jeder Köger hin, auch wenn man es kurz vorher noch so sehr hatte krachen lassen.

Aber auch diese Erklärung hatte einen Haken: Ihr fiel beim besten Willen kein Köger ein, der in diesen scheinbar exklusiven Club, bestehend aus Innensenatoren a. D., überregional angesehenen Ärzten, Schauspielern, Topmanagern, Lottomillionären und ähnlichen Kalibern, hineinzupassen schien. Der Einzige, den man mit einem zugekniffenen Auge in Erwägung ziehen konnte, war Heiko Willers. Sandra Herr hatte erwähnt, dass die Herren gepokert hatten. Willers hatte eine Vergangenheit als erfolgreicher Pokerspieler. Seit er jedoch zum Bürgermeister von Friedrichskoog gewählt worden war, hatte er diese Karriere auf Eis gelegt. War die Sehnsucht vielleicht zu groß geworden? Was jedoch überhaupt nicht zu Heiko Willers passte, war die Gesellschaft all dieser Anzugträger. Heiko war eloquent, wäre also sicher auch mit dieser Klientel zurechtgekommen. Er bevorzugte es aber schlicht, gerade wenn es um sein Umfeld ging. Davon abgesehen würden diese Herren sicherlich auch nicht jeden in ihren Kreis aufnehmen. War der Bürgermeister von Friedrichskoog überhaupt gut genug für eine solche Runde?

Eine Vielzahl an Fragen und Ungereimtheiten, die Liane durch den Kopf gingen. Es machte sie fast verrückt, dass ihr keine befriedigenden Antworten dazu einfallen wollten. Auch am späten Abend, als sie sich schon fürs Bett fertig machte, kreisten ihre Gedanken noch immer um das Thema. Sie kannte das natürlich von sich. Dieses Rätsel würde weiterhin auf dem Monitor ihres inneren Auges flimmern. Nur ein paar gute Antworten würden den Stecker ziehen und ihr endlich wieder Ruhe verschaffen.

Liane fasste einen Entschluss: Am folgenden Tag, nach den drei Kunden, die sie am Vormittag hatte, würde sie sich noch einmal mit Sandra Herr in Verbindung setzen.

Unbekannter Anrufer mit Maschinenstimme – Das Platzen einer Bombe

Liane saß auf der Massageliege in ihrem Behandlungsraum. Sie sah sich darin um, als würde sie ihn zum ersten Mal sehen, ließ dabei die Füße baumeln und fragte sich, wie es so weit hatte kommen können.

Die Wände, die sie damals nur deswegen in einem hellen Terrakotta-Ton gestrichen hatte, weil sie wusste, dass er Timo nicht gefiel. Die Kommode und die Vitrine, beide in Nussbaumholz-Optik. Sie passten zwar gut zur Wandfarbe, aber es waren dennoch ganz billige Dinger, nur Pressholz mit Furnier. Etwas Massives wäre teuer geworden, was ihr Mann aber, angesichts der neuen finanziellen Situation im Haushalt der Maschmanns, in der er sich als frischgebackener Quasi-Alleinverdiener wiederfand, überhaupt nicht einsah. Timo hatte sie eines Tages einfach von einem Möbel-Discounter mitgebracht, ohne Liane vorher gefragt zu haben. Als Dreingabe hatte er noch einen Stuhl dabei gehabt, einen giftgrünen Plastik-Stapelstuhl mit verchromtem Metallgestänge, der seitdem sein Dasein in der Ecke hinter der Tür fristete. Liane hatte sich schon oft gefragt, ob jemals ein Kunde auf dem hässlichen Ding Platz nehmen würde. Selbst die Lampe hatte Timo besorgt, ein von seinem Kumpel Christian abgelegtes altes Ungetüm. So waren, neben der Farbe der Wände, nur die Behandlungsliege, der Garderobenständer und der Mülleimer von ihr. Obwohl es doch eigentlich ihr Raum war.

Vor einer gefühlten Ewigkeit hatte er mal ein Kinderzimmer werden sollen. Dann hatten ihnen mehrere Ärzte gesagt, dass sie beide nicht das mitbrachten, was es brauchte, um sich fortzupflanzen. Also war der Kinderzimmer-Plan vom Tisch. Timo hatte gleich eine Idee, wie man – und mit man meinte er eigentlich Mann – den Raum stattdessen nutzen konnte. Es sollte ein Fernseher rein, eine Spielkonsole, eine Couch, ein Kicker, vielleicht ein Flipper und auf jeden Fall ein Kühlschrank. Liane war es egal gewesen. Sie brauchte keinen zusätzlichen Raum für sich selbst, da sie keine richtigen Hobbys hatte. Sie war in ihrer Arbeit als

Polizistin aufgegangen, nach der Diagnose der Ärzte mehr denn je. Wenn sie mal nichts zu tun hatte, las sie ein Buch, und es war ihr einfach egal, ob sie das im Wohnzimmer, im Schlafzimmer, im Auto, auf dem stillen Örtchen oder sonst wo tat. Dann hatte ihr so ein Dreikäsehoch mit ihrer eigenen Waffe in die Schulter geschossen. Physisch hatte sie sich davon schnell erholt, aber ihre Psyche konnte leider nicht Schritt halten. Also hatte sie ihren heiß geliebten Job bei der Polizei gekündigt und sich in den Kopf gesetzt, eine Bodyworkerin zu werden. De facto hatte man sie aber vor allem als schnöde Masseurin gebraucht.

Nie zuvor war sich Liane dieser Tatsache schmerzhafter bewusst gewesen als an diesem Vormittag.

Drei Patienten hätten in dessen Verlauf eigentlich einen Termin bei ihr gehabt. Wie es der Zufall wollte, gehörten sie zur Gruppe der fünf Patienten, die sie zwei Tage zuvor versetzt hatte, ohne sich dafür bis jetzt entschuldigt zu haben. Keiner von ihnen war gekommen. Gut möglich, dass sie versucht hatten, sich telefonisch vorab zu vergewissern, ob an diesem Tag denn wieder alles in geordneten Bahnen laufen würde. Da Liane aber schon seit ein paar Tagen nicht mehr ans Telefon gegangen war, um neue Termine anzunehmen, hatte das nicht funktionieren können. Sobald eine Köger Nummer im Display auftauchte, ließ sie es einfach klingeln. Vielleicht hatten die Patienten, die sie in den letzten Tagen noch behandelt hatte, auch bemerkt, dass sie nicht mehr richtig bei der Sache war. Und es weitererzählt.

Sie fuhr ihr neues Standbein gerade voll gegen die Wand, nicht unbedingt mit Absicht, aber doch sehenden Auges, das war Fakt. Ausgerechnet jetzt, wo es endlich lief, wo sie regelmäßig mehrere Patienten pro Tag hatte, sodass auch finanziell etwas dabei rumkam. Aber sie fühlte sich deswegen nicht schlecht, hatte nicht das Bedürfnis, das Ruder wieder herumzureißen. Die Gewissheit, dass dies nicht nur eine Phase war, kam mit bemerkenswerter Klarheit.

Liane rutschte von der Liege herunter. Sie war wirklich fertig damit, hatte keine Lust mehr. Aus und vorbei. Was sie stattdessen machen sollte, wusste sie nicht, aber auf keinen Fall wollte sie weiterhin anderer Leute Rücken und Gliedmaßen durchkneten.

Sie verließ den Behandlungsraum. Ihr Entschluss stand fest, sie wollte keine einzige Massage mehr durchführen. Nie wieder. Sie schnappte sich den Schreibtisch-Terminkalender und ging damit ins Wohnzimmer, um von dort aus all die Termine, die sie bereits angenommen hatte, wieder abzusagen.

Nachdem sie bereits drei Patienten zu deren lautstarker Überraschung in Ex-Patienten verwandelt hatte und sich gerade die Nummer für den angehenden Ex-Patienten Nummer vier heraussuchte, klingelte es. Im Display des Telefons stand nur »Unbekannt«. Im Stillen verfluchte sie alle Menschen, die zu feige waren, um beim Telefonieren mit offenen Karten zu spielen, und nahm das Gespräch entgegen.

»Maschmann.«

»Guten Tag, Frau Maschmann. Entschuldigen Sie bitte die Störung«, hörte sie eine Stimme sagen, die kratzend und blechern klang. Es kam ihr vor, als spräche sie mit einem Computer, zumindest soweit es den Klang der Stimme betraf. Die Artikulation war jedoch in jeder Hinsicht menschlich.

»Äh … wer ist da bitte?«

»Das müssen Sie nicht wissen. Ich weiß, wer Sie sind, das reicht.«

Sie vermutete, dass ihr Gesprächspartner die Verfremdung der Stimme durch eine elektronische Sprechhilfe bewirkte, wie sie oft von Kehlkopfkrebs-Patienten benutzt wurden. Ihr kam sofort die Liste mit den Hotelgästen in den Sinn. Einer der Männer, Dr. Wolfgang Otten, war ein angesehener Onkologe aus Rendsburg. Liane erwog kurz, es einfach mal drauf ankommen zu lassen und ihn mit diesem Namen anzusprechen, aber das barg die Gefahr, dass er sofort auflegen würde, wenn sie ins Schwarze traf. Bevor sie erfahren hatte, was der Kerl wollte und warum er einen solchen Aufwand betrieb, um nicht identifiziert zu werden, mochte sie das nicht riskieren.

»Was kann ich für Sie tun … unbekannter Anrufer mit Maschinenstimme?«

»Ich weiß, dass Sie nach Antworten suchen.«

»Hm, ja, stimmt schon. Und das praktisch unentwegt.«

»Antworten auf ganz bestimmte Fragen.«

»Welche wären das?«

Der Mann blieb für ein paar Sekunden stumm. »Wer hat Roland Kaspers auf dem Gewissen. Zum Beispiel.«

Liane atmete tief durch und zwang sich zur Ruhe. »Das beschäftigt mich zurzeit tatsächlich sehr intensiv. Muss damit zu tun haben, dass der Mann ausgerechnet auf meinem Rasen verblutet ist. Verraten Sie mir, woher Sie von dieser Sache im Allgemeinen und von meiner Neugier im Speziellen wissen?«

Der Mann lachte. »Oh, lassen Sie mich kurz überlegen – nein.«

Damit hatte sie auch nicht ernsthaft gerechnet. Aber sie hatte es trotzdem versuchen müssen. Den jedem Menschen innewohnenden Impuls, eine gestellte Frage wahrheitsgemäß zu beantworten, durfte man nicht unterschätzen. »Das ist schade. Aber wenn Sie mir stattdessen erzählen, wer Herrn Kaspers getötet hat, soll mir das auch reichen.«

»Ich weiß nicht, wer ihn umgebracht hat.«

Liane starrte den Hörer an. »Aber Sie haben doch gerade angekündigt, mir zu sagen, wer Herrn Kaspers auf dem Gewissen hat. Was soll denn jetzt dieser Rückzieher?«

»Das ist kein Rückzieher. Ich habe auch nicht behauptet, Ihnen den Namen des Mörders zu nennen. Das könnte ich gar nicht, weil ich nicht gesehen habe, wie es passiert ist. Ich kann jedoch eins und eins zusammenzählen und möchte Ihren Blick daher in eine Richtung lenken, die ich für vielversprechend halte.«

»Sie wollen mir also helfen?«

»Ja.«

»Warum?«

Der Mann schwieg erneut für eine Weile, deutlich länger als kurz zuvor. Da Liane ihn die ganze Zeit über atmen hören konnte, brachte sie das jedoch nicht aus der Ruhe.

»Es ist eine verdammte Schande, was da mit Herrn Kaspers passiert ist. Sein Tod war ungerechtfertigt und unnötig. Dem Mann, der ihm das wahrscheinlich angetan hat, droht nun aber dasselbe Schicksal … weil so nun mal die Regeln sind. Ich halte jedoch nichts von Selbstjustiz. Natürlich muss ich einräumen, mich diesen Regeln unterworfen zu haben, ihnen sogar zugestimmt zu haben. Ich hätte nur nicht für möglich gehalten, dass es mal so weit kommen würde. Zugegebenermaßen eine schwache Ausrede.«

Liane registrierte, dass sie die freie Hand aufgeregt auf ihrem Oberschenkel tanzen ließ. »Warum wollen Sie das dann ausgerechnet mit mir besprechen? Wenn ich mich der Sache annähme, wäre das doch eigentlich nicht viel besser als Selbstjustiz. Ich bin keine Polizistin.«

Der Mann zögerte abermals vor seiner Antwort. »Ich denke, das wird sich Ihnen gleich erschließen. Sie müssen sich nur damit abfinden, dass meine Gesprächsbereitschaft Grenzen hat, das ist Bedingung. Also, wollen Sie meine Hilfe oder lieber doch nicht?«

»Doch, natürlich. Schießen Sie los.«

Die Atemgeräusche des Mannes wurden schwerer. »Herr Kaspers hatte an diesem Abend Streit.«

»Entschuldigen Sie bitte, dass ich da gleich reingrätsche, aber mich würde wirklich interessieren, was für eine Art Veranstaltung das überhaupt gewesen ist.«

Wieder zögerte der Mann. »Man könnte es eine institutionalisierte Männerrunde nennen. Pokern, essen, trinken, Spaß haben. In Gesellschaft von Gleichgesinnten. Weiter nichts.«

»Weiter nichts? Ich habe was von … dünnen Servicekräften gehört.«

Der Mann lachte. »Ich sagte doch, Spaß haben.«

»Pokern um hohe Einsätze?«

Er seufzte genervt. »Ja.«

»Sonst noch etwas, abgesehen von dem Glücksspiel und der Prostitution? Noch was Illegales?«

Keine Antwort.

»Womöglich sogar etwas *richtig* Illegales?«

Es war nur das schwere Atmen des Unbekannten zu hören. Liane hatte das Gefühl, dass er kurz vorm Auflegen war. Aber sie sprach trotzdem aus, was ihr als Erstes in den Sinn kam. »Drogen vielleicht?«

»Jetzt hören Sie schon auf! Haben Sie mir gerade nicht zugehört?«, platzte es aus ihm raus. »Verdammt noch mal, behandeln Sie jemanden, der Ihnen helfen will, immer so?«

»Tut mir leid, ich will nur die Zusammenhänge kennen. Das

ist eine alte Berufskrankheit, fürchte ich. Bitte, sprechen Sie weiter«, sagte Liane demütig, dachte aber: Die alten Säcke haben sich also erst mit irgendetwas zugedröhnt und dann die Mädels klargemacht. Timo Maschmann, du verdammter Wahnsinniger!

»Bei dem Streit ging es um Geld. Der Organisator glaubte, dass Herr Kaspers den geforderten Einsatz für den Abend nicht im vollen Umfang bezahlt hatte. Angeblich fehlten fünftausend Euro, immerhin zwanzig Prozent von der Gesamtsumme. Der Streit eskalierte sehr schnell, vor unser aller Augen. Es fielen dabei ein paar Sätze, die vielleicht nicht unbedingt hätten fallen müssen. Speziell die Äußerungen von Herrn Kaspers waren ehrverletzend und wurden in provokativer Absicht ausgesprochen, das lässt sich leider nicht schönreden. Trotzdem darf dies nicht zum Auslöser eines –«

»Äh, entschuldigen Sie bitte.«

Ein neuerlicher Seufzer erklang. »Ja, was denn?«

»Haben Sie gerade gesagt, dass sich Herr Kaspers mit dem Organisator gestritten hat?«

Ihr Gegenüber zögerte kurz. »Das ist richtig.«

»Herr Kaspers hat sich mit *meinem Mann* um fünftausend Euro gestritten?«

»Oh! … Sie wissen schon, dass Ihr Mann der Organisator ist. Gut, das macht es mir etwas einfacher. Hat er es Ihnen selbst erzählt?«

Liane hatte aus dem Stand volle Fahrt aufgenommen. »Sie glauben also, dass mein Mann wütend genug war, um Herrn Kaspers ein Messer in die Brust zu rammen? Sie haben mich allen Ernstes angerufen, um mir zu erzählen, dass Herr Kaspers durch die Hand von meinem Timo gestorben sein soll, nur wegen ein paar Beleidigungen?«

»Vergessen Sie nicht die fünftausend Euro, Frau Maschmann. Sie waren nicht dabei. Es war schon spät, und Herr Kaspers war … nicht mehr ganz er selbst. Seine verbalen Attacken waren wirklich übel. Er war unglaublich herablassend, und die Treffsicherheit, mit der er sich auf die offensichtlichen Schwächen Ihres Mannes stürzte, um ihn zu demütigen, war beängstigend. Die rhetorischen Fertigkeiten des armen Kerls haben nicht gereicht, um

Paroli bieten zu können. Stattdessen wurde er immer aggressiver. Wenn nicht ein anderes Mitglied eingegriffen hätte – ich bin davon überzeugt, dass er Herrn Kaspers noch vor unseren Augen erwürgt hätte.«

Liane wurde schwarz vor Augen. Männer! Respekt, Ehre und Schwanzlänge, darauf läuft es immer wieder hinaus, dachte sie verzweifelt. Speziell ihr Timo kannte tatsächlich nur wilden Jähzorn als Reaktion, wenn man es wagte, seinen Stolz zu verletzen. Aber sie mochte es trotzdem nicht glauben. »Er ist vielleicht nicht besonders schlagfertig, deswegen aber noch lange kein Idiot. Glauben Sie denn, dass der Mann einer ehemaligen Polizistin so dämlich wäre, jemanden abzumurksen, mit dem er sich vorher öffentlich gefetzt hat? Und dann legt er sein Opfer auch noch auf den eigenen Rasen? Da, wo es jeder sehen kann?«

»Sie haben natürlich recht, so töricht wäre wohl niemand. Ich möchte ebenfalls glauben, dass sein Plan anders ausgesehen hat und zumindest etwas cleverer war. Er wollte die Leiche von Herrn Kaspers garantiert an einem weniger verfänglichen Ort deponieren. Aber dann muss etwas schiefgegangen sein.«

»Aha. Er hat also erst jemanden umgebracht, und *dann* ist etwas schiefgegangen«, ätzte Liane. »Was das wohl gewesen sein mag.«

Der Mann ließ sich nicht beeindrucken. »Ich glaube nicht an einen geplanten Mord. Dass Ihr Mann plötzlich eine Leiche loswerden musste, kam für ihn gewiss unerwartet, sodass er gezwungen war zu improvisieren. Angenommen, Herr Kaspers war noch gar nicht tot und Ihr Mann hat das nicht bemerkt, als er ihn in seinen Wagen gelegt hat. Vielleicht ist Herr Kaspers noch ein letztes Mal zu Bewusstsein gelangt, aus dem Wagen raus und mit letzter Kraft noch ein paar Meter weit gekrochen. Vielleicht hat Ihr Mann das nicht bemerkt.«

»So ein Unsinn!«

»Seien Sie nachsichtig, es ist ja nur ein Gedanke. Tatsächlich würde allerdings auch ich annehmen wollen, dass er es sehr wohl bemerkt hat, dann aber in Panik geraten ist und sich nicht getraut hat, Herrn Kaspers in seinen Wagen zurückzutragen. Wie Sie schon sagten, da, wo es jeder sehen kann.«

Liane schluckte hart. Das war gut. Zu gut. »Sagen Sie mir, in wessen Auftrag mein Mann diese Party organisiert hat? Wer oder was steckt dahinter?«

»Keine Chance!«, fuhr der Mann auf und klang erschrocken. »Das werde ich Ihnen auf keinen Fall sagen.«

»Warum denn nicht, um Himmels willen? Ich dachte, Sie wollen mir helfen.«

»Das tue ich ja auch. Wollen Sie etwa abstreiten, dass Sie jetzt deutlich mehr wissen als noch vor einer halben Stunde?«

Liane musste sich eingestehen, dass das ein Punkt für den Fremden war. »Nein, natürlich nicht. Ich verstehe nur nicht, was dagegen spricht. Wenn ich Sie richtig verstanden habe, ist mein Mann in Gefahr, und das gefällt Ihnen nicht. Wie soll ich herausfinden, von wem diese Gefahr ausgeht, wenn Sie mir nichts über die Hintermänner verraten? Außerdem würde niemand erfahren, wer mir geholfen hat. Sie haben sich ja leider noch immer nicht vorgestellt.«

»Und das werde ich auch nicht. Sie haben mit allem recht, Frau Maschmann, aber diese Grenze werde ich trotzdem nicht überschreiten. Wenn Sie die Frau sind, von der ich gehört habe, werden Sie einen Weg finden, Ihrem Mann zu helfen. Ich kann Ihnen nur noch den Rat geben, damit keine Zeit zu verlieren. Mehr habe ich nicht zu sagen.«

»Ich bitte Sie! Verraten Sie mir –«

»Ich wünsche Ihnen viel Glück. Beeilen Sie sich bitte.«

»Nein! Legen Sie jetzt nicht auf!«

Am anderen Ende war nichts mehr zu hören. Der Fremde hatte das Gespräch bereits beendet. Liane war sich sicher, dass deutliche Spuren von echter Sorge in seiner Stimme zu finden gewesen wären, hätte er sie nicht künstlich verzerrt. Er wollte nicht, dass ihr Timo, den er für einen Mörder hielt, ebenfalls ermordet wurde. Aber trotz seiner Anonymität war er nicht bereit gewesen, ihr alles anzuvertrauen. Wie verrückt war das? Und was für eine unheilvolle Drohkulisse musste das sein, die so viel Angst und Schrecken verbreitete? Das hatte schon etwas von organisiertem Verbrechen.

Sie sollte sich beeilen, hatte der Mann gesagt. Wie wunderbar einfach. Verschanzte sich konsequent hinter der Anonymität, warf ihr aber trotzdem nur ein paar Krümel hin. Wahrscheinlich bildete der Blödmann sich jetzt tatsächlich ein, alles getan zu haben, was er tun konnte, erwartete vielleicht sogar Dankbarkeit dafür. Und falls sie es nicht schaffen sollte, ihren Mann zu retten, konnte er zumindest nichts dafür, da er die Verantwortung ja längst weitergegeben hatte. Die Schuld lag dann allein bei ihr, weil sie wohl doch nicht die Frau war, für die er sie gehalten hat. Liane hasste Feiglinge. Vor allem jene Art Feiglinge, die sich einbildete, unglaublich mutig und selbstlos zu handeln. Ein gewisses Maß an Selbstlosigkeit ließ sein Anruf zwar durchaus erkennen, aber Liane war zu wütend, um ihrem anonymen Tippgeber dies zuzugestehen. Wie zum Hohn musste er ihr auch noch viel Glück wünschen.

Von wegen Glück, Freundchen, dachte Liane. Sie würde jetzt herausfinden, was da am vergangenen Samstag wirklich vor sich gegangen war. Und anschließend würde sie den sauberen Herrn Doktor aus Rendsburg wissen lassen, wie vergeblich sein Bemühen um Anonymität war und was sie von Luschen wie ihm hielt.

***

Das Absagen der Massagetermine war schon wieder komplett aus ihrem Bewusstsein verschwunden. Stattdessen setzte sie sich mit einer gehörigen Portion Wut im Bauch in ihren Wagen und fuhr in die Schulstraße-West, zum Haus Sonnenschein.

Der Mann von Sandra Herr fegte gerade den Unrat, den der Wind der letzten Tage dort hatte stranden lassen, von der Terrasse. Er bemerkte sie und winkte ihr zu, aber Liane ignorierte ihn. Sie stellte den Wagen ab, schmiss die Tür zu und stapfte zielstrebig in das Innere des Hotels. Neben der Treppe nach oben blieb sie stehen, stemmte die Hände in die Hüften und machte mit einem lauten »Hallo?« auf sich aufmerksam.

»Ich bin hier«, kam es postwendend zurück.

Liane setzte sich in Bewegung. Linker Hand befand sich der Raum, in dem einst das Restaurant betrieben wurde. Dort fand Liane die Hausherrin an einem der Tische sitzend, vertieft in ihren

Laptop. Liane warf einen Blick auf den Bildschirm und konnte erkennen, dass sie sich gerade durch verschiedene Facebook-Posts arbeitete. »Ist zurzeit nichts zu tun?«

Frau Herr schnellte herum und schien bereit, auf diese unverfrorene Unterstellung mit angemessener Härte zu reagieren. Dann erkannte sie Liane, und ihr verhaltener Zorn wich einem Lächeln. »Ach, du bist das. Ich hab deine Stimme gar nicht erkannt, dachte, du bist ein Gast. Oder vielleicht sogar so ein Unsympath vom Gewerbeamt.«

»Machen die etwa immer noch Scherereien? Ich dachte, das Thema ist längst durch.«

Frau Herr lachte bitter auf. »Das dachte ich auch mal. Wenn du kurz Zeit hast, kann ich dir gerne von den neuesten Schweinereien berichten.«

Die Zeit hätte sie sich schon nehmen können, aber das war nicht der Grund, weshalb sie hergekommen war. Sie hatte ihre eigenen Probleme. Liane musste das Leben ihres Mannes retten.

»Soll ich uns 'nen Tee machen?«

»Nein, Sandra, vielen Dank, aber für Tee und Geschichten habe ich gerade echt keinen Kopf. Mir brennt was unter den Nägeln, und es hat zumindest mittelbar mit dir zu tun.«

Liane sah, wie Frau Herr blass wurde. Ihre Mimik wurde sehr ernst, und es kam Liane vor, als würde sie sich innerlich wappnen, um eine bevorstehende harte Prüfung unbeschadet zu überstehen. Wie zur Bestätigung dieses Eindrucks verschränkte sie prompt die Arme.

»Sandra, kurz und schmerzlos: Was für eine Art Veranstaltung hat hier am vergangenen Wochenende stattgefunden? Ich weiß inzwischen, dass das, was du mir erzählt hast, maximal die halbe Wahrheit war.«

»Das kann ich dir nicht sagen«, antwortete Frau Herr knapp, drehte Liane den Rücken zu und stöberte demonstrativ wieder in den Einträgen bei Facebook.

Liane verschlug es für einen Moment die Sprache. »Und warum nicht?«

Frau Herr tat, als hätte sie die Frage nicht gehört.

»Ich habe dich etwas gefragt.«

Frau Herr aktivierte einen Video-Feed, in dem Frauen und kleine Mädchen Welpen geschenkt bekamen.

»Mach das nicht mit mir«, sagte Liane mit gefahrverheißender Ruhe. »Ignoriere mich nicht. Tu nicht so, als wäre ich gar nicht da. Ich kann dich wirklich gut leiden, aber so etwas könnte ich selbst den Menschen nicht durchgehen lassen, die mir sehr viel näher stehen als du.«

Frau Herr atmete tief und zittrig durch, rieb sich das Gesicht und sah Liane dann ein wenig bockig an.

»Was war das für eine Party, die Timo hier organisiert hat?«, setzte Liane ohne Erbarmen nach.

»Warum fragst du nicht ihn? Er ist immerhin *dein* Mann.«

»Ich habe dir gestern schon gesagt, dass ich ihn zurzeit nicht erreiche. Wenn ich ihn fragen könnte, wäre ich jetzt nicht hier.«

Liane fasste einen Entschluss. Sie ging um den Tisch herum, nahm gegenüber von ihrer Gastgeberin Platz, klappte deren Laptop zu und zog ihn zu sich. Sie sah, dass Frau Herr protestieren wollte, aber als die Lianes Blick bemerkte, war das Mütchen sofort gekühlt.

»Hör mir gut zu! Ich *weiß*, dass die Kerle hier irgendwelche Drogen konsumiert haben. Und ich *weiß*, dass die dünnen Servicekräfte viel mehr draufhatten, als unfallfrei und bezaubernd lächelnd Getränke zu den Tischen zu bringen. Das waren Prostituierte. Aus irgendwelchen Gründen willst du Timo schützen. Er würde das sicher zu schätzen wissen, aber er ist gerade nicht anwesend. Du hast es mit mir zu tun! Timo zu verärgern ist eindeutig keine gute Idee, aber im Vergleich zu meinem Zorn ist das immer noch akzeptabel, das darfst du mir glauben. Verstehst du mich? Ich werde dich erst wieder in Ruhe lassen, wenn du mir erzählt hast, was sich hier an diesem Abend alles abgespielt hat.«

Frau Herr knickte ein. »Scheiße!«, schluchzte sie. »Dann sag ihm aber bitte, dass du mich unter Druck gesetzt hast.«

»Du meinst Timo?«

Frau Herr nickte und trocknete sich die Augen.

»Der kennt mich und weiß, dass es mit mir hässlich werden kann. Was das betrifft, wird er dir kaum Vorwürfe machen«, sagte

Liane ruhig, pulte ein neues Taschentuch aus der Packung, die auf dem Tisch lag, und reichte es Frau Herr. »Dann hat mein Göttergatte also tatsächlich von dir verlangt, mir nichts zu erzählen. Dieser kleine Scheißer. Allerdings verstehe ich nicht, warum du mir neulich überhaupt erst verraten hast, dass er diese Party hier organisiert hat. Hast du dich da verplappert?«

Frau Herr schüttelte den Kopf. »Er hat mich erst heute Morgen angerufen und darum gebeten. Ich hab noch gesagt, dass ich dich nicht anlügen will, aber da ist er richtig ein bisschen fies geworden. Hat mich daran erinnert, dass ich immerhin eine stolze Bezahlung von ihm erhalten habe. Eigentlich war es also gar keine Bitte. Er hat es von mir verlangt.«

»Verstehe. Ja, das sieht ihm leider ähnlich.«

»Er wollte, dass du von der Feier und seiner Beteiligung daran grundsätzlich nichts erfährst. Als ich ihn dann darauf hinwies, dass du bereits über beides Bescheid weißt, wurde er schon grantig. Aber mal ehrlich, wenn er das nicht will, warum sagt er mir das dann nicht von vornherein? Als ob ich vorausahnen kann, dass er *alles* vor dir geheim halten will. Damals hatte er jedenfalls nur von bestimmten Details gesprochen, von denen niemand jemals erfahren durfte. Du weißt schon – diese Dinge, über die du inzwischen ja offensichtlich trotzdem längst im Bilde bist.«

»Denk dir nichts dabei. Timo wird lieber ungerecht, als sich einzugestehen, selbst Mist gebaut zu haben. Und nun erzähl mir bitte genau, wie dieser Abend abgelaufen ist.«

Frau Herr seufzte. »Erst haben sie was gegessen. Ausgerechnet Weißkohl mit Mettenden. Dann –«

»Moment, wie meinst du das? Sprach was dagegen?«

Sandra Herr zuckte mit den Schultern. »Es sollte – na ja, eigentlich die Spezialität dieser Region sein. Zumindest hat Timo behauptet, dass die Herren sich das so gewünscht hätten. Und im selben Atemzug kommt er mir mit Weißkohl und Mettenden«, sagte sie abfällig.

Dieses Gericht erfüllte auch nach Lianes Verständnis alle Kriterien einer regionalen Spezialität. Welches auch sonst? Aber ausgerechnet Sandra Herr, eine Zugezogene, schien offensichtlich ganz entschieden eine andere Meinung zu vertreten. Da ihre

Gastgeberin wirklich etwas vom Kochen verstand, zumindest deutlich mehr als sie, schwieg Liane aber vorsichtshalber.

Frau Herr durchschaute sie trotzdem sofort. »Na hör mal. Mehlbeutel mit Speck und Rosinen!«

Liane verzog angewidert das Gesicht. »Oh, das. Ekelhaft. Mehr gibt es dazu nicht zu sagen. Fahr bitte schnell fort, bevor mir noch schlecht wird. *Nach* dem Essen.«

Frau Herr strafte Liane mit einem tadelnden Blick ab. »Wie du willst. Als sie satt waren, haben sie gepokert. Ging, glaube ich, um ganz schön viel Kohle. Dabei haben sie logischerweise auch einiges getrunken.« Sie atmete tief durch und sah Liane beschämt an. »Und die meisten von ihnen haben sich ganz hemmungslos mit Drogen zugedröhnt.«

»Verdammte Idioten«, murmelte Liane. »Was war es denn? Marihuana?«

»Ja. Und Kokain. Ich hab zumindest 'ne Schale mit weißem Pulver und ein paar Metallröhrchen gesehen, als ich das Essen serviert habe. Na ja, Puderzucker war es jedenfalls nicht. Timo hatte mir gegenüber allerdings nur Marihuana erwähnt. Wahrscheinlich wollte er mir nichts von dem Kokain erzählen, weil er merkte, dass mich das Gras schon total nervös gemacht hat.«

Liane war hin- und hergerissen. Frau Herr tat ihr leid, aber letztlich hatte sie sich diese Suppe selbst eingebrockt, weil sie zugestimmt hatte. Sie hatte Timo die Party gestattet, sich von ihm einlullen lassen.

»Aber am schlimmsten waren diese verdammten Nutten.« Die Hotelbetreiberin lief rot an und vermied Augenkontakt. »Prostitution in meinem Hotel, Liane! Meinem kleinen Haus Sonnenschein. Das fand ich noch viel schlimmer als das Gras und das Kokain«, schluchzte sie.

Liane tat Frau Herr den Gefallen, ihr an dieser Stelle einen bissigen Kommentar zu ersparen. Es war offensichtlich, dass die Arme schon in ausreichendem Maße unter ihren Selbstvorwürfen litt. Stattdessen reichte sie ihr einfach ein frisches Taschentuch. »Hatte Timo das denn angekündigt?«

Frau Herr putzte sich leise die Nase. »Ja, schon. Er hat mich vorgewarnt, dass die Mädels sich vielleicht zwischendurch oder am Ende des Abends mit dem einen oder anderen Herrn auf dessen Zimmer absetzen könnten«, berichtete sie und sah Liane wieder direkt an, mit einem Ausdruck in den Augen, der für Liane wie Trotz aussah, wahrscheinlich aber vor allem Wut auf sich selbst widerspiegelte. »Fünfundzwanzigtausend Euro, Liane. Fünfundzwanzigtausend Euro! Für einen Abend mit zweiundzwanzig Gästen, nur das Essen, die Getränke und Bereitstellung der Räumlichkeiten. Die Zimmermiete haben die sogar noch extra bezahlt. Und es war ja auch keine Horde Rocker oder Halbstarke, die mir da angekündigt wurde. Du weißt ja inzwischen, wer sich so alles unter den Gästen befunden hat. Das … ach, ich will ja gar nicht abstreiten, dass es natürlich falsch war, aber Timo hat einfach zu viel Geld geboten, um Nein zu sagen. Gerade in unserer derzeitigen Situation, wo uns praktisch von allen Seiten Knüppel zwischen die Beine geworfen werden. Wir haben hier gerade echt zu kämpfen, das weißt du. Wenn es dumm läuft, macht mir das Gewerbeamt schon morgen den Laden dicht. Da muss –«

»Lass gut sein, Sandra«, unterbrach Liane. »Du musst vor mir nicht rechtfertigen, warum du deine Entscheidungen wie triffst. Ich will eigentlich nur begreifen, wie Timo da reinpasst. Er hat mir das wirklich komplett unterschlagen.«

Frau Herr kicherte leise. »Das hat mich damals gleich stutzig gemacht. Ich weiß noch, dass ich mich gefragt habe, wie er dir diese Party wohl erklären würde.«

»Tja. Die Antwort lautet: gar nicht. Du siehst also, dass nicht nur bei dir ein paar Dinge schieflaufen.«

»Tut mir leid für dich. Auch dass du es durch mich erfahren musstest.«

»Nicht deine Schuld. Aber ein paar Fragen in Bezug auf meinen Helden hätte ich noch, angefangen bei seinem Auftreten. Die anderen Gäste spielen ja nun eindeutig in einer anderen Liga als er, darum begreife ich noch nicht, wie er an diese Kerle geraten ist. Beziehungsweise die an ihn. Hattest du den Eindruck, dass er sich hier wie unter seinesgleichen bewegte? Oder war er eher so etwas wie der Laufbursche?«

»Eindeutig Letzteres. Die waren schon höflich, sowohl Timo

wie auch mir gegenüber. Aber man hat gemerkt, dass wir für die nicht ganz standesgemäß waren. Timo war einfach derjenige, der die Veranstaltung vorbereiten musste und sich auch währenddessen um alles Mögliche zu kümmern hatte, während die am Feiern waren.«

»Hattest du den Eindruck, dass einer von denen sich gegenüber Timo in einer Art Vorgesetztenrolle befunden hat? Also praktisch derjenige war, in dessen Auftrag Timo hier tätig geworden ist.«

»Kann ich nicht sagen.«

»Echt nicht? Schade. – Hast du denn mitbekommen, ob Timo sich mit einem der anderen gestritten hat? Es muss dabei recht heftig zur Sache gegangen sein. Der Anlass war Geld, wenn ich das richtig verstanden habe.«

»Dazu kann ich auch nichts sagen. Ich bin nur zweimal im Raum gewesen. Als ich das Essen aufgetragen habe und 'ne Stunde später, um das Geschirr wieder abzuräumen. Dazwischen hab ich die, wenn überhaupt, nur zufällig gesehen, wenn die aufs Klo sind oder mal raus, um frische Luft zu schnappen. Ich hab ehrlich gesagt auch nicht so genau hingeschaut, weil ich das mit den … jungen Damen einfach nicht wissen wollte. Und weil fast die ganze Zeit über diese grässliche Musik lief, hab ich eh nicht viel mitbekommen.«

»Mist«, zischte Liane. »Wär ja auch zu einfach gewesen. Gibt es sonst noch etwas, das dir, aller Verschwiegenheitsgelübde zum Trotz, erzählenswert vorkommt?«

»Tut mir echt leid, Liane. Abgesehen von dem weißen Porsche, der hier immer noch meinen Parkplatz blockiert, gibt es da nichts. Die eine Hälfte hat sich kleckerweise verdünnisiert. Frag mich jetzt aber nicht, ob die noch fahren durften, das habe ich nicht kontrolliert. Die andere Hälfte ist nach und nach aufs Zimmer. Und am nächsten Morgen sind sie alle ganz eilig abgehauen. Das hab ich dir neulich schon erzählt, oder? Die haben sich nicht mal am Frühstücksbüfett bedient. Ich musste ganz viel wegschmeißen.«

»Eine letzte Frage habe ich noch, Sandra. Hast du deinen Gästen vom letzten Samstag erzählt, dass ich sie anrufen würde?«

Sandra Herr blinzelte sie verwirrt an. »Äh – nein, das habe ich nicht. Wie kommst du darauf?«

Liane dachte nach. Sollte sie ihr erzählen, dass sie sich mit falscher Identität bei den Männern gemeldet hatte? Sollte sie zugeben, dass sie die Namen vor allem deswegen haben wollte, um sie nach Roland Kaspers zu befragen? Und gleichzeitig gestehen, dass sie nie die Absicht hatte, den Besitzer des weißen Porsche ausfindig zu machen, weil sie den längst kannte?

»Bist du sicher? Hast du vielleicht jemandem aus dem Ort erzählt, dass ich mich darum kümmern würde, den Besitzer des Porsche aufzuspüren? Denk bitte nach.«

»Nein, habe ich nicht. Warum sollte ich auch? Ich habe es ja nicht mal meinem Mann erzählt. Aber wo du es gerade ansprichst: Hast du ihn gefunden?«

Liane glaubte ihr. Nachdem Frau Herr gerade alles rausgelassen hatte, würde sie jetzt sicher nicht wieder mit der Heimlichtuerei anfangen. »Tut mir leid, Sandra, aber ich habe höchstens die Hälfte der Männer erreicht. Es wird wohl einer von denen sein, die ich nicht erreichen konnte.«

Viel später am Abend saß Liane mit einem Glas Wein vor dem laufenden Fernseher, ohne jedoch zu registrieren, was gerade gesendet wurde. Sie hatte ihn eingeschaltet, um sich abzulenken, aber das hatte nicht mal für eine lausige Minute funktioniert.

Gefühlte hundert Mal hatte sie im Laufe des Abends das Gespräch mit Sandra Herr rekapituliert. Ebenso oft wurde sie von der Gewissheit überwältigt, Sandra Herr einen viel zu tiefen Einblick in den Zustand ihrer Ehe gewährt zu haben. Gefühlte tausend Mal hatte sie versucht, sich vor sich selbst zu rechtfertigen, warum sie nicht längst etwas bemerkt hatte. Sie hatte natürlich etwas bemerkt und es ihrem Mann am vergangenen Sonntag auch zu verstehen gegeben. Aber sie hatte dabei etwas völlig anderes im Sinn gehabt, namentlich ein Verhältnis mit einer anderen Frau. Nun wünschte sie sich fast, dass es so simpel wäre.

Gleich mehrfach hatte sie das Telefon in die Hand genommen, um erneut zu versuchen, ihn telefonisch zu erreichen und zur Rede zu stellen. Es war zwar bereits Freitag, der Tag, an dem er für gewöhnlich aus Appen heimkehrte, aber Timo war mit einem Wachdienst dran, sodass sein Wochenende erst am Samstagmorgen beginnen würde. Trotz der Drohkulisse, die ihr anonymer Anrufer aufgebaut hatte, hielt sie es für wenig wahrscheinlich, dass ihrem Mann in der Kaserne etwas zustoßen konnte. Für die Dauer des Wachdienstes war er bewaffnet und noch dazu von anderen bewaffneten Männern umgeben. Sie entschied daher jedes Mal aufs Neue, dass es besser war zu warten. Dieses Gespräch wollte sie nicht am Telefon führen. Sie wollte nicht, dass er einfach auflegen konnte. Sie wollte ihm in die Augen sehen, wenn sie ihn zur Rede stellte, und sie wollte ihm keine Gelegenheit geben, sich der Situation zu entziehen. Wenn er versuchte abzuhauen, würde sie ihm am Bein kleben wie eine Klette. Sie wollte dafür sorgen, dass er diesen Samstag so schnell nicht mehr vergaß.

Neue Perspektive – Die Einschläge kommen näher – Die Teekanne ist geplündert

Ungefähr um elf Uhr am folgenden Vormittag glaubte Liane, eine ziemlich konkrete Vorstellung davon zu haben, wie es sich anfühlte, wenn man jemandem so sehr zürnte, dass man der Person frei von Skrupeln und ohne zu zögern den Schädel einschlagen würde, nur um sich endlich wieder besser zu fühlen – zumindest für einen kurzen wunderbaren Augenblick.

Sie saß im Schneidersitz auf dem Sofa und starrte das Telefon an, das sich direkt vor ihr auf dem Couchtisch befand. Auf ihrem Schoß lag ein Kissen, in dem sich ihre Hände festkrallten, dran zogen, rissen und hineinschlugen. Wären Kissen Lebewesen mit Empfindungen und Nervenbahnen, hätte dieses an seiner derzeitigen Situation garantiert keinen Gefallen gefunden. Es hätte vor Angst und Schmerzen wie am Spieß geschrien.

Seit sie, nach einer praktisch schlaflosen Nacht, um sieben Uhr aufgestanden war, hatte das Telefon fünfmal geklingelt. Drei Anrufer aus dem Ort, beziehungsweise der Umgebung, wohl um sich einen Termin bei ihr zu holen. Sie war nicht rangegangen. Zwei Anrufe, die mit unterdrückter Nummer eingingen, nahm Liane schweren Herzens entgegen. Ebenfalls Leute aus dem Ort, die zur Massage kommen wollten. Trotz ihrer stetig steigenden Wut hatte sie davon abgesehen, die Anrufer wegen der unterdrückten Nummer zusammenzuscheißen, und es stattdessen bei dem lapidaren Hinweis belassen, dass sie nicht mehr praktizierte.

Nur der Mann, dessen Anruf inzwischen eindeutig überfällig war, meldete sich einfach nicht, hielt es nicht für nötig, sie über seinen Verbleib zu informieren.

Liane wusste, dass Timos Wachdienst spätestens um sieben Uhr fünfzehn endete. Manchmal, gerade an Wochenenden, konnte es schon mal passieren, dass der neue Offizier vom Wachdienst verschlief, sodass er nicht rechtzeitig zur Übernahme der Dienstgeschäfte erschien. Der wurde dann aber sofort angerufen und geweckt. Mit viel Wohlwollen war Liane bereit, dafür eine ganze Stunde anzurechnen, länger aber auf keinen Fall.

Rechnete sie dann noch eine Fahrtzeit von im ungünstigsten Fall anderthalb Stunden hinzu, hätte Timo spätestens vor einer guten Stunde zu Hause sein müssen. War er aber nicht. Und er meldete sich auch nicht, obwohl er genau wusste, dass Liane auf ihn wartete. Das machte sie enorm wütend. Zudem hatte sie für diesen Morgen fest eingeplant, ihm auf Basis der Erkenntnisse vom Vortag eine Szene zu machen, für die er mehr als ein verkürztes Wochenende brauchen würde, um sich wieder davon zu erholen. Nun schickte der Arsch sich an, ihr dieses Vergnügen auch noch zu versauen.

Das sechste Klingeln an diesem Morgen riss sie aus ihren finsteren Überlegungen. Sie beugte sich etwas vor und schielte aufs Display. Die Nummer war nicht unterdrückt, ein Festnetzanschluss, aber die Vorwahl konnte sie spontan nicht zuordnen, auch wenn sie ihr bekannt vorkam. Appen, Pinneberg oder irgendein anderer Ort aus der Ecke war es jedenfalls nicht. Liane nahm sich vier weitere Freizeichen Zeit, um vielleicht doch noch darauf zu kommen, aber der Knoten wollte sich nicht lösen. Also nahm sie das Gespräch schließlich an.

»Maschmann.«

»Inge Kaspers. Guten Morgen, Frau Maschmann. Habe ich Sie irgendwo weggeholt?«

»Oh! Sie sind das. Ihnen ebenfalls einen guten Morgen, Frau Kaspers. Und nein, Sie haben mich bei nichts gestört. Und auch nicht geweckt oder so, keine Sorge.«

Frau Kaspers seufzte, scheinbar erleichtert. »Dann ist es ja gut. Es fällt mir nicht ganz leicht, den richtigen Zeitpunkt abzuschätzen, wenn ich jemanden nicht so gut kenne.«

»Ja, ich weiß, was Sie meinen. Wie kann ich Ihnen denn helfen?«

»Hätte Sie ein wenig Zeit für mich?«

Liane zog belustigt die Augenbrauen hoch. »Wie ich schon sagte, Sie haben mich bei nichts gestört. Also, schießen Sie ruhig los.«

»Gut. Dann … vorneweg gleich die schlechte Nachricht. Am Tag nachdem Sie hier waren, stellte sich mir ein Hauptkommissar Christiansen von der Kripo Itzehoe vor. Er wollte mir …«

Frau Kaspers versagte die Stimme. Gleich darauf war ein leises Schniefen zu hören. Liane wusste, was nun kommen würde.

»Er wollte mir die Nachricht vom Tod meines lieben Bruders übermitteln«, schrie Frau Kaspers nun fast. »Mein Bruder ist tot, Frau Maschmann. Irgendein Dreckschwein hat ihn einfach umgebracht. Ihn, der niemandem jemals etwas getan hat und viel zu gut für diese Welt war.«

»Mein herzliches Beileid, Frau Kaspers. Ich bedaure Ihren Verlust wirklich sehr.«

Für eine Weile blieb es ganz ruhig am anderen Ende der Leitung.

»Sie klingen so … wussten Sie bereits, dass mein Bruder tot ist? Und dass er ermordet wurde?«

»Oh. Äh, na ja, als Privatdetektivin kennt man schon ein paar Beamte und hat so seine Verbindungen und Kanäle. Um der Wahrheit die Ehre zu geben, ich habe selbst eine Vorgeschichte als Polizistin. Da sind meine Kanäle gleich noch etwas umfangreicher. Und da ich ja nun mal nach Ihrem Bruder gesucht habe, hat mir eine dieser Verbindungen das auch gleich mitgeteilt.«

Es blieb wieder still am anderen Ende. Liane hatte das Gefühl, dass da eine Woge im Begriff zu entstehen war, die sie schnell glätten sollte, bevor sie größer werden konnte. »Ich hätte mich auf jeden Fall noch bei Ihnen gemeldet, Frau Kaspers. Aber ich wollte mir damit noch etwas Zeit lassen. Vor allem wollte ich Ihnen Zeit lassen. Wenn die Trauer noch so frisch ist, hat man andere Dinge im Kopf. Und zu tun sowieso.«

Frau Kaspers reagierte nicht sofort. »Ich bin nur … ich hatte nicht damit gerechnet, dass Sie es schon wissen. Aber was soll's, das ist eigentlich sogar gut. Dann kann ich direkt zum eigentlichen Grund meines Anrufes kommen. Nachdem sich gestern niemand vonseiten der Polizei bei mir hat sehen lassen, hatte ich bis gerade eben Hauptkommissar Christiansen zu Besuch. Er wurde begleitet von einem Kommissar Panke, wohl sein Gehilfe oder wie man das nennt. Sind die beiden Ihnen zufällig bekannt, Frau Maschmann?«

»Oh ja, durchaus.«

»Die wollten mir Fragen stellen und sich im Haus meines Bruders umsehen. Das hätte ich allerdings schon gestern erwartet. Spätestens! In den Spielfilmen ist es der Polizei immer völlig egal, ob die Familie des Toten noch trauert. Da geht es sofort zur Sache, um die Spur nicht erkalten zu lassen. Ist das eventuell naiv von mir? Bin ich vom Fernsehen verblödet?«

Liane konnte sich bei aller gebotenen Ernsthaftigkeit ein Lachen nicht verkneifen. »Nein, sind Sie nicht. Ein ganzer Tag ohne irgendeinen Kontakt zu Ihnen, das ist in so einer Situation schon ungewöhnlich. Hat man sich denn erklärt? Oder haben Sie nicht nachgehakt?«

»Und ob ich das habe«, rief Frau Kaspers. »Das sei nicht ganz ideal gelaufen, aber auch durchaus nicht ungewöhnlich, hat dieser Christiansen darauf gesagt.«

»Oh, schau an. Wie nett«, kommentierte Liane trocken.

»Nein, nicht nett. Ich bin mir sicher, dass er sich nur rausreden wollte. Das macht man nicht, Frau Maschmann, schon gar nicht mit jemandem, der den Verlust eines geliebten Menschen zu verkraften hat.«

Liane dachte daran, dass auch sie nicht ganz ehrlich zu Frau Kaspers gewesen war, und musste schlucken.

»Dieser Hauptkommissar … wie soll ich sagen … also die *Fragen*, die er mir dann gestellt hat, vor allem wie er sie mir gestellt hat, so desinteressiert, das hat mich ganz verrückt gemacht. Und es hat mich verunsichert. Ich hätte so ein Verhalten erwartet, wie Sie es an den Tag gelegt haben. Aber seine einzig sinnvolle Frage war, ob ich eine Vermutung habe, wer die Tat begangen haben könnte. Das einzige Mal, dass er sich wie ein Polizist verhalten hat. Ansonsten hat er sich fast ausschließlich für den Lottogewinn meines Bruders und seine Zeit als Apotheker interessiert.«

»Warum denn das?«, fragte Liane irritiert.

»Ach, wenn ich das wüsste. Sein junger Gehilfe, der gute Herr Panke – also, ich hatte schon das Gefühl, dass ihm die Fragen seines Vorgesetzten auch nicht ganz geheuer waren. Als wir dann ins Haus meines Bruders gegangen sind, wurde es nicht besser. Sicher, Hauptkommissar Christiansen hat sich alles angesehen, ist überall herumgegangen, aber – ich kann es nicht anders sagen – er kam mir einfach nur desinteressiert vor. Der Einzige, der mir wirklich motiviert schien, seine Arbeit richtig zu machen, war Kommissar Panke.«

Liane war von Frau Kaspers' Geschichte gleichzeitig belustigt und entsetzt. Sie konnte sich noch an ihren eigenen ersten Eindruck von Christiansen erinnern, von dem Morgen, als er sie und Timo zu dem Toten auf ihrem Rasen befragt hatte. Der Hauptkommissar hatte zwar durchweg die richtigen Fragen gestellt, aber auch Liane hatte sich des Eindrucks der Gleichgültigkeit nicht erwehren können. Vielleicht stimmte mit Christiansen ja etwas nicht. Eventuell ein Krankheitsbild wie etwa Depressionen oder zumindest ein Burn-out. Er wäre nicht der erste Polizeibeamte, dem das passierte. Da kannte sie sich aus. Es war jedoch ebenso gut möglich, dass das einfach Christiansens Art war, vielleicht sogar so etwas wie eine Masche, und dass sowohl Frau Kaspers wie auch sie selbst sich einfach in ihm getäuscht hatten. Beziehungsweise drauf reingefallen waren.

»Nun will ich aber zum Grund meines Anrufs kommen, Frau Maschmann. Ich melde mich ja nicht nur, um über den im Todesfall meines Bruders ermittelnden Beamten zu klagen. Ich möchte, dass Sie Rolands Mörder ausfindig machen.«

Liane wurde ein wenig schwindelig, und sie hatte spontan keine gescheite Erwiderung parat.

»Sind Sie noch da?«

»Äh, ja, natürlich, entschuldigen Sie bitte meine Sprachlosigkeit. Das ist sehr nett von Ihnen, Frau Kaspers. Ihr Vertrauen schmeichelt mir. Aber – das geht leider nicht. Es geht hier um einen Mord, und das ist eindeutig Sache der Polizei. Sie sehen ja, die haben bereits jemanden darauf angesetzt, wenn er auch leider nicht Ihren Vorstellungen entspricht. Ich bin nur eine kleine Privatdetektivin, die sich mit Ehebrechern und Aussteigern herumärgern darf.« Und selbst das ist nur eine Fassade, fügte sie im Stillen an.

»Das weiß ich, und es ist mir egal. Ich bin von Herrn Christiansen leider nicht überzeugt, die Gründe habe ich Ihnen geschildert. Ich müsste also die kommenden Wochen und Monate mit der Sorge leben, dass man Rolands Mörder möglicherweise nicht findet, weil der leitende Ermittler nicht der richtige Mann ist. Frau Maschmann, das ist nicht akzeptabel. Da spiele ich nicht mit!«

Liane wusste nicht, was sie noch sagen sollte.

»Bei Ihnen ist das anders. Als Sie vor ein paar Tagen bei mir waren, hatte ich gleich das Gefühl, dass Sie jemand sind, der sich nicht von seinem Ziel abbringen lässt. Wenn Sie sich einer Aufgabe angenommen haben, zählt für Sie nur der erfolgreiche Abschluss, stimmt's? Sie vermitteln einen Eindruck von Kompetenz. Außerdem sind Sie keine blutjunge Göre mehr, die bestimmt viel Tatendrang, aber leider kaum Erfahrung zu bieten hätte. Hinzu kommt, dass ich Sie mag, was auch nicht unerheblich für mich ist. Dass Sie sogar mal selbst Polizistin gewesen sind, werte ich als unverhofften Bonus, und es tut meinem Vertrauensvorschuss in Ihre Fähigkeiten weiß Gott keinen Abbruch. Sie werden schon wissen, warum Sie den Verein verlassen haben. Und Sie sollen Rolands Mörder ja nicht festnehmen. Ich weiß, dass Sie das nicht dürfen. Sie sollen ihn nur ausfindig machen, weil die Polizei es mit dem ausgewählten Personal meiner bescheidenen Meinung nach nicht schaffen wird. Ich weiß einfach, dass Sie die Richtige für diesen Job sind.«

»Äh … wow! Das ist wirklich sehr nett von Ihnen. Ich glaube, so hat man mich noch nie über den grünen Klee gelobt, auch als Polizistin nicht. Aber ich fürchte, dass ich Ihr großzügiges Angebot trotzdem ablehnen muss.«

»Ich biete Ihnen fünfzigtausend Euro. Wenn Sie den Mörder meines Bruders ausfindig machen, verdoppele ich die Summe. Ihre Auslagen kommen selbstverständlich on top. Und jetzt will ich ein Ja von Ihnen hören.«

Die eine Hälfte von Lianes Zögern war nur noch ein Täuschungsmanöver für das eigene Gewissen. Die andere Hälfte war der Überwindung des Schocks geschuldet. »Okay, na gut. Ja!«

***

Erst kurz vor ihrem Aufbruch nach Nortorf fiel Liane wieder ein, dass der Wagen ihres Mannes am vergangenen Wochenende gestohlen worden war. Diese verspätete Erkenntnis eröffnete ihr plötzlich einen ganz neuen Blickwinkel auf sein überfälliges Eintreffen. Wie sollte er pünktlich sein, wenn ihm gar kein Fahrzeug zur Verfügung stand? Wie sollte er überhaupt nach Hause kommen? Sie glaubte kaum, dass sein Kumpel Christian extra wegen ihm seine freie Zeit in der Kaserne verplemperte, nur um auf ihn zu warten und ihn nach Hause fahren zu können. Andererseits hätte er zumindest kurz Bescheid sagen können, dass es später werden würde. Er hätte sie auch einfach darum bitten können, ihn abzuholen. Allen Differenzen zum Trotz waren sie immer noch verheiratet. Aber der Kerl scherte sich einfach nicht um sie, ignorierte ihre Anrufe und ließ sie zappeln. Dann musste sie sich umgekehrt auch nicht um ihn scheren. Für den Fall, dass Timo während ihrer Abwesenheit die Güte haben sollte, sich doch noch zu Hause blicken zu lassen oder sich wenigstens telefonisch zu melden, würde er eine Kostprobe vom Verlauf ihres Vormittags bekommen.

Anderthalb Stunden später traf sie in Nortorf ein und fuhr zum Haus von Roland Kaspers, welches sie ein paar Tage zuvor schon einmal von außen besichtigt hatte. Frau Kaspers stand draußen und wartete bereits auf sie. Scheinbar sogar schon eine ganze Weile, die sie sich offensichtlich damit vertrieben hatte, Unkraut aus den Beeten zu entfernen. Auf dem Rasen lag ein Haufen in der Größe eines Maulwurfshügels. Außerdem sah Liane den Dreck an den Fingern, als Frau Kaspers ihr die Hand reichte.

»Ist das nicht herrlich, dass endlich mal wieder die Sonne scheint?«

Liane antwortete mit einem Lächeln.

»Ich freue mich so sehr, dass ich Sie doch noch überreden konnte, Frau Maschmann. Sonst hätte ich wirklich nicht gewusst, an wen ich mich hätte wenden sollen«, sagte Inge Kaspers und wies auf die offen stehende Haustür. »Treten Sie doch bitte ein. Nach Ihnen.«

»Das ist sehr freundlich von Ihnen«, bedankte sich Liane. »Aber Sie wissen schon, dass es jede Menge Privatdetektive gibt? Und vielleicht sollten Sie auch nicht zu früh ausschließen, dass die Kommissare Christiansen und Panke Erfolg haben könnten.«

»Papperlapapp, ich bin fest davon überzeugt, dass Sie es sein werden, die den Mörder meines Bruders zuerst findet. Glauben Sie an Vorahnungen, Frau Maschmann?«

»Vorahnungen? Tja … nein, eigentlich nicht«, murmelte Liane und betrat endlich das Haus des Mannes, der auf ihrem Rasen verblutet war. Der erste Eindruck überraschte sie. Der Flur war hell und modern eingerichtet. Schwarz-weiß meliertes Eichenholzparkett, helle Tapeten, Studiostrahler an der Decke, weiße Glanzlackmöbel und ein riesiger Spiegel an der Wand. Aus irgendeinem Grund hatte sie nach allem, was sie bisher über Roland Kaspers gehört hatte, mit einem zwar hochwertigen, aber muffigen und altbackenen Interieur gerechnet. Dieser Flur war modern und gefiel ihr ziemlich gut.

»Nein? Nun, ich glaube fest daran. Ich habe schon sehr oft Vorahnungen gehabt, ob Sie mir das abkaufen oder nicht. Und sie haben sich jedes Mal bewahrheitet. Mein Bruder pflegte zu sagen, dass ich das dritte Auge habe. Er hat sich dann immer bemüht, seiner Aussage einen scherzhaften Anstrich zu verleihen, aber ich bin mir ziemlich sicher, dass es ihm in Wahrheit sogar ein wenig unheimlich war.«

Liane lächelte unverbindlich. Sie mochte Inge Kaspers, aber trotz ihres eigenen unumstößlichen Glaubens an die Chartomantik hielt sie das Gerede von Vorahnungen für einen ziemlich schrägen Spleen. »Hatte Ihr Bruder so etwas wie ein Arbeitszimmer? Mich interessieren speziell Aufzeichnungen über sein Mäzenatentum. Also, wenn es die gegeben hat. Herr Lindemann, der Künstler aus Oldenhütten, hat so etwas erwähnt.«

»Ja, da gibt es Schriftverkehr. Ein richtiges Arbeitszimmer hatte Roland allerdings nicht. Aber … ach, folgen Sie mir einfach und sehen Sie selbst.«

Inge Kaspers ging nun voraus. Der Flur war eher kurz. Es gingen drei Türen von ihm ab, eine rechts, eine links und eine am Ende. Sie hielt auf die Tür am Ende zu, öffnete sie und ließ Liane erneut den Vortritt.

Sie betrat einen enorm großen Raum, bestimmt fünfzig Quadratmeter, wenn nicht mehr. Der Stil des Flures setzte sich hier fort. Dasselbe Parkett, dieselben Tapeten, dieselbe Art Möbel.

Die Sitzgelegenheiten waren mit dunklem Leder überzogen. Kein Schnickschnack oder Pomp, wie etwa staubfangende Figürchen oder wuchtige Ölgemälde. Die sparsam dosierten Bilder an den Wänden waren gerahmte Schwarz-Weiß-Fotografien, die ausnahmslos in Weinkellern und Brennereien aufgenommen worden waren. Fässer, Kessel, abgefüllte Flaschen, Kellergewölbe mit trinkenden Menschen. Das einzige elektronische Unterhaltungsgerät, das Liane auszumachen vermochte, war ein Flatscreen, der jedoch nicht bei der Sitzgruppe, sondern in der Essecke hing und nicht allzu groß war. Liane schloss daraus, dass Fernsehen keine besondere Rolle in Kaspers' Leben gespielt hatte. Höchstens mal zur Untermalung eines einsamen Essens.

Eine Ecke des Zimmers war anders als der Rest. Dort befanden sich Regale, vollgestellt mit Büchern und Ordnern, außerdem ein Schreibtisch mit einem schwarzledernen Drehstuhl. Schon bevor Inge Kaspers dorthin zeigte, war Liane klar, dass es sich – in Ermangelung eines Arbeitszimmers – um Roland Kaspers' Arbeitsecke handeln musste. Wenn es aufschlussreiche Dokumente zu finden gab, dann wohl nur dort.

»Gestatten Sie mir die Frage, nach was Sie genau suchen?«

»Na ja, wie ich schon sagte, grundsätzlich erst mal die Aufzeichnungen über das Mäzenatentum Ihres Bruders. Dateien, Ordner oder von mir aus auch Pappkartons, in denen sich die komplette Korrespondenz befindet. Unterlagen über die Projekte, in die er sein Geld investiert hat, vorzugsweise in elektronischer Form. Besonderes Interesse habe ich an den Anfragen der Bittsteller, die es nach Aussage von Herrn Lindemann gegeben hat. Mein Hauptaugenmerk gilt dabei den Absagen, die Ihr Bruder erteilt hat«, erklärte Liane und ging vor einem Regal in die Hocke, auf dessen unteren Etagen ein gutes Dutzend breiter Ringordner stand. Die Beschriftungen dieser Ordner waren ausgedruckt und das Papier ein wenig schludrig zurechtgeschnitten worden. Im oberen Bereich war jeweils eine Zeitspanne angegeben, darunter, im großen Mittelteil, der thematische Schwerpunkt der abgelegten Zettelwirtschaft.

»Wundert mich, dass Jens davon überhaupt weiß. Das muss Roland ihm dann ja mal erzählt haben«, murmelte Frau Kaspers.

»Aber es stimmt, es gab Anfragen, sogar jede Menge davon. Soweit ich weiß, sind die meisten per E-Mail eingegangen, aber Roland hat dann trotzdem alles ausgedruckt, weil er es nicht leiden konnte, von einem Bildschirm abzulesen. Sie werden sehen, dass er die Antworten, die er zu jeder Anfrage verfasst hat, mit der Schreibmaschine geschrieben hat. Mit Durchschlag, den er dann jeweils hinter die Anfrage geheftet hat. Erst vor wenigen Wochen musste er den sechsten Ordner dafür anlegen.«

Liane sah zum Schreibtisch. Neben dem Notebook stand tatsächlich eine elektrische Schreibmaschine. Eine hellgraue Olympia, die ihr beim Reinkommen gar nicht aufgefallen war. Eigentlich unmöglich, denn im Vergleich zu einer Tastatur oder einem Notebook war so eine Schreibmaschine ein echter Blickfang, eben weil sie mittlerweile etwas Ungewöhnliches und noch dazu ein verdammt großer Trümmer war. Um sich nicht zu lange mit dem Gedanken zu kasteien, dass ein wirklich guter Privatdetektiv so etwas *sofort* gesehen hätte, überflog sie die Ordnerrücken. »Sechs sagten Sie? Ich zähle aber nur fünf.«

»Unten rechts«, erwiderte Frau Kaspers.

Liane entdeckte den einzigen Ordner, den Roland Kaspers nicht mit einer Zeitspanne versehen hatte. Im Mittelteil stand »TRAUMTÄNZER«. »Ah! Davon hat mir Herr Lindemann auch erzählt. Das sind bestimmt die Bittsteller, die Geld für 'nen neuen Fernseher oder 'nen schicken Urlaub von Ihrem Bruder haben wollten, stimmt's?«

»Ist das nicht eine unglaubliche Frechheit? Und mit was für einer Selbstverständlichkeit diese Anfragen teilweise formuliert wurden. Mein Bruder konnte darüber sogar lachen, aber mir fehlt es da leider am nötigen Humor. Ich finde das einfach nur unverschämt. Man fragt sich wirklich, was das für Menschen sind«, empörte sich Frau Kaspers. »Wenigstens konnte ich ihn überreden, sich für diese unverschämten Schmarotzer nicht auch noch die Mühe einer Antwort zu machen. Wenn ich nicht auf ihn eingewirkt hätte, hätte er das nämlich getan, so gutmütig, wie er war. Mit den anderen Anfragen hatte er schon genug zu tun, da musste das wirklich nicht auch noch sein.«

Liane betrachtete die vier Ordner mit den seriösen Anfragen, beschriftet mit »Unterstützte Projekte«, die zusammen einen Zeitraum von zwei Jahren und zehn Monaten umfassten. Ein fünfter Ordner, schlicht mit »Absagen« beschriftet, hatte nur ein Anfangsdatum, welches wenige Tage vor dem Anfangsdatum des ersten Ordners für die unterstützten Projekte lag. Ein Enddatum fehlte. Liane zog den Ordner ein Stück zu sich und konnte so sehen, dass er zu gut drei Vierteln gefüllt war. »Sagen Sie mal, sehe ich das richtig? Hat Ihr Bruder deutlich mehr Zusagen als Absagen erteilt? Oder gibt es noch mehr Ordner mit Absagen, die er nur woanders aufbewahrte? Oder hat er vielleicht doch nicht alles ausgedruckt?«

Frau Kaspers war inzwischen neben sie getreten. »Nein, es gibt nur den einen. Aber Ihr Eindruck täuscht. Die Zusagen nehmen einfach viel mehr Platz in Anspruch. Zu einer ernsthaften Anfrage gibt es immer auch ein entsprechendes Konzept, mit Kostenkalkulation, Preispolitik, Gewinnerwartung und was noch so alles dazugehört. Ich habe von solchen Dingen ehrlich gesagt überhaupt keine Ahnung. Jedenfalls kommt da einiges an Material zusammen, und wenn mein Bruder sich entschied, jemanden zu unterstützen, druckte er das alles aus und legte es zusammen mit der Anfrage und seiner Zusage ab. Bei einer Absage machte er das nicht. In dem Ordner werden Sie daher nur jeweils Anfrage und Absage finden.«

Liane zog den Ordner nun ganz heraus, stand auf und öffnete ihn auf Roland Kaspers' Schreibtisch. »Heilige Scheiße«, keuchte sie. Sie hatte keine konkrete Vorstellung von der Anzahl der Absagen gehabt, aber dass es so viele sein würden, hätte sie dann doch nicht für möglich gehalten. Da sie sich aber eigentlich keine allzu große Hoffnung gemacht hatte, den Schriftverkehr überhaupt noch vorzufinden, durfte sie sich jetzt nicht beklagen. »Hat Hauptkommissar Christiansen sich denn nicht dafür interessiert? Oder zumindest sein Mitarbeiter, Kommissar Panke? Ich hätte das an deren Stelle alles mitgenommen, um es in Ruhe auswerten zu können«, wunderte sie sich.

»Sehen Sie, Frau Maschmann, das ist einer der Gründe, warum ich zu Ihnen deutlich mehr Vertrauen habe als zu Herrn Christiansen. Bevor Sie zu mir gekommen sind, haben Sie Ihre Hausaufgaben gemacht. Dass Roland Jungunternehmer und Künstler unterstützte, wussten die beiden Ermittler nicht mal.«

»Und Sie haben es ihnen erzählt?«

»Ja, natürlich. Nur weil ich denen nicht viel zutraue, muss ich ihnen das Leben ja nicht extra erschweren.«

Liane nickte. »Sagen Sie, wenn das alles per Mail gekommen ist …«

»Das meiste«, verbesserte Inge Kaspers sofort. »Ich bin mir ziemlich sicher, dass ein paar einzelne Anträge durchaus mit der normalen Post kamen.«

Liane nickte erneut und presste dabei die Lippen zusammen. »Wäre es wohl möglich, dass ich mir diese Anfragen irgendwie auf einen Stick ziehe? Sonst müsste ich die alle abfotografieren, und wie sich gerade herausgestellt hat, wären das 'ne ganze Menge Fotos, die ich machen müsste.«

Frau Kaspers sah sie mitleidig an. »Oje, ich würde Ihnen den Gefallen ja wirklich gerne tun, aber Rolands Notebook hat ein Passwort. Er hat es mir mal irgendwann gesagt, aber – ach herrje, es hat mich eben nie so wirklich interessiert, was er da auf seinem Rechner macht. Ich weiß es nicht mehr.«

»Vielleicht hat er es ja notiert? In seinem Kalender oder auf einem Zettel unter der Schreibunterlage?«

Frau Kaspers schüttelte entschieden den Kopf. »Ganz bestimmt nicht. Nicht Roland. Sein Gedächtnis war hervorragend, darauf war er immer sehr stolz. So eine Gedächtnisstütze war unter seiner Würde.«

Liane rang sich ein Lächeln ab und sagte nichts mehr. Sie würde das ganze Zeug also tatsächlich fotografieren müssen. Und hier noch deutlich mehr Zeit verbringen, als sie für möglich gehalten hätte. Sie zog ihr Handy aus der Hosentasche und hoffte, dass ihr Speicher noch über genug freie Kapazität verfügte. »Das ist dann aber okay für Sie, wenn ich mir die Anfragen abfotografiere?«

»Von mir aus können Sie den Ordner auch gerne mitnehmen.«

Ein verlockendes Angebot. Auf die Knipserei hatte Liane nämlich wirklich keine Lust. Aber irgendwann würde auch die Polizei anfangen, sich für diesen Schriftverkehr zu interessieren, daran hatte sie keinen Zweifel. Eigentlich nicht. Also, zumindest musste sie davon ausgehen, dass Christiansen und Panke in näherer Zukunft anfangen würden, über gewisse Dinge nachzudenken und auch ein paar richtige Schlüsse zu ziehen. Für die Verfolgung ihrer eigenen Ziele konnte es fatal sein, wenn das ausgerechnet dann passieren würde, während sie den Ordner noch bei sich hatte.

Missmutig schüttelte Liane den Kopf. »Nein, lieber nicht. Ich mache mir von jedem Vorgang ein hübsches Foto. Das ist sicherer.«

Vierzig Minuten und knapp hundertdreißig Fotos später war Liane endlich auf der letzten Seite angelangt, bei der allerersten Absage, die Roland Kaspers erteilt hatte. Leider fehlte die dazugehörige Anfrage. Liane vermutete, dass Kaspers sie verbaselt hatte, dachte sich nichts weiter dabei und fotografierte kurzerhand die Absage. Sie hatte längst bemerkt, dass der Text von Kaspers' Absagen der Copy-Paste-Systematik folgte, und war dazu übergegangen, nur noch die Anfragen abzufotografieren.

Frau Kaspers zwischenzeitliches Angebot, ihr einen Kaffee oder einen Tee zuzubereiten, hatte Liane dankend abgelehnt. Sie wollte so schnell wie möglich wieder nach Hause, um sich dort sofort an die Auswertung des digitalisierten Schriftverkehrs zu machen.

»Ich wäre dann so weit fertig, Frau Kaspers«, rief Liane.

Frau Kaspers war das Beobachten von Lianes Fotosession irgendwann zu langweilig geworden, sodass sie sich eine andere Beschäftigung im Haus ihres verstorbenen Bruders gesucht hatte.

Liane stellte den Ordner wieder zurück ins Regal und wartete darauf, dass Frau Kaspers zu ihr zurückkehren würde. Aber es war nichts zu hören. »Frau Kaspers?«

Liane erwog kurz, sich auf die Suche nach ihr zu machen. Da sie sich in dem Haus aber nicht auskannte und ganz entschieden keine Lust hatte, die Frau versehentlich auf der Toilette zu überraschen, blieb sie, wo sie war. Sie würde einfach das machen, was schon Hauptkommissar Christiansen getan hatte: durchs Wohnzimmer schlendern und dabei auf alles einen oberflächlichen Blick werfen. Das Problem mit diesem Plan war nur, dass es Liane am nötigen Talent fehlte, die Dinge nur oberflächlich zu betrachten.

Zudem begann sie ihre Tour ausgerechnet auf dem Schreibtisch des Verstorbenen, weil der nun mal in unmittelbarer Nähe stand. So kam sie nicht weit. Ihr Blick blieb direkt am Tischkalender von Roland Kaspers hängen, bei dem immer noch die Vorwoche aufgeschlagen war. Am Tag seines Todes, dem 11. April, war mit einem schwarzen Filzstift nur ein Wort eingetragen worden: »GATHERING!« Der viel verstörendere Eintrag, der Liane sofort den Atem stocken ließ, war jedoch für den Tag zuvor eingetragen: »25.000 € für Herrn Maschmann!!!!«.

Liane wurde schwindelig. Schnell zog sie sich den Drehstuhl heran und setzte sich hin. Fünfundzwanzigtausend Euro für Herrn Maschmann? War es die Mühe wert, sich einzureden, dass es sich dabei um irgendeinen ihr unbekannten Namensvetter handelte? Dass das nur ein blöder Zufall war, der nichts zu bedeuten und somit nichts mit ihrem Mann zu tun hatte? Durfte sie oder irgendjemand so naiv sein? Sie vergrub ihr Gesicht in den Händen und versuchte, sich mittels Bauchatmung zu beruhigen, aber das erwies sich als schwierig. Dieser Eintrag untermauerte die Geschichte, die ihr der anonyme Anrufer aufgetischt hatte. Die Wahrscheinlichkeit, dass der Streit zwischen Kaspers und ihrem Timo tatsächlich stattgefunden hatte, war gerade sprunghaft angewachsen. Im Gegensatz dazu lag die Wahrscheinlichkeit, dass Christiansen diesen Eintrag nicht gesehen hatte, bei null. So oberflächlich konnte selbst der desinteressierteste Ermittler nicht sein, dass er so etwas übersehen hätte, sei ihm sein Job zurzeit auch noch so zuwider. Wenn der Name des Mannes, auf dessen Rasen jemand unfreiwillig sein Leben ausgehaucht hatte, am Tag vor dem Dahinscheiden im Kalender des Opfers auftauchte, noch dazu im Zusammenhang mit einer hohen Geldsumme, brachte das zwangsläufig Gesprächsbedarf mit sich. Timo war nun offiziell im Fokus der Ermittler. Genau das hatte Liane verhindern wollen. Sie hatte dem zumindest mit eigenen Ermittlungsergebnissen zuvorkommen wollen. Nun musste sie sich eingestehen, dass sie damit gescheitert war.

»Komischer Zufall, oder?«

Liane erschrak heftig. Frau Kaspers war heimlich, still und leise zurückgekehrt. Sie stand neben ihr und bedachte den Kalendereintrag mit einem Blick, der Liane arglos vorkam. Zumindest Frau Kaspers schien sich eine gewisse Naivität leisten zu wollen.

»Ich kenne zwar ein paar Menschen mit dem Namen Maschmann, aber es ist ja trotzdem kein Allerweltsname, nicht wahr?«

»Nein. Ist es nicht.«

»Gibt es da, wo Sie herkommen, mehrere Menschen mit diesem Namen?«

Liane dachte ernsthaft über diese Frage nach. Sie hatte mal spaßeshalber im Telefonbuch nachgesehen. In Friedrichskoog waren sie und ihr Mann die einzigen Maschmanns. Im benachbarten Marne gab es zum damaligen Zeitpunkt noch einen weiteren Träger dieses Familiennamens. »Nein, eher nicht.«

»Und dann dieser merkwürdige Eintrag am Samstag. ›Gathering‹. Was damit wohl gemeint sein mag?«

»Klingt, als hätte Ihr Bruder an einem Treffen mit … wem auch immer teilgenommen. Ich werde das herausfinden, Frau Kaspers. Mein Wort drauf. Und nun werde ich Sie wieder allein lassen und mich mit meinen Fotos befassen«, sagte Liane, gab sich einen Ruck und stand auf. »Ich melde mich bei Ihnen, sobald ich neue Erkenntnisse habe.«

Sie war seit etwa vierzig Minuten wieder unterwegs in Richtung Friedrichskoog, als ihr Telefon klingelte. Ein Foto von Jan Saalfeld erschien auf ihrem Display. Sie hatte es aufgenommen, als sie vor einem knappen Dreivierteljahr das erste Mal mit ihm ausgegangen war. Essen im FISCHclub Blankenese mit anschließendem Spaziergang durchs Treppenviertel. Er hatte sich mit den Unterarmen auf ein Geländer gestützt und einen vorbeifahrenden Frachter beobachtet. Sie mochte das Bild, weil so ein sorgloser und zufriedener Ausdruck auf seinem Gesicht lag. Ihm selbst gefiel es nicht, weil er ein grundsätzliches Problem mit Schnappschüssen hatte. Dass sie ausgerechnet diese Aufnahme mit seinem Eintrag in ihrer Kontaktliste verknüpfen musste, gefiel ihm erst recht nicht, aber darauf mochte sie keine Rücksicht nehmen.

Liane tat, was sie jedem anderen mit unerbittlicher Missbilligung vorgehalten hätte, und nahm den Anruf entgegen, während sie weiterfuhr. »Hey du!«

»Liane, wo bist du?«

Er klang besorgt. Das konnte sie sofort hören, so gut kannte sie ihn inzwischen. Spontan vermutete sie, dass er von dem Kalendereintrag erfahren hatte.

»Auf dem Heimweg. Hab 'ne Bekannte besucht.«

»Liane ... scheiße, ich weiß gar nicht, wie ich das sagen soll. Es gibt 'ne neue Entwicklung, und die wird dir ganz sicher nicht gefallen. Man hat Timos Wagen gefunden.«

Liane sagte nichts, versuchte, ihre Aufregung mit Konzentration auf den Straßenverkehr zu kompensieren.

»Sag mal, du fährst doch nicht gerade Auto?«, argwöhnte Saalfeld.

»Jan!«

»Ja, schon gut. Also, Timos Wagen. Sie haben ihn in der Marseille-Kaserne in Appen gefunden.«

Liane sah noch kurz in den Rückspiegel, dann trat sie auf die Bremse und brachte den Wagen am Straßenrand zum Stehen. »Wie bitte?«

»Und das war noch nicht alles. Im Fahrzeuginneren hat man Blutspuren gefunden. Die werden jetzt natürlich untersucht.«

Liane erschrak lautstark, ihr wurde schwarz vor Augen.

»Ich habe es zuerst für einen ziemlich blöden Scherz gehalten. Aber es ist wirklich wahr. Die Marseille-Kaserne wird oft und gerne von der Polizei genutzt, um sich auf Großveranstaltungen vorzubereiten oder um das Fahrsicherheitstraining durchzuführen. Einem Beamten ist das bescheuerte Kennzeichen aus der Suchmeldung im Gedächtnis haften geblieben.«

»Bescheuertes Kennzeichen? Was soll denn bitte an HEI-TI 123 so bescheuert sein?«

Saalfeld atmete lautstark durch. »Der Beamte hat das so erklärt. Jedenfalls war es Zufall, dass er es überhaupt gesehen hat. Er ist mit ein paar Kollegen über den Parkplatz für die Lehrgangsteilnehmer geschlendert, um sich mal anzugucken, mit was für Schlachtschiffen diese jungen Kerls teilweise schon durch die Gegend fahren. Wie auch immer, für deinen Mann sieht es echt finster aus. Ein in einem Mordfall ermittelnder Kripobeamter will seinen Wagen sehen, und Timo tut so, als sei er gestohlen worden, obwohl er das Fahrzeug in Wahrheit in der Kaserne versteckt hat, in der er regelmäßig seinen Dienst versieht. Was hat er sich nur dabei gedacht?«

Liane kniff die Augen zusammen. Erst der Kalendereintrag und jetzt Timos Auto. Mit Blutspuren! Das waren drei heftige Einschläge in unmittelbarer Nähe, kurz nacheinander. Musste sie jetzt etwa doch ernsthaft in Erwägung ziehen, dass Timo in seinem berüchtigten Jähzorn jemanden umgebracht hatte? War dieser Mann, den sie mal leidenschaftlich geliebt hatte, tatsächlich zu so etwas fähig?

»Liane? Bist du noch dran?«

Sie ächzte. »Ja, bin noch da. Ich wünschte mir allerdings, jetzt ganz woanders zu sein. Und diesen Idioten, der sich mein Ehemann nennen darf, niemals kennengelernt zu haben. Wurde Christiansen schon darüber informiert?«

»Ja, wurde er. Deswegen rufe ich an. Wie lange wirst du noch brauchen, bis du wieder zu Hause bist?«

»Bestimmt vierzig Minuten.«

»Versuch es in dreißig. Es sei denn, du legst keinen Wert darauf, noch vor der Polizei mit Timo zu sprechen.«

Liane hielt kurz inne. Sie wusste nicht, wie sie darauf reagieren sollte. Oder wie sie mit der neuen Situation generell umgehen sollte. Und was sie ihrem Mann zutrauen durfte und was nicht, wusste sie eigentlich auch nicht mehr. Sie wusste ja nicht einmal, ob dieser Riesenidiot, der in der vergangenen Woche jeden Kontakt zu ihr beharrlich vermieden hatte, inzwischen überhaupt zu Hause war. Gegen ihren Willen fing sie an zu lachen. Erst nur ganz leicht und beinahe erschöpft, was sich aber sehr schnell steigerte, bis es richtig laut wurde. Es klang schon ein wenig irre, wie ihr durchaus selbst auffiel, aber die Situation war ja auch irre, und darum musste der ganze Scheiß einfach mal raus. Jetzt.

»Es tut mir wirklich leid für dich, Liane. Das weißt du hoffentlich. Wenn du mich brauchst, bin ich für dich da, jederzeit. Aber du musst dich jetzt wieder einkriegen und losfahren. Sie werden Timo auf jeden Fall mitnehmen, um sich all die offenen Fragen von ihm beantworten zu lassen. Na ja, sie werden ihn wohl nicht einfach nur mitnehmen, sondern auch gleich dabehalten, so wie die Dinge liegen. Aber wie ich dich kenne, möchtest du seine Antworten als Erste hören.«

Liane beruhigte sich und schloss für einen Moment die Augen. Saalfeld hatte sie inzwischen ebenfalls in so mancherlei Hinsicht entschlüsselt. Es war tatsächlich enorm wichtig für sie, als Erste mit ihrem Mann zu sprechen. Wenn Timo Scheiße gebaut hatte, war das nicht mehr zu ändern. Aber dass er sich anderen erklären würde, bevor er seiner eigenen Ehefrau auseinandergesetzt hatte, was da gelaufen war – das durfte nicht passieren.

»Danke, Jan. Ich melde mich«, sagte sie knapp und legte auf. Dann ließ sie ihrem ersten Verstoß gegen die Straßenverkehrsordnung noch ein paar weitere folgen, indem sie versuchte, eine Vierzig-Minuten-Strecke in der Hälfte der Zeit zurückzulegen.

***

Aller schlechten Vorsätze zum Trotz brauchte Liane für den Rest des Weges fünfunddreißig Minuten. Rote Ampeln konnte man unter bestimmten Voraussetzungen überfahren, aber wenn man hinter Kriechern festhing, die man wegen einer ungünstigen Kombination aus schwachem Motor und dichtem Gegenverkehr nicht überholen konnte, brachte das vorsätzliche Ignorieren der Verkehrszeichen praktisch gar nichts.

Zu Hause sah alles normal und unberührt aus, wie vor ihrem Aufbruch nach Nortorf. Zumindest von außen betrachtet. Hoffentlich hieß das nicht, dass ihr treuloser Ehemann noch immer nicht zu Hause war. Oder, was noch viel schlimmer gewesen wäre, dass ihn die Polizei bereits einkassiert hatte. Mit großen Schritten stapfte Liane zur Haustür und fand sie unverschlossen vor. Das zumindest war ein gutes Zeichen, denn sie wusste genau, dass sie vor ihrer Abfahrt doppelt abgeschlossen hatte.

»Timo?«, rief sie direkt nach dem Öffnen der Tür.

»Liane!«, blökte ein vergrätzt klingender Bassbariton zurück, gefolgt von schweren Schritten, die es fertigbrachten, mindestens ebenso vergrätzt zu klingen. »Verrate mir bitte mal, wo zum Teufel du gewesen bist«, herrschte Timo sie an, nachdem er um die Ecke gebogen war.

Liane starrte ihn ungläubig an. Sie wusste, dass ihr Mund unvorteilhaft weit offen stand, aber sie bekam ihn einfach nicht zu.

»Ich komme nach Hause, und du bist nicht da. Hast nicht mal die Güte besessen, mir eine Nachricht zu hinterlassen. Was hast du dir dabei gedacht?«, setzte er nach.

Sie trat ganz nah an ihn heran. »Willst-du-mich-ei-gent-lich-ver-ar-schen?«, fauchte sie und rammte ihm bei jeder Silbe den Zeigefinger in seine muskulöse Brust. »Ich versuche seit *fünf Tagen*, dich auf allen Nummern, die mir zur Verfügung stehen, zu erreichen, aber du machst komplett zu, reagierst nicht mal auf meine Textmitteilungen. Und jetzt wagst du es allen Ernstes, *mir* Vorhaltungen zu machen, weil ich bei deiner gnädigen Rückkehr aus dem Krieg nicht sofort Gewehr bei Fuß stand? *Du hast sie ja wohl nicht alle!*«

Timo machte auf dem Absatz kehrt, murmelte: »Das ist genau der Mist, auf den ich echt keinen Bock habe«, und ließ sie stehen.

»Timo Maschmann!«, donnerte sie mit unheilverkündender Stimme. »Wage es ja nicht, hier einen auf unterdrückter Ehemann zu machen und einfach vor mir wegzulaufen! Ich habe einen ganzen Arsch voller Fragen, und du wirst mir jede einzelne beantworten.«

»Komm doch her, wenn du mit mir reden willst. Wenn du einen auf vernachlässigte Ehefrau machen willst – okay. Aber den Bullshit höre ich mir nicht vor der Haustür an, wo es jeder Passant mitbekommt.«

Die Wut, die Liane nach diesen Worten empfand, hatte eine neue Qualität, die sie noch nicht kannte. Sie führte in unbekanntes Terrain, setzte die über viele Jahre antrainierte Selbstbeherrschung außer Kraft und ließ sich am treffendsten als kalt beschreiben. Eine Kälte, die man nur erreichen konnte, wenn die verzehrende Hitze davor komplett durchschritten war.

Lianes Blick fiel auf den Schirmständer. Darin befanden sich vier Schirme, zwei davon nur für eine Person geeignet, also relativ klein, und auch schon viele Jahre alt, einer ziemlich groß und schwarz, einer mittelgroß und in den Farben des HSV. Sie griff nach dem schwarzen Schirm.

Ihr Mann stand in der Küche und schenkte sich gerade einen

Kaffee ein. Ohne auch nur für den Bruchteil einer Sekunde darüber nachzudenken, schleuderte sie den Schirm wie einen Speer mit voller Kraft auf ihn und zielte dabei auf seinen Hintern. Sie wäre auch mit einem Beintreffer zufrieden gewesen, aber trotz der eher lächerlichen Distanz von etwa fünf Metern verfehlte sie ihr anvisiertes Ziel. Wenn auch knapp. Der Schirm prallte mit der Spitze gegen den Geschirrspüler, was nur einen kurzen Knall erzeugte, der für Lianes Geschmack unangemessen dumpf ausfiel, bevor das gute Stück auf dem Boden landete. Timo erschrak jedoch so heftig, dass er sich einen Schwall heißen Kaffees über die Hand goss. Es dauerte ein paar Sekunden, bis er begriffen hatte, woher das Geräusch stammte und dass der Angriff nicht dem Geschirrspüler, sondern ihm gegolten hatte. Mit weit aufgerissenen Augen drehte er sich zu Liane um, deren kalte Wut sie immer noch daran hinderte, ihr Verhalten kritisch zu hinterfragen.

Entsetzt von der Szenerie, die sich ihm bot, wedelte Timo beiläufig mit der verbrühten Hand und ließ seinen Blick immer wieder zwischen Liane und dem am Boden liegenden Schirm hin und her wandern. »Jetzt drehst du wohl völlig durch?«, fragte er leise.

»Ausgerechnet du musst das zu mir sagen«, knurrte Liane und nahm mit einiger Befriedigung zur Kenntnis, dass es ihrem Mann nicht so richtig gelang, seine zur Schau getragene, rechtschaffene Empörung aufrechtzuerhalten. »Du organisierst für fremde Männer eine Pokerpartie, bei der Drogen und Nutten gereicht werden, aber fragst mich, ob ich durchdrehe? Du streitest dich dort vor allen anderen aufs Übelste mit einem Mann, der kurz darauf tot auf unserem Rasen gefunden wird, verlierst mir gegenüber kein Sterbenswort über diesen Streit und fragst mich, ob ich durchdrehe? Du inszenierst – aus Gründen, über die ich am liebsten gar nicht nachdenken will – den Diebstahl deines Wagens, *in dem sich Blutspuren befinden*, um dann so bescheuert zu sein, ihn ausgerechnet in der Kaserne zu verstecken, in der du Dienst tust, aber fragst mich, ob ich durchdrehe? Wie verrückt ist denn bitte schön dein Verhalten? Und wann hast du angefangen, dir einzubilden, dass du schlauer bist als ich? Du verstehst hoffentlich, dass ich dich das fragen muss, denn dein Verhalten gibt dir sicher keinen Grund, dir so etwas einzubilden.«

»Leck mich, meine Liebe. Okay? Ganz ehrlich, du kannst mich mal. Ich habe den Diebstahl des Wagens nicht inszeniert. Warum sollte ich auch? Und dass die Karre in der Kaserne gefunden wurde, ist das Neueste, was ich höre.«

»Blödsinn, Timo.«

»Hör auf!«, brüllte er nun, nachdem er vorher in mehr oder weniger normaler Lautstärke mit ihr gesprochen hatte. »Hör endlich mit deiner verdammten Überheblichkeit auf! Das ist kein Blödsinn, und du bist nicht halb so schlau, wie du immer tust. Was noch viel wichtiger ist: Du bist nicht meine Mutter oder meine große Schwester oder so was. Seit wir uns kennen, hast du mich immer gegängelt. Hast immer von deinem hohen Ross auf mich herabgeschaut, weil du Polizistin warst, und dir auf deine Kommissar-Laufbahn weiß der Teufel was eingebildet. Mich hast du immer gering geschätzt, weil ich ja nur so ein lausiger Soldat im mittleren Dienst bin. Denkst du, dass ich das nicht bemerkt habe?«

Liane konnte es nicht fassen. »Was redest du da nur?«

»Jetzt hör schon auf und sei nicht so verdammt scheinheilig«, schrie er sie an. »Sag mir, dass du dich nicht für klüger hältst, und sieh mir dabei in die Augen. Kannst du das? Ohne dabei rot zu werden?«

»Ich *weiß*, dass ich klüger als du bin«, fauchte sie zurück und sah ihm dabei *ganz fest* in die Augen. »Aber darum geht es hier gerade nicht. Begreifst du denn nicht, in was für einer Situation du dich befindest? Dass du in einem meterhohen Haufen Scheiße sitzt? Du hast wirklich alles getan, um zum heißesten Anwärter auf die Rolle des Mörders von Roland Kaspers zu werden. Die Polizei hat dich jetzt auf dem Schirm, Timo. Da haben sich eine Menge Fragen angesammelt, und die werden sie dir alle stellen wollen. Und ich glaube nicht, dass sie das hier machen. Die nehmen dich gleich mit, weil der gerade erwähnte Scheißhaufen schon so irre groß ist. Und die werden hier schon sehr bald eintreffen. Hauptkommissar Saalfeld hat mich vorgewarnt.«

Als ihr Mann daraufhin in lautes Gelächter ausbrach, wurde

Liane von grenzenloser Fassungslosigkeit überwältigt und fühlte sich plötzlich vollkommen hilflos. Sie wusste wirklich nicht, was sie tun sollte, denn allem Anschein nach hatte der Mann, den sie geheiratet hatte, gerade den Verstand verloren. Und als wäre das nicht schon schlimm genug, wurde sein Gelächter noch hysterischer, als er ihre Hilflosigkeit bemerkte. Sie konnte nicht ausmachen, ob es Bestandteil einer Show war, aber er setzte sich und wischte mit den Ärmeln die Tränen von seinen Wangen.

»Verrätst du mir, was hier jetzt so lustig ist?«, fragte sie mit dünner Stimme.

Timo antwortete nicht gleich. Er musste sich erst von seinem Lachanfall erholen, verschränkte die Hände auf dem Kopf und atmete ein paarmal tief durch. »Ach Gott, wie süß«, stieß er aus und verfiel darüber erneut ins Kichern. »Manchmal vergesse ich, wie unbedarft du tun kannst und wie niedlich das ist.«

Mit den äußersten Zipfeln ihres Bewusstseins nahm Liane wahr, dass ihre Hände sich in ihre Haare gekrallt hatten. Der weitaus größere Teil ihres Bewusstseins beschäftigte sich mit der Idee, den Schirm wieder aufzunehmen, um damit so lange auf Timo einzuprügeln, bis der kein dummes Zeug mehr faselte. »Was meinst du?«, sagte sie langsam und vorsichtig, als würde sie mit jemandem sprechen, der aus der forensischen Psychiatrie ausgebüxt war.

Timo schnaubte verächtlich. »Das ist doch wohl …«, setzte er an, hielt dann aber inne und atmete tief durch. »Na gut, ich spiele mit«, verkündete er, räusperte sich in seine Faust, legte den Kopf etwas schief und fing an, mit den Augen zu klimpern. »›Hauptkommissar Saalfeld hat mich vorgewarnt‹«, äffte er sie nach – und wurde sofort wieder ernst. »Als wäre er einfach nur jemand, den du eben kennst. Die Scharade kannst du dir sparen. Denkst du denn im Ernst, dass ich inzwischen noch immer nicht geschnallt hätte, was zwischen euch beiden läuft?«

»Wie? Was läuft denn zwischen uns?«, fragte Liane wie betäubt.

Timo verschränkte die Arme und musterte sie mit einem unfassbar überheblichen Gesicht. »Na was wohl? Unter anderem das gute alte Rein-Raus-Spiel, möchte ich meinen. Dass du in ihn verknallt bist, habe ich gleich gemerkt, als er zum ersten Mal hier war. Damals, als die alte Meister dir den Einbruch bei Heiko gemeldet hat.«

Liane schnürte es die Kehle zu. Da hatte sie ihren Mann wohl tatsächlich unterschätzt. Oder sich selbst überschätzt. Was auch immer letztlich zutraf, sie hätte sich jetzt ebenfalls gerne hingesetzt, wollte aber keine Schwäche zeigen. Vor allem wollte sie die unberechtigten Vorwürfe nicht unkommentiert lassen. Und die berechtigten nicht zugeben.

»Ich habe kein sexuelles Verhältnis mit Jan Saalfeld«, stellte sie klar, merkte aber noch beim Aussprechen seines Namens, dass die Beschränkung des Dementis auf eine sexuelle Komponente gleichzeitig das Eingeständnis von allem anderen war.

»Ganz wie du meinst. Ich habe mich inzwischen trotzdem damit abgefunden, dass du unsere Ehe einem schnöseligen Dorfbullen geopfert hast. Im Einsatz hatte ich viel Zeit, um über uns beide nachzudenken. Immerhin hatten wir das so vereinbart. Ich frage mich allerdings schon seit einer ganzen Weile, wie du die Zeit wohl genutzt haben magst.«

»Jetzt reicht es mir aber«, platzte es aus Liane heraus. »Hör gefälligst auf, dich als Opfer zu inszenieren. Wenn hier einer von uns beiden die Hauptschuld am Scheitern unserer Ehe trägt, dann bist das ja wohl du. Dir war immer alles wichtiger als die Zeit mit mir. All die Jahre bist du in der Woche nicht ein einziges Mal nach Hause gekommen, obwohl du locker in anderthalb Stunden hier sein könntest. Und an den Wochenenden warst du auch immer woanders. Wenn nicht körperlich, dann doch zumindest mit dem Kopf. Und seit du aus der Türkei zurück bist, sehe ich dich praktisch gar nicht mehr. Was ja kein Wunder ist, wie ich inzwischen herausgefunden habe. Und wie zum Teufel gelingt es dir eigentlich, immer wieder vom Thema abzulenken? Noch mal: Du bist der Hauptverdächtige in einem Mordfall, Timo!«

Er sah sie trotzig an. »Na und? Was kümmert's dich? Wenn sie mich einlochen, wäre endlich freie Bahn für Hauptkommissar Super.«

Lianes Hände entspannten sich. Langsam fuhr sie sich mit den Fingern ein paarmal durch die Haare, um sie wieder etwas zu ordnen. Dann verließ sie ohne ein weiteres Wort die Küche. Mit schneller werdenden Schritten ging sie durch den Flur, stieß die Haustür auf, trat nach draußen und lief einfach weiter, ohne sich um die offene Tür oder ihren Mann zu kümmern. Hätte man sie in diesem Moment gefragt, wo sie hinwollte, hätte sie mit den Schultern gezuckt und es ernst gemeint. Trotzdem führte ihr Weg mit einer gewissen Zielstrebigkeit den Schleusenweg hinauf, bis zum rechten Reihenendhaus vor der Bäckerei Balzer. Dort hämmerte sie gegen die Tür, als wäre sie vor etwas oder jemandem auf der Flucht.

Saalfeld riss zuerst die Tür auf, dann, gleich darauf, seine Augen. »Was ist passiert?«

Liane drängte sich an ihm vorbei und signalisierte ihm mit energischen Gesten, dass er schnell die Tür schließen sollte. Als er diesen Hinweis, aller Verblüffung zum Trotz, befolgt hatte, hetzte sie in sein Wohnzimmer. Erst als er ihr dorthin gefolgt war, lieferte Liane ihm endlich so etwas wie eine Erklärung für das Trommelfeuer an seiner Haustür.

»Er weiß es, Jan. Er weiß Bescheid. Ich habe mir eingebildet, dass ich zu geschickt und zu clever bin, als dass er was merkt, aber da habe ich ihn sträflich unterschätzt. Das Schlimmste ist, dass er das auch bemerkt hat, und zwar noch vor mir. Oh mein Gott, ich schäme mich so.«

Saalfeld versuchte, ruhig zu bleiben, konnte aber nicht gänzlich vermeiden, sich von Lianes Aufregung zumindest ein kleines bisschen anstecken zu lassen. »Nun komm erst mal wieder runter. Setz dich hin, atme ein paarmal tief durch, und dann erklärst du mir in Ruhe und der Reihe nach, wer was gemerkt hat und wofür du dich schämst. Ich verstehe nämlich nur Bahnhof.«

Liane setzte sich, stand aber sofort wieder auf und lief, wie eine Raubkatze im Käfig, hin und her. »Das willst du bestimmt gar nicht hören. Ich bin mir *sicher*, dass du das nicht hören willst.«

»Aber … bist du nicht extra deswegen zu mir gekommen? Um es mir zu erzählen?«, wunderte er sich und wirkte nun etwas ratlos.

»Was? Ja, schon.« Liane verschränkte die Hände im Nacken und drehte weiter ihre Runden, ohne ihn dabei anzusehen. »Aber wenn ich dir das erzähle, muss ich dir auch sagen, womit ich die letzten Tage verbracht habe, damit du die Zusammenhänge begreifst. Und in diesem Fall bin ich mir absolut sicher, dass du das lieber nicht hören möchtest. Du würdest mich garantiert verachten. Und mir Vorwürfe machen. Beides zu Recht!«

Saalfeld legte die Fingerspitzen an seinen Unterkiefer und sah sich unschlüssig in seinem Wohnzimmer um. Dann setzte er sich einfach hin.

»Was machst du da?«, wollte sie sofort wissen und sah ihn endlich direkt an.

»Ich mach's mir gemütlich.«

»Warum tust du das?«

»Warum sollte ich nicht? Es ist meine Wohnung, und ich sitze lieber, während ich dir beim Durchdrehen zusehe.«

»Was redest du da für einen Unsinn, Jan? Hilf mir gefälligst! Sag mir, was ich jetzt tun soll. Deswegen bin ich doch hier«, fuhr sie ihn an.

Er schenkte ihr ein Lächeln. Dieses besondere Lächeln von ihm, für das so manche Frau töten würde. Das galt auch für sie, wenn sie es sich recht überlegte. Sie spürte, wie ihr Gemüt zumindest einen Gang runterschaltete.

»Ich werde dir helfen, verlass dich drauf. Du musst mir aber zuerst sagen, worüber du dich so aufregst. Bevor du gleich aber wieder behauptest, dass du es mir nicht erzählen kannst, weil es zu peinlich ist, möchte ich dich noch herzlichst bitten, den Scheiß zu lassen.«

Endlich blieb sie stehen und sah ihn ein wenig verblüfft an. Er grinste kokett und klopfte sich zweimal mit der Hand auf den Oberschenkel. Das brach den Bann. Sie ignorierte das kurz aufflammende Gefühl, abgerichtet zu sein, ging zu ihm, setzte sich auf seinen Schoß und schmiegte sich an ihn. Er nahm sie mit einem noch breiteren Grinsen in den Arm und strich ihr sanft übers Haar.

»Und jetzt erzählst du Onkel Jan, was du ausgefressen hast.«

»Lass gefälligst diesen Mist«, knurrte sie und boxte ihm in den Magen. »Sprich nicht mit mir wie mit einem kleinen Mädchen. Das ist unheimlich.«

»Natürlich«, keuchte er. »Entschuldige bitte, das war dumm

von mir. Kleine Mädchen haben viel mehr Humor. Und sie können auch nicht so hart zuschlagen.«

Eine Weile saßen sie einfach so da, schweigend aneinandergekuschelt und die körperliche Nähe des anderen genießend.

Erneut war es Saalfeld, der das Schweigen schließlich brach. »Als wir zuletzt miteinander sprachen, wolltest du zu deinem Mann, um ihn zur Rede zu stellen. Du bist aber nicht bei ihm, sondern hier bei mir, und total aufgelöst. Wenn ich mir darauf einen Reim machen müsste, würde ich sagen, dass du deinen Gatten mit einem stumpfen Gegenstand erschlagen hast.«

Liane schnaubte und verkniff es sich, ihm von ihrer missglückten Attacke mit dem Regenschirm zu erzählen. Was er gleich zu hören bekommen sollte, würde ihn wohl schon in ausreichendem Maße aufwühlen. »Ich hatte gerade einen schlimmen Streit mit Timo. So heftig war es noch nie, Jan. Ich war so wütend auf ihn, wollte ihm eigentlich klarmachen, in was für einer aussichtslosen Situation er sich befindet … und ein paar Antworten aus ihm rausholen. Aber dann hat er das Thema gewechselt, ohne dass ich was dagegen machen konnte. Er hat mir die Schuld an dem maroden Zustand unserer Ehe gegeben und …«, Liane atmete tief durch, »… mir aus heiterem Himmel um die Ohren gehauen, schon lange über uns beide Bescheid zu wissen.«

Liane spürte, wie Saalfelds Atmung ein paar Sekunden aussetzte. »Oh! Das ist … nicht gut. Oder?«

»Ich bin mir da ehrlich gesagt noch nicht ganz sicher«, murmelte Liane. »Ich muss das erst mal sacken lassen.«

Saalfeld sah nun ein wenig benommen aus. »Das bedeutet also, dass die Kopfwäsche, die du für ihn vorbereitet hattest, über den Fund seines als gestohlen gemeldeten Fahrzeugs hinausging?«, hakte er dennoch nach und bewies damit wieder einmal seinen äußerst wachen Verstand. Aufgeflogen zu sein hielt ihn nicht davon ab, sich für den Teil der Geschichte zu interessieren, der ihn zum Verachten und Vorwürfemachen berechtigte.

Liane hatte mit nichts anderem gerechnet. Sie seufzte schwermütig, ergab sich in ihr Schicksal und erzählte ihm alles, was sich seit dem vergangenen Sonntagmorgen zugetragen hatte. Sandra Herr und die Erkenntnis, dass Timo regelmäßig Drogen- und

Nuttenpartys für gut situierte und wahrscheinlich schwer gelangweilte Herren organisierte, zuletzt im Haus Sonnenschein. Der weiße Porsche und ihr Wissensvorsprung bei der Frage nach der Identität des Opfers. Ihr Trip nach Nortorf, die Gespräche mit Nachbarn, Protegés und der Schwester. Die Farce der Telefonate mit den Hotelgästen und der anschließende Rückruf eines dieser Gäste – zumindest vermutete sie immer noch, dass es der Onkologe aus Rendsburg gewesen war. Und schließlich das Jobangebot von der Schwester des Opfers, der sie sich zwar mit richtigem Namen, dafür aber mit einer frei erfundenen Profession vorgestellt hatte. Am schwersten fiel es Liane, ihr umfassendes Geständnis mit dem Umstand zu beschließen, dass sie das Angebot erst angenommen hatte, nachdem ihr ein wahrhaft stattliches Honorar in Aussicht gestellt worden war. Dass sie gleich nach Annahme des Auftrags sogar schon wieder in Nortorf gewesen war, um die Wohnung des Verstorbenen in Augenschein zu nehmen, ließ sie, in der Hoffnung, dass die fällige Gardinenpredigt nicht ganz so schmerzhaft werden würde, vorsichtshalber weg.

Saalfeld blinzelte und schwieg zunächst. Liane wollte ihm die Zeit lassen, die er zum Verdauen ihrer Untaten sicher brauchte, aber jede einzelne Sekunde ohne Reaktion von ihm scheuerte wie eine Drahtbürste auf ihren Nerven.

»Ich will jetzt nicht schlauer tun, als ich bin …«

»Du hast ja recht!«, fuhr sie ihm dazwischen. »Ich bin käuflich, und das ist einfach nur erbärmlich. Ich bin von mir selbst erschrocken, das musst du mir bitte glauben, Jan. Jetzt muss ich die arme Frau anrufen und ihr erklären, dass ich ihr leider doch nicht helfen kann. Das wird sicher ganz schön unangenehm, aber ich habe es wohl auch nicht anders verdient.«

Saalfeld maß sie mit einem abgeklärten Blick. »Würdest du es denn gerne tun? Den Mörder finden, meine ich.«

»Als ob es darum ginge. Dir muss ich doch nicht erklären, dass das Sache der Polizei ist. Es gibt ein Ermittlerteam, bestehend aus Christiansen und Panke. Es ist ihr Fall.«

»Ja, soweit es die Ermittlungen der Polizei betrifft. Du hast meine Frage aber nicht beantwortet.«

»Weil's 'ne blöde Frage ist«, empörte sie sich halbherzig. »Klar würde ich. Aber ich bin keine Polizistin. Ich bin ja nicht mal Privatdetektivin. Ich bin … war mal Bodyworkerin.«

Saalfeld stutzte. »Wie jetzt, du warst mal?«

»Ach, das ist noch so eine Geschichte. Die bekommst du auch noch zu hören – wenn ich dazu bereit bin. Aber jetzt verrate mir doch bitte endlich, was ich tun soll. Ich muss zurückrudern, oder? Natürlich muss ich, das ist unvermeidlich.«

Saalfeld schwieg und grübelte.

»Nun komm schon, Jan. Sag doch bitte was dazu«, quengelte sie.

»Okay, wie du willst. Klartext, ja?«

Liane nickte, nun tatsächlich in der Manier eines kleinen Mädchens, dem der Vater gerade verspricht, dass niemand etwas von dem kleinen Missgeschick mit Mamas Lieblingsvase erfahren muss.

»Es ist meine aufrichtige Überzeugung, und das übrigens schon seit sich unsere Wege das erste Mal gekreuzt haben, dass du alles Mögliche bist, aber doch um Himmels willen keine Bodyworkerin.«

Liane runzelte die Stirn und wollte dies sofort dementieren, aber Saalfeld hielt sie mit einer Handbewegung davon ab.

»Lass mich bitte ausreden. Du bist Polizistin durch und durch. Du bist dafür geschaffen zu ermitteln, böse Jungs zu stellen und zu überführen, dich dafür notfalls auch in Gefahr zu begeben. *Das* ist das Holz, aus dem du geschnitzt bist. Der Zug mit der Polizei ist aber abgefahren. Vielleicht gäbe es eine Möglichkeit, wieder aufzuspringen, aber das würde wohl nicht ganz leicht werden und gleichzeitig mit ziemlicher Sicherheit bedeuten, dass du hier wegmusst. Wir haben zwar nie darüber gesprochen, aber ich glaube, dass du das nicht willst. Ganz nebenbei: Ich will das auch nicht. Zumindest nicht, solange ich die Polizeistation in Marne noch leite. Es muss also was Neues her.«

Liane starrte ihn erwartungsvoll an.

Saalfeld ließ sich davon zu einem Seufzer provozieren. »Warum denn nicht Privatdetektivin? Das ist um Längen näher an der Tätigkeit eines Polizisten dran als das Kneten von Friedrichskoogs verspannten Rückenmuskulaturen.«

»Du meinst – ich soll das machen? Ich soll Ehebrechern und Aussteigern nachspionieren? Im Ernst?«

»Was spräche dagegen? Findest du denn nicht, dass es besser ist als das, was du … zumindest bis gestern noch gemacht hast? Dein erster Fall wäre immerhin die Suche nach einem Mörder. Und das auch noch für gutes Geld, wenn ich das richtig verstanden habe. Ich weiß ja nicht, wie viel es ist, aber überleg doch mal, wie oft du dir allein dafür die Hände einölen müsstest.«

Liane starrte für mehrere Minuten ins Leere, von Saalfeld mit amüsierter Neugier beobachtet, was sie aber kaum registrierte. Sie war alles losgeworden. Nun gut, sie war etwa fünfundneunzig Prozent losgeworden. Entscheidend war, dass er ihr keine Gardinenpredigt gehalten hatte. Statt Vorwürfe und Zurechtweisungen hatte es, ganz im Gegenteil, Unterstützung und Zuspruch gegeben.

»Wenn das jetzt geklärt wäre, sollten wir vielleicht noch mal darüber sprechen, wie wir uns nun in der anderen Sache verhalten wollen. Was meinst du?«, schlug Saalfeld vor.

Aber Liane hatte ihm schon nicht mehr richtig zugehört. Sie sah auf ihre Armbanduhr. Gleich darauf drückte sie Saalfeld spontan einen Kuss auf den Mund, in dem viel Dankbarkeit, viel Überschwang und nicht die kleinste Spur Romantik steckte. Danach sprang sie auf, rief: »Ich halte dich auf dem Laufenden, versprochen«, und verließ Saalfelds Wohnung so abrupt, wie sie kurz zuvor dort eingedrungen war.

Als sie wieder ihr Haus betrat, merkte sie sofort, dass etwas passiert war. Sie konnte ihre Gewissheit an nichts Konkretem festmachen, wie zum Beispiel fehlenden Gegenständen oder anderen Hinweisen. Sie wusste es einfach.

»Timo?«, rief sie laut.

Wie erwartet kam keine Antwort. Um sicherzugehen, betrat sie jedes Zimmer im Haus, ging in die Garage und sah auch hinten auf der Terrasse und im Garten nach. Timo war nicht mehr da.

Also kehrte sie ins Haus zurück, dieses Mal auf der Suche nach einer Hinterlassenschaft von ihrem Mann. Sie fand gleich zwei. Auf die eine hatte sie gehofft, die andere kam eher unerwartet.

Dass Timo sein Smartphone zurücklassen würde, hatte sie jedenfalls ganz eindeutig nicht erwartet. Aber da lag es, mitten auf dem Küchentisch, und beschwerte Fundstück Nummer zwei, eine Art Abschiedsbrief, verfasst auf einem A4-Zettel aus dem Drucker. Sie schob das Handy achtlos beiseite, nahm den Zettel auf und begann zu lesen.

Tut mir wirklich leid, dass es mit uns so weit kommen musste. Aber zuletzt war es absehbar, das wissen wir wohl beide.
Um es mit Hape zu sagen: Ich bin dann mal weg. Du weißt, warum.
Spiel bitte nicht die Heldin. Im Ernst, lass es! Das bedeutet: Such nicht nach mir. Du würdest mich ohnehin nicht finden. Du hattest natürlich recht, ich sitze in der Scheiße. Die Nummer ist aber viel komplizierter und gefährlicher, als du auch nur ahnst. Ich verstehe selbst noch nicht alles, bade das aber allein aus.
Mach's gut, Liane.

Ach ja, fast vergessen: Ich hab die Teekanne geplündert.

Dass sie die Nachricht ihres Mannes deutlich länger angestarrt hatte, als es selbst ein sehr schlechter Leser getan hätte, wurde ihr erst bewusst, als sie den Wassertropfen bemerkte, der wie aus heiterem Himmel auf das Papier fiel und am Einschlagsort langsam einsickerte.

Das Gute an einem durchweinten Abend war, dass man danach schlafen konnte wie ein Bergmann nach einer Doppelschicht. Zumindest war es Liane noch jedes Mal so gegangen, wenn sie sich ausnahmsweise mal gestattete, ihre Selbstbeherrschung aufzugeben und die Schleusen zu öffnen. Nach einem erschöpften, aber auch tiefen und ununterbrochenen Schlaf war sie erst am späten Morgen wieder erwacht. Sie fühlte sich leicht verkatert, und natürlich ließen auch die Erinnerungen an den Vortag nicht lange auf sich warten.

Ihr Timo hatte sich in eine äußerst prekäre Situation gebracht, und nun steckte er in Schwierigkeiten, die so groß waren, dass er sich sogar zur Flucht genötigt sah. Vorher hatte er sich aber noch die Zeit genommen, ihre Ehe für beendet zu erklären. Das hatte er zwar nicht wortwörtlich gesagt, an der Botschaft seiner Worte gab es für Liane aber dennoch keinen Zweifel. Und gerade als sie deswegen eine unabwendbare Heulattacke gehabt hatte, kam dann auch endlich jemand von der Polizei. Christiansen hatte die Befragung von Timo – und die höchst wahrscheinliche Festnahme – an Kommissar Panke delegiert. So fiel es ihm zu, Liane in diesem seltenen und bestimmt nicht schön anzusehenden Zustand zu erwischen. Ihr war das schon unangenehm gewesen, aber dem armen Panke ganz offensichtlich noch viel mehr, der dann auch eher erleichtert als enttäuscht war, unverrichteter Dinge wieder abziehen zu müssen. Hauptsache, er musste sich nicht weiter mit dieser verheulten Frau auseinandersetzen.

Nein, das war kein guter Tag gewesen. Zwar hatte er auch positive Ereignisse bereitgehalten, aber diese im Angesicht ihrer wohl endgültig gescheiterten Ehe in den Vordergrund zu stellen, verbot sich einfach.

Dennoch machte sich nach und nach und aller Widrigkeiten zum Trotz ein vorsichtiger Optimismus in ihr breit. Verzagen und Verzweifeln hatte noch nie jemandem geholfen, der sich in einer Notlage wiederfand. Irgendwie musste es weitergehen, und man war gut beraten, wenn man sich um die Art und Weise selbst kümmerte. Wer darauf wartete, dass ein rettender Engel vom Himmel fiel, der alles wieder gutmachte, hatte bereits verloren. Diese Lektion hatte Liane schon vor langer Zeit verinnerlicht. Es erfüllte sie unvermindert mit Wut, dass Timo ihr am Vortag weismachen wollte, er habe den Diebstahl nicht inszeniert. Er hatte alle belogen. Das wusste nicht nur sie, sondern auch die Polizei, und das wog bedeutend schwerer.

Teils um sich von ihrer Wut abzulenken, teils um mit der Aufklärung dieses unsäglichen Falles voranzukommen, machte sie sich endlich an die Auswertung der abfotografierten Dokumente aus Kaspers' Ordnern. Nach einem kargen Frühstück, bestehend aus Kaffee und ein paar Scheiben trockenem Knäckebrot, synchronisierte sie sämtliche geschossenen Bilder mit ihrem MacBook und begann zu lesen.

Die Sichtung Dutzender Dokumente hatte eindeutig mehr mit Polizeiarbeit zu tun als das Kneten halb nackter Körper mit ihren öligen Händen. Die Kunst war, nicht zu genau in sich hineinzuhorchen, ob dieses denn auch eine Arbeit war, die mehr Spaß machte. Die hohe Kunst wäre es gewesen, diese Frage gar nicht erst zu stellen, aber was das betraf, war Liane mit sich selbst schonungslos ehrlich. Für die hohe Kunst fehlten ihr einfach bestimmte Voraussetzungen. Zumindest war es ihr bislang noch nicht vergönnt gewesen, den Trick zu erlernen, wie man den eigenen Verstand vom Denken und Grübeln abhielt.

Doch nachdem sie die ersten zehn Dokumente gelesen hatte, schmiss sie ihre Vorbehalte über Bord. Zeitaufwendig war es, das schon, aber bei Weitem nicht so langweilig wie befürchtet. Überraschenderweise bargen die Anfragen ein erhebliches Unterhaltungspotenzial, mit dem sie nicht gerechnet hatte. Die Projekte, für die um Förderung gebeten wurde, kamen ihr zwar nicht unbedingt spektakulär vor. Die Art und Weise jedoch, in der man versuchte, diesem bekannten Mäzen die finanzielle Unterstützung abzuringen, war faszinierend. Mal in einem Tonfall unterwürfiger Demut, mal staubtrocken und undifferenziert, mal unverschämt und selbstgefällig. In Kombination mit den hochinteressanten Variationen des deutschen Sprachgebrauchs und den teils amüsanten, teils haarsträubenden Interpretationen von Rechtschreibung und Grammatik waren diese Anfragen fesselnder als so mancher Roman oder Zeitungsartikel. Ob ihr dieses unerwartete Vergnügen über weitere hundertzwanzig Seiten erhalten bleiben würde, musste natürlich abgewartet werden.

»Sie scheinen sich ja gut zu amüsieren. Was lesen Sie denn da?«

Liane erschrak so sehr, dass sie beim Herumwirbeln den Becher mit Kaffee vom Tisch fegte und beinahe mit dem Stuhl umgekippt wäre. Am Rande ihres Bewusstseins registrierte sie das lautstarke Zerbrechen des Bechers, aber die Szene, die sich, von ihr unbemerkt, hinter ihrem Rücken aufgebaut hatte, überdeckte alles.

Im Übergang zwischen Wohnzimmer und Küche standen drei Männer. Zwei von ihnen waren ganz in Schwarz gekleidet. Der eine mit Hose und Mantel aus Leder, dazu Springerstiefel, der andere mit einem glänzenden Blouson, einer Jeans und ebenfalls Springerstiefeln. Beide hatten die dunklen Haare raspelkurz geschnitten, trugen verspiegelte Sonnenbrillen und verzogen keine Miene. Sie sahen recht muskulös aus, waren nicht gerade klein und sich ihres gefahrverheißenden Äußeren offensichtlich bewusst. Mit vor dem Körper verschränkten Händen standen sie ganz still da und schienen Liane anzustarren.

Der Mann in ihrer Mitte, einen Schritt weiter vorne stehend, war der krasse Gegenentwurf zu den beiden Gorillas. Für einen Mann war er auffallend klein, höchstens ein Meter sechzig, vielleicht sogar weniger. Er hatte volles, an einigen Stellen bereits ergrautes Haar, das sorgfältig, aber unmodern frisiert war. Er trug ein schwarz-weiß kariertes Jackett, mit weißem Taschentuch in der Brusttasche, dazu eine dunkelgraue Stoffhose und schwarze Slipper. Seine rechte Hand, mit einem goldenen Ring an jedem Finger, ruhte auf einem Gehstock mit metallenem Griff. Die Finger seiner linken Hand steckten bis zu den Knöcheln in der Tasche seines Sakkos. Er schenkte Liane ein durchaus freundliches Lächeln, was seine zahlreichen Lachfältchen zur Geltung brachte. Liane schätzte ihn auf Mitte bis Ende fünfzig.

»Wer sind Sie, und was machen Sie in meinem Haus? Und wie zum Teufel sind Sie hier reingekommen?«

»Frankenfeld«, antwortete der Mann. Offenbar war er der Meinung, damit alles gesagt zu haben, was es zu sagen gab.

Liane, die zwar aufgeregt war, ihren ersten Schrecken aber bereits überwunden hatte, sah das ein klein wenig anders. Sie stand auf, lugte kurz zum zerbrochenen Becher und ging selbstbewusst einen Schritt auf ihre ungebetenen Besucher zu. »Frankenfeld«, wiederholte sie langsam. »Ist das Ihr Name, oder kommen Sie da her, oder was hat das zu bedeuten?«

Der kleine Mann lächelte noch eine Spur breiter, während seine beiden Begleiter das machten, was sie wahrscheinlich am besten konnten: stumm dastehen, bedrohlich wirken und lieber nichts Blödes von sich geben.

»Es ist mein Name«, sagte er lediglich.

Liane ging nun ganz nah an ihn heran, bis auf höchstens dreißig Zentimeter Abstand, und war ein kleines bisschen beleidigt, weil die Gorillas nicht mal zuckten. Sie war über einen Kopf größer als dieser Frankenfeld. Am liebsten wäre es ihr gewesen, wenn er ungefähr ihre Größe gehabt hätte. So war sie darauf angewiesen, dass er zu ihr aufsah, wenn sie Augenkontakt wollte, aber er erwies sich als Spielverderber, was das betraf. Er sah nicht hoch, sondern starrte stattdessen geradeaus, genau auf ihren Vorbau, wobei sein Lächeln eine weitere Spur breiter geworden zu sein schien. Vielleicht war er auch kein Spielverderber, sondern einfach nur ein Genießer.

»Wie sind Sie hier reingekommen, und was wollen Sie von mir?«, fragte sie erneut, ruhig, aber mit drohendem Unterton.

Endlich sah der Kerl hoch, immer noch freundlich lächelnd. »Durch die Tür, Frau Maschmann. Durch die Tür«, antwortete er, scheinbar amüsiert. »Das wiederholte Fragen nach dem Grund meiner Anwesenheit habe ich allerdings schon beim ersten Mal als Beleidigung gewertet. Das lasse ich Ihnen nur durchgehen, weil Sie mich noch nicht so gut kennen und weil Sie mir irgendwie gefallen. Aber auch nur noch dieses eine Mal. Sollten Sie noch einmal versuchen, mich für dumm zu verkaufen, wird meine Geduld schnell aufgebraucht sein.«

So wie er es sagte, fast in einer Art Plauderton, klang es eigentlich gar nicht bedrohlich. Trotzdem lief Liane eine Gänsehaut über den Rücken. Die Versuchung, weiter auf eine Erklärung zu bestehen, war groß. Das war einfach ihr Stil. Noch dazu war es ihr Haus, sodass sie ein verdammtes Anrecht auf diese Erklärung hatte. Aber ihr Instinkt empfahl mit Nachdruck, auf dieses spezielle Kräftemessen zu verzichten. Zumindest vorerst. Also verschränkte sie trotzig die Arme, erwiderte das ungetrübte Lächeln ihres Gastes mit einem nicht übermäßig freundlichen Blick und fragte sich, wie lange sie das würde aushalten müssen, bevor es dem Kerl zu dumm wurde.

Die Antwort ließ nicht lange auf sich warten.

»Sagen Sie, meine Liebe, wollen Sie mir nicht anbieten, Platz zu nehmen?«

»Hätte ich längst getan, wenn ich es wollte«, entgegnete Liane, ohne zu überlegen. Aber noch während sie es aussprach, war ihr bereits klar, dass das in dieser Situation nicht die optimale Reaktion war.

Ihre Vermutung bestätigte sich prompt. Frankenfelds Mimik verlor den Großteil ihrer Fröhlichkeit. Die meisten seiner Lachfältchen blieben nur deswegen sichtbar, weil er die Augen jetzt ein wenig zusammenkniff. Sie hatte wohl den falschen Knopf gedrückt.

»Wenn ich etwas nicht ausstehen kann, dann ist es der Mangel von Umgangsformen«, zischte er. »Ein wenig Höflichkeit ist nicht zu viel verlangt, egal, wo man sich befindet und mit wem man es zu tun hat. Das habe ich von Ihnen anders erwartet.«

Dieser Vorwurf drückte nun wiederum bei Liane den falschen Knopf. »Jetzt reicht's mir aber. Erst dringen Sie mit Ihren beiden Gorillas widerrechtlich in mein Haus ein, drohen mir sogar mit Konsequenzen, weil ich wissen will, warum Sie hier sind, und nun wagen Sie es auch noch, mir mangelnde Umgangsformen vorzuwerfen? Nicht mit mir. Sie sollten Ihre beiden Schläger jetzt wieder an die Leine legen und verschwinden! Sofort.«

Frankenfeld ließ nun auch die letzten verbliebenen fünf Prozent Freundlichkeit aus seiner Mimik verschwinden und maß Liane mit einem bösen Blick. »Ich hätte mir wirklich gewünscht, dass unser Kennenlernen entspannter abläuft. Ich habe das sogar für möglich gehalten, weil man mir suggeriert hat, Sie seien eine vernünftige Person.« Frankenfeld schielte auf seine Brust und nestelte scheinbar gedankenverloren an dem Taschentuch in seiner Brusttasche herum. »Was für eine Enttäuschung. Aber wenn Sie nicht wollen, muss ich auch nicht.«

Liane spürte die aufsteigende Panik und befahl ihr, sich sofort wieder dorthin zu scheren, wo sie hergekommen war.

»Kommen wir also zur Sache. Ich weiß, dass Ihr Mann sich wie ein jämmerlicher kleiner Feigling aus dem Staub gemacht hat. Ich möchte betonen, dass ich auch von ihm ein anderes Verhalten erwartet hätte. Ich habe geglaubt, dass er jemand ist, der dazu steht, wenn er einen Fehler gemacht hat. In erster Linie hat er den Job natürlich bekommen, weil ich gar nicht erst für möglich gehalten hätte, dass er eine solche Dummheit begehen würde. Man könnte sagen, dass Sie und Ihr Mann sich darauf verstehen, andere Menschen über Ihr wahres Wesen hinwegzutäuschen.«

»Unser wahres Wesen?«

»Wie ich sagte, Frau Maschmann. Und ich möchte betonen, dass mich die Täuschung Ihres Mannes besonders schmerzt, nicht zuletzt weil er es auf so fatale Weise verbockt hat.«

Liane blinzelte ihn an. Es gab noch sehr viele weiße Flecken in dem Bild, an dem sie seit ein paar Tagen arbeitete. Vielleicht war es klüger, in diesem kleinen und reichlich merkwürdigen Mann nicht nur eine Bedrohung zu sehen, sondern sein Auftauchen als Chance zu begreifen, auf einen Schlag ganz viele dieser weißen Flecken mit Farbe zu füllen.

»Ich mache Ihnen einen Vorschlag, Herr Frankenfeld: Wir beide setzen uns …«, Liane sah zu dem Küchentisch hinüber, »… ich biete Ihnen einen schönen starken Kaffee an, und Sie tun dafür im Gegenzug so, als würde ich wirklich nicht wissen, warum Sie gerade hier sind. Was halten Sie davon?«

Frankenfeld musste lachen. »Ach, Frau Maschmann. Ich mag Ihr freches Mundwerk, weiß der Teufel, warum. Aber Ihre Naivität bricht mir beinahe das Herz.«

Liane starrte ihn verständnislos an. Dass er mit ihrem Vorschlag so gnadenlos kurzen Prozess machen würde, hatte sie nicht erwartet. Daher hatte sie keine schlagfertige Antwort parat.

»Oh bitte, sehen Sie sich nur an. Haben Sie wirklich geglaubt, dass mein Preis für Ihren Frieden ein Sitzplatz und eine Tasse Kaffee sein könnte? Ich bin ausdrücklich nicht zum Spaß hier. Das sollte jemandem wie Ihnen längst klar geworden sein.«

Der rechte der beiden Gorillas ließ genau in dem Moment seine Brustmuskeln zucken, in dem Liane kurz zu ihm sah.

»Aber …« Da war die Panik wieder. Sie war auf den Punkt topfit, stand aufgewärmt und gedehnt in den Startlöchern und wollte nun endlich loslaufen. Aber das durfte Liane nicht zulassen. Nicht jetzt, wo sie sich in ernster Gefahr befand. Das musste sich anders lösen lassen. Hatte dieser Frankenfeld nicht gerade noch behauptet, ein Faible für ihre freche Klappe zu haben? Mit dem Mut der Verzweiflung fasste sie sich ein Herz und setzte alles auf eine Karte. »Ich will doch nur wissen, was genau mein Mann Ihrer Meinung nach angestellt hat. Jemand wie Sie, der Wert auf Höflichkeit legt, würde mich doch sicher nicht dumm sterben lassen. Und wenn Sie mir auch noch erzählen mögen, was genau Timo eigentlich für Sie gemacht hat, bekommen Sie von mir sogar einen Keks zu Ihrem Kaffee. Aber nur Sie. Die beiden da nicht, die sind unheimlich.«

Frankenfeld ließ mit ausdrucksloser Miene einen durchdringenden Blick auf ihr ruhen. Wenn ihn ihr Vorstoß beeindruckt – was ihr eigentliches Ziel war – oder zumindest amüsiert hatte, konnte er das vor ihr verbergen. Dann ging er zum Küchentisch, blieb davor stehen und warf ihr einen erwartungsvollen Blick zu.

Liane jubilierte innerlich und schaltete sofort. »Nehmen Sie doch bitte Platz, Herr Frankenfeld.«

Er deutete eine Verbeugung an, setzte sich, legte den Gehstock quer vor sich auf den Tisch und drehte das Notebook zu sich. »Schwarz, mit zwei Stücken Zucker. Und bitte keine Kekse mit Schokolade oder Glasur oder anderen fingerverklebenden Substanzen.«

Liane schluckte die spitze Bemerkung, die ihr auf der Zunge lag, heldenhaft herunter, ging zum Schrank und entnahm ihm eine Packung Hobbits. Ihre einzigen Kekse ohne klebrigen Firlefanz. Die hatte sie nur, weil ihr Mann sie so gerne aß. Sie selbst hatte überhaupt kein Verständnis für Gebäck ohne Schokolade. Dann verteilte sie den letzten Kaffee auf zwei Becher, warf in den volleren noch zwei Stücke Würfelzucker, die sie sofort verrührte, und trug alles zum Tisch.

Frankenfeld zeigte unterdessen großes Interesse an den fotografierten Dokumenten, mit denen sie sich bei seinem unerwarteten Eintreffen befasst hatte.

»Vielen Dank, Frau Maschmann«, sagte er und trank sofort einen Schluck. »Was Sie hier auf dem Rechner haben, ist übrigens sehr aufschlussreich. Lauter Schreiben, die an Herrn Kaspers adressiert sind.« Frankenfeld kicherte ein wenig, aber es klang eher genervt als belustigt. »Klartext, meine Liebe: Ich weiß ehrlich gesagt nicht, was Sie sich hiervon versprechen. Dieses so tun, als wüssten Sie von nichts. Allein dass Sie diese Schreiben auf Ihrem Computer haben …«, er drehte ihr den Laptop wieder zu, »… spricht doch eine sehr deutliche Sprache. Sie stecken tief drin und wissen über alles bestens Bescheid, das ist offensichtlich. Also erklären Sie mir bitte, was Sie mit dieser Scharade bezwecken. Wollen Sie Zeit schinden?«

Der Mann war klug. Und gut im Kombinieren. Liane spürte wieder einen Anflug von Verzweiflung. »Ich habe ja nicht behauptet, dass ich gar nichts weiß«, begann sie vorsichtig. »Aber ich weiß noch längst nicht alles, und das stinkt mir. Mein Mann hat mir nichts erzählt, auch nicht, als ich ihn direkt drauf angesprochen habe. Ich musste mühsam scheibchenweise selbst herausfinden, dass er in grandiosen Schwierigkeiten steckt. Er hat das inzwischen wohl auch begriffen, sonst hätte er sich gestern nicht klammheimlich aus dem Staub gemacht. Das wiederum bedeutet, dass Timo Angst vor etwas hat. Beziehungsweise vor *jemandem*.« Sie sah ihm fest in die Augen, konnte aber keine Regung bei ihm entdecken. »Timo hat normalerweise aber vor gar nichts Angst. Ich muss das alles begreifen, damit ich meinen Mann entlasten kann. Und dafür brauche ich Ihre Hilfe.«

»Was?«, fuhr Frankenfeld auf. »Habe ich das richtig verstanden? Wollen Sie mir etwa weismachen, dass Sie an die Unschuld Ihres Mannes glauben?«

Sie hatte es erneut geschafft, ihn ganz kurz die Selbstkontrolle verlieren zu lassen. Normalerweise bildete sie sich auf diese Fähigkeit etwas ein, aber bei diesem Mann war sie nicht sicher, ob es klug war, davon Gebrauch zu machen. Schon gar nicht unbeabsichtigt, wie in diesem Fall. »Diese Diskussion würde ich gerne noch ein wenig aufschieben, wenn Sie nichts dagegen haben. Bitte, Herr Frankenfeld, was werfen Sie meinem Mann vor? Und was genau hat er für Sie getan?«

Frankenfeld wirkte unschlüssig, ob er sich auf diese – aus seiner Sicht – Farce einlassen oder sie von seinen beiden Gorillas sofort beenden lassen sollte. »Sie verlangen von mir, dass ich so tue, als würde ich Ihnen Ihre angebliche Unwissenheit abkaufen? Wirklich?«

Liane wusste nicht, was sie noch sagen sollte. Verzweifelt um äußerliche Fassung bemüht, starrte sie ihm in die Augen und schickte ein stummes Stoßgebet in Richtung Schöpfer, um ihn zu überzeugen, dass er sie noch nicht bei sich haben wollte.

Frankenfeld trank erneut von dem Kaffee, nahm sich dann einen Keks und biss davon ab. »Es gibt ein paar einfache Regeln: absolute Verschwiegenheit, uneingeschränkte Loyalität, bedingungsloser Gehorsam«, zählte er kauend auf. »Zusammengefasst: Zuverlässigkeit. Das ist mein persönliches Motto, und das gilt somit auch für jeden, der in meiner Organisation für mich arbeiten darf. Also auch für Ihren Mann. Als Gegenleistung gibt es eine fürstliche Bezahlung. Zuerst sah es ganz danach aus, dass die Vorschusslorbeeren, mit denen er mir angedient wurde, berechtigt waren. Er hatte sich seiner Aufgabe mit großem Eifer angenommen und sie mit gutem Erfolg umgesetzt. Genau so, wie ich es von ihm erwartet habe. Und dann hat er es versaut. Ohne Not, wie ich meine. Er hat …«

»Entschuldigen Sie bitte«, unterbrach ihn Liane. »Was für eine Aufgabe war das? Bitte, sehen Sie mich nicht so an. Mir ist klar, dass Sie mir nicht glauben, und das kann ich wohl auch nicht ändern. Ich weiß aber nur, dass er am vergangenen Wochenende hier in Friedrichskoog eine Party für finanzkräftige Männer organisiert hat. Eine Party, bei der neben Musik, Alkohol und Essen auch eher unkonventionelle Highlights wie Glücksspiel, Nutten und Drogen eine Rolle gespielt haben dürften.«

Frankenfeld reagierte irritiert. »Sie spielen die Ahnungslose, um mir dann praktisch im selben Atemzug den Beweis zu liefern, dass Sie sehr wohl Bescheid wissen? Was für eine krude Taktik soll das bitte schön sein? Und was bezwecken Sie damit?«

Liane hielt inne. »Äh – na ja, ich sagte ja, dass ich durchaus *etwas* weiß. Aber eben nicht alles. Ich meine …« Sie geriet ins Stocken, weil sie nicht wusste, wie sie es für ihn auf den Punkt bringen konnte. »Wie groß ist das? Wie viel Verantwortung trägt er dabei? Wie ist er da reingeraten?«

Frankenfeld musterte sie mit einer gewissen Faszination.

»Ach bitte, ich wette, Sie wissen ganz genau, was ich meine. *Was* ist das? Und warum lassen Sie das *ausgerechnet* von meinem Mann erledigen?«, platzte es aus ihr raus. In ihren Gedanken war das Wort Mafia omnipräsent, aber sie traute sich nicht, es auszusprechen. »Es tut mir leid, klarer kann ich es nicht ausdrücken.«

Mit kommoder Miene und ruhigen Bewegungen ließ Frankenfeld den Rest vom Keks in seinem Mund verschwinden. »Diese Runden gibt es … nicht nur hier, sagen wir es mal so. Mitglied kann jeder werden, vorausgesetzt, er ist männlich, verfügt über entsprechende Mittel und hält sich an die Regeln. Wenn es jemand ist, der in der öffentlichen Wahrnehmung einen guten Ruf genießt, den er lieber nicht verlieren möchte, ist das von Vorteil und steigert die Chancen, in die Gemeinschaft aufgenommen zu werden. Grundsätzlich hat die Zusammensetzung dieser Runden einen regionalen Bezug, und für jede Region gibt es einen Organisator. Männer wie Ihr Mann, der für den Bereich mittleres Schleswig-Holstein zuständig war. Er hat die Termine festgesetzt, hat die Locations ausgewählt, die Einladungen ausgesprochen, sich um das Unterhaltungsprogramm inklusive der – wie Sie es so treffend ausgedrückt haben – unkonventionellen Highlights gekümmert, hat die Mitgliedsbeiträge eingesammelt, für einen reibungslosen Ablauf der Veranstaltung gesorgt und die Gewinne der Pokerrunde ausgezahlt. Am Ende wurde mit einem weiteren Angestellten von mir abgerechnet. Und das etwa alle zwei Monate.«

Liane kniff die Augen zusammen. »Mit anderen Worten: Die Drogen bezieht er über Sie?«

Frankenfeld sah sie mit einem Pokerface an.

»Die Prostituierten auch?«

»Frau Maschmann, bitte. Denken Sie denn wirklich, dass ich vor Ihnen komplett blankziehe? Ich habe schon viel zu viel verraten.«

»Sie haben mir noch nicht gesagt, wie Timo da reingeraten ist.«

Frankenfeld zuckte mit den Schultern. »Die Stelle war frei geworden. Ihr Mann bekam Wind davon, bekundete Interesse, wurde mir vorgestellt – et voilà! Vor allem die Verdienstmöglichkeiten hatten es ihm angetan.«

Liane lehnte sich zurück, verschränkte die Arme und sah betreten zu Boden. Typisch Timo, dachte sie. Die Unvernunft in Person, wenn sich die Möglichkeit auf das große Geld bot.

»Wenn ich jemand wäre, der sich zu so etwas herablässt ...«, sagte Frankenfeld langsam, während er sie aufmerksam beobachtete, »... müsste ich mich jetzt bei Ihnen entschuldigen. Es scheint mir, als hätten Sie das tatsächlich nicht gewusst. Sehr interessant!«

Liane schnaubte freudlos. »Wie viel Geld hat er damit bei Ihnen verdient?«, fragte sie, ohne dabei aufzusehen.

»Scheinbar nicht genug. Das muss ich zumindest annehmen, da mir die Umsätze der letzten Veranstaltung immer noch fehlen.«

Liane sah wieder auf und blinzelte erschrocken. »Deswegen sind Sie sauer auf ihn? Weil Sie glauben, dass er Sie beklaut hat?«

»Das glaube ich nicht, das weiß ich. Wie gesagt, ich habe das Geld nie bekommen. Dass er einfach abgehauen ist, untermauert diese Annahme.«

»Nein, unmöglich«, behauptete Liane streng. »Er hat manchmal einen fatalen Hang zur Unvernunft, das weiß niemand besser als ich. Aber er ist kein ordinärer Dieb.«

»Stimmt, er ist viel mehr als das. Ordinärer Dieb *und* skrupelloser Mörder.«

Liane sah ihn mit großen Augen an und war sprachlos.

»Lassen Sie mich eines klarstellen: Es steht mir nicht zu, jemand anderem einen Mord zum Vorwurf zu machen, da ich mich in der Regel selbst nicht mit dem Aufwand moralischer Abwägungen belaste. Nun hat sich Ihr Gatte aber ausgerechnet an einem Mitglied unserer Gemeinschaft vergriffen, und das macht es mir unmöglich, einfach wegzusehen.«

Liane war immer noch sprachlos.

»Ich bin ein gemeiner Mistkerl, Frau Maschmann, und das sage ich ohne jedes Bedauern. Noch dazu bin ich schon verdammt lange in diesem Geschäft und letzten Endes auch schon viel zu alt, um mir noch die Mühe einer halbherzigen Lüge zu machen. Darum will ich jetzt auch gar nicht erst so tun, als würde mich der Mord mehr ärgern als das unterschlagene Geld. Aber dass er mir gar nichts ausmacht, stimmt eben auch nicht. Wenn in meiner Organisation jemand sein Leben verliert, egal, ob Mitarbeiter oder Mitglied, dann einzig und allein auf mein Geheiß. Eigeninitiative gehört in dieser speziellen Angelegenheit ausdrücklich nicht zur Jobbeschreibung. Ich *muss* mich einfach darum kümmern. Verstehen Sie?«

»Sie glauben also wirklich, dass der Tod von Herrn Kaspers auf das Konto meines Mannes geht?« Liane konnte es kaum fassen. Wenn ihr Timo irgendetwas noch weniger war als ein Dieb, dann ein Mörder. Eigentlich. Aber er hatte es fertiggebracht, gleich mehrere Menschen mit Einfluss und Macht glauben zu lassen, dass er sehr wohl dazu in der Lage war, jemandem das Leben zu nehmen. Wie hatte Timo es nur geschafft, sich selbst in ein so fatales Licht zu rücken? »Ich hoffe, es stört Sie nicht, dass Sie da eine Gemeinsamkeit mit der Polizei haben.«

Frankenfeld ignorierte ihre letzte Bemerkung. »Nicht glauben. Wissen! Es gibt gleich mehrere Zeugen, die mitbekommen haben, wie sich Ihr Herr Gemahl und Herr Kaspers aufs Übelste gestritten haben. Es hat der Intervention mehrerer Mitglieder bedurft, um Ihren Mann daran zu hindern, Herrn Kaspers gleich vor den Augen aller Anwesenden umzubringen.«

»Das ist doch Unsinn!«, protestierte Liane aus Prinzip. »Timo lässt vielleicht mal die Fäuste fliegen, wenn bei ihm eine Sicherung durchbrennt. Aber zu einem Mord wäre er gar nicht fähig. Niemals! Hat denn jemand gesehen, wie er Herrn Kaspers umgebracht hat? Ich wette, das ist nicht der Fall.«

»Das ist auch gar nicht nötig. Alle sind sich einig, und an eine Verschwörung glaube ich nicht. Was für einen Grund sollten diese Männer dafür haben? Jeder einzelne steht auf der sozialen Leiter deutlich über Ihrem Mann. Die haben das gar nicht nötig.

Wenn man dann auch noch bedenkt, wo Herr Kaspers gefunden wurde …«

»Lächerlich! Gerade dieser Umstand ist doch der ultimative Beweis, dass mein Mann nichts damit zu tun haben kann. Als ob er so dämlich gewesen wäre, jemanden auf unserem Grundstück umzubringen und dann dort liegen zu lassen, wo es jeder sehen kann. Niemand wäre so dumm.«

»Nein, natürlich nicht. Der Plan Ihres Mannes sah sicher vor, die Leiche irgendwo verschwinden zu lassen. Herr Kaspers lag schon in seinem Wagen. Er musste nur noch einen geeigneten Ort dafür finden. Aber der Plan ging schief, weil er es versäumt hat, sich von Herrn Kaspers' Tod zu überzeugen. Er hat ihn nämlich nur schwer verletzt, sodass die arme Sau sich noch aus dem Fahrzeug befreien und mit letzter Kraft auf Ihren Rasen robben konnte. *Dort* ist er dann gestorben.«

Das entsprach ziemlich genau der Theorie, die auch ihr unbekannter Anrufer mit der Maschinenstimme geäußert hatte, wie Liane mit Besorgnis registrierte. »Das reimen Sie sich doch nur zusammen. Auf Grundlage von Behauptungen unter dem Einfluss von Drogen und Alkohol stehender Männer. Letztlich haben Sie null Gewissheit und betreiben nur Augenwischerei für alle anderen. Sie wollen lediglich Stärke demonstrieren, Ihren Leuten zeigen, dass Sie etwas unternehmen. Ob mein Mann das wirklich getan hat, ist Ihnen doch eigentlich egal.«

Frankenfeld setzte zu einer weiteren Replik an, hielt sie dann aber doch zurück. Stattdessen seufzte er herzhaft, nahm den Kaffeebecher und leerte ihn mit kleinen Schlucken, zwischen denen er den Becher immer wieder kurz schwenkte. »Ich werde mich nicht mit Ihnen streiten, Frau Maschmann. Das führt zu nichts. Mein Bild ist klar, und mein Ziel steht fest. Sie haben längst begriffen, dass ich nicht hier bin, um mir die Salzwiesen Ihres Nationalparks Wattenmeer endlich mal aus der Nähe anzusehen, statt immer nur darüber zu lesen. Und nun verraten Sie mir bitte, wo sich Ihr Mann versteckt hält.«

»Ich weiß es nicht. Und Sie irren sich, er hat nichts von dem getan, was Sie ihm vorwerfen. Ich bitte Sie, ohne entsprechende Beweise müssen Sie das bei Ihren Handlungen berücksichtigen.«

»Sagen Sie es mir!«, herrschte er sie im Befehlston an.

»Das kann ich nicht!«, blaffte sie nicht minder scharf zurück.

Er seufzte. »Seien Sie doch vernünftig«, appellierte er, nun wieder in normaler Lautstärke. »Das hier muss für Sie kein hässliches Ende nehmen. Ich mag Sie. Sie haben etwas an sich, das Sympathien in mir weckt. Darauf dürfen Sie sich etwas einbilden. Ich würde es wirklich vorziehen, meinen beiden Mitarbeitern nicht befehlen zu müssen, die von mir gewünschte Information aus Ihnen rauszuholen. Aber seien Sie versichert: Wenn Sie diese letzte Chance nun nicht nutzen und mir endlich verraten, wo sich Ihr Mann zurzeit aufhält, werde ich nicht zögern, die beiden auf Sie loszulassen.«

»Ich – weiß – es – nicht!«, rief Liane verzweifelt und spürte ihr Herz wild schlagen. Es war klar, was nun kommen würde.

Frankenfeld maß sie mit einem enttäuschten Blick, bevor er zu seinen beiden Gorillas sah und ihnen zunickte.

Angespannt, aber auch bereit, ihre Haut so teuer wie möglich zu verkaufen, stand Liane blitzschnell auf und wandte sich Frankenfelds Schlägern zu.

Während sich der rechte der beiden schwarz gekleideten Gorillas aufreizend langsam einen Schlagring über die Finger schob, grinste der linke überheblich, nahm die Sonnenbrille ab und steckte sie in die Innentasche seines Ledermantels. In augenscheinlich freudiger Erwartung, nun endlich das tun zu können, wofür er sich an diesem Morgen fein rausgeputzt hatte, ging er in der Manier eines ultracoolen Supergangsters, der an einem Sieg über seinen Gegner nicht den leisesten Zweifel hat, auf sie zu. Liane beobachtete ihn, erstaunt ob seines lächerlichen Gebarens, aber auch beinahe ein wenig amüsiert, und beschloss, ihn den Anfang machen zu lassen. Sie legte ihn in die Street-Fighter-Schublade, jemand, der mit Kicks und Knietritten arbeitete. Als er sie stattdessen einfach nur grob gegen die Küchenzeile schubste, war sie unvorbereitet. Sie stolperte rückwärts und prallte mit dem Hinterkopf gegen den Hängeschrank. Noch während sie sich über ihre Dummheit ärgerte und die Sterne mit einem kurzen Kopfschütteln verscheuchte, trat er wieder ganz nah an sie heran und packte sie – jetzt noch widerlicher grinsend – an den Oberarmen. Dann schaute er zu Frankenfeld. In seiner Mimik die stumme Erwartung eines Befehls von Herrchen, wie ein Hund bei einer Hundetrainer-Prüfung. Als wollte er wissen, wie weit er gehen durfte. Mit zwei halben Drehungen entledigte Liane sich seines festen Griffs und schlug seine Arme weg. Gleich darauf ließ sie dem offensichtlich überraschten Hünen dreimal schnell aufeinanderfolgend den rechten Ellenbogen gegen den Solarplexus krachen und schlug ihm eine linke Gerade auf den Hals. Sie hatte den Kehlkopf anvisiert, traf aber nicht sauber. Der Kerl taumelte trotzdem rückwärts, gab ein gurgelndes Geräusch von sich und schlug schließlich lang hin.

Sein Counterpart erwies sich unterdessen als weniger überheblich, dafür aber gedankenschnell. Noch bevor Liane ihre Aufmerksamkeit auf ihn verlagern konnte, war er schon an sie herangeschlichen. Er packte sie am rechten Handgelenk und schleuderte sie, wie ein Hammerwerfer seine Kugel, mit aller Kraft aus der Küche. Liane konnte gegen diese Beschleunigung nichts ausrichten und krachte ungebremst gegen das im Wohnzimmer befindliche Sideboard. Es war aus massivem Eichenholz, dementsprechend schwer und gab nicht einen Zentimeter nach, sodass der Zusammenstoß zwischen Holz und Beckenknochen einen heißen Schmerz durch ihren Unterleib jagte. Doch auch nach dem Aufprall hatte sie noch so viel überschüssige Bewegungsenergie, dass sie mit dem Kopf voraus über das Sideboard hinwegrutschte, dabei sämtliche Bilder und eine Lampe mit sich riss und schließlich unsanft zu Boden fiel. Ihr Angreifer wartete gar nicht erst ab, ob ihr diese Attacke gereicht hatte, und setzte sofort nach. Noch während Liane wieder auf die Füße zu kommen versuchte, sprang er mit drei langen Sätzen auf sie zu und wollte ihr das rechte Knie gegen den Kopf rammen. Liane konnte die Attacke zwar mit beiden Händen abblocken, aber die Wucht des Kicks sorgte trotzdem dafür, dass sie von ihrem eigenen Handrücken einen harten Schlag auf die Unterlippe bekam. Wütend stieß sie sein Knie mit einem Ruck weg und schlug beide Hände in einer fließenden Bewegung gegen seinen Unterbauch. Er wankte zurück und zog überrascht die Augenbrauen hoch. Liane kam endlich wieder auf die Beine und stürzte sich nun sogar auf ihn, was ihn noch mehr zu verwirren schien. Er versuchte, sie mit einem kraftvollen, aber ungezielten Schwinger seiner Schlagring-bewehrten Hand von den Beinen zu holen. Dieses Mal hatte Liane die Attacke jedoch erwartet und konnte geschickt ausweichen. Er versuchte es erneut, nun gezielter, aber sie blockte den Schlag ab und rammte ihm gleichzeitig das Knie in die Weichteile, was ein Geräusch erzeugte, über das man auch als Frau nicht nachdenken wollte. Keuchend verlor er jegliche Spannkraft, sank zu Boden und rollte sich dort in Embryonalhaltung auf die Seite.

Dann spürte Liane einen Luftzug auf Höhe ihres Kopfes, gefolgt von lautem Krachen und Klirren. Der erste Angreifer hatte sich schon wieder berappelt und mit dem Wasserkocher, den sie sich vor nicht mal einem Jahr gekauft hatte, nach ihr geworfen. Zum Glück hatte er schlecht gezielt, denn das Gerät bestand aus Edelstahl und war recht massiv. Statt also ihren Schädel zu brechen, war er in die Vitrine eingeschlagen, in der sie ihre guten Gläser, ein recht teures Teeservice und ein paar Kristallvasen aufbewahrte. Liane fackelte nicht lange und schnappte sich eine der Fernbedienungen vom Couchtisch. Entschlossen ging sie ein paar Schritte auf den kampfbereiten Mann zu, der jetzt wenigstens nicht mehr überheblich grinste. Als sie bis auf zwei Meter an ihn heran war, schmiss sie die Fernbedienung nach ihm und zielte dabei auf seinen Kopf. Sie machte es besser als er, sodass er gezwungen war, das Gerät abzuwehren. Nach zwei schnellen Schritten ließ sich Liane vor ihm auf die Knie fallen und schlug mit aller Kraft einen Uppercut in seinen Schritt. Auch er sackte sofort zu Boden, ließ sich zusammengekrümmt auf die Seite fallen und wimmerte leise.

Liane kam schwerfällig aus der Hocke hoch. Erst jetzt merkte sie, wie sehr sie außer Atem war. Sie beugte sich vor und stützte sich leidenschaftlich keuchend auf ihren Oberschenkeln ab. Gleich darauf monierten Hüfte und Unterlippe, dass sie einiges abbekommen hatten und darüber nicht glücklich waren. Außerdem meldete ihr Geschmackssinn den typisch metallischen Geschmack von Blut. Sofort hob sie eine Hand an die Unterlippe, ihre Fingerspitzen färbten sich rot. Es schien nicht dramatisch zu sein, aber immerhin, sie blutete. Außerdem meldete ihr eher unterentwickelter Hausfraueninstinkt, im Wohnzimmer ein paar Unregelmäßigkeiten entdeckt zu haben, die arbeitsintensiv zu werden versprachen und daher zu verurteilen waren.

Wütend richtete sie sich wieder auf und wirbelte um die eigene Achse. Frankenfeld saß noch immer seelenruhig an ihrem Küchentisch, mümmelte einen weiteren Keks und erwiderte ihren giftigen Blick unangemessen friedlich. Als wäre gerade nichts vorgefallen, was ihn beunruhigen müsste. Sie ging zu ihm, blieb direkt vor ihm stehen und stemmte die Hände in die Hüften. Es sollte bedrohlich wirken, und sie war sicher, dass es das auch tat. Zumindest auf jemanden, der mit ansehen musste, wie sie gerade die beiden Schläger durch die Mangel gedreht hatte. Frankenfeld blieb jedoch äußerlich gelassen.

»Vor meinem Besuch habe ich mich natürlich über Sie erkundigt. Genau genommen habe ich mich schon über Sie erkundigt, als ich Ihrem Mann vor ein paar Monaten gestattet habe, für mich zu arbeiten.« Frankenfeld legte den angebissenen Keks vor sich ab und griff mit beiden Händen um seinen Stock. »Hätte ich einen Hut auf, würde ich ihn jetzt vor Ihnen ziehen. Der bemerkenswerte Ruf, der Ihnen vorauseilt, wird der Realität nicht gerecht.«

Frankenfeld stand leise ächzend auf, griff an den Saum seines Jacketts und zog es glatt. Dann schlenderte er zu dem Gorilla, den Liane mit dem Uppercut niedergestreckt hatte, stieß ihn mit dem Stock an und befahl ihm aufzustehen. Als er nur ein leidendes Stöhnen zur Antwort bekam, setzte er den Stock etwas aggressiver ein und schob ein scharfes »Sofort!« nach.

Während sich der Gorilla in Zeitlupe vom Boden aufrappelte, wandte Frankenfeld sich wieder Liane zu und griff in die Innentasche seines Jacketts. »Ich habe Ihnen vorhin zu verstehen gegeben, dass es nicht meine Art ist, mich zu entschuldigen. Erinnern Sie sich?«

Liane nickte, fasziniert von der Gelassenheit und dem ungebrochenen Selbstbewusstsein des Mannes, dessen Begleitschutz sich gerade eine Zwangspause nahm.

»Gut. Entschuldigen Sie bitte die Störung. Entschuldigen Sie bitte auch die Unordnung, die meine Mitarbeiter hier angerichtet haben. Ich denke, das hier sollte eine angemessene Entschädigung sein«, sagte Frankenfeld und legte ein paar Hunderter auf den Küchentisch. »Ich hoffe, dass nichts von ideellem Wert zu Bruch gegangen ist. Wenn das Geld für die monetären Werte nicht reicht, lassen Sie es mich bitte wissen.«

Sprachlos starrte Liane auf die Geldscheine. Der Stapel war nicht gerade klein. Der Mann, der sie gerade noch mit Gewalt zum Verrat an ihrem Mann bewegen wollte, hatte ihr mal eben ein paar tausend Euro Schadenersatz auf den Tisch gelegt. So bekam sie nicht mit, dass Frankenfeld sich unterdessen in die andere Innentasche seines Jacketts griff und eine Visitenkarte hervorholte.

»Ich möchte Ihnen anbieten, für mich zu arbeiten, Frau Maschmann«, sagte er und hielt ihr die Karte hin.

Wie ferngesteuert griff sie danach.

»Jemand mit Ihren Fähigkeiten und Ihrem Temperament sollte nicht in einem Massagesalon versauern. Ich kann Ihnen versprechen, dass Sie bei mir deutlich besser aufgehoben sind und mehr Spaß haben werden. Dass die Verdienstmöglichkeiten ungleich höher wären, muss ich sicher nicht extra betonen.«

»Sie wissen doch gar nicht, ob mir das Massieren keinen Spaß macht«, hörte Liane sich ohne große Überzeugungskraft sagen.

Frankenfeld lächelte nur stumm. Dann wandte er sich an die beiden Schläger, knurrte: »Jetzt steht endlich auf und kommt mit, ihr jämmerlichen Versager«, und verließ das Wohnzimmer.

Liane wartete ab, bis auch Gorilla Nummer zwei mit Hilfe von Gorilla Nummer eins wieder auf die Beine kam, um gemeinsam dem Boss hinterherzuhumpeln. Mit einigem Abstand folgte sie ihnen bis zur Haustür, wo Frankenfeld auf sie zu warten schien.

»Na endlich! Ich habe nicht den ganzen Tag Zeit, verdammt noch mal. Macht mir gefälligst die Tür auf. Wir haben Frau Maschmann lange genug belästigt.«

Eigentlich, da war Liane sicher, musste sie sich gerade verhört haben. Aber er hatte es tatsächlich gesagt.

Frankenfeld schien ihre Gedanken zu erahnen. »Bewerten Sie es nicht über, Frau Maschmann. Ich will unbedingt, dass Sie für mich arbeiten, also muss ich auch bereit sein, Ihnen etwas Honig ums Maul zu schmieren. Ich will Sie nur beeindrucken, das ist alles«, sagte er in väterlichem Tonfall.

Das haben Sie schon vorher geschafft, dachte Liane.

Sein Gorilla, der, dessen Weichteile mit Lianes Faust Bekanntschaft machen durften, hatte inzwischen die Tür geöffnet und wartete darauf, dass sein Boss sich endlich losreißen würde.

Frankenfeld würdigte seine beiden Schläger keines Blickes. »Ich hoffe, sehr bald von Ihnen zu hören. Auf Wiedersehen, Frau Maschmann. Und wenn Ihnen in den Sinn kommt, dass Sie eigentlich doch kein Problem damit haben, mir den Aufenthaltsort Ihres Mannes zu verraten, zögern Sie bitte nicht, es mich wissen zu lassen. Unter der Nummer auf der Karte ist jederzeit jemand erreichbar.« Ohne weitere Worte trat er nach draußen.

Die beiden gedemütigten Gorillas taten es ihm gleich. Seit dem Ende ihres unrühmlichen Kampfes mit Liane hatten sie es konsequent vermieden, sie direkt anzusehen. Auch jetzt, zum Abschied, straften die Männer sie unbeirrt mit Ignoranz. Und kümmerten sich auch nicht um die jetzt weit offen stehende Tür. Liane wollte sie gerade selbst schließen, als Frankenfelds schneidende Stimme erklang.

»Schließt gefälligst die Tür hinter euch, ihr verdammten Armleuchter! Habt ihr zwei Proleten denn überhaupt keine Kinderstube?«

Liane prustete los und schlug sich sofort beide Hände vor den Mund – was ihre beschädigte Unterlippe mit Schmerzen bestrafte. Gleich darauf trat der per Faust Geschädigte zum letzten Mal in ihr Haus, legte eine Hand auf den Türknauf und bedachte Liane nun doch noch mit einem kurzen vorwurfsvollen Blick, bevor er die Tür missmutig hinter sich zuzog.

Liane eilte zur Tür und beobachtete den geordneten Abzug des kleinen Trupps. Direkt an der Straße parkte eine schwarze S-Klasse. Frankenfeld stand davor, mit dem Rücken zum Haus, und wartete darauf, dass ihm nun auch die Autotür geöffnet wurde. Er schien ganz klare Vorstellungen davon zu haben, welche Handgriffe zu alltäglich und somit unter seiner Würde waren. Der Gorilla, dem Liane das Knie in die Weichteile gerammt hatte, schien sich dazu nicht imstande zu fühlen. Er saß auf halber Strecke zwischen Wagen und Haus auf dem Rasen, war kreideweiß im Gesicht und sah insgesamt nicht besonders glücklich aus. So blieb auch das Öffnen der Autotür wieder an dem anderen hängen. Nachdem er Frankenfeld sicher im Wagen wusste, ging er zu seinem Kollegen, half ihm auf die Beine und bugsierte ihn auf den Beifahrersitz. Dann setzte er sich selbst ans Steuer und fuhr wenige Sekunden später davon. Keiner der drei warf einen Blick zurück.

Langsam schlenderte Liane in die Küche, wobei sie wegen der Schmerzen in der Hüfte leicht humpelte. Trotz ihrer erlittenen Blessuren und ihrer immer noch flatternden Nerven war sie stolz auf sich. Sie hatte sich verdammt gut geschlagen, obwohl Frankenfeld ihr nicht gerade hilflose kleine Jungs auf den Hals gehetzt hatte. Die Kerle waren deutlich größer und stärker als sie gewesen, noch dazu zu zweit. Angesichts dieser ungleichen Voraussetzungen hatte sie ihnen wirklich sauber den Arsch aufgerissen. Selbst vom Anblick ihres verwüsteten Wohnzimmers ließ sie sich ihr kleines aus Kampf-Adrenalin und Siegesrausch-Endorphinen gespeistes Stimmungshoch nicht verderben. Sie hoffte nur, dass der Wasserkocher noch funktionierte, denn sie brauchte jetzt erst einmal eine schöne Tasse Kamillentee.

Liane ging zur Vitrine. Ganz vorsichtig – um sich nicht versehentlich an einer Glasscherbe zu schneiden – zog sie das Gerät aus den Trümmern heraus und begutachtete die Oberfläche. Eine kleine Delle und ein paar fast nicht sichtbare Kratzer, mehr war nicht passiert. Sie trug ihn zur Spüle, füllte Wasser ein, stellte den Kocher auf den Gerätesockel und drückte den Hebel nach unten. Mit einem zufriedenen Grinsen registrierte sie das langsam und leise einsetzende Rauschen. Er funktionierte noch.

***

Am späten Nachmittag hatte Liane sich schließlich fast bis zum Ende der von ihr abfotografierten Anfragen durchgearbeitet. Diese nicht übermäßig anspruchsvolle geistige Tätigkeit hatte sich, in Kombination mit reichlich Kamillentee und einer Tafel Zartbitterschokolade, für ihr ramponiertes Nervenkostüm als wohltuend erwiesen. Dennoch war sie immer noch weit davon entfernt, den Zwischenfall von vorhin abgehakt zu haben.

So hatte sie sich für die Fortsetzung ihrer Recherche an die andere Seite des Tisches gesetzt, auf den Stammplatz ihres Mannes. Auf eine weitere Überraschung, die sich unbemerkt hinter ihrem Rücken aufbaute, konnte sie bis auf Weiteres gut verzichten. Wann immer sie ein Geräusch wahrnahm, zuckte sie kaum merklich zusammen und schaute sofort hoch. Sogar bei bekannten Geräuschen wie der Kühlung des Kühlschranks oder den Lautsprecheransagen der Seehund-Aufzuchtstation, die sie bei auflandigem Wind aus südwestlicher Richtung deutlich hören konnte. Sie war definitiv angeschlagen, machte sich das aber nicht zum Vorwurf. Es war immerhin eine Extremsituation gewesen, und sie war keine Maschine.

Grundsätzlich ging es ihr aber schon wieder ganz gut. Dass ihr Wohnzimmer wie das Hotelzimmer einer Rockband aussah, ließ sie inzwischen sogar mehr oder weniger kalt. Natürlich musste sie das Chaos noch beseitigen, aber das würde sie nicht umbringen. Und aus den paar Schrammen, die sie davongetragen hatte, musste man ganz sicher auch kein Drama machen.

Beinahe gut gelaunt steckte sie sich das vorletzte Stück der Schokoladentafel in den Mund und scrollte weiter. Als sie bemerkte, dass sie bereits auf der vorletzten Seite angekommen war, fühlte sie eine Art Enttäuschung. Bislang hatte sie absolut gar nichts gelesen, was in irgendeiner Form verwertbar gewesen wäre. Keine Namen, die ihr bekannt vorkamen, keine unangemessenen Schärfen in der Wortwahl – und auch sonst nichts. Darüber hinaus würde es mit dieser Form der Zerstreuung nun gleich vorbei sein. Wenn sie ihre Gedanken aber von einem zu intensiven Kreisen über das vorhin Erlebte abhalten wollte – und das wollte sie –, musste eine andere Beschäftigung her. Es lief zwangsläufig auf das Aufräumen des verheerten Wohnzimmers hinaus. Aufräumen und Saubermachen zählten zwar nicht zu den Tätigkeiten, für die Liane übermäßig große Sympathien hegte, aber trotzdem wollte sie die Beseitigung der Spuren ihrer Auseinandersetzung nicht noch weiter vor sich herschieben. Im Prinzip hatte sie schon jetzt viel zu lange damit gewartet. Wenn sie spontan Besuch erhalten würde, zum Beispiel von ihrer Freundin Beate, von ihren Ersatzeltern, den Reeses, oder, was am wahrscheinlichsten war, von Saalfeld, würde sie einiges zu erklären haben. Das Erlebte hatte sich aber noch nicht in einem auch nur ansatzweise ausreichenden Maße gesetzt. Der Schrecken war noch viel zu frisch, um ihn schon für jemand anders in Worte zu kleiden.

Liane scrollte zum letzten Bild. Die erste Absage, die Kaspers jemals auf eine Anfrage verfasst hatte und die somit zum Muster für alle folgenden Absagen geworden war. Liane war mit dem Text inzwischen vertraut und hätte ihn wohl auswendig aufsagen können. Die zugehörige Anfrage fehlte, und Liane spürte ein kurzes und eher schwaches Bedauern darüber, dass sie wohl nie erfahren würde, was für eine Geschäftsidee da bei Herrn Kaspers auf Ablehnung gestoßen war. Sie sah kurz zur Adresse: Andreas Miric aus Neumünster. Ob dieser Mann wohl von der zweifelhaften Ehre wusste, die erste aller Absagen bekommen zu haben?

Liane schloss den Viewer ihres MacBooks und klappte den Deckel zu, ohne den Rechner runterzufahren. Dann stand sie auf, streckte sich – und verharrte in der Bewegung. Sie setzte sich wieder, klappte das Display des Laptops hoch, gab ihr Passwort ein und rief das zuletzt angezeigte Bild erneut auf. Andreas Miric aus Neumünster. Sie kannte den Namen. Um einen Zufall – der allerdings sehr bemerkenswert gewesen wäre – so weit wie möglich auszuschließen, googelte sie den Namen, gab ihn auch bei den einschlägigen Portalen für Adress- und Telefonnummernsuche ein. Sie fand nur einen Andreas Miric, nämlich den aus Neumünster. Der Empfänger dieser Absage war also zweifelsohne einer der Männer, die zusammen mit Kaspers gefeiert und für die Nacht ein Zimmer im Haus Sonnenschein genommen hatten. Liane hatte sogar schon mit ihm telefoniert.

Sie sprang wieder auf und holte die Liste der Hotelgäste sowie das von ihr angefertigte Gesprächsprotokoll – das diese Bezeichnung mangels echter Gespräche eigentlich gar nicht verdient hatte – aus der unteren Schublade des Sideboards im Wohnzimmer. Dann nahm sie das Telefon zur Hand und wählte seine Nummer.

Miric meldete sich nach dem dritten Klingeln.

»Hier spricht Liane Maschmann. Guten Tag, Herr Miric.«

Schweigen am anderen Ende der Leitung.

»Ich hoffe, es stört Sie nicht, dass ich den Namen Anna Hufschmied abgelegt habe. Hat sich unterm Strich nicht bewährt.«

Miric sagte noch immer nichts.

»Herr Miric, Sie erinnern sich bestimmt, dass Sie mir neulich nicht verraten mochten, ob Sie Herrn Roland Kaspers aus Nortorf kennen. Inzwischen habe ich herausgefunden, dass dies der Fall sein muss. Nun würde mich interessieren, welcher Art Ihr Verhältnis zu ihm war. Wären Sie wohl so freundlich und –«

Das Knacken in der Leitung ließ sie innehalten.

»Herr Miric?«

Sie hörte nur noch das sanfte Rauschen einer einseitig beendeten Verbindung. Der Feigling hatte aufgelegt.

Liane beendete ebenfalls und wählte erneut. Besetzt. Sie wählte noch mal. Besetzt. Sie wartete eine Minute und wählte wieder seine Nummer. Besetzt. Das gleiche Spiel fünf Minuten später und noch einmal zehn Minuten später. Da schien jemand nicht gewillt, ihre Fragen über sich ergehen zu lassen. Das konnte sie verstehen, aber sie würde es natürlich nicht akzeptieren. Liane sah auf die Uhr. Viertel nach vier. Würde sie sofort in Richtung Neumünster aufbrechen, wäre sie, bei günstigen Verkehrsverhältnissen, mit denen sie um diese Zeit aber nicht rechnen durfte, frühestens um Viertel vor sechs da. Immer noch früh genug, um ein paar Fragen zu stellen und ein wenig Druck auszuüben. Natürlich nur unter der Voraussetzung, dass sie überhaupt bis zu Miric vorzudringen vermochte. Da ihr aber bereits ein Tag in den Knochen steckte, den man ohne jede Wehleidigkeit als hart bezeichnen durfte, und die Beseitigung des Kampfschlamassels tatsächlich keinen Aufschub mehr duldete, entschied sie, Herrn Miric erst am kommenden Vormittag heimzusuchen. Der Rest dieses Tages sollte nur noch dem verwüsteten Wohnzimmer gehören.

Bei aller Einsicht, dass die Spurenbeseitigung sein musste, mangelte es Liane ganz entschieden an Motivation. Wenn sie aber eine Arbeit unmotiviert anging, war sie auch nicht richtig bei der

Sache. Und wenn sie nicht richtig bei der Sache war, neigte sie, wie sie nur zu gut wusste, zu extremer Trödelei. In den vergangenen vier Stunden hatte sie ungebührlich viele Tee-, Kaffee-, Zigaretten-, Knabber- und Pinkelpausen eingelegt. Dadurch dauerte es bis in die späten Abendstunden, ehe die Tischlampe vom Sideboard eine neue Birne hatte, der letzte Bilderrahmen geflickt und wieder auf seinen Platz gestellt und die letzte Glasscherbe aufgelesen und entsorgt worden war. Leider ließen sich nicht alle Spuren beseitigen. Die Glasscheibe der Vitrinentür war hin. Das galt auch für den Großteil der zerbrechlichen Teile, die sie darin aufbewahrt hatte. Die Scherben ruhten bereits im Bauch der Restmülltonne. Wer also auch nur etwas genauer hinschaute, würde sofort merken, dass hier so einiges fehlte. Liane glaubte, dass ihr dann schon irgendeine halbwegs passable Erklärung einfallen würde. Fürs Erste war sie einfach froh, dass diese ungeliebte Arbeit endlich hinter ihr lag.

Das Telefon klingelte – erneut. Schon während ihrer Aufräumaktion hatte es zweimal geklingelt, aber sie hatte beide Male mit einer frisch angezündeten Zigarette auf der Terrasse gestanden. Ein Rückruf kam nicht in Frage, selbst wenn sie dazu in der Stimmung gewesen wäre, da es sich wieder einmal um Anrufer mit unterdrückter Rufnummer gehandelt hatte. Auch nun stand lediglich »Unbekannt« im Display ihres Telefons. Liane nahm das Gespräch entgegen und meldete sich mit ihrem Nachnamen.

»Hallo, Liane«, brummte es in ihr Ohr.

Liane verstummte. Das lag nicht etwa daran, dass sie geschockt war, aufgeregt oder ängstlich. Sie war auch nicht gerührt, war nicht erleichtert, nicht wütend, überglücklich oder abgrundtief traurig. Sie war einfach überrascht, weil sie nichts von alledem empfand, obwohl der Anrufer ihr Mann war. Sie horchte in sich hinein, auf der Suche nach irgendeiner dem Anlass angemessenen Empfindung. Aber dort war nichts zu finden.

»Liane? Bist du noch dran?«

»Bin noch dran. Hallo, Timo«, sagte sie unaufgeregt.

Das Ausbleiben einer emotionalen Reaktion, die er wahrscheinlich fest eingeplant hatte, schien ihn zu irritieren. »Äh … geht es dir gut?«

»Ja, denke schon. Ich hatte einen anstrengenden Tag.«

»Oh, okay.« Schweigen. »Möchtest du reden?«

»Reden? Über meinen anstrengenden Tag? Nein, ich glaube nicht. Ich will dich nicht langweilen.«

Es folgten weitere Sekunden des Schweigens. »Versuchst du, mich zu verunsichern, indem du so tust, als wäre alles in bester Ordnung? Ich kenne dich gut genug, um zu wissen, dass selbst du nicht so eiskalt bist.«

Liane seufzte. »Okay, du hast mich durchschaut. In Wahrheit bin ich total aufgelöst und weiß nicht, wie es ohne dich weitergehen soll. Bitte komm zurück und lass mich dann nie wieder allein.«

»Hör mit diesen fiesen Sprüchen auf!«, schimpfte Timo in den Hörer. »Verdammt noch mal, ich will dir doch nur helfen. Was ich hier mache, ist riskant. Durch diesen Anruf könnte meine Deckung auffliegen.«

Liane grinste böse. Nicht weil sie ihn wütend gemacht hatte, sondern weil sich endlich eine Empfindung in ihr regte. Es war Zorn. »Du willst mir also helfen? Erst schießt du den größten Bock, mit dem du jemals nach Hause gekommen bist. Wohlgemerkt hinter meinem Rücken, sodass ich schön blöd dastehe, wann immer ich mit jemandem darüber spreche, der mehr weiß als ich – was bislang auf so ziemlich jeden zutraf. Als ich dich dann gebeten habe, mich einzuweihen, um *dir* helfen zu können, machst du komplett zu und verweigerst jeden Kontakt zu mir, sodass ich mich bei immer mehr Menschen zum Affen machen musste, um wenigstens an ein paar Informationen zu gelangen. Und als praktisch alles zu spät und die Kacke so richtig schön am Dampfen war, bist du einfach abgehauen, sang- und klanglos. Weil es dir hier zu riskant wurde. Aber nun fällt dir in deiner grenzenlosen Fürsorglichkeit plötzlich ein, dass du mir helfen musst? Womöglich von deinem sicheren Versteck aus? Ich sag dir was, mein Lieber: Spar dir deine Mühen. Ich habe heute wirklich einen anstrengenden Tag gehabt und ihn komplett ohne deine Hilfe überstanden. Ich bin mir ziemlich sicher, dass ich dasselbe Kunststück auch morgen und an den darauffolgenden Tagen hinbekomme. Wenn du also tatsächlich befürchtest, mit diesem Anruf ein Risiko einzugehen, leg einfach auf. Für mich musst du dich nicht mehr in Gefahr begeben.«

Liane war regelrecht durchdrungen von Wut. Das Brennen in ihren Augen und die Tränen, die sie ihre Wangen hinunterlaufen spürte, schrieb sie daher voll und ganz dieser Empfindung zu.

Sie hörte Timo schwer atmen. Ihr Ausbruch hatte ihn voll erwischt. Schließlich war er kein kompletter Narr und wusste ganz genau, dass diese Breitseite gegen ihn gerechtfertigt war. Wann immer sie in ihren gemeinsamen Jahren ihre rhetorische Überlegenheit genutzt hatte, um gerechten Zorn wie diesen über ihm auszuschütten, hatte er dem nichts entgegenzusetzen gehabt und war in kleinlaute Einsilbigkeit verfallen. Jetzt sagte er jedoch gar nichts mehr, und das war ein durch und durch untypisches Verhalten für ihn. Fast wünschte sie sich, ihn dabei beobachten zu können, wie er unter der Schande der Hilflosigkeit litt.

Dann hörte sie ihn schniefen, und eine neue Empfindung gesellte sich zu ihrem Zorn. Es war ausgerechnet Mitleid.

»Sag mal – weinst du etwa?«

Er atmete tief, schwer und zittrig durch. »Es tut mir leid, Liane«, antwortete er schließlich mit leiser Stimme.

Timo Maschmann würde niemals schluchzen oder heulen, egal, wie dreckig es ihm ging. Als Macho alter Schule war er viel zu stolz dafür. Aber er war eindeutig angezählt. Sie hatte ihn wirklich verwundet.

»Ich habe nicht gewollt, dass so etwas passiert. Ich habe ehrlich gesagt auch nicht damit gerechnet, dass es jemals so weit kommen könnte. Wie hätte ich auch? Es war doch nur ein Job. Lukrativ und wie gemacht für jemanden mit meinen Fähigkeiten. Da konnte ich nicht widerstehen, all den illegalen und unmoralischen Aspekten, über die man mich gleich zu Beginn aufgeklärt hatte, zum Trotz. Wenn ich aber auch nur geahnt hätte, dass es so aus dem Ruder laufen könnte und dass ich dich damit in solche Schwierigkeiten bringe, hätte ich den Job sausen lassen. Dass plötzlich jemand umgebracht wird und dass man den Toten dann auch noch ausgerechnet auf unseren Rasen legt … Mein Gott, wie hätte ich das bitte schön ahnen können? Niemand hätte das gekonnt.«

»Versuchst du gerade, dich zu rechtfertigen?«

»Nein! Ich habe mich gerade bei dir entschuldigt und es ernst gemeint. Ich habe Scheiße gebaut, darüber bin ich mir voll und ganz im Klaren. Ich hätte mich niemals darauf einlassen dürfen, allein schon wegen der Drogen nicht. Jemand mit mehr Verstand und Vernunft hätte diesen Fehler sicher gar nicht erst begangen. Verstand und Vernunft zählen aber nun mal leider nicht zu meinen herausragenden Eigenschaften. Du weißt, dass es so ist, du hast es mir oft genug vorgeworfen. Jetzt kann ich es nicht mehr ändern. Ich würde, wenn ich könnte, und zwar nur für dich. Aber ich kann nicht!«

Liane hatte das Gefühl, dass er auf so etwas wie Absolution aus war. Obwohl sie ihm glaubte, dass er tatsächlich bereute, sie in Schwierigkeiten gebracht zu haben, war ihr Zorn aber noch zu präsent. Sie war nicht in der Stimmung, ihm zu vergeben. Noch nicht. »Warum rufst du wirklich an, Timo? Doch nicht, um dich zu entschuldigen.«

Er zögerte kurz mit seiner Antwort. »Das war zumindest kein fester Bestandteil meines Plans. Vor allem wollte ich mich vergewissern, dass es dir gut geht. Ich habe mir einfach Sorgen gemacht.«

Er mauerte. Das konnte sie an seinem Tonfall hören, der dann noch ein bis zwei Oktaven tiefer ausfiel.

»Warum bist du besorgt?«

»Warum? Tja, na ja – einfach so. Alle Welt denkt doch gerade, dass ich Kaspers umgebracht habe.« Timo unterbrach sich kurz, um dann noch eine Oktave tiefer fortzufahren. »Apropos alle Welt, hat die Polizei dich eigentlich schon befragt? Dieser Kommissar aus Heide, Christensen oder wie er hieß?«

»Christiansen«, verbesserte Liane. »Nein, der nicht. Aber sein Adlatus Panke war hier. Fragst du, weil du denkst, ich hätte dich in die Pfanne gehauen?«

»Sag doch nicht so was. Natürlich nicht«, antwortete er.

Liane war sich dennoch absolut sicher, Erleichterung aus seiner Stimme herauszuhören – über was auch immer. »Das war übrigens nicht der einzige Besuch, den ich heute hatte. Später kam dann noch ein anderer Herr, der sogar seinen ganz persönlichen Geleitschutz dabeihatte. Der war auch viel neugieriger als Kommissar Panke. Mag daran gelegen haben, dass er kein Staatsbediensteter war, aber da spekuliere ich natürlich nur. Ach ja, er hat übrigens behauptet, dass ihr euch kennt.«

Timo atmete nun wieder schwer und murmelte: »Oh Gott.«

»Du *weißt*, wen ich meine, oder? Das ist es auch, was du *eigentlich* wissen wolltest. Ob Frankenfeld schon bei mir war.« Sie spürte ihren Zorn wieder anwachsen. »Und was er zu mir gesagt hat.«

»Ich habe befürchtet, dass er dir einen Besuch abstatten würde. Er denkt doch sicher auch, dass ich Kaspers umgebracht habe, stimmt's? Natürlich denkt er das, wie könnte es auch anders sein. Und wahrscheinlich ist er überzeugt, dass ich ihm sein Geld geklaut habe. Habe ich recht?«

»Stimmt beides«, sagte Liane kühl. »Darüber hinaus wollte er von mir wissen, wo er dich finden kann. Es fiel ihm schwer zu glauben, dass du mir nicht gesagt hast, wohin deine Reise geht. Und als ich ihm sagte, dass ich nicht mal genau weiß, was du überhaupt so alles für ihn machst, kam er sich sogar ein wenig verarscht vor.«

»Oh mein Gott. Liane …«, stammelte Timo.

»Bleib ganz ruhig. Es ist, wie ich vorhin schon sagte: Der Tag war anstrengend, aber es geht mir gut. Bevor er seine beiden Schläger wieder aufgesammelt und mich verlassen hat, bot er mir sogar noch einen Job an.«

»W… wie bitte?«

»Eigentlich ganz nett, oder?«

»Um Himmels willen! Liane, dieser Frankenfeld – er sieht unscheinbar aus und macht einen auf väterlich, aber in Wahrheit ist er der Teufel. Trau ihm nicht!«

»Du hast ihm getraut.«

»Nein! Das stimmt nicht. Er hatte eine klare Vorstellung von meiner Rolle in seiner Organisation, und ich hatte wahrlich nicht vor, aus dieser Rolle auszubrechen, auch wenn das zurzeit wohl alle glauben. Dafür wollte er mich ziemlich gut bezahlen. Nach meinem Einstellungsgespräch sollte ich ihn eher selten bis gar nicht mehr zu Gesicht bekommen, und so kam es dann auch.

Aber ich habe ihm nie getraut, zu keinem Zeitpunkt. Ich wusste, dass er gefährlich – böse ist. Bitte glaub mir das.«

»Ich glaube, dass du dir etwas vormachst, Timo. Wenn man für jemanden wie Frankenfeld tut, was du getan hast, muss entweder Vertrauen, grenzenlose Angst oder Wahnsinn im Spiel sein. Wahnsinnig bist du nicht. Da du dich aus freien Stücken auf diesen Job eingelassen hast, schließe ich Angst auch aus. Vielleicht reite ich zu sehr auf dem Begriff herum. Nennen wir es doch nicht Vertrauen, sondern einfach Respekt. Oder Anerkennung. Vielleicht sogar Verehrung. Jedenfalls lag dir etwas an diesem Mann.«

Timo keuchte. »Herrje, was redest du denn da?«

»Du hast mich schon verstanden. Denk einfach mal drüber nach. Und nun beantworte mir eine Frage: Hast du Herrn Kaspers umgebracht? Ja oder nein?«

»Was? Das musst du mich wirklich fragen? Nach all den –«

»Sie haben Blut in deinem Wagen gefunden, du Holzkopf! Dem angeblich gestohlenen Wagen, der in deiner Kaserne stand!«, rief sie und brachte ihn damit zum Verstummen. »Zweiter Versuch: ja oder nein?«

»Natürlich nicht! Nein! Verdammte Scheiße, ich –«

»Der Streit hat dich nicht zum Ausrasten gebracht?«

Kurzes Schweigen. »Du weißt von dem Streit?«

»Hallo? Frankenfeld war hier, schon vergessen? Außerdem ist es mir vor ein paar Tagen gelungen, mit einem Augenzeugen zu sprechen. Einer der anderen Partygäste.«

Timo antwortete nicht.

»Was ist jetzt? Bist du ausgerastet oder nicht? Und falls du das immer noch nicht begriffen haben solltest: Ich will dir helfen, du verdammter Narr. Also rede endlich. Und sag mir bitte die Wahrheit.«

Sie hörte, wie er sich eine Zigarette anzündete. Timo war überzeugter Nichtraucher, schon sein ganzes Leben. Wann immer sie sich in seiner Gegenwart mal eine angemacht hatte, fing sie sich sofort eine Gardinenpredigt ein. Und nun das! Die Ereignisse der letzten Tage mussten ihm gewaltig an die Nieren gehen.

»Kaspers hatte mir fünftausend Euro zu wenig gegeben«,

grummelte Timo leise. »Das ist 'ne verdammte Menge Geld für jemanden wie mich, während es für ihn als Multimillionär nur eine Bagatelle gewesen wäre. Aber wenn am Ende Geld fehlt, bin ich als Organisator nun mal derjenige, der dafür geradestehen muss. Mit anderen Worten: Ich hätte die Kohle aus eigener Tasche aufbringen müssen. Also musste ich ihn darauf ansprechen. Hab mir auch nichts weiter dabei gedacht. Ein reicher Geldsack, der sich verzählt hat, was soll's? Aber er war schon zu betrunken. Und 'ne Line Koks hatte er auch schon intus. Manche können damit nicht umgehen, wechseln dann die Persönlichkeit. Kaspers ist auch so einer, aber das wusste ich bis dahin natürlich nicht. Als ich ihn dann auf das Geld ansprach, hat er sofort ein Fass aufgemacht und mich aufs Übelste beschimpft.« Seine Atmung ging in ein wütendes Schnauben über. »Er hat mich gedemütigt, Liane. Und er hat dafür gesorgt, dass es alle anderen mitbekommen.«

Ein Knall erklang, der Liane zusammenzucken ließ. »Was war das?«

Timo ging nicht auf ihre Frage ein. »Ich war *so* kurz davor, die Scheiße aus ihm rauszuprügeln«, fuhr er stattdessen mit gepresster Stimme fort. »Aber ich habe es nicht getan. Ich habe mich zusammengerissen und meine Wut runtergeschluckt. Nüchtern war dieser Kaspers nämlich ein ruhiger und netter Geselle. Unabhängig davon wusste ich, dass es grundsätzlich keine gute Idee war, eines der zahlenden Mitglieder durch die Mangel zu drehen. Das habe ich mir immer wieder gesagt. Es ist mir verdammt schwergefallen, aber ich habe die Kontrolle über mich behalten. Ich habe niemanden umgebracht, Liane. Und ich habe Frankenfeld auch nicht bestohlen. Ich habe ihm sein Geld nur noch nicht geben können. Solange ich davon ausgehen muss, dass er mir den Mord an einem Mitglied der Gemeinschaft anlastet, kann ich ihm nun mal schlecht unter die Augen treten. Und den Mittelsmann, der das Geld normalerweise von mir bekommt, kann ich da auch nicht mit reinziehen. Wenn er Frankenfeld die Kohle gegeben hätte, wäre er dran gewesen, weil er mich nicht gleich einkassiert hat. Das ist kein Diebstahl, sondern nur Selbsterhaltung und Fairplay.«

Liane fiel ein Stein vom Herzen. Dieser Mann konnte ihr

nichts vormachen, und gerade hatte er die Wahrheit gesagt. Endlich hatte sie in diesem Punkt Gewissheit.

»Andreas Miric, was ist das für einer?«

»Hm? Was? Wie kommst du da jetzt drauf? Und wieso kennst du diesen Namen? Ist das der Augenzeuge, von dem du gesprochen hast?«

»Nein, das war jemand anders. Aber ich weiß, dass Miric auch an der Party teilgenommen hat. Und ich habe rausgefunden, dass er mal Geld von Kaspers haben wollte und es nicht bekommen hat.«

»Bist schon wieder voll in deinem Element, oder?«, fragte Timo nach kurzem Zögern. Es sollte wohl nicht vorwurfsvoll klingen, aber er konnte sich noch nie gut verstellen.

»Du bist so ein Vollidiot! Wie oft muss ich denn noch wiederholen, dass ich dir helfen will? Wenn es dir lieber ist, dass ich, die zurzeit wohl einzige Person, die an deine Unschuld glaubt, mich raushalte – bitte. Sprich es aus, und ich überlasse dich deinem Schicksal.«

»Schon gut, bin schon still. Entschuldige«, grummelte er zerknirscht. »Aber du sollst dich ja auch gar nicht einmischen, das würde ich niemals von dir verlangen. Und zu diesem Miric kann ich ohnehin nicht viel sagen. Er vertickt amerikanische Muscle Cars in Neumünster. Irgendwo in der Nähe von Hamburg gibt es seit Kurzem wohl noch eine Niederlassung von ihm. Ansonsten – unscheinbar. Ein eher ruhiger Geselle. Ganz ähnlich wie Kaspers.«

»Die beiden haben keine Verbindung zueinander?«

»Nicht dass ich wüsste. Kaspers habe ich an dem Abend ja zum ersten Mal überhaupt gesehen. Und mir ist nicht aufgefallen, dass die im Verlauf der Party miteinander rumhingen. Die saßen ja nicht mal am selben …«

Timo brach mitten im Satz ab und sagte nichts mehr. Da sie auch seine Atemgeräusche nicht mehr hören konnte, befürchtete Liane schon, dass er die Verbindung aus irgendeinem Grund spontan hatte beenden müssen.

»Scheiße«, fluchte sie. »Timo?«

»Bin noch dran«, sagte er langsam. »Mir ist da gerade was eingefallen. Die Aufnahme eines neuen Mitglieds ist an Bedingungen geknüpft. In der Regel gibt es unter den Bestandsmitgliedern einen Bürgen, der dem potenziell neuen Mitglied von uns erzählt und dann für seine Zuverlässigkeit einsteht. Der Aspirant stellt sich dann kurz vor, beantwortet Fragen, wenn welche gestellt werden, und dann stimmen alle Anwesenden offen darüber ab, ob er in die Gemeinschaft aufgenommen werden soll. In meiner Zeit hatte es bis dahin erst zwei Neuaufnahmen gegeben, die beide einstimmig beschieden wurden. Bei Kaspers war das anders. Er bekam eine Gegenstimme.«

»Von Miric?«, spekulierte Liane.

»Genau von dem.«

»Das ist interessant! Hat er gesagt, warum er dagegen ist? Oder ist das nicht üblich?«

»Ich habe ihm die Chance gegeben. Er verzichtete aber. Mann, das hatte ich inzwischen schon wieder total verdrängt.«

»Hattest du den Eindruck, dass zwischen den beiden etwas nicht stimmt? Dass sie im Clinch miteinander lagen?«

»Ich weiß nicht. Aber ich hatte schließlich eine Party zu schmeißen und hab mich nicht weiter darum gekümmert. Kaspers war trotz der Gegenstimme aufgenommen, und damit war das Thema abgehakt. Danach hat er mir dann das Geld gegeben. Nur eben leider nicht genug.«

»Ich werde rausfinden, wer Kaspers umgebracht hat. Und ich werde rausfinden, wer das Arschloch ist, das dich zum Sündenbock machen will. Dürfte sich um ein und dieselbe Person handeln. Morgen fahre ich gleich als Allererstes zu diesem Miric. Ich werde mir persönlich ein Bild von ihm machen.«

»Nein, tu's nicht.«

»Was? Warum nicht?«

»Es wird dir nicht gelingen. Selbst wenn du dir Saalfeld oder sonst jemanden von der Polizei zur Hilfe holst, hast du keine Chance gegen Frankenfeld. Du glaubst ja gar nicht, wer da so alles in seinem Verein mitmacht. Hochrangige Polizisten, Politiker, Anwälte, Promis – und die hat er alle in der Hand, denn logischerweise hat keiner von ihnen ein Interesse daran, mit so etwas in Verbindung gebracht zu werden. Und jeder von ihnen hat sich verpflichtet, die Gemeinschaft zu schützen. Glaub mir, gegen dieses Netzwerk kommst du nicht an. Und da du meinetwegen schon genug Schwierigkeiten hattest, soll es das jetzt auch gewesen sein. Ich bleibe erst mal untergetaucht und warte, bis ein bisschen Gras über die Sache gewachsen ist. Und wenn mir die Gelegenheit günstig erscheint, werde ich vielleicht das Land verlassen. Tu mir bitte den Gefallen und finde dich damit ab. Ich weiß, dass dir das schwerfällt, aber da musst du durch. Das ist der einzige Gefallen, um den ich dich bitte.«

Gegen ihren Willen war Liane gerührt. Die ganze Geschichte klang wie eine Räuberpistole, und dass ausgerechnet ihr Timo ein Teil davon gewesen sein sollte, war eigentlich absurd. Dennoch glaubte sie ihm. Sie hatte Frankenfeld erlebt, hatte mit ihm gesprochen und ihm dabei in die Augen gesehen. Eindeutig ein gefährlicher Mann. »Ich will mich ja gar nicht mit denen anlegen. Ich will dich rehabilitieren. So gefährlich dieser Frankenfeld auch sein mag, ich glaube schon, dass er ein vitales Interesse daran hat, den wahren faulen Apfel in seinem Obstkorb zu finden. Und bevor du jetzt einen weiteren Anfall von Selbstlosigkeit erleidest, sei unbesorgt: Ich tue das auch für mich. Ich will schließlich nicht die Frau eines Mörders sein.«

Ihr Mann antwortete nicht. Aber sie konnte hören, dass er noch in der Leitung war.

»Timo? Hat's dir die Sprache verschlagen?«

Statt einer Antwort bekam sie wieder ein Schniefen zu hören. Liane konnte es nicht fassen. Was war nur mit ihm los, dass er sich plötzlich so zartbesaitet gab? Seit sie ein Paar waren, hatte sie ihn nicht ein einziges Mal weinen sehen. Zumindest nicht wegen *echter* Gefühle. Freudentränen nach dem Gewinn der Fußballweltmeisterschaft zählten für sie nicht. Und jetzt hatte es ihn in nur einem Telefonat gleich zweimal gepackt.

»Was ist denn los mit dir?«, fragte sie sanft.

»Mach's gut, Liane«, sagte er mit brüchiger Stimme.

Dann hörte sie ein Knacken in der Leitung und danach nichts mehr. Er hatte aufgelegt.

Liane starrte fassungslos den Hörer in ihrer Hand an und nahm sich ein wenig Zeit, um das Gespräch zu verarbeiten. Nach mehr als dreizehn Jahren Ehe ein schnödes »Mach's gut, Liane«? War er gerade tatsächlich *so* aus ihrem Leben getreten? Das konnte doch wohl unmöglich sein Ernst sein.

Ihre Fassungslosigkeit wurde langsam wieder vom Zorn verdrängt. Das konnte der Blödmann vergessen. Das hatte sie nicht verdient, und das würde sie so nicht auf sich sitzen lassen. Wenn schon Schlussstrich, dann so, wie es sich gehörte. Auge in Auge, Trennung und Scheidung. Sie wollte sich ja gar nicht weiter dagegen sträuben, so wie sie es in den letzten beiden Jahren unvernünftiger Weise getan hatte. Aber sein klammheimliches Abtauchen in der Versenkung, mit diesen Schlussworten aus einem schlechten Film, ausgesprochen am Telefon – nein. Inakzeptabel. Jetzt würde sie ihn erst recht rehabilitieren. Sie würde Kaspers' Mörder finden und dafür sorgen, dass Timo keinen vernünftigen Grund mehr hatte, sich zu verstecken. Und dann, wenn er wieder aus seinem Versteck gekrochen kam, würde sie schon auf ihn warten. Und dann gnade ihm Gott!

Ein besonderes Geschenk – Die Angst des Betrügers vorm Betrug – Der Mann des Tages

Unruhiger Schlaf war das Allerletzte. Liane wusste das aus eigener leidvoller Erfahrung. Ungelöste Konflikte, schwierige Lebensumstände, bevorstehende Herausforderungen, manchmal auch einfach nur eine eindeutig vorhandene, aber dennoch nur schwer erklärbare Unzufriedenheit führten bei ihr in schönster Unregelmäßigkeit zu versauten Nächten, die dann eine entsprechend mürrische und nur bedingt belastbare Liane auf den neuen Tag losließen.

Mit nichts anderem hatte sie gerechnet, als sie am vergangenen Abend ins Bett gegangen war. Der Besuch von Frankenfeld, der Anruf von Timo, der bevorstehende Besuch bei einem Mann, der eindeutig keinen Wert auf ihre Bekanntschaft legte – das war genug Material für ihr umtriebiges Hirn, um sie gleich mehrere Nächte auf Trab zu halten. Umso überraschter war Liane, als sie, hochgeschreckt vom Klingeln und lauten Klopfen an der Tür, auf ihren Wecker sah und feststellen musste, dass seit ihrem Zubettgehen um ziemlich genau zweiundzwanzig Uhr auf wundersame Weise offenbar gute fünf Stunden vergangen waren, an die sie keine Erinnerung hatte. Sie musste tatsächlich geschlafen haben!

Statt also in Wut zu geraten, weil irgendein dämlicher Spinner der Meinung war, dass man um drei Uhr in der Frühe problemlos anderen Menschen seine Aufwartung machen konnte, schlüpfte Liane in ihre Pinguin-Puschen und war guter Dinge. Müde zwar, aber dankbar für die unverhoffte Mütze voll Schlaf.

Das Klingeln und Klopfen hörte genau in dem Moment auf, als sie das Flurlicht anschaltete. Auf dem Weg zur Tür stellte sie im Geiste eine Liste möglicher Kandidaten für diese nächtliche Ruhestörung zusammen. Zumindest versuchte sie es. Eigentlich kannte sie niemanden, der dumm genug war, ein solches Risiko einzugehen. Selbst Beate, die durchaus Sonderrechte im Umgang mit ihr genoss, hätte sich das wohl nicht getraut. Die Einzigen, die realistisch in Frage kamen, waren die Reeses, alte Freunde der

Familie, quasi ihre Ersatzeltern – und Saalfeld. In beiden Fällen musste aber etwas Schwerwiegendes passiert sein, ein Notstand, eine Extremsituation. Lianes Miene verfinsterte sich, genau wie ihre Stimmung.

Bei der Tür angekommen, aus den Augenwinkeln durch das Bullauge spähend, während sie dem Schlüsselkasten den Haustürschlüssel entnahm, konnte sie niemanden erkennen. Draußen herrschte noch das Dunkel einer sternen- und mondlosen Nacht. Erst in etwa zwei Stunden würde es hell genug sein, um etwas mehr erkennen zu können. Aber das schreckte sie nicht ab. Nicht nach einem Tag wie dem vergangenen. Furchtlos schloss sie die Tür auf, öffnete sie einen Spalt und spähte nach draußen.

Vor der Tür stand niemand. Liane warf sich flugs eine Jacke über, öffnete die Tür ganz, trat einen Schritt hinaus und sah nach rechts und links. Nein, es war wirklich niemand da.

»Mmmmmmhhhh!«

Liane hielt den Atem an. Sie hatte sich nicht einfach nur erschrocken, sondern mit einer relativ vollen Blase *tierisch* erschrocken. Eine ziemlich unvorteilhafte Kombination. Da das befürchtete Malheur aber ausgeblieben war, wie sie erleichtert feststellte, und niemals jemand erfahren würde, wie sehr sie sich gerade verjagt hatte, war eigentlich alles gut. Also ließ sie die Atemluft wieder entweichen.

»Mmmmmh. Mmmm-hmmmm-mmmmm!«

Sie spähte ins Dunkel, ungefähr in die Richtung, in der jemand offenbar um ihre Aufmerksamkeit buhlte. Fast am Ende des Plattenweges, etwa zehn Meter von ihr entfernt, schien jemand zu – *sitzen*. Liane sah sich erneut um, wog ihre Optionen gegeneinander ab und ging dann kurz zurück ins Haus, um die Außenbeleuchtung anzuschalten. Als sie wieder hinaustrat, konnte sie mit den besseren Lichtverhältnissen bereits erkennen, dass sie sich tatsächlich nicht geirrt hatte. Am Ende des Plattenweges saß jemand. Sie glaubte, die Silhouette eines Drehstuhls zu erkennen. Außerdem schien die Person etwas Glänzendes zu tragen.

»Wer sind Sie?«

»Mmm.«

»Verraten Sie mir, was Sie von mir wollen? Um diese Zeit?

Und warum zum Teufel sitzen Sie auf meinem Plattenweg? Auf einem Stuhl!«

»Mmh-mmmhmm-mm.«

Langsam ging Liane auf die sitzende Gestalt mit dem eingeschränkten Vokabular zu. Je näher sie kam, desto deutlicher wurde, dass es wie bereits vermutet ein Mann war, der auf einem Drehstuhl saß. Er war geknebelt! Und das Glänzende war keine Kleidung, sondern Plastikfolie, mit der man ihn offensichtlich auf dem Stuhl fixiert hatte!

Liane ging die letzten Meter nun in normaler Geschwindigkeit, bereit, dem armen Kerl den Knebel aus dem Mund zu nehmen. Dann bemerkte sie den Zettel, den ihm jemand auf die Brust geklebt hatte. Liane riss ihn ab, stellte sich so hin, dass der Schein der Außenbeleuchtung auf den Zettel fiel, und las.

Aus gegebenem Anlass ein Geschenk für Sie, liebe Frau Maschmann. Ich war so frei, Ihr Telefon zu verwanzen, was natürlich nicht Teil des Geschenkes ist. Das Telefonat, das Sie gestern Abend mit Ihrem Mann geführt haben, war wirklich sehr aufschlussreich. Ich habe es zum Anlass genommen, Ihnen zuvorzukommen. Man könnte auch sagen, dass ich Ihnen die Drecksarbeit abgenommen habe, auch wenn ich natürlich weiß, dass Sie sich vor so etwas niemals drücken würden. Betrachten Sie es bitte dennoch als Geschenk von mir, mit dem ich mich bei Ihnen und Ihrem Mann entschuldigen möchte. Ich möchte jedoch auch zum Ausdruck bringen, wie ernst mein Angebot von gestern Vormittag gemeint war. Ich würde mich wirklich glücklich schätzen, jemanden mit Ihren Fähigkeiten zu meinem Team zählen zu dürfen. Nehmen Sie es also als Zeichen meines guten Willens und – was ich auf keinen Fall verhehlen möchte – meiner Zuneigung. Vor allem sollten Sie bitte nicht überbewerten, was Ihr Mann gestern über mich gesagt hat.
Und nun viel Spaß beim Auspacken!

Sie war sprachlos. Der Brief war nicht signiert, aber das war auch nicht nötig. Er konnte nur von einer Person stammen, und Liane war sich wirklich nicht sicher, was sie davon halten sollte. Sollte sie sich geschmeichelt fühlen? Sich vielleicht Sorgen machen? Oder endlich ihrem ehemaligen Arbeitgeber von diesem komischen Kerl erzählen und darauf hoffen, dass der ihn unschädlich machte?

Liane sah von dem Brief zu dem gefesselten und geknebelten Mann, der relativ ruhig auf seinem Drehstuhl saß und sie aufmerksam beobachtete. Ein weiterer angestrengter Blick in die Runde vermochte ihr keine neuen Erkenntnisse zu liefern. Es war immer noch viel zu dunkel, um etwas zu erkennen, aber sie hätte ihre Haarpracht darauf verwettet, dass Frankenfeld irgendwo Stellung bezogen hatte und sie beobachtete. Nein, korrigierte sie sich, er war sicher nicht persönlich anwesend. Für so etwas hatte er seine Leute, die ihm hinterher berichteten, wie sie reagiert hatte. Aber *jemand* war da und beobachtete sie, garantiert.

Und wenn schon, dachte Liane und richtete nun endlich ihre volle Aufmerksamkeit auf den in Frischhaltefolie eingewickelten Mann. »Na, mein Lieber, Sie hatten doch bestimmt auch andere Pläne für diesen Abend?«

Trotz seiner Zwangslage, die ihn in Sachen Kommunikation ohne Zweifel einschränkte, brachte er mit einem unmissverständlichen Schnauben zum Ausdruck, was er von dieser zugegebenermaßen bescheuerten Bemerkung hielt.

Liane zog es vor, die Reaktion falsch zu interpretieren. »Grämen Sie sich nicht, ging mir auch so«, behauptete sie und pulte eine Ecke des Tape-Streifens von seiner Wange. »Das wird gleich mal kurz wehtun.«

Mit einem Ruck riss sie ihm das Klebeband vom Mund.

Die Augen des Mannes drohten zwar aus ihren Höhlen zu treten, aber er behielt so weit die Kontrolle über sich, dass ihm keine Schmerzenslaute entwichen. Artikuliert wäre dies ohnehin nicht möglich gewesen, denn ihm steckte noch ein Knebel im Mund. Ein weißes Stück Stoff, vom Speichel inzwischen gut durchgesuppt, wie Liane beim Rausziehen mit einem leichten Ekel feststellen durfte.

»Aaaaahhhhh …«, entfuhr es dem Mann mit unverhohlener Erleichterung. »Endlich! Das war so überfällig. Vielen Dank, gute Frau«, sagte er zu ihr, um dann seinen Kiefer ein paarmal vorsichtig zu öffnen und zu schließen.

Gute Frau! So war sie wohl noch nie genannt worden, wenn sie sich recht erinnerte. Es klang altmodisch, obwohl der Mann nicht viel älter als Anfang fünfzig sein konnte. Zumindest sah er bei den zurzeit vorherrschenden Lichtverhältnissen, die zugegeben nicht allzu gut waren, danach aus.

»Nichts zu danken. Wer bei mir zu Gast ist, muss nur einen Knebel tragen, wenn ich das so möchte. In der Regel lege ich ihn dann aber selbst an.«

Der Mann blinzelte sie verwirrt an, offensichtlich nicht sicher, ob sie sich einen Scherz mit ihm erlaubte oder es vielleicht doch ernst gemeint hatte.

»Aufgrund dieser Nachricht …«, sie hob den Zettel, der an seiner Brust geklebt hatte, »… gehe ich mal ganz stark davon aus, dass Sie Herr Andreas Miric sind. Dann ist es also wahr? Sie haben Herrn Kaspers ermordet? Und dann dafür gesorgt, dass man ihn auf unserem Rasen findet – und diesen ganzen Schlamassel ins Rollen gebracht?«

Der Mann räusperte sich und atmete einmal tief durch, bevor er antwortete. »Ja, ich habe Roland Kaspers umgebracht, und es tut mir un-sag-bar leid. Damit meine ich nicht den Mord, sondern …« Der Mann unterbrach sich und überlegte kurz. »Das habe ich so nicht sagen wollen. Der Mord an sich tut mir natürlich auch leid, das versteht sich hoffentlich von selbst. Es war eine Affekthandlung, die ich ausdrücklich nicht geplant hatte und die ich rückblickend gerne ungeschehen machen würde. Was mir aber mindestens genauso leidtut, ist der Umstand, dass ich es fertiggebracht habe, den Verdacht aller Beteiligten auf Ihren in dieser Hinsicht absolut unschuldigen Mann zu lenken. Ich habe das billigend in Kauf genommen, wie ich unumwunden zugeben muss, wohl wissend, wie falsch das war. Nicht nur falsch, sondern auch feige und gemein, und ich möchte die Gelegenheit nutzen, mich in aller Form bei Ihnen zu entschuldigen. Gerne würde ich dies auch bei Ihrem Mann persönlich tun, aber ich fürchte, dass die derzeitigen und wohl auch die zukünftigen Umstände dies vorerst nicht ermöglichen. Bitte übergeben Sie mich nun der Polizei.«

Liane blieb äußerlich gelassen und maß ihn mit einem durchdringenden Blick, der den Mann unverkennbar nervös machte. »Schau an, schau an. Verraten Sie mir denn auch, warum Herr Kaspers dran glauben musste? Wer bei mir zu Gast ist und sich noch vor Sonnenaufgang so dezidiert und wortgewandt als mutmaßlicher Mörder outet, muss mir vor der Übergabe an die Staatsgewalt noch sein Motiv nennen. Vorzugsweise freiwillig, gerne aber auch nach Anwendung von – Maßnahmen.«

Der Mann blinzelte nun noch stärker. »Hey, es ist wirklich nicht nötig, mir zu drohen, okay? Ich will daraus ja gar kein Geheimnis machen. Es ist mir wirklich wichtig, dass Sie mich der Polizei übergeben«, sagte er und klang dabei ein wenig beleidigt.

Liane starrte ihn halb belustigt, halb verständnislos an. »Ganz ruhig, mein Lieber. Warum ist Ihnen das denn so wichtig?«

Er ging nicht auf ihre Frage ein. »Und würden Sie denen bitte sagen, dass ich *uneingeschränkt* kooperiert habe? Ja? Bitte seien Sie so freundlich und tun mir diesen Gefallen, auch wenn ich Ihre Hilfe eigentlich gar nicht verdient habe. Würden Sie das für mich tun, gute Frau?«

Endlich begriff sie: Der Mann hatte panische Angst. Angst vor Frankenfeld und dessen möglicher Reaktion auf eine Berichterstattung, die Miric in einem ungünstigen Licht dastehen ließ – soweit dies für einen geständigen Mörder überhaupt noch möglich war.

Aber war er wirklich ein Mörder? Liane war zu lange aktiver Bestandteil eines Geschäfts gewesen, in dem mit harten Bandagen, schmutzigen Tricks, Drohungen und Gewalt gearbeitet wurde. Wer einen Mord oder ein anderes Verbrechen zugab, musste dieses noch lange nicht begangen haben. Das galt umso mehr, wenn das Geständnis quasi, so wie an diesem Morgen, frei Haus bis zur Bordsteinkante geliefert wurde. Allein die offensichtliche Angst des Mannes vor einem erzürnten Frankenfeld war für Liane Anlass genug, diesem speziellen Geständnis vorerst mit Skepsis zu begegnen.

»Noch mal zur Motivfrage, *guter Mann*. Warum soll ich Ihnen abkaufen, dass Sie der Mörder von Herrn Kaspers sind?«

Miric legte die Stirn in Falten. »Haben Sie mir gerade nicht zugehört? Ich habe es zugegeben. Wer wäre denn so töricht, einen Mord zu gestehen, den er gar nicht begangen hat?«

»Oh, Sie würden sich wundern, aus welchen Gründen Menschen sich manchmal selbst denunzieren. Ich habe da so einige Erfahrungen sammeln dürfen.«

Der Mann starrte sie reichlich verunsichert an. »Äh … und nun? Ich meine – heißt das, Sie wollen mich der Polizei *nicht* übergeben? Sie können das doch nicht einfach ignorieren.«

Er schien kurz über die Folgen dieser unerwartete Entwicklung nachzudenken, und offenbar behagten sie ihm überhaupt nicht. Deutlich energischer fuhr er fort: »Das lasse ich nicht mit mir machen! Hören Sie? Ich kenne meine Rechte. Wenn man ein Verbrechen zugibt, muss man der Staatsgewalt zugeführt werden. Ich habe keine Ahnung, wo das steht, aber ich bin mir sicher, *dass* es irgendwo steht. Das ist schließlich Deutschland und nicht irgendeine Bananenrepublik. Wenn Sie sich dem verweigern und mich einfach laufen lassen, wird man das mir ankreiden. Auf keinen Fall will ich von einer … Organisation wie dieser, der das geltende Recht im Zweifelsfall auch mal nicht so am Herzen liegt, für etwas zur Rechenschaft gezogen werden, woran ich gar keine Schuld trage. Schon gar nicht, nachdem ich einen Mord an einem Mitglied begangen habe und mich trotzdem immer noch bester Gesundheit erfreue. Bitte bringen Sie mich nicht in so eine Lage!«

Liane hatte keinen Zweifel, dass die Panik des Mannes echt war. Aber seinem Geständnis traute sie noch immer nicht. »Erst erzählen Sie mir, wie Sie es gemacht haben. Den Mord, den Grund dafür und wie Sie es geschafft haben, meinen Mann zum Sündenbock zu machen. Wenn Sie mich überzeugen, liefere ich Sie den Behörden aus. Komme ich dahinter, dass Sie lügen, hole ich Sie aus der Folie raus und überlasse Sie Ihrem Schicksal.«

Miric zögerte nur kurz. »Roland und ich, wir waren – ja, Freunde. Zumindest mochten wir uns und sind uns über viele Jahre mit Respekt begegnet. Dann war ihm das Glück hold, und er hat diese absurd hohe Summe in der Lotterie gewonnen. Zuerst war ich neidisch, aber da ich tatsächlich einen Freund in ihm gesehen habe, habe ich es ihm schließlich gegönnt. Ich sah darin dann sogar eine Chance für mich. Sie wissen ja sicher bereits, dass mir zwei Autohäuser gehören. Zum Zeitpunkt seines Gewinns war es noch ein einziges. Ich hatte zwar schon lange Expansionspläne, konnte mich mit den Banken aber nie so recht einigen. Also habe ich voller Zuversicht meinen neureichen Freund Roland gefragt – aber der hat mich eiskalt abblitzen lassen. Er wollte es nicht mal erklären, sagte einfach nur ›Vergiss es!‹ zu mir.«

Miric schielte zu Liane, die ihm aufmerksam zuhörte.

»Ich habe die Anfrage wiederholt, dieses Mal in Schriftform. Und förmlicher. Es folgte aber erneut dieselbe Reaktion. Ich habe das nicht verstanden und war einfach nur sauer. Je länger ich darüber nachgedacht habe, desto mehr habe ich mich da reingesteigert. Aus Freundschaft wurde brennender Hass. Buchstäblich! Es folgten über einen relativ kurzen Zeitraum ein paar unschöne Szenen, die hier aber nichts zur Sache tun. Jedenfalls waren wir von da an Feinde und sind uns zuletzt konsequent aus dem Weg gegangen. Ist jetzt schon ein Weilchen her, und für mich war inzwischen eigentlich Gras über die Sache gewachsen. Zumindest habe ich zuletzt kaum noch daran denken müssen. Nun stellen Sie sich aber meine Überraschung vor, als der Arsch vor ein paar Tagen plötzlich in unserer Runde auftauchte, um in die Gemeinschaft aufgenommen zu werden. Wie aus heiterem Himmel! Ich war natürlich dagegen, aber das blieb ohne Folgen.«

Miric schaute Liane wieder direkt an. Aufregung lag nun in seinem Gesicht. »Sie können das wahrscheinlich überhaupt nicht nachvollziehen, aber das hat mich wirklich wahnsinnig frustriert. Ich hatte mich auf einen schönen Abend gefreut – und dann das. Also habe ich getrunken, mehr als sonst. Und ich habe Kokain genommen! Normalerweise rühre ich das Zeug nicht an und beschränke mich auf zwei, drei Joints. Aber in dieser Situation habe ich das einfach gebraucht. Um klarzukommen. Und *dann* …«, Funken stoben nun aus seinen Augen, »… nahm der Abend – wie soll ich sagen – auf einmal eine günstige Wendung. Dieser unfassbar hässliche Streit. Die eiskalte Arroganz von Roland. Der bebende Zorn Ihres Mannes, der die Demütigung hinnehmen musste, weil er Roland intellektuell und rhetorisch nichts entgegenzusetzen hatte. Und das vor den Augen und Ohren aller Anwesenden – wirklich hässlich. Gleich danach bin ich raus, um in der frischen Abendluft eine zu rauchen. Und kurz darauf erschien Roland, um dasselbe zu tun. Da standen wir uns plötzlich allein gegenüber und starrten uns an. Ich glaube, es hätte gar nicht böse enden müssen. Nein, glaube ich wirklich nicht. Aber wir waren beide schon ziemlich breit – und der Hass war wieder voll da, hatte nichts von seiner Kraft verloren. Ich glaube, dass Roland sogar derjenige war, der mit der Pöbelei anfing. Das schaukelte sich dann schnell hoch und ging hin und her. Er war von dem Streit mit Ihrem Mann noch in Fahrt. Und er war besser, drauf und dran, auch dieses Scharmützel für sich zu entscheiden.«

Er schwieg einen Moment. »Und dann …« , setzte er mit deutlich leiserer Stimme an, während sein Blick ins Leere ging, »… hatte ich plötzlich dieses Messer in der Hand. Aber als ich das so richtig registrierte, steckte es schon bis zum Heft in seiner Brust.«

»Halt, Moment! Wieso hatten Sie plötzlich dieses Messer in der Hand? Hatten Sie das von vornherein dabei?«

Miric nickte langsam. »Ein Geschenk für den Sohn meiner Schwester, anlässlich einer bestandenen Pfadfinderprüfung. Ich hatte es ihm am Vormittag geben wollen, aber daraus wurde kurzfristig nichts. Wenn es geklappt hätte, wäre wohl nichts passiert, und Roland würde noch leben. Vielleicht hätte ich ihm nur was aufs Maul gehauen. Oder er mir, wer weiß.«

Miric starrte weiter ins Leere, und Liane war zu fasziniert, um über einen guten Kommentar nachdenken zu können.

»Wie er mich angesehen hat, Frau Maschmann. Da war kein Entsetzen, auch keine Panik oder vielleicht Schmerz. Er war einfach nur total überrascht, fast schon belustigt. Und dann kippte er weg. Ich wusste sofort, dass ich ihn umgebracht habe.«

Liane schüttelte es. Sie hatte schon viel gesehen und noch mehr gehört, aber aus irgendeinem Grund machte dieser Miric ihr gerade eine Gänsehaut. Und es war noch nicht vorbei.

»Hat mich aber irgendwie gar nicht gejuckt, und das war im Rückblick fast noch verrückter als Rolands Reaktion auf das Messer in seiner Brust. Wissen Sie, man kann vieles über mich sagen, aber sicher nicht, dass ich übermäßig abgebrüht bin. Und trotzdem war ich in diesem Moment, in dem ich wusste, dass ich jemanden umgebracht habe, ganz entspannt und total bei mir. Mein Drogenkonsum wird da wohl eine Rolle gespielt haben. Ich habe Roland also unter den Armen gepackt und ihn wie selbstverständlich zum Wagen Ihres Mannes gezogen. Ehrlich, ich habe keine Sekunde etwas anderes im Sinn gehabt. Und dann kam mir auch noch unverschämtes Glück zu Hilfe, zum ersten Mal in dieser Situation, denn der Wagen war nicht mal verschlossen. Ihn da reinzubekommen war dann allerdings durchaus knifflig. Sie sehen ja, dass ich nicht gerade ein Muskelberg bin. Roland da hinzuziehen war schon so eine Sache, denn ich musste bestimmt an die fünfzig Meter überwinden, aber dieser Schritt war dann richtig schwierig. Ich musste ja auch darauf achten, mich nicht mit seinem Blut einzusauen. Dann kam mir das unverschämte Glück zum zweiten Mal zu Hilfe, aber das habe ich so richtig erst am folgenden Tag begriffen. Kurz nachdem ich Roland im Wagen hatte, fing es nämlich wie aus Eimern zu regnen an. So wie er geblutet hat, wird sicher auch was auf den Boden getropft sein. Das hat der Regen aber sauber weggespült«, sagte er im Plauderton und brachte es sogar fertig zu kichern.

Dann hörte er abrupt damit auf und sah an sich herunter. »Aber wie die Dinge liegen, hat es mir dann wohl doch nicht so viel gebracht. Ein paar Tage Aufschub, mehr nicht. Na ja«, fuhr er deutlich ernüchtert fort, »jedenfalls bin ich nach dem Vollenden meiner Tat wieder zurück zu den anderen, als wäre nichts gewesen. Ich glaube, ich habe als Erstes noch etwas mehr Kokain geschnupft.«

Miric atmete tief durch. Er versuchte, sich mit der Oberlippe an der Nase zu kratzen – was ihm nicht so recht gelang. »Verzeihen Sie, wären Sie wohl so freundlich, mich an der Nasenspitze zu kratzen? Da juckt es gerade ganz außerordentlich, und es macht mich ehrlich gesagt verrückt.«

Liane starrte ihn an, fasziniert und angewidert. Seine juckende Nase interessierte sie nicht die Bohne. Für sie zählte nur seine

Geschichte, die sie ihm vorbehaltlos abkaufte. Auch wenn er sie mit einer unangebracht erscheinenden Distanz und Ruhe vorgetragen hatte, war sie überzeugt, dass es keine Räuberpistole war, mit der man – und mit »man« meinte sie Frankenfeld – ihn aus irgendwelchen Gründen beauftragt hatte.

Schließlich machte sie eine halbe Drehung und ging zurück ins Haus. Sie ignorierte dabei seine erschrockenen Rufe und sein lautstarkes Bitten und Betteln, womit er erst wieder aufhörte, als sie, nach einem kurzen Telefonat und einem Griff in eine der Küchenschubladen, mit einer Schere bewaffnet wieder aus dem Haus trat.

»Ähm … gute Frau, was haben Sie damit vor, wenn ich fragen darf?«, quiekte er.

Mit versteinerter Miene hob Liane die Schere und bewegte sich auf ihn zu.

Mirics Stimme wurde schrill. »Hören Sie, tut mir leid, wenn ich gerade etwas zu laut geworden bin, aber ganz kurz beschlich mich die Befürchtung, dass Sie Ihrem Versprechen vielleicht doch nicht nachkommen wollen. Verstehen Sie?«

»Du meine Güte, für einen eiskalten Mörder sind Sie echt 'ne Pussy. Bleiben Sie mal ganz locker, okay? Ich will Sie nur aus der Folie rausholen. Oder ziehen Sie es vor, diese Zwangslage beizubehalten?«

»K… kommt drauf an. Äh – Sie schicken mich danach doch nicht weg?«

»Oh nein, Herr Miric. Sie bleiben schön hier, bis Hauptkommissar Saalfeld von der Polizei in Marne eingetroffen ist. Das ist es doch, was Sie wollten, oder nicht?«

Mirics erleichtertes Seufzen war Antwort genug.

»Dachte ich mir. Da wäre allerdings noch eine Sache, die wir beide zu klären haben. Ich gehe zwar davon aus, dass Herr Frankenfeld Ihnen das schon eingebläut hat, aber ich möchte das absichern. Wenn der Hauptkommissar Sie gleich abholen kommt und dann das Prozedere mit den Verhören beginnt …«

»Entschuldigen Sie, ich habe eine Zwischenfrage: Wer soll dieser Herr Frankenfeld sein, von dem Sie gerade sprachen?«

Liane starrte ihn an, ging sogar etwas näher an ihn heran, um sein Gesicht besser studieren zu können, was ihn eindeutig nervös machte. »Sie kennen Herrn Frankenfeld nicht?«

»Nein. Also – nicht dass ich wüsste. Soll das einer von den Männern sein, die mich hergebracht haben?«

Liane dachte kurz nach. Die Köpfe von Verbrecherorganisationen blieben grundsätzlich eher im Hintergrund. Aus gutem Grund. Es mochte Ausnahmen geben, aber Frankenfeld durfte man eher nicht zur Kategorie der Selbstdarsteller zählen. »Vergessen Sie's. Wenn man Sie also gleich verhören wird …«

»Ich habe mich Ihnen aus freien Stücken gestellt. Weil mich mein schlechtes Gewissen Ihrem Mann und der Familie des Opfers gegenüber fertiggemacht hat. Wenn der Name Frankenfeld mal fallen sollte …«, Miric zwinkerte ihr an dieser Stelle zu, »… dann niemals von meiner Seite. Der einzige Frankenfeld, den ich jemals kannte, hat in den Siebzigern fürs Fernsehen gearbeitet, und das ist nun wirklich die reine Wahrheit.«

Mit Eintreffen der beiden Streifenwagen hatte Liane sich vollständig zurückgenommen, ihre Zigaretten aus dem Haus geholt und sich damit auf die Treppenstufen gesetzt, um das kurze Schauspiel nicht zu verpassen. Abgesehen von der Figur Miric, die sich den Polizisten ähnlich wortreich als Mörder von Herrn Roland Kaspers aus Nortorf andiente, wie er es vorhin schon bei ihr getan hatte, kannte sie die darauf folgenden Handgriffe und begleitenden Worte nur allzu gut, sodass sich ihr Interesse in Grenzen hielt.

Inzwischen hatte Saalfeld sich neben sie gesetzt und sah ihr dabei zu, wie sie dem einen Streifenwagen, auf dessen Rücksitz ein längst von sämtlicher Folie befreiter, dafür nun aber mit Handschellen gefesselter Miric saß, rauchend hinterhersah.

Sie würdigte Saalfeld demonstrativ keines Blickes, spürte aber sehr wohl, dass er sie nicht nur beobachtete, sondern vor allem versuchte, aus ihr schlau zu werden – sie zu durchschauen. Es überraschte sie direkt, wie wenig ihr das ausmachte.

»Die wievielte Zigarette ist das jetzt?«, fragte Saalfeld.

»Die zweite.«

»Echt? Mehr noch nicht?«

»So lange hat das ja nicht gedauert, Herrn Miric festzunehmen. Was hast du erwartet?«

Saalfeld sagte nichts darauf, hielt aber immer noch seine ganze Aufmerksamkeit auf sie gerichtet.

Sie ignorierte es weiterhin.

»Keine Chance, dich aus der Reserve zu locken?«, fragte er schließlich.

»Aus der Reserve locken? Wie meinst du das?« Endlich sah sie ihn direkt an, und für eine Weile schauten sich die beiden fest in die Augen. Liane blieb vollkommen gelassen und war darüber einigermaßen stolz auf sich.

»Willst du mir sagen, was mit deiner Lippe passiert ist?«

Zack! Ein rhetorischer Haken auf die Leber, ansatzlos und unerwartet. Das beherrschte dieser gut aussehende Schweinehund wirklich wie kaum ein anderer. Sie spürte, dass es sie nicht vollständig kaltließ, fühlte sich aber immer noch als Herrin der Situation.

»Keine Chance. Du würdest dich nur über mich lustig machen, und das sogar zu recht. Das gönne ich dir aber nicht.«

»Ah! Du willst mir auf diese Weise suggerieren, dass es nur ein dummes Missgeschick war. Irgendeine niedliche Tollpatschigkeit, aber definitiv nichts Schlimmes. Ziemlich gut.«

»Okay«, sagte Liane mit wohldosierter Gleichgültigkeit und sah wieder dem Streifenwagen hinterher – auch wenn der längst nicht mehr zu sehen war.

»Ich würde mir wünschen, dass du es mir irgendwann erzählst. Natürlich nur, wenn du magst. Sowohl die Sache mit der Lippe, vor allem aber die Nummer mit diesem Miric – wenn es nicht ohnehin ein und dieselbe Geschichte ist. Aber bevor du dich aufregst …« Saalfeld erhob sich.

Liane drehte ihm gelassen und kokett lächelnd wieder das Gesicht zu. Sie war weit davon entfernt, sich über *irgendetwas* aufzuregen – wie er nur zu gut wusste.

»Verdammt! Du bist wirklich gut heute. Ich erkenne das an und werde dich daher nicht weiter bedrängen. Ich will nur, dass du das weißt.«

Sie wollte ihm zur Belohnung für das indirekte Eingestehen

dieser kleinen Niederlage einen Kuss geben, aber da es nichts gab, was ekelhafter schmeckte als ein Raucherkuss, beschränkte sie sich darauf, ihn mit ihrem bezauberndsten Lächeln zu entlohnen.

***

»Hör mal, Kindchen, wenn ich dich langweile, kann ich auch wieder gehen. Ich will hier niemandem zur Last fallen.«

Liane hatte den Kopf auf dem Handballen abgestützt und den Blick auf das Küchenfenster gerichtet, jedoch ohne spezielles Interesse an irgendetwas Bestimmtem.

Es war inzwischen später Nachmittag. Seit Miric festgenommen worden war und Saalfeld sie kurz danach wieder allein gelassen hatte, waren bereits einige Stunden vergangen. Mehr oder weniger ereignislose Stunden, wenn man mal davon absah, dass sie Inge Kaspers, der Schwester des Toten, Vollzug gemeldet hatte. Der Mörder ihres Bruders war identifiziert, geständig und auch schon an die Polizei übergeben worden. Frau Kaspers hatte, als Reaktion auf diese Mitteilung, in wenigen Sekunden gleich mehrere Gemütszustände durchlebt: Freude, Erleichterung, Wut und zum Abschluss auch endlich die tiefe Trauer, die sie sich vielleicht, seit die Todesnachricht sie erreicht hatte, für diesen speziellen Moment aufgespart hatte.

»Na – das ist 'n Ding! Ignorierst du mich etwa?«

Seitdem war jedoch rein gar nichts mehr passiert. Liane hatte nichts vor und konnte sich auch zu nichts aufraffen, fühlte sich matt und antriebslos. Sie führte es darauf zurück, dass es für sie ebenfalls eine Zäsur gewesen war, den Mörder von Roland Kaspers endlich ausfindig gemacht zu haben. Was sie in den letzten Tagen an- und umgetrieben hatte, war nun erledigt, schneller und unkomplizierter, als es zwischendurch den Anschein erweckt hatte. Infolgedessen hatte sie gerade – dank neuer beruflicher Ausrichtung – hunderttausend Euro verdient. Das war ihr zwar durchaus bewusst, aber sie konnte es nicht genießen. Noch nicht. Schuld daran war ihr Mann Timo. Der war endlich rehabilitiert, musste nun keine Angst mehr vor dem langen Arm des Gesetzes und dem wohl auch nicht eben kurz geratenen, dafür aber um ein Vielfaches skrupelloseren Arm von Frankenfeld haben. Das hatte sie hinbekommen, am Ende sogar – und auch das wäre noch vor Tagesfrist völlig undenkbar gewesen – mit Frankenfelds tatkräftiger Unterstützung. Jetzt stellte sich nur die Frage, ob und wie ihren Mann die gute Nachricht erreichen würde. Und dieser Frage schlossen sich gleich zwei weitere an: Würde er dann überhaupt noch nach Hause kommen wollen, und wenn ja, wie würde es dann mit ihm und ihr weitergehen? Im Prinzip war es ja schon aus zwischen ihnen. Das war eine weitere Begleiterscheinung gewesen, die der Tote auf ihrem Rasen und alles, was danach gekommen war, mit sich gebracht hatte.

»Hey! Hallo! Ich rede mit dir!«

Liane blinzelte, hob das Kinn von ihrer Hand und richtete den verwirrten Blick auf ihre offenbar schwer beleidigte Freundin Beate, von deren Schultern ihr wohl noch nie ein so hochroter Kopf einen dermaßen zornigen Blick entgegengeschleudert hatte.

»Warum machst du das mit mir?«, wollte Beate wissen, offensichtlich weit davon entfernt, sich beruhigen zu wollen. »Habe ich dir was getan? Willst du dich für irgendetwas an mir rächen? Oder willst du mich einfach nur loswerden und bist zu feige, es mir ins Gesicht zu sagen?«

Liane spürte das Blut in ihre Wangen wogen.

»Mach das nicht mit mir, hörst du? Das habe ich nicht verdient. Und jetzt Klartext: Habe ich dir was getan? Oder gehe ich dir einfach nur auf die Nerven?«

Liane räusperte ihre Verlegenheit weg. »Weder noch. Tut mir leid, Beate, ich wollte dich nicht vor den Kopf stoßen. Heute ist einiges passiert – die ganzen letzten Tage schon. Der Tote auf unserem Rasen war ja schon 'ne ziemlich haarsträubende Geschichte, aber was damit alles losgetreten wurde – wow!«

Beate funkelte sie misstrauisch an und gab sich immer noch reichlich unversöhnlich. »Ist das so?«

»Ja, leider.«

»Und das gibt dir das Recht, mich wie Luft zu behandeln?«, fauchte Beate, durchdrungen von gerechter Empörung.

Natürlich wusste Liane nur zu gut, dass ihre Freundin ein Mensch war, der es nicht gut vertrug, das natürliche Recht auf uneingeschränkte Aufmerksamkeit entzogen zu bekommen. Egal, von wem, und erst recht egal, ob es dafür vielleicht sogar gute Gründe gab – natürlich nur aus Sicht des oder der anderen. Das ging Liane nicht selten gehörig auf den Keks, aber letzten Endes hatte sie Beate wirklich gerne. Viel zu gerne, um über diese spezielle Marotte ihrer Freundin nicht hinwegsehen zu können. »Nein, selbstverständlich nicht. Das war ja auch gar nicht meine Absicht. Aber ich habe heute einfach ... so einen Tag.«

»So einen Tag«, wiederholte Beate, um größtmögliche Geringschätzung für diese Phrase bemüht.

Liane erkannte den unmittelbar bevorstehenden Zusammenbruch des Abwehrbollwerks ihrer Freundin trotzdem. Sie hatte Beate noch immer dranbekommen, wenn sie sich reuig gab, denn im Grunde ihres Herzens konnte Beate es nicht ertragen, ihrem Liebling Liane ernsthaft böse zu sein – zumindest nicht lange.

»Ich kann es gerade nicht besser auf den Punkt bringen. Außerdem muss ich das auch gar nicht, weil du sowieso genau weißt, was ich meine. Nun komm, sei wieder gut. Vielleicht würde ich mich dann, zur Wiedergutmachung für mein ungehöriges Verhalten, morgen breitschlagen lassen, dir mal wieder eine Massage zu verpassen.«

Beate zögerte kurz fürs Protokoll – später würde sie es ihrem Stolz als Beweis vorlegen –, bevor sie ein allzu bereitwilliges »Einverstanden« hervorbrachte und dabei breit grinste. Für Lianes Massagen, die nun mehr denn je zur Seltenheit werden würden, hätte sie ihr sogar wirklich ernsthafte Vergehen wider das ungeschriebene Regelwerk zum Thema »Nachbarin UND beste Freundin« verziehen. »Gleich morgen früh? Vielleicht vor meinem ersten Kunden?«

Liane seufzte innerlich. »Der käme wann?«

»Um halb neun.«

»Wie bitte? Wer lässt sich denn mitten in der Woche schon so früh die Karten legen?«

»In diesem Fall keine Karten. Ein Handjob.«

Liane schluckte den Hinweis auf die Zweideutigkeit dieser Antwort runter. Ihre Freundin arbeitete rund um die Uhr in der Abteilung Klartext und verlieh keiner ihrer Aussagen einen doppelten Sinn. Selbst bei ihren Séancen, dem Kartenlegen und dem Handlesen, wo ausdrücklich nur ihr Künstlername Ludmilla Achmatova nicht so ganz der Wahrheit entsprach, blieb sie mit ihren Äußerungen immer verbindlich.

»Jemand aus Marne, der von meiner Gabe profitieren möchte, bevor er ins Büro geht. Mehr musst du …«

An dieser Stelle wurde Lianes ohnehin schwache Aufmerksamkeit den Ausführungen ihrer Freundin entrissen, denn das Telefon klingelte. Schlagartig wurde ihr klar, dass sie seit Mirics Festnahme im Prinzip auf nichts anderes gewartet hatte. Sie sprang auf, ging zum Telefon und las im Display »Unbekannt«.

»Beate, ich glaube, das ist Timo«, sagte sie seltsam aufgeregt, worüber sie sich selbst wunderte.

Ihre Freundin lächelte, während es weiter klingelte, machte aber keine Anstalten, Liane ein wenig Privatsphäre für das bevorstehende Gespräch mit ihrem Mann einzuräumen.

Liane nahm das Gespräch an, sprach hastig »Bin gleich da« in den Hörer, drückte ihn danach an ihre Brust und wandte sich wieder Beate zu. »Auf die Gefahr, dass ich dich schon wieder vor den Kopf stoße – wärst du bitte so nett, mich allein zu lassen? Bei diesem Gespräch möchte ich niemanden dabeihaben.«

Der erste Reflex ihrer Freundin – beleidigt sein – dauerte nur den Bruchteil einer Sekunde, ehe sie sich einen Ruck gab und den vernunftbegabten Teil ihrer Persönlichkeit auf die Brücke ließ. Beate bedachte sie mit einem aufrichtig wirkenden Lächeln und flüsterte: »Bin schon weg«, während sie an Liane vorbeischlich, um sie tatsächlich allein zu lassen.

Liane wartete ab, bis sie hören konnte, wie die Haustür ins Schloss fiel. Erst dann drückte sie sich den Hörer wieder ans Ohr und sagte: »Da bin ich wieder. Tut mir leid, aber Beate war gerade hier.«

»Eine Freundin von Ihnen, nehme ich an? Dafür müssen Sie sich nicht entschuldigen, Frau Maschmann. Gewisse Telefonate führe ich auch lieber ungestört«, sagte eine Stimme, die eindeutig nicht ihrem Timo gehörte und die sie auch noch nicht allzu oft gehört hatte, aber trotzdem sofort erkannte.

»Herr Frankenfeld«, entfuhr es Liane, ehe sie daran arbeiten konnte, ihre Überraschung – ebenso wie ihre Enttäuschung – zu verbergen.

Frankenfeld blieb nur kurz stumm, ehe er ein leises Kichern intonierte. »Das war wohl nicht der Anruf, mit dem Sie gerechnet haben, meine Liebe? Wenn ich raten müsste, würde ich annehmen, dass Sie auf ein Lebenszeichen von Ihrem Mann warten, stimmt's?«

Liane verschlug es die Sprache. Sie fragte sich, woher er wissen konnte, dass Timo sich noch nicht bei ihr gemeldet hatte. Gleich darauf fiel ihr wieder ein, dass der Mistkerl am anderen Ende die Frechheit besessen hatte, ihr Telefon zu verwanzen. Und sie hatte diesen Umstand gleich nach seinem Geständnis aus den Augen verloren und das verdammte Ding infolgedessen noch nicht entfernt.

»Ich verstehe das. Viel besser, als Sie wahrscheinlich annehmen.«

»Danke, äh … für Ihr Verständnis, Herr Frankenfeld.«

»Dafür müssen Sie mir doch nicht danken, meine Liebe. Wenn mein fortgeschrittenes Alter irgendeinen Vorteil hat, dann ist es meine Erfahrung. Wenn man noch jünger ist, will man aus irgendwelchen Gründen nicht auf die Älteren hören, aber das ist einfach nur töricht. Also verbreite ich meine Weisheiten so ungefragt wie ungeniert. Hier kommt mein Rat für Sie: Ein starker Wille, gepaart mit ein wenig Geduld und Zuversicht, bringt einen am Ende immer ans Ziel. Verstehen Sie? Na, Sie werden schon sehen.«

Liane fragte sich, wie sie von gleich auf jetzt in der Hölle der väterlichen Floskeln hatte landen können. »Danke für Ihre aufmunternden Worte, Herr Frankenfeld. Das ist sehr nett von Ihnen. Darf ich trotzdem davon ausgehen, dass Sie mich nicht nur anrufen, um mir Mut zu machen?«

»Sehr scharfsinnig, Frau Maschmann. Das gefällt mir ganz außerordentlich an Ihnen – wie eigentlich alles. Allerdings komme ich leider nicht umhin, offen auszusprechen, dass ich mich auch ein wenig über Sie wundere. Sie wissen, dass ich Ihr Telefon verwanzt habe! Sie wissen es seit heute früh, und trotzdem ist das Ding noch aktiv. Würden Sie schon für mich arbeiten, müsste ich jetzt mit Ihnen schimpfen«, sagte er mit spontan aufflammender Strenge.

Liane hielt die Augen geschlossen und schwieg.

»Grundsätzlich finde ich es ja eigentlich nicht schlimm«, fuhr er, versöhnlicher klingend, fort. »So wie die Dinge liegen, ist es für mich zumindest kein Nachteil, Sie noch etwas länger ausspionieren zu können. Aber gerade bei Ihnen hätte ich nun mal mit nichts anderem als einer sofortigen Entfernung des Gerätes gerechnet.«

»Und das werde ich auch gleich nach dem Ende dieses Telefonats nachholen. Ich weiß selbst nicht, wie ich das vergessen konnte. Das waren zuletzt einfach ziemlich harte Tage für mich.«

»Und trotzdem sollten Sie vermeiden, sich eine derartige Nachlässigkeit zu leisten. Jemandem wie mir ist nicht zu trauen, das wissen Sie doch. Und wenn Sie schon rausfinden, dass ich in Ihre Privatsphäre eingedrungen bin, müssen Sie dem doch umgehend einen Riegel vorschieben. Selbstdisziplin, meine Liebe! Nehmen Sie es als gut gemeinten Rat für die Zukunft.«

Du meine Güte, er führt sich wirklich auf, als wäre er mein Vater, dachte Liane. »Ich werde es mir merken, versprochen. Das war aber auch noch nicht der Grund für Ihren Anruf.«

Frankenfeld kicherte wieder. »Ach, dieser Scharfsinn, herrlich. Nein. Zumindest nicht ausschließlich. Der Hauptgrund ist ein anderer. Ich wollte mich erkundigen, wie Ihnen mein Geschenk gefallen hat.«

Liane schlug das Herz plötzlich bis zum Hals, sie hatte keine Ahnung, warum. Sie hätte das Telefon jetzt gerne in eine Ecke gefeuert, alle Türen verschlossen, alle Vorhänge zugezogen und sich dann ins Bett gelegt, um dort die Decke über den Kopf zu ziehen. Sie fragte sich, ob das vielleicht ein Nervenzusammenbruch war, kam aber zu dem Schluss, dass das nicht sein konnte, weil es ihr dafür wohl noch viel zu gut ging.

»Frau Maschmann? Sind Sie noch dran?«

»Ja, bin noch hier, entschuldigen Sie bitte. Das war ein sehr schönes Geschenk, Herr Frankenfeld. Auf eine sehr schräge Art war es sogar eines der romantischsten Geschenke, die ich jemals bekommen habe«, hörte Liane sich sagen, verbunden mit der besorgniserregenden Erkenntnis, dass sie jedes Wort ernst meinte. Das sagte einiges über sie aus, und sie wollte eigentlich lieber nicht allzu intensiv darüber nachdenken. Entweder hatte sie eine ziemlich tiefe Schramme, oder die vielen Jahre an Timos Seite, mit all den Geschenken von ihm, die sich eher durch einen praktischen als einen romantischen Charakter auszeichneten, hatten sie einfach unglaublich anspruchslos werden lassen. Jedenfalls kam es ihr von Grund auf falsch vor, in Frischhaltefolie eingewickelte Mörder auf einem Drehstuhl als Geschenk ernsthaft wertzuschätzen. Trotzdem tat sie es. »Es war sehr nett von Ihnen, meinen Mann vom Verdacht des Mordes an Herrn Kaspers zu befreien. Das werde ich Ihnen nie vergessen. Darf ich Sie fragen, wie es zu diesem Sinneswandel bei Ihnen gekommen ist? War es wirklich nur das Telefonat, das ich gestern mit meinem Mann geführt habe?«

Für einen Moment blieb es bei Frankenfeld ruhig. »Ich muss schon sagen, Sie wissen wirklich, wie man Danke sagt. Das gefällt mir sehr. Ich habe das glaube ich schon erwähnt, Umgangsformen sind mir enorm wichtig. Nun bin ich noch glücklicher, Ihnen diesen Gefallen getan zu haben.«

Für eine Weile wussten beide nichts zu sagen. Liane war eindeutig verlegen, und sie hatte so ein Gefühl, dass Frankenfeld gerade mit ganz ähnlichen Empfindungen klarkommen musste. Das rührte sie ein wenig, gerade weil Frankenfeld kein normaler Mann war. Nichtsdestotrotz hatte sie natürlich registriert, dass er auf ihre Frage nach seinem Sinneswandel mit keiner Silbe eingegangen war.

Frankenfeld beendete die Stille mit einem lauten Räuspern. »Wollen Sie denn wirklich warten, bis Ihr Mann sich bei Ihnen meldet? Natürlich sind Sie ein sehr stolzer Mensch, Frau Maschmann, ich weiß das. Und ob Sie es glauben oder nicht, ich weiß auch, dass sich so eine Beziehung ganz schnell zu einem permanenten Kräftemessen entwickeln kann. Aber in dieser speziellen Angelegenheit – wäre es da nicht auch eine Option, doch den ersten Schritt zu tun und sich bei ihm zu melden?«

Liane blinzelte verwirrt. Warum nun diese Wendung? Erst machte er einen auf Vater, und gleich darauf gab er den Eheberater? Er, der Gangster, der etliche Männer für seine schwerkriminellen Machenschaften skrupellos nach seiner Pfeife tanzen ließ? Unter anderem auch ihren Mann Timo, dem er gestern noch das Licht ausdrehen wollte.

»Sie wollen doch sicher nicht, dass er in seinem Versteck versauert, oder?«

»Ich würde das schon machen«, begann sie langsam und vorsichtig. »Aber ich habe leider noch immer keine Ahnung, wo Timo sich zurzeit aufhält. Und wie ich ihn erreichen kann, weiß ich leider auch nicht. Als ich Ihnen gestern erzählt habe, dass ich das nicht weiß, war das keine Schutzbehauptung. Er ist wirklich spurlos verschwunden.« Noch während sie den letzten Satz beendete, kam ihr ein beunruhigender Gedanke. Was, wenn Frankenfeld diese Vater-Tour nur durchzog, um ihr natürliches Misstrauen ihm gegenüber zu zerstreuen oder zumindest dafür zu sorgen, dass sie es für kurze Zeit vergaß? Vielleicht war der Mann in Wahrheit immer noch entschlossen, Timo zur Rechenschaft zu ziehen. Auch wenn er kein Mitglied der Gemeinschaft auf dem Gewissen hatte, stand doch immer noch der Vorwurf der Geldunterschlagung im Raum. Konnte der Mann so grausam berechnend sein? Die Antwort lag wohl auf der Hand. »Wissen Sie nicht mehr, gestern Abend, als Timo mich angerufen hat? Ich weiß ja nicht, ob Sie selbst mitgehört haben oder sich das von einem Ihrer Mitarbeiter berichten ließen, aber die Botschaft, dass mein Mann sich nicht vor der Polizei, sondern vor allem vor Ihnen versteckt, hat Sie doch bestimmt erreicht.«

Liane kam ein weiterer beunruhigender Gedanke: Vielleicht dachte dieser Verbrecher, für den Täuschung mit Sicherheit zur täglichen Routine gehörte, dass sie ihn hereinlegen wollte. Nur der notorische Betrüger geht davon aus, dass er von allen anderen betrogen wird. Glaubte er womöglich, dass sie die Wanze mit voller Absicht nicht entfernt hatte? Dass Liane sie vielleicht sogar schon entdeckt hatte, lange bevor er sie über diese kleine technische Teufelei informierte, und ihn seitdem mit inszenierten Gesprächen in die Irre zu führen versuchte? »Ehrlich gesagt bin ich mir alles andere als sicher, dass er sich in nächster Zeit überhaupt wieder blicken lässt. Solange er nicht davon überzeugt ist, dass er von Ihnen nichts zu befürchten hat, wird er wohl weiter in Deckung bleiben. Er wollte Gras über die Sache wachsen lassen und sich dann ins Ausland absetzen, das waren genau seine Worte. Dass der Mordvorwurf inzwischen vom Tisch ist, wird er hoffentlich irgendwie mitbekommen. Aber ob ein gewisser ehemaliger Arbeitgeber immer noch der Meinung sein könnte, einen ganzen Batzen Geld von ihm einfordern zu müssen und ihn für diese Sache auch gleich ein wenig büßen zu lassen, bekommt er nicht so ohne Weiteres mit. Und ich weiß ehrlich gesagt auch nicht, wie man es bewerkstelligen könnte.«

Frankenfeld hüllte sich in Schweigen.

»Sie etwa?«, fasste Liane nach.

»Nein. Aber ich habe mir darüber natürlich auch noch keine Gedanken gemacht.«

»Ich habe das vorhin schon gefragt, ohne eine Antwort bekommen zu haben, und würde es gerne erneut versuchen: Wie kam es, dass Sie sich so schnell von der Unschuld meines Mannes haben überzeugen lassen? Nur wegen der bloßen Erwähnung Mirics?«

Frankenfeld ging erneut nicht darauf ein. »Was ist eigentlich mit meinem Jobangebot an Sie? Haben Sie es sich inzwischen überlegt? Ich will Sie ja nicht drängen, möchte aber zu bedenken geben, dass es nur so lange gilt, bis ich es widerrufe. Das kann erst in ein paar Jahren, aber ebenso gut schon morgen früh sein, wenn Sie verstehen.«

Nun war es Liane, die sich verschlossen gab.

»Lassen Sie mich erneut betonen, wie sehr ich mir wünsche, Sie an meiner Seite zu haben. Lieber heute als morgen, und das ist mein heiliger Ernst. Also, wie sieht es aus? Haben Sie sich schon entschieden? Oder muss ich Sie weiter bezirzen?«

Es gab nicht viele Dinge, die Liane noch mehr widerstrebten, als für diesen Mann zu arbeiten. Als ehemalige Polizistin aus Überzeugung konnte es einfach niemals eine Option für sie sein, einer kriminellen Organisation beizutreten. Schlimm genug, dass sie inzwischen zu einer Privatermittlerin geworden war – ein Berufsstand, von dem sie speziell damals, als sie selbst noch

Polizistin war, ganz eindeutig keine gute Meinung gehabt hatte. Sie glaubte jedoch, dass es taktisch unklug gewesen wäre, das Band zu Frankenfeld zu durchtrennen, solange Timo noch nicht wohlbehalten sein Versteck verlassen hatte. Statt ihm also reinen Wein einzuschenken, wählte sie die Hinhaltetaktik. »Ich überlege noch, Herr Frankenfeld. So ein Entschluss braucht Zeit, und die hatte ich bisher nicht. Ich denke, Sie wissen, was ich meine, sodass ich Sie ohne schlechtes Gewissen noch um etwas mehr Geduld bitten kann.«

»Nun ja … Frau Maschmann, Sie sollten schon wissen … Sie sollten sich denken können, dass ich nicht gerne hingehalten werde. Geduld zählt einfach nicht zu meinen Tugenden. Mit anderen Worten, wenn ich etwas haben will, dann sofort. Gibt man es mir nicht freiwillig, nehme ich es mir, so hart das auch klingen mag. In meinem Geschäft, noch dazu in meiner Position, würde alles andere wohl zum sicheren Untergang führen. Wissen Sie, worauf ich hinauswill?«

Liane überlegte für einen Moment. »Setzen Sie mir gerade die Pistole auf die Brust?«

»Das wäre mein normales Vorgehen«, antwortete er sofort. »Ich würde das auch jetzt gerne tun. Aber um zu demonstrieren, wie ernst es mir mit Ihnen ist, mache ich es nicht. Ich handle gegen meine Gewohnheiten und Überzeugungen, nur um Sie für mich einzunehmen. Ich fürchte fast, dass Ihnen trotz meiner Worte noch immer nicht völlig klar ist, was das bedeutet, aber damit muss ich wohl leben. Nur so viel: Unter all jenen, die schon mit mir zu tun hatten, wäre die Zahl derer, denen Sie diese Geschichte nicht erzählen könnten, ohne von Ihnen ausgelacht und als Lügnerin beschimpft zu werden, recht hoch.«

Den letzten Satz Frankenfelds bekam sie nur zur Hälfte mit, weil es an ihrer Tür klingelte. Sie hoffte, dass es nicht schon wieder Beate war, die sich mit frischen Informationen über die Ehe der Maschmanns versorgen wollte.

»Verstehe«, sagte Liane und ergänzte im Geiste: du arrogantes Arschloch. »Ich werde mir Mühe geben, Sie nicht mehr allzu lange zappeln zu lassen. Versprochen. Nun muss ich Sie leider abwürgen, Herr Frankenfeld. Hab Besuch bekommen.«

»Wir hören voneinander, Frau Maschmann«, erwiderte Frankenfeld und beendete das Gespräch.

***

Noch mit dem Telefon in der Hand ging Liane zur Tür und öffnete. Ihr Blick fiel auf einen Mann, dessen Existenz sie zwischenzeitlich ernsthaft in Frage gestellt hatte.

»Hauptkommissar Christiansen! Wenn ich mit irgendjemandes Besuch nun wirklich nicht mehr gerechnet habe, dann ganz eindeutig mit Ihrem. Ich sage mal trotzdem Moin.«

Christiansen legte die Stirn in Falten und maß sie mit einem eher neugierigen als verwirrten Blick. »Ist das so?«

Zumindest hatte sie ihn so weit aus der Fassung gebracht, dass er vergaß, sie zu grüßen. Das gefiel ihr. »Sie stehen auf meiner Liste an vorletzter Stelle, gleich hinter dem Weihnachtsmann. Nach Ihnen kommt nur noch der liebe Gott.«

Ihr Versuch eines Scherzes ging ins Leere. Christiansen lachte nicht, zeigte nicht mal den Ansatz eines Lächelns. Stattdessen bedachte er sie nun mit einem Blick, der deutlich sagte: Ganz erbärmlich, Kindchen!

»Tja, dann nicht«, murmelte Liane, gerade laut genug, um ihrem Besucher die Chance zu geben, es zu verstehen. »Dann kommen Sie doch mal rein in die gute Stube«, sagte sie in normaler Lautstärke und trat beiseite.

Christiansen zögerte kurz. »Es wird zwar nicht lange dauern, aber gut«, sagte er gequält und trat an ihr vorbei. »Machen Sie sich aber gar nicht erst die Mühe, mir irgendetwas andrehen zu wollen, Kaffee oder so. Ich werde wirklich nicht lange bleiben.«

Liane starrte ihn verständnislos an. »Nein, natürlich nicht. Warum auch? Ist ja nicht so, dass es zwischen uns beiden etwas zu besprechen gäbe«, grummelte sie und schloss die Tür. Dann verschränkte sie die Arme und starrte ihn weiter an.

»Nun, das ist auch nicht ganz richtig. Wenn es gar nichts zu besprechen gäbe, wäre ich ja nicht hier.«

Liane konzentrierte sich darauf, den Mund geschlossen zu halten.

»Also, Frau Maschmann, da Ihr Mann nun vom Vorwurf des Mordes an Herrn Kaspers entlastet scheint – freut mich übrigens sehr für Sie –, gehe ich davon aus, dass er bald zu Ihnen zurückkehren wird. Ich wollte Sie bitten, dass Sie ihm dann ausrichten, er möge sich doch bitte bei mir melden. Es gibt ein paar Fragen, die ich ihm gerne noch stellen würde.«

Liane verschlug es die Sprache. Hatte dieser Mann etwa doch Humor und versuchte gerade, sie zu veräppeln?

»Haben Sie verstanden, worum ich Sie gebeten habe, Frau Maschmann?«, fragte er, nun leidlich besorgt wirkend.

»Sagen Sie mal … also, irgendwas muss ich doch verpasst haben. Was habe ich nicht mitbekommen? Verraten Sie es mir bitte, Herr Christiansen. Wären Sie so freundlich?«

Christiansen trat langsam einen Schritt zurück. »Ich fürchte, ich kann Ihnen gerade nicht ganz folgen. Was soll ich Ihnen denn verraten?«

»Echt jetzt?«, fragte Liane, ging – ebenfalls langsam – zwei Schritte auf den Hauptkommissar zu und sah auf den etwas kleineren Mann hinab, womit sie ihn zum harten Schlucken nötigte. »Seit dem Tag, an dem wir die Leiche von Herrn Kaspers auf unserem Rasen entdeckt haben, habe ich Sie nicht mehr zu Gesicht bekommen. Überhaupt gab es nur ein einziges Lebenszeichen von Ihnen, als Sie Ihren Mitarbeiter Panke zu uns geschickt haben. Der Mord ist inzwischen über eine Woche her, und es sind mittlerweile so viele Dinge passiert, dass ich gar nicht weiß, wo ich anfangen soll. Dummerweise habe ich keine Ahnung, was Sie in der Zwischenzeit alles herausfinden konnten, da Sie ja leider nicht mit mir geredet haben. Also picke ich einfach mal das Highlight raus, wegen dem ich an Ihrer Stelle, unabhängig von etwaigen Fahndungserfolgen, definitiv ein paar Fragen hätte stellen wollen. Das wäre, nach meiner sicher unmaßgeblichen Meinung, der angeblich gestohlene Wagen meines Mannes, der ausgerechnet in seiner Kaserne wieder auftauchen musste. Na ja, und dass man in dem Wagen dann auch noch Blutspuren gefunden hat, darf man dabei natürlich nicht unerwähnt lassen. Als ich über meine ebenso inoffiziellen wie zuverlässigen Kanäle davon erfuhr, habe ich *fest* mit Ihrem Besuch gerechnet. Aber Sie schickten nur Ihren Gehilfen, der sich dann auch noch bemerkenswert leicht abwimmeln ließ. Als Frau vom Fach bilde ich mir ein, das zumindest komisch finden zu dürfen.«

Nun lächelte Christiansen schließlich doch noch – durchaus nicht unfreundlich, wie Liane fand. »Ich glaube, ich verstehe nun, was Sie meinen. Ja, sehr gut sogar, und Sie haben ja auch vollkommen recht. Gerade für eine ehemalige Kollegin wie Sie muss das sehr irritierend gewesen sein. Sie liegen absolut richtig, eine Zeit lang sah es wirklich nicht gut für Ihren Mann aus, schon gar nicht nach dem Fund des Wagens. Praktisch zur selben Zeit konnten wir aber entscheidende Hinweise sammeln, die den Schwerpunkt unserer Ermittlungen von Ihrem Mann auf Herrn Miric gelenkt haben. Zwischen Miric und Kaspers ist es vor einigen Jahren nämlich mal zu einer handfesten Auseinandersetzung gekommen. Nur dem beherzten Eingreifen einer Handvoll Passanten war es zu verdanken, dass Kaspers nicht damals schon von ihm totgeschlagen oder zumindest ernsthaft verletzt wurde. Es gibt über diesen Zwischenfall eine Polizeiakte, eine Krankenhausakte und sogar eine Gerichtsakte, denn Kaspers hat Miric daraufhin natürlich angezeigt. So haben wir dann auch relativ schnell herausgefunden, dass Miric am Tatabend auf derselben Party wie Kaspers zu Gast war.«

Liane sah ihn skeptisch an. Etwas störte sie an dem, was er gesagt hatte, aber sie wusste noch nicht genau, was das war, sodass sie vorerst den Mund hielt.

»Ich kann Ihren Unmut zwar verstehen, aber letztlich wissen Sie doch, wie das läuft. Wenn man einen Mordfall aufklären will, geht man genau so lange nicht mit den neuesten Erkenntnissen hausieren, bis man sein Ziel erreicht hat. Es sei denn, man verspricht sich davon einen Vorteil. Das war bei mir aber nicht der Fall. Tut mir leid.«

Damit hatte er zwar grundsätzlich recht, aber unabhängig davon war ihr nun eingefallen, woran sie sich gerade gestört hatte. »Wenn es *Ihre* Ermittlungen waren, die ihn zu seinem Geständnis bewegt haben, warum hat er sich dann ausgerechnet bei der Schutzpolizei in Marne gestellt?«

Christiansen zuckte gleichmütig mit den Schultern, als sei das keine große Sache. »Liegt das nicht auf der Hand? Er hat den Druck gespürt, den wir auf ihn ausgeübt haben. Die Schlinge lag bereits um seinen Hals, Frau Maschmann, und wir haben sie immer weiter zugezogen, um es mal mit einer etwas abgedroschenen Phrase zu beschreiben. Das hat er gemerkt.«

Man war Miric vonseiten der Kripo also wirklich schon auf der Spur gewesen, wegen einer Schlägerei zwischen ihm und Kaspers. Wahrscheinlich eine der unschönen Szenen, über die Miric nicht hatte sprechen wollen. Nun gut, das leuchtete tatsächlich ein. Und dennoch, Liane *wusste*, dass Mirics Geständnis auf das Betreiben ganz anderer Kräfte zustande gekommen war. Leider gab es in diesem Zusammenhang ein paar Dinge, über die sie nicht sprechen konnte. Wenn sie dennoch wollte, dass Christiansen als leitender Ermittler in diesem Fall darüber Bescheid wusste – und so vielleicht doch noch über Frankenfeld stolperte, was bislang scheinbar noch nicht geschehen war –, durfte sie jetzt nicht einfach schweigen.

»Er lebt und arbeitet in Neumünster, weiß, dass die Kripo Itzehoe ihn sucht, stellt sich aber bei der Schutzpolizei in Marne? Finden Sie das nicht merkwürdig? Das wäre in etwa so, als würde ich nach Rendsburg fahren, um dort im Supermarkt meine Pfandflaschen abzugeben.«

Christiansen musste lachen. Liane war regelrecht erschrocken, dass er überhaupt wusste, wie das geht.

»Ein berechtigter Einwand, über den wir natürlich ebenfalls gestolpert sind. Wir haben Herrn Miric auch schon gefragt, was es damit auf sich hat, aber er hat darauf nicht geantwortet. Er hat auf so einige unserer Fragen noch keine Antworten geliefert, aller Geständigkeit zum Trotz. Aber es ist nur eine Frage der Zeit, bis wir ihn an diesem Punkt haben.«

Doch nicht so nachlässig wie befürchtet, dachte Liane. Scheinbar war er ein deutlich besserer Ermittler, als es den Anschein gehabt hatte. Selbst wenn Frankenfeld sich nicht die Mühe gemacht hätte, ihr Miric vor die Haustür zu setzen, hätte Christiansen ihn wohl bald selbst bei den Eiern gehabt.

»Also schön, Herr Christiansen, Sie haben mich überzeugt. Ich weiß ja auch, dass ich mich gar nicht einmischen sollte. Mein

Mann ist entlastet, und ich bin schon lange keine Polizistin mehr, nicht wahr?«, sagte Liane und gab sich dabei jovial.

Christiansen zuckte erneut mit den Schultern und gestattete sich ein leichtes Siegerlächeln.

»Oh ja, ich weiß, dass es so ist. Eines kann ich Ihnen sagen, das Einmischen ist eine Angewohnheit, die man nicht so schnell loswird, egal, wie lange man schon raus ist, und egal, wie viel Mühe man sich auch gibt. Es bricht immer wieder durch. Machen Sie sich auf was gefasst, wenn Sie erst mit Ihrer Pensionierung dran sind. Das wird nicht einfach.«

Christiansens Miene änderte sich nur unwesentlich, aber sie konnte trotzdem erkennen, dass er ihre Worte auf den Prüfstand gefahren hatte und sie nun eingehend untersuchte. Als würde er in ihren Worten nach einer geheimen Botschaft oder einer gemeinen Falle suchen. War ihr Ruf wirklich so schlecht?

»Darüber mache ich mir Gedanken, wenn es so weit ist. Noch liegen immerhin ein paar Jahre vor mir.«

»Wie viele sind es denn noch?«

»Na ja, schon noch ein paar«, erwiderte Christiansen trocken und sah sie fuchsschlau an. »Dann werde ich Sie mal wieder Ihren häuslichen Pflichten überlassen, Frau Maschmann. Werden Sie Ihrem Mann ausrichten, worum ich Sie gebeten habe?«

»Selbstverständlich! Gleich als Erstes, wenn er wieder zu mir zurückgekehrt ist. Sagen Sie, Sie mögen mir nicht zufällig verraten, worüber Sie noch mit ihm sprechen wollen?«

»Nanu, Frau Maschmann? Sie mischen sich ja doch schon wieder ein. Ihr guter Vorsatz hat keine zwei Minuten gehalten.«

»Ja, erwischt, Sie müssen entschuldigen. Aber er ist ja nun mal mein Mann. Und jetzt, wo er aus der Schusslinie ist, weil Sie doch den wahren Mörder haben, frage ich mich eben, welchen Zweck Sie mit dieser Befragung wohl verfolgen. Ich möchte quasi den Spieß umdrehen und jetzt an Ihr Verständnis appellieren«, führte Liane mit aller ihr zur Verfügung stehenden Unschuld aus und lächelte ihn dabei zuckersüß an.

Das zweite Mal, dass sie ihn zum harten Schlucken nötigte. »Sie wissen natürlich, dass Sie keinen Anspruch darauf haben, von mir mit derlei Details versorgt zu werden. Aber da Sie eine ehemalige Kollegin sind – ich habe nur ein paar Fragen zum Verlauf des Abends. Wie ich vorhin schon angedeutet habe, Herr Miric hat uns noch nicht viel erzählt. Wir haben natürlich schon die meisten anderen Partygäste befragt, aber ohne Ihren Mann wäre unser Bild einfach nicht vollständig. Immerhin haben wir ihn eine ganze Zeit lang für den gesuchten Täter gehalten. Das leuchtet Ihnen sicher ein.«

Das tat es tatsächlich. Liane ärgerte sich, darüber und auch über sich selbst, weil sie diesen Kerl nur wegen eines offensichtlich falschen ersten Eindrucks so sträflich unterschätzt hatte. Sie hatte sich von seinem behäbigen und lustlos wirkenden Getue blenden lassen.

Christiansen zauberte einen kleinen Notizzettel aus seiner Manteltasche und hielt ihn ihr hin. »Wenn er vielleicht kurz auf dieser Nummer durchruft, bevor er zu mir kommen möchte?«

Liane nahm den Zettel entgegen. Es war eine Handynummer darauf notiert. »Ihr Diensthandy, nehme ich an? Eine Visitenkarte hätte ja schon etwas mehr Stil«, stichelte sie.

»Ja, ich weiß«, murmelte er verlegen. »Ich habe schon vor zwei Wochen neue bestellt, aber aus irgendeinem Grund bekommen die das gerade nicht auf die Reihe. Ich muss da dringend mal Druck machen. Werden Sie sie ihm bitte geben?«

»Na klar, mach ich.«

Christiansen bedankte sich, wünschte ihr noch einen schönen Tag und ließ sie wieder allein.

Liane blieb noch lange in der offenen Tür stehen und versuchte, einen Gedanken zu fassen zu kriegen, von dem sie wusste, dass er da war, der sich aber beharrlich ihrem Zugriff entwand. Erst als ein natürliches Bedürfnis unmissverständlich klarmachte, dass ein weiteres Aufschieben unangenehme Konsequenzen haben würde, gab sie auf – vorerst – und ging wieder ins Haus. Und erst als sie dem natürlichen Bedürfnis Befriedigung verschafft hatte, klappte sie das Batteriefach vom Mobilteil ihres Telefons auf und entnahm ihm das externe Bauteil, mit dessen Hilfe ein gewisser Frankenfeld ihr zuletzt sehr viel näher gekommen war, als es ihr recht sein konnte.

Bis zur Tagesschau um acht Uhr hatte das Telefon nach Christiansens Abgang am Nachmittag dreimal geklingelt.

Anruf Nummer zwei stammte von einer Kögerin, zu der es sich wie durch ein Wunder noch nicht herumgesprochen hatte, dass die Maschmann das Massieren aufgegeben hatte. Liane fertigte sie schnörkellos ab.

Die Anrufe eins und drei stammten von Saalfeld, der sich erkundigen wollte, ob es Liane gut ging und ob Timo sich endlich gemeldet hatte. Außerdem wollte er ihr wohl Zuversicht einflößen, dass es nicht mehr lange dauern konnte, bis er anrief. Er gab auch zu bedenken, dass er es sogar für möglich hielt, dass Timo einfach wieder vor der Tür stehen würde – ohne telefonische Ankündigung. Ein Gedanke, der Liane aus irgendwelchen Gründen noch gar nicht gekommen war, obwohl es eigentlich auf der Hand lag. Sie war dankbar für diesen wirklich sinnvollen Hinweis, hielt es aber dennoch für wahrscheinlicher, dass Timo sich erst telefonisch melden würde. Und weil sie das tat, widerstrebte es ihr zutiefst, die Leitung mit anderen Telefonaten zu blockieren. Das galt in diesem Fall leider auch für Saalfeld, aber ihre Skrupel, ihm das so zu sagen, waren viel zu groß. Immerhin wusste sie, dass er es mal wieder nur gut mit ihr meinte und helfen wollte, also schluckte sie ihre Ungeduld runter, die bei Saalfelds zweitem Anruf gleich doppelt so groß war. Er belohnte dies unbewusst, indem er sich bald wieder von ihr verabschiedete. Liane widerstand der Versuchung, ihn nach seinen Absichten in Bezug auf weitere Anrufe an diesem Abend zu befragen, mit der Kraft und der eisernen Zurückhaltung einer echten Heldin.

Anruf Nummer vier fiel mit der Wettervorhersage zusammen. Saalfeld konnte es nicht sein, weil sich das Telefon wieder einmal über eine kurze Textmitteilung im Display ahnungslos gab, wer da ihre Nummer gewählt hatte. Das erhöhte die Chancen auf Timo.

Liane spürte die Aufregung. Und in Gedanken hörte sie sich selbst die Frage stellen, was es mit dieser Aufregung eigentlich auf sich hatte. Sie wollte nicht mehr mit Timo zusammenleben, darüber hatte sie Gewissheit. Ebenso über ihre Gefühle für ihn. Nein, das stimmte eigentlich nicht so ganz. Sie wusste nur, dass sie ihn nicht mehr liebte. Aber noch war er immerhin ihr

Mann, und sie hatten eine gemeinsame Vergangenheit, die man als bewegt beschreiben konnte. So etwas verband. Auch wenn es sie zuletzt so manches Mal danach verlangt hatte – einfach so abhaken konnte sie ihn nicht. Nein, ganz offensichtlich nicht, denn sonst würde sie sicher nicht so ungeduldig darauf warten, dass der Mistkerl sich endlich meldete. Und ihr Puls würde bei der Aussicht darauf nicht jedes Mal aufs Neue so beschleunigen.

Wir Frauen können ja so bescheuert sein, dachte Liane und nahm das Gespräch entgegen. Wahrscheinlich war es sowieso wieder nur irgendjemand anders.

»Maschmann.«

»Ja, hier auch.«

»Timo!«, entfuhr es Liane. Sie presste sich die freie Hand vor den Mund und hatte nicht den Hauch einer Chance gegen den sofort einsetzenden Tränenfluss.

»Hallo, Liane. Geht es dir gut?«

»Du blöder Idiot! Ob es *mir* gut geht?«, sagte sie mit wackeliger Stimme. Es hatte hart klingen sollen, aber das hatte sie gründlich vermasselt.

Timo lachte leise. »Ja, schon gut. Mir geht es übrigens auch gut, falls du dich das gefragt haben solltest.«

»Warum hätte ich? Mir doch scheißegal, wie es dir geht, du blöder Ausreißer.«

Timo lachte wieder. »Hab ich mir schon gedacht. Dann ist ja alles so, wie es sich gehört.«

Für eine Weile sprach keiner von beiden ein Wort. Wann immer Liane später versuchte, diese Weile mit einer konkreten Zeitangabe zu versehen, konnte sie sich nicht erinnern. Es war bestimmt eine Minute, aber vielleicht auch sogar fünf oder noch mehr. Woran sie sich später erinnerte, waren die Tränen. Ihre eigenen und – etwas später einsetzend – die ihres Mannes, die sie zwar nicht sehen konnte, aber die Geräusche, die er von sich gab, waren eindeutig.

»Du weißt es schon?«, fragte sie schließlich.

»Ja, weiß Bescheid. Ich bin rehabilitiert. Es war tatsächlich Miric. Du hattest mal wieder mit allem recht.«

»Wäre das nicht ein guter Zeitpunkt, um dich endlich mal

damit abzufinden, dass ich immer recht habe? Ist ein Naturgesetz, und gegen die sollte man nicht rebellieren.«

Timo lachte wieder. »Muss ich mich sofort entscheiden?«

»Nein, lass dir ruhig Zeit. Warte mal eben, bin gleich wieder da.« Sie legte das Telefon kurz beiseite, um ein nicht mehr ganz jungfräuliches Papiertaschentuch aus der Hosentasche zu ziehen und sich damit so eilig wie kräftig die Nase zu putzen. »So, wieder da.«

»Erkältet?«

»Halt den Mund, Dummkopf. Sag mir lieber, wann du heimkommst. Bist du schon unterwegs oder noch in deinem Versteck?«

»Noch im Versteck, aber morgen mache ich mich auf den Weg.«

War es Freude über seine Rückkehr, die sie in diesem Moment spürte? Oder einfach nur Erleichterung, dass am Ende doch alles gut gegangen war, ohne dass er zu Schaden gekommen war? Liane konnte es nicht eindeutig sagen, fand aber auch nicht, dass sie das musste. Sie würde noch genug Zeit haben, das alles zu durchdringen. »Ich freue mich. Ganz im Ernst, Timo.«

»Für mich oder … für uns?«

Liane atmete tief durch. »Ich will dich nicht anlügen. Komm bitte erst mal nach Hause. Alles Weitere findet sich. In Ordnung?«

Er zögerte kurz. »Ja, in Ordnung.«

»Wirklich? Du bist nicht sauer?«

»Ach Quatsch, natürlich nicht. Das stünde mir ja nun auch wirklich nicht zu. Ich komme heim, und dann reden wir. In Ruhe und wie zwei Erwachsene.«

Liane hatte das Gefühl, dass er es ernst meinte. »Danke, Timo. Ich bin froh, dass du das gesagt hast.«

»Schon gut«, wiegelte er ab. »Wenn du einfach nur dafür sorgst, dass ich einen vernünftigen Kaffee kriege, wenn ich wieder da bin. Das Zeug, das ich hier bekomme, ist wirklich schlimm. Und ich war schon in den Staaten, wie du weißt.«

»Auweia, gleich *so* schlimm! Na klar, Kleinigkeit. Wann darf ich denn mit dir rechnen?«

Timo zögerte wieder kurz. »Das kann ich leider noch nicht genau sagen. Aber ich beeile mich. Bist du so flexibel?«

»Äh, ja, klar. Wovon hängt das denn ab?«

»Na ja, wie ich hier wegkomme eben. Da ist noch nichts organisiert. Und ich muss auch noch etwas erledigen, das nicht länger warten kann. Aber wie gesagt, ich beeile mich.«

Mit derselben Sicherheit, mit der sie kurz zuvor gewusst hatte, dass er nicht sauer war, wusste sie nun, dass er ihr etwas verheimlichte. Einerseits war der Drang, ihn darauf anzusprechen, ziemlich groß. Andererseits wollte sie das Gespräch aber nicht mit einem neuerlichen Zwist beenden, nachdem es bisher so harmonisch verlaufen war. Der Kampf mit sich selbst war kurz und hart, und sie hielt sich zugute, dass sie wirklich ganz nah dran gewesen war, nach der Heldentat bei Saalfeld nun auch eine bei ihrem Mann zu vollbringen. »Verrätst du mir, was das ist? Diese Sache, die nicht länger warten kann?«

Timo zögerte kurz. »Komm schon, muss das jetzt wirklich sein?«

»Willst du es mir nicht sagen? Oder kannst du nicht?«

Timo seufzte genervt und grummelte etwas, das Liane nicht verstehen konnte – was wahrscheinlich auch besser war. »Ich hab dir doch neulich erzählt, dass ich Frankenfelds Geld noch habe. Das möchte ich gerne noch abliefern. Ich will das abgehakt haben, bevor ich zurückkomme, verstehst du?«

Das verstand sie tatsächlich – grundsätzlich. Sie sah auch die Notwendigkeit, aber ein gewisses Unwohlsein stellte sich trotzdem bei ihr ein. »Wirst du es Frankenfeld etwa persönlich übergeben?«

»Oh nein, keine Sorge, das habe ich noch nie gemusst. Nein, das bekommt ein Mittelsmann, der über die Organisatoren eines bestimmten Gebietes sozusagen die Aufsicht führt und nach den Veranstaltungen von ihnen das Geld bekommt. Es ist derselbe Kerl, dessen Idee es war, meinen Wagen in der Marseille-Kaserne zu verstecken. Ist aber keine große Sache.«

»Und jemandem, der so bescheuerte Ideen hat, willst du jetzt vertrauen? Bist du sicher, dass das eine gute Idee ist?«

»Ach, nun komm schon, Liane«, entfuhr es ihm gereizt. »Hör jetzt auf damit. Der ist in Ordnung. Als ich an diesem unseligen Abend gemerkt hatte, dass mir jemand den abgestochenen Kaspers in den Wagen gelegt hat, habe ich genau diesen Mann angerufen. Der hat sich sofort in Bewegung gesetzt, um zu helfen. Wenn er nicht gewesen wäre, hätte man mich bestimmt noch am selben Abend in Haft genommen, weil ich komplett neben mir stand und keinen klaren Gedanken mehr hatte. Er hat mir wirklich den Arsch gerettet. Dem kann man vertrauen, da passiert nichts«, belehrte er sie. »Außerdem war die Idee mit der Kaserne gar nicht so bescheuert. Eigentlich war die sogar ziemlich genial. Dass ein paar von diesen Polizisten, die da bei uns üben, in ihrer Pause nichts Besseres zu tun haben, als über den Parkplatz der Lehrgangsteilnehmer zu schlendern, kann ja nun wirklich keiner ahnen.«

»Okay, schon gut«, lenkte sie ein und entschied, ihm einen kleinen Vertrauensvorschuss zu geben. »Übrigens, Hauptkommissar Christiansen von der Kripo Itzehoe war heute hier. Er hat darum gebeten, dass du noch mal zu denen kommst, weil sie dir ein paar Fragen zu diesem unglückseligen Abend stellen wollen. Miric hält sich wohl eher bedeckt. Also, abgesehen von seinem Geständnis.«

Zuerst hörte Liane gar nichts mehr. Dann lachte Timo plötzlich lauthals auf.

»Äh, warum lachst du so?«

Timo antwortete nicht sofort. »Der war wirklich bei dir und hat dich darum gebeten?«

»Ist gerade mal ein paar Stunden her. Überrascht dich das?«

»Tja, ja. Obwohl – nein, eigentlich auch wieder nicht. Damit musste man wohl rechnen. Wie auch immer, ich kooperiere natürlich. Hat er auch gesagt, wann er mich sehen will?«

»Nein, nur dass du wenn möglich kurz vorher durchrufen sollst, damit er es entsprechend einrichten kann. Er hat mir die Nummer von seinem Diensthandy gegeben. Hast du was zu schreiben?«

»Äh, nein, habe ich nicht. Warte mal.«

Für wenige Sekunden hörte sie undefinierbare raschelnde und klöternde Geräusche, bevor er sich wieder meldete.

»Das klingt jetzt wahrscheinlich komisch, aber ich habe hier wirklich nichts zum Schreiben. Sag mir die Nummer einfach, ich werde sie mir merken.«

»Im Ernst?«, fragte sie überrascht. Ein Mann wie er, der schon immer große Probleme damit hatte, sich bestimmte Jahrestage zu merken – mit Ausnahme seines eigenen Geburtstags –, bildete sich plötzlich ein, eine zwölfstellige Nummer behalten zu können. Das fand sie bemerkenswert. Und unrealistisch.

»Ja, klar. Sag schon.«

Langsam las sie die Zahlen vor.

»Oh! Oh Mist, warte mal, das kann ich mir, glaube ich, doch nicht merken. Was mach ich denn jetzt?«

Liane verdrehte stumm die Augen. »Ist es da sauber?«

»Hä? Ob es hier sauber ist? Was soll denn … ah! Nicht schlecht, meinen Respekt. Dann bitte noch mal.«

Liane las die Zahlen erneut vor und forderte ihn anschließend zur Wiederholung auf.

Er tat es, musste dabei schon wieder kichern, sodass Liane sich erneut fragte, was ihn gerade so zu amüsieren schien. Möglicherweise lag es daran, dass er Christiansen damals, als der sich bei ihnen als ermittelnder Beamter vorgestellt hatte, auch nicht übermäßig ernst nehmen konnte. Er war quasi demselben Trugschluss aufgesessen wie sie selbst.

»Ich glaube, Hautkommissar Christiansen ist um einiges raffinierter und kompetenter, als er einen mit seiner etwas lustlosen Art glauben macht«, bemerkte sie daher – und provozierte ein weiteres lautes Lachen ihres Mannes. »Das siehst du wohl anders? Habe ich bis vor ein paar Stunden auch, aber als er vorhin hier war, habe ich eine neue Seite an ihm entdeckt. Unterschätze ihn nicht!«

»Oh nein, was das betrifft, brauchst du dir nun wirklich keine Sorgen zu machen. Ich bin ganz weit davon entfernt, den Kerl zu unterschätzen«, beschwichtigte Timo mit Nachdruck.

Liane hatte schon wieder den Eindruck, dass ihr Mann mehr wusste, als ihr bekannt war. Diese kryptische Ausdrucksweise passte nicht zu ihm. Timo erging sich normalerweise nicht in Andeutungen, sondern kam direkt auf den Punkt. Das war etwas, was er mit Beate gemeinsam hatte. Trotzdem hatten sich die beiden aus unerfindlichen Gründen nie leiden können. Vielleicht auch gerade deswegen.

»Erledigst du es direkt? Auf dem Weg? Dann musst du nicht extra noch mal los.«

»Es wird erledigt sein, wenn ich heimkomme, versprochen. Ich mach dann jetzt mal Schluss, okay? Muss hier noch ein paar Sachen erledigen – mich bei ein paar Leuten bedanken und so. Wir sehen uns dann morgen.«

»Alles klar, Timo. Ich freue mich!«

»Dann freue ich mich auch. Bis morgen.«

Etwas Schlimmes – Der Zorn des Patriarchen – Begegnung mit der dunklen Seite – Wettrennen

»Ich kann das nicht bringen. Vollkommen unmöglich«, murmelte Liane leise vor sich hin, faltete die Marner Zeitung wieder zusammen und warf sie demonstrativ ans andere Ende des Küchentisches. Eine Geste für sie selbst, da ansonsten niemand zugegen war.

Sie hatte gerade den Anzeigenteil der Zeitung durchgestöbert, auf der Suche nach Inseraten von anderen Privatdetektiven – und keine gefunden. Sie wusste nicht einmal, ob es im Umkreis von fünfzig Kilometern überhaupt jemanden gab, der sich dieser Profession verschrieben hatte. In ihrer Zeit als Leiterin der Polizeistation Friedrichskoog war sie nicht ein einziges Mal auf Vertreter dieser Zunft getroffen. Was sie damals zu schätzen wusste, denn es handelte sich um eine Klientel, mit der sie eigentlich lieber nichts zu tun haben mochte. Ihre Erfahrungen im Umgang mit diesem besonderen Menschenschlag – sie kannte ausschließlich Männer – beschränkten sich auf die Zeit vor Friedrichskoog, als sie noch in Hamburg bei der Zivilfahndung ihren Dienst tat. Es war jedes Mal anstrengend gewesen, denn diese Kerle kosteten Kraft und Nerven. Regelmäßig entstand in ihr schon nach wenigen Minuten Gespräch der Wunsch, Augen auszukratzen, Hälse umzudrehen und Warnschüsse abzufeuern. Die Männer waren besserwisserisch, ungehobelt, vorlaut und arrogant gewesen. Sie forderten wie selbstverständlich Unterstützung von der Polizei ein. Darüber hinaus räumten sie sich selbstherrlich Sonderrechte ein, über die man nur als Polizeibeamter verfügte. Liane hatte nie eine Gelegenheit verstreichen lassen, ihnen das schonungslos um die Ohren zu hauen und sogar mit Konsequenzen zu drohen, wovon viele ihrer Kollegen um des lieben Friedens willen leider absahen. Die Theatralik, mit der die ätzenden Kerle dann ihr Unverständnis zum Ausdruck brachten, stellte Lianes Selbstbeherrschung regelmäßig am härtesten auf die Probe. Außerdem schafften sie es irgendwie, Liane ein Gefühl der Minderwertigkeit zu vermitteln. Es hatte ihr zwar noch nie an Selbstbewusstsein gemangelt, aber ein paar Minuten mit einem Privatermittler reichten ihr in der Regel, um zumindest kurzzeitig unter Selbstzweifeln zu leiden. Sie wusste, dass sie etwas draufhatte, hervorragend ausgebildet war und über eine physische Belastbarkeit verfügte, von der so mancher dieser adipösen Mistkerle nur träumen konnte. Das ewige Observieren und der damit einhergehende Mangel an Bewegung, kombiniert mit falscher Ernährung und zu vielen Zigaretten, modifizierte vieler dieser einst durchaus stattlichen Männer – denn nicht wenige von ihnen waren in ihrem vorherigen Leben ebenfalls Polizisten gewesen – im Laufe der Zeit zu etwas, das blass, schwammig, durch und durch unsympathisch war – und ihr definitiv unterlegen, wenn es hart auf hart käme. Dennoch hatten sie diese unerklärliche Wirkung auf sie.

Jetzt war sie selbst auf dem Weg, so ein Mensch zu werden. Zumindest würde sie dieser neuen beruflichen Ausrichtung eine Chance geben, nachdem sie gerade mit ihrem ersten Engagement stattliche hunderttausend Euro verdient hatte. In nur einer Woche. Bei diesen Honorarsätzen würde es natürlich nicht bleiben, aber zweifelsohne ließ sich dennoch gutes Geld verdienen, wenn man gute Arbeit leistete, das wusste sie. Außerdem – und das war das Wichtigste – würde sie die Entscheidung, das Bodyworking aufzugeben, um nichts in der Welt wieder zurücknehmen, also *musste* ein neues Betätigungsfeld her. So ungern sie es sich eingestehen mochte, aber Saalfeld hatte wieder einmal vollkommen recht gehabt, als er behauptete, dass diese Tätigkeit besser zu ihr passte als das leidige Massieren.

Nun musste sie die Welt aber noch von ihrer neuen Profession in Kenntnis setzen, und das war, wie sich gerade herausstellte, kein leichtes Unterfangen. Machte man das als Privatermittler überhaupt so? Eine Anzeige in der Zeitung schalten? Das hatte sie in dieser Form noch nie gesehen, aber natürlich hatte sie auch noch nie bewusst darauf geachtet. Sie würde auch eine neue Homepage brauchen, aber zumindest in dieser Hinsicht wähnte sie sich bereits gut aufgestellt. Sie hatte eine ziemlich konkrete Vorstellung von den Inhalten, und sie hatte jemanden, dem sie die technische Umsetzung anvertrauen konnte. Was blieb, war die Frage, wie sie auf sich und die neue Homepage aufmerksam machen sollte.

Selbst gedruckte Flyer und Plakate in Friedrichskoog und Umgebung verteilen, so wie damals, als sie mit dem Bodyworking angefangen hatte, kam ihr in diesem Fall unpassend vor. Ihr war klar, dass sie hier in größeren Dimensionen denken musste, nur hatte sie keine Idee, wie das zu bewerkstelligen war. Eine Anzeige in der Marner Zeitung kam ihr jedenfalls hochgradig lächerlich vor. Vielleicht war es aber auch eine dieser Ideen, die sich nach ihrer Geburt erst mal setzen mussten, um ihren Schrecken zu verlieren.

Dass Liane sich mit derlei Firlefanz beschäftigte, sich sogar regelrecht hineinkniete und selbst an Punkten, an denen sie ihre Bemühungen mangels neuer Impulse normalerweise erst mal unterbrochen hätte, unbeirrt weitermachte, kam nicht von ungefähr. Schuld war wieder einmal ihr lieber Mann Timo. Seine telefonische Ankündigung, am folgenden Tag nach Hause zurückkehren zu wollen, war inzwischen drei Tage alt. Bislang waren diesen Worten jedoch keine Taten gefolgt.

Natürlich hatte es nicht lange gedauert, bis Liane ungeduldig wurde. Schon am frühen Nachmittag des designierten Tages seiner Rückkehr hatte sie die Nerven verloren und es das erste Mal auf seinem Handy versucht. Zuerst war die Ansage der Mailbox erklungen. Dann war ihr wieder eingefallen, dass er sein Handy gar nicht erst ins Exil mitgenommen hatte. Dieser Weg stand ihr also nicht zur Verfügung. Am späten Nachmittag rief sie schließlich bei der Kripo in Itzehoe an. Sie wurde zu Kommissar Panke durchgestellt, der ihr jedoch versicherte, bislang noch nichts von Timo Maschmann gesehen oder gehört zu haben.

Nachdem auch der folgende Tag mit identischer Ausbeute zu Ende gegangen war, spürte Liane eine große Woge der Enttäuschung über sich hinwegrollen, bevor dann schließlich wieder einmal der Zorn die Oberhand gewann. Zorn auf einen der unzuverlässigsten Menschen, die sie kannte, aktuell noch per Trauschein an sie gebunden. Aber das sollte ja ohnehin nur noch eine Frage der Zeit sein, aller versöhnlichen Vorzeichen der jüngsten Vergangenheit zum Trotz. Er hatte sie also wieder einmal hängen lassen. Selbst in einer Situation wie dieser, in der das Schlimmste zwar ausgestanden schien, es aber immer noch ein paar Fragen zu beantworten und ein paar Wunden zu behandeln gab, konnte er offenbar nicht über seinen Schatten springen und sich zur Abwechslung mal Gedanken über die Gemütsverfassung seiner Ehefrau machen. Irgendetwas war ihm in den Sinn gekommen, und er hatte es auf der Prioritätenliste sofort an Platz eins gesetzt. Zumindest auf einen Platz vor Liane.

So hatte sie den Entschluss gefasst, den neuen Tag sinnvoll zu nutzen. Das bedeutete in diesem Fall, sich einer Herausforderung zu widmen, die das Potenzial hatte, ihre kreisenden Gedanken vom Kreisen abzuhalten.

Die Erleichterung, die sie förmlich durchströmte, als es an ihrer Tür klingelte, galt ausdrücklich *nicht* der Hoffnung, dass es Timo sein könnte. Vielmehr wusste sie nicht, wie sie sich noch länger vor der Erkenntnis drücken sollte, in Sachen Selbstvermarktung an einem toten Punkt angekommen zu sein. Ein unerwarteter Besucher versprach Zerstreuung. Mit ein bisschen Glück war es sogar Beate, mit der sie locker ein paar Stunden vom Tag würde abbeißen können, ohne auch nur kurz an die überfällige Rückkehr ihres Mannes denken zu müssen.

Und wenn er es doch war, würde sie sich kurz und heimlich freuen, um ihm dann verdammt noch mal die Hölle heißzumachen.

Sie öffnete die Tür schließlich für Hauptkommissar Jan Saalfeld. Das war grundsätzlich auch nicht schlecht – beziehungsweise wäre es nicht schlecht gewesen, wenn da nicht dieses ganz besondere Mienenspiel in seinem meistens entspannten und schönen Gesicht gewesen wäre, bei dessen Erscheinen man sich auf etwas gefasst machen musste, woran man definitiv keinen Spaß haben würde. Dieses Mal sah seine Miene sogar nach besonders wenig Spaß aus. Eine Einschätzung, die, bei aller Bereitschaft, von etwas Schlimmem auszugehen, der Realität im Nachhinein in keiner Weise gerecht wurde.

»Oha, das wird jetzt ätzend, oder?«, begrüßte sie ihn.

Den Funken Hoffnung, dass er ihre flapsige Eröffnung zum Anlass nehmen würde, um seine offensichtliche Niedergeschlagenheit ein wenig zu relativieren, brachte er zum Erlöschen, indem er seine Miene nun sogar noch eine Spur unglücklicher aussehen ließ.

»Ach du Schande«, murmelte Liane, seufzte herzhaft und trat beiseite. »Na los, komm rein.«

Die unverkennbare Überwindung, die er aufbringen musste, um an ihr vorbei das Haus zu betreten, verlieh dem heraufziehenden Schrecken langsam, aber sicher eine physische Präsenz. Als er sich, kurz nachdem sie die Tür geschlossen hatte, gleich wieder zu ihr umdrehte und sie aus blutunterlaufenen Augen anstarrte, wie sie nach ihrem Verständnis nur aussehen konnten, wenn man mehrere Stunden am Stück ausgiebig daran gerieben hatte, wusste sie, dass das, was er auf dem Herzen hatte, nicht einfach nur schlimm, sondern schrecklich sein würde.

»Du machst mir Angst, Jan! Was ist passiert?«

Statt etwas zu sagen, schüttelte er den Kopf, zuckte mit den Schultern, machte fahrige Gesten und rieb sich mit den Händen durchs Gesicht. Am Ende dieser im höchsten Maße beunruhigenden Darbietung nahm er sie auf einmal in den Arm, plötzlich, unerwartet und vielleicht eine Spur fester, als es ihr angenehm war.

Sie spürte, wie seine Lippen den Weg zu ihrem Ohr suchten, um ihr zuzuflüstern: »Liane, dein Mann ist tot. Timo lebt nicht mehr.« Dann wurde es schwarz.

Als ihr Bewusstsein den Neustart wagte, starrte sie die Zimmerdecke an, während Saalfeld mit schon fast lächerlich fürsorglichen Worten zu ihr durchzudringen versuchte. Irgendwie war sie von der Haustür in ihr Wohnzimmer gelangt. Saalfelds Arme hielten sie nicht mehr fest umschlungen, um sie am Fallen zu hindern. Stattdessen lag sie auf ihrer Couch. Obwohl von einer dünnen Wolldecke umhüllt, war ihr kalt. Grisselig, wie man es hier oben auszudrücken pflegte. Sie hatte ein Kissen in ihrem Nacken und gleich mehrere davon unter ihren Unterschenkeln, während Saalfeld ihre rechte Hand in der seinen hielt und sanft auf sie einredete.

Zuerst war sie verwirrt, aber dieser Zustand währte nicht viel länger als eine Sekunde. Dann fiel ihr wieder ein, was Saalfeld gesagt hatte – was ihr den Boden unter den Füßen weggezogen hatte. Dass es sich nur um einen blöden Scherz handelte, war ausgeschlossen. Ebenso wie ein bedauerlicher Irrtum. Die Nachricht war von Jan Saalfeld überbracht worden, und er war nun einmal der Typ Mensch, der derartig bedeutungsvolle Worte niemals im Scherz oder ohne letzte Gewissheit ausgesprochen hätte. Schon gar nicht ihr gegenüber.

Sein Gesicht, das sie im Verlauf der letzten anderthalb Jahre so zu lieben gelernt hatte, kam nun in ihr Blickfeld. Er beugte sich über sie und sah keinen Deut unbesorgter aus als vorhin an der Tür.

»Liane?«, sagte er, als würde er sich vergewissern wollen, ob sie es auch wirklich war, und kam ihr so nah, dass sie sein Eau de Toilette riechen konnte. Irgendeine viel zu süße Scheußlichkeit, die sie ihm längst hätte verbieten sollen. »Hörst du mich?«

Natürlich hörte sie ihn. Warum auch nicht?

»Bitte sag was, wenn du mich hörst.«

Stattdessen nickte sie nur. Sie hatte keine Lust, etwas zu sagen. Sie hätte auch nichts zu sagen gewusst.

Saalfeld sah ihr noch für ein paar Sekunden sehr tief und sehr skeptisch in die Augen. Sie wich seinem Blick aus und drehte sich der Rückenlehne der Couch zu, was ihm einen lauten Seufzer abnötigte. Sie redete sich ein, dass er Erleichterung zum Ausdruck brachte, war sich aber nicht sicher.

»Soll ich dir irgendwas bringen? Ein Glas Wasser, einen Tee? Oder vielleicht doch lieber einen Kaffee? Um deinen Kreislauf wieder in Gang zu bringen? Der hat gerade den totalen Shutdown gemacht. Du warst für ein paar Minuten komplett weg und leichenblass.«

»Ich will nichts trinken«, sagte sie leise. »Ich will nur wissen, was passiert ist. *Wie* das passiert ist.«

»Nein, ich glaube, das wäre nicht gut. Es ist noch zu früh. Du hattest gerade einen Zusammenbruch und solltest lieber erst mal –«

»Erzähl mir nicht, was ich tun soll!«, fuhr sie ihn an und richtete sich dabei so schnell und abrupt auf, dass sie ihm fast eine Kopfnuss verpasst hätte. »Sag es mir! Und kein Gelaber jetzt.«

Sie sah die Kränkung in seinem Gesicht, damit konnte sie im Moment aber leben. Das würde ihr erst später leidtun. Sie sah aber auch Mitleid, sogar sehr viel davon, und das machte sie wütend. »Los jetzt, Jan, ich will wissen, wie Timo gestorben ist. Und ich lege gerade wirklich keinen Wert auf jede Form von Fürsorge, also fordere mich jetzt nicht mit Hinhalten zu weiteren Gemeinheiten heraus. Du musst mich nicht beschützen, okay? Sag mir einfach, was ich wissen will. Es geht schließlich um meinen Mann, und ich habe ein Recht, es jetzt sofort zu erfahren.«

Saalfelds Miene wurde härter. Sein Mitleid blieb, aber jetzt gesellte sich Stolz hinzu, von dem er durchaus reichlich besaß. Wenn jemand so nachdrücklich darauf bestand, wie ein Erwachsener behandelt zu werden, egal, ob das nun gerade vernünftig war oder nicht, legte er es nicht darauf an – und wertschätzte es auch nicht –, sich für seine guten Absichten über Gebühr Ohrfeigen einzuhandeln.

»Panke hat es mir gesagt. Man hat Timo heute Morgen auf einem Schrottplatz in Hamburg-Stellingen gefunden. Er ... willst du wirklich *alles* wissen?«

»Ich war selbst Polizistin, Jan. Ich habe schlimme Dinge gesehen und kenne mich mit dreckigen Details aus. Und du brauchst mir jetzt nicht erklären, dass es dabei nie um einen engen Angehörigen von mir ging. Das weiß ich selbst. Ich werde es schon aushalten.«

Wenn Saalfeld ihr diese Stärke nicht zutraute, ließ er es sich zumindest nicht anmerken. »Timo wurde aufs Übelste zusammengeschlagen. Von mehreren Personen gleichzeitig, und wie es aussieht, haben sie dabei nicht nur ihre Fäuste eingesetzt. Er hat furchtbar viel einstecken müssen, Liane, hat sich aber allem Anschein nach auch kräftig zur Wehr gesetzt. Die Verletzungen an seinen Händen sprechen dafür, dass zumindest ein paar gegnerische Unterkiefer und Augenhöhlen kräftig erschüttert wurden und dass er auch für ein paar hässliche blaue Flecken gesorgt hat. Aber letztlich waren es wohl einfach zu viele Gegner für ihn. Der tödliche Schlag wurde ihm mit einem stumpfen Gegenstand beigebracht, der ihn voll auf die Schläfe getroffen hat. Dann hat man ihn einfach liegen lassen. Seine Sachen hat man ein ganzes Stück von ihm entfernt gefunden. Die Beamten, die zuerst vor

Ort waren, haben die Vermutung geäußert, dass die Täter ihn in ein Auto legen wollten, das für die Schrottpresse anstand, aber von irgendetwas oder irgendjemandem aufgescheucht wurden und flüchten mussten.«

Saalfeld hielt kurz inne und beobachtete Liane aufmerksam.

Sie bemerkte das, hatte aber keine Lust, sich darüber aufzuregen. Ihre Gedanken waren damit beschäftigt, ein Motiv für diese Tat zu finden. Wenn ihr das gelang, würde sie auch in der Lage sein, den Verantwortlichen für den feigen Mord an ihrem Mann zu identifizieren. Genau genommen suchte sie nach einem weiteren Motiv, *zusätzlich* zu jenem, welches ihr praktisch sofort in den Sinn gekommen war, als Saalfeld ihr die Nachricht von Timos Tod ins Ohr geflüstert hatte.

So oder so, wer auch immer letztlich aus welchen Gründen dafür verantwortlich war, der- oder diejenige würde nirgends mehr vor ihr sicher sein. Und sosehr sie sich auch anstrengte, eine andere Antwort zu finden, schien ihr erster Gedanke doch der einzig logische zu sein. Ihre Beute hatte bereits einen Namen und ein Gesicht. Eindeutig keine leichte Beute, aber das war ihr gerade von Herzen egal.

»Wen hast du im Sinn?«, fragte Saalfeld trocken.

Wie er es immer wieder schaffte, sie zu überraschen und zumindest kurzfristig aus der Fassung zu bringen, war so unheimlich wie unpraktisch. Wie konnte es angehen, dass sie ein derart offenes Buch für ihn war?

»Wenn du mich jetzt anlügen willst, sag lieber gar nichts«, ermahnte er sie.

»Dann frag nicht weiter.«

»Wie du wünschst. Ich will mich nicht aufdrängen«, gab er klein bei und rieb sich mit den Händen durchs Gesicht. »Kann ich noch irgendetwas für dich tun?«

Jemand, der ihn nicht so gut kannte wie sie, hätte die Anzeichen nicht entdeckt, Liane jedoch sah es sofort. Er war schwer beleidigt. Aber auch darum würde sie sich erst später kümmern. Es konnte jetzt nicht um ihn gehen.

»Nein, danke. Ich möchte einfach nur allein sein. Verstehst du das?«, fragte sie, wohl wissend, dass er selbstverständlich überhaupt kein Verständnis für ihren Wunsch hatte, ihn aber trotzdem klaglos respektieren würde.

»Natürlich«, sagte er und stand auf. »Wenn du mich brauchst, ruf an. Jederzeit! Ich lasse alles stehen und liegen und bin in Windeseile hier. Kein Problem. Okay?«

»Ich weiß, Jan«, sagte sie und stand ebenfalls auf, um ihm einen Kuss auf die Wange zu hauchen. »Ich danke dir.«

Sie begleitete ihn zur Tür, weniger aus Höflichkeit, sondern vielmehr um sicherzugehen, dass er auch tatsächlich verschwand. Bei dem, was sie als Nächstes vorhatte, wollte sie ihn lieber nicht in der Nähe haben.

Als er sich, nachdem er bereits nach draußen getreten war, noch kurz zu ihr umdrehte, fest in ihre Augen sah und mit heiligem Ernst »Mein herzliches Beileid zu deinem Verlust« sagte, war die einzige Reaktion, zu der sie noch fähig war, das Zuschlagen der Tür vor seiner Nase. Eilig ging sie ein paar Schritte ins Haus zurück und bog um die Ecke, damit er sie nicht durch das Bullauge der Haustür beobachten konnte. Dann sank sie langsam zu Boden. Erst auf die Knie, schließlich auf alle viere, um für eine Weile in dieser Stellung zu verharren und das, was sie davon abzuhalten drohte, ihrem Zorn zu folgen, wie eine Wehe wegzuatmen.

***

Mit dem Telefon in der einen Hand und der Karte, die Frankenfeld ihr erst vor wenigen Tagen in die Hand gedrückt hatte, in der anderen stand Liane vor der Terrassentür und wählte die Nummer, die jemand mit Kugelschreiber darauf notiert hatte. Ansonsten stand dort nichts, keine Adresse, kein Mail-Account oder eine Berufsbezeichnung, kein Logo – gar nichts. Sie sah zwar wie eine richtige Visitenkarte aus, hatte die richtige Größe und war aus einem offenkundig hochwertigen Material gemacht, ohne aber letztlich eine zu sein. Nur ein verrückter Größenwahnsinniger wie Frankenfeld würde sich Visitenkarten ohne Aufdruck herstellen lassen, dachte Liane, und gab mit grimmiger Miene die letzte Ziffer ein.

Nach vier Freizeichen meldete sich eine Frau mit einem schlichten und nicht übermäßig freundlichen »Ja«.

»Ich will mit Herrn Frankenfeld sprechen.«

»Mit wem spreche ich?«

»Mit wem spreche ich?«, bellte Liane zurück, wusste aber noch im selben Moment, dass das keine erfolgversprechende Taktik war.

»Wenn ich noch mal fragen muss, sprechen Sie gleich nur noch mit sich selbst«, gab die fremde Frau gelangweilt zurück.

»Liane Maschmann. Herr Frankenfeld hat mir diese Nummer persönlich ausgehändigt, weil ich ihn darüber angeblich jederzeit erreichen …« Liane hörte es in der Leitung knacken. »Hallo? Hey, Sie!«, rief sie, vernahm aber nur ein schwaches Rauschen. Die Frau hatte aufgelegt.

»Dummes Miststück!«, brüllte Liane und schmiss das Telefon von sich. Glücklicherweise traf es zuerst einen Sessel, sodass der Aufprall keine Schäden anrichtete. Zwar sprang das Telefon wieder zurück und fiel dann schließlich doch noch zu Boden, nun aber mit deutlich weniger Wucht. Als sie es missmutig aufsammelte und kurz begutachtete, konnte sie keine Defekte feststellen.

Vor Zorn zitternd wählte sie die Nummer erneut. Statt eines Freizeichens bekam sie die Ansage, dass die gewählte Nummer nicht vergeben sei. Ungeduldig beendete Liane den Anruf, schalt sich selbst einen Schwachkopf, weil sie glaubte, die Nummer falsch eingegeben zu haben, und wählte erneut. Mit demselben Ergebnis, die Nummer war angeblich nicht vergeben.

Liane hatte das Gefühl, vor lauter aufgestauter Wut platzen zu müssen. Sie zitterte am ganzen Leib und wiederholte den Wahlvorgang, peinlich genau darauf achtend, dass die Nummer, die sie gedrückt zu haben glaubte, auch auf dem Display erschien. Als sie zur Belohnung erneut die Ansage bekam, eine nicht vergebene Nummer gewählt zu haben, stieß sie einen langen und sehr lauten Schrei aus. Seit sie die Nachricht vom Tod ihres Mannes erhalten hatte, war die Gefahr, von ihren Emotionen überwältigt zu werden und einfach nur noch hemmungslos zu heulen, noch nicht so groß gewesen wie jetzt.

Das Klingeln des Telefons rettete sie vor den ersten Tränen, die wie flüssige Lava auf die Eruption warteten. Ein unbekannter Anrufer. Liane nahm an.

»Maschmann«, krächzte sie.

»Nanu, was ist denn mit Ihnen passiert? Sie klingen ja furchtbar. Ist da etwa eine Erkältung im Anmarsch?«

»Herr Frankenfeld«, hauchte sie fassungslos.

Er kicherte leise. »Wen haben Sie denn sonst erwartet, meine Liebe? Immerhin haben Sie doch gerade bei mir angerufen, nicht wahr? Ich nehme an, Sie haben eine Entscheidung getroffen.«

Liane musste sich kurz sammeln und sagte nichts.

»Oh, ich hoffe doch sehr, dass ich Ihr Schweigen nicht als Vorboten für eine Absage deuten muss. Mein bisheriger Tagesverlauf war ermüdender und frustrierender Natur, daher kann ich gerade ehrlich gesagt keine weiteren schlechten Nachrichten oder Enttäuschungen gebrauchen.«

Er hatte einen schlechten Tag? *Er* wagte es, ihr etwas vorzujammern und sich schlechte Nachrichten zu verbitten?

Unsicherheit und Trauer waren auf einen Schlag wie weggeblasen. Übrig blieb nur ihr heiß brennender Zorn, der das Mehr an Platz sofort nutzte und sich ausbreitete. »Was muss im Leben eines Menschen eigentlich alles schieflaufen, damit am Ende ein so jämmerliches Exemplar wie Sie dabei herauskommt?«, fauchte Liane. »Ein kranker, kalter Mann, der nach Belieben Spiele mit echten Menschen spielt. Als wären alle anderen in Ihren Augen nur Marionetten, an deren Fäden Sie zu ziehen belieben, gerade so, wie es Ihnen zum Vorteil gereicht. Selbst jetzt noch, nach allem, was passiert ist, versuchen Sie, dreckiger Lügner, der Sie sind, mich zu täuschen und zu blenden, einfach weil es Ihnen so gefällt. Ich muss leider zugeben, dass es schlau war, mich mit Ihrem Interesse an meinen angeblichen Fähigkeiten einzulullen und an meine Eitelkeit zu appellieren. Es hat zwar nicht so funktioniert, wie Sie vielleicht glauben, denn ich habe nie ernsthaft in Erwägung gezogen, für jemanden wie Sie zu arbeiten. Aber ich muss eben doch gestehen, dass ich mich geschmeichelt gefühlt habe, und das hat mich abgelenkt. Dafür schäme ich mich, und wenn ich darüber nachdenke, mir meine Dummheit vor Augen führe, wird mir richtig übel. Ich hätte gleich begreifen müssen, dass Sie damit nur ein einziges Ziel verfolgen: meinen Mann in die Finger zu kriegen und ihn zu bestrafen, so wie Sie es in Ihrem Größenwahn für angemessen halten.«

»Meine liebe Frau Maschmann …«

»Dass man an einen Kriminellen keine allzu hohen moralischen Anforderungen stellen darf, erklärt sich ja fast von selbst. Aber Sie haben es geschafft, sich von jeglicher Moral komplett frei zu machen. Wahrscheinlich bilden Sie sich sogar etwas darauf ein und halten eine Gratulation für die angemessene Reaktion darauf, während ich eher dazu neigen würde, meinem Bedauern über so viel menschliche Unzulänglichkeit Ausdruck zu verleihen. Ich werde aber weder das eine noch das andere tun. Stattdessen habe ich nur noch eine Ankündigung zu machen: Ich werde Sie kriegen, Herr Frankenfeld, scheißegal, wie lange es auch dauern mag. Ich werde Sie jagen, aufspüren und erledigen, Sie elendes Stück Dreck. Selbst zehn …«

»Vorsicht jetzt!«

»… von Ihren schwarz gekleideten Gorillas können mich nicht davon abhalten, Ihnen für alle Zeiten den Garaus zu machen, und wenn es das Letzte ist, was ich in meinem Leben noch auf die Reihe bekomme. Damit dürfen Sie rechnen.«

Deutlich vernehmbar atmete Frankenfeld tief durch. »Wie kommen Sie nur darauf, dass ich Ihnen mein Interesse vorgespielt habe?«, fragte er. Er sprach langsam und ruhig, aber die Mühe, die es ihm bereitete, war hörbar. »Ich war von Beginn an absolut ehrlich zu Ihnen, meine Liebe. Das ist in der Tat keine Selbstverständlichkeit in meinem Metier, aber wenn mir etwas an jemandem liegt, kommt für mich nichts anderes in Frage. Ich bin entsetzt, dass Sie mir nun offenbar unterstellen wollen, ich hätte Ihnen etwas vorgemacht.« Zum Ende hin hatte er mehr und mehr von seiner erzwungenen Ruhe eingebüßt, hatte an Lautstärke und Schärfe in seiner Artikulation zugelegt. Und er war noch nicht fertig. »Davon unabhängig würde mich wirklich interessieren, wie ich es nun geschafft haben soll, mir diesen Zorn zu verdienen und mir derartige Unflätigkeiten von Ihnen an den Kopf werfen lassen zu müssen, die ich ganz und gar nicht schätze!«

Seine letzten Worte waren blanke Wut. Entstanden aus verletzter Eitelkeit, wie Liane vermutete. Er, der große Boss, der Patriarch einer kriminellen Organisation, konnte es natürlich nicht einfach verknusen – geschweige denn hinnehmen –, dass man so mit ihm sprach. Jemand wie er erwartete nicht weniger als uneingeschränkte Demut.

Liane lag schon eine scharfe Replik auf der Zunge, aber ein kleiner Gedanke hielt sie vorerst zurück. Frankenfeld hatte sich mit keiner Silbe verteidigt, hatte nichts dementiert und sich auch nicht gerechtfertigt. Stattdessen gab er sich auf sehr überzeugende Weise überrascht, sogar verletzt, und hasste es offenkundig wie die Pest, dass Liane es wagte, scheinbar grundlos in diesem Ton mit ihm zu reden. Konnte es angehen, dass er wirklich nichts von Timos Tod wusste? Nein, das war undenkbar. Für diese Tat kam nur Frankenfeld in Frage. Timo hatte es gewagt, ihm sein Geld vorzuenthalten und sich dann seiner Gerichtsbarkeit zu entziehen. Das nahm man sich bei jemandem wie ihm noch viel weniger raus als respektlose Verunglimpfungen, und darum hatte er das auch nicht einfach so stehen lassen können. So musste es gewesen sein.

»Ersparen Sie mir doch bitte diese unwürdige Scharade. Das haben Sie sich natürlich mit dem Mord an meinem Mann verdient. Sie haben rausbekommen, wo er sich versteckt gehalten hat, haben mitbekommen, dass er sein Versteck wieder verlassen wollte, und haben ihn dann abgefangen, um ihn auf einem verdammten Schrottplatz zu Tode prügeln zu lassen. Weil man einem Frankenfeld nun mal nicht seine Kohle vorenthält. Was für ein gemeines Arschloch man sein muss, um so etwas zu veranlassen und der Witwe dann kurz darauf das Unschuldslamm vorzuspielen, kann ich kaum begreifen. Aber das muss ich auch nicht, um Sie dafür zur Rechenschaft zu ziehen. Und wie gesagt, das werde ich.«

»So langsam reicht es mir nun aber wirklich«, presste Frankenfeld zornig hervor. »Bei aller Wertschätzung gebe ich Ihnen den gut gemeinten Rat, den Bogen nicht zu überspannen, Frau Maschmann. Sie werden sich gefälligst eines anderen Tones mir gegenüber befleißigen! Und was noch viel wichtiger ist: Hören Sie endlich auf, mir den Mord an Ihrem Mann vorzuwerfen!«

»Aber Sie –«

»Kein aber, verdammt noch mal!«, platzte es nun aus ihm heraus. »Dass er nicht mehr lebt, habe ich gerade zum ersten Mal gehört. Es tut mir sehr leid für Sie, ob Sie mir nun glauben oder nicht, und ich kann voller Überzeugung behaupten, nichts dergleichen veranlasst zu haben. Und jetzt ist Schluss mit diesem Unsinn, haben Sie verstanden? Schluss!«

Liane konnte ihm nicht glauben. Sie wollte es auch nicht.

»Wissen Sie, ich bin nicht der einzige schlechte Mensch, der in diesem Land frei herumlaufen darf. Haben Sie schon einmal einen Gedanken daran verschwendet, dass Ihr Mann vielleicht noch andere kriminelle Subjekte kennt? Können Sie ausschließen, dass er sich noch mit anderen Verbrechern eingelassen hat? Wenn ich an Ihre Überraschung und Unwissenheit zurückdenke, als ich vor ein paar Tagen bei Ihnen war, würde ich meinen wollen, dass Sie das nicht können.«

»Aber ... das ist doch nicht ... Scheiße, das kann nicht stimmen. Er hat sich vor Ihnen versteckt, und das wissen Sie auch. Nicht vor der Polizei, vor *Ihnen*. Er hat mich sogar vor Ihnen gewarnt, hält Sie für den Teufel. Er hatte Angst vor Ihnen! Timo hatte nie vor irgendetwas oder irgendjemandem Angst. So weit ist es mit ihm nicht grundlos gekommen.«

»Das streite ich nicht ab. Wer Angst vor mir hat, wird es sich drei- bis viermal überlegen, ob er mich hintergeht. Ich will diese Angst, und ich weiß, dass er das zu Ihnen gesagt hat. Ich habe schließlich mitgehört. Dennoch beziehungsweise gerade deswegen habe ich seinen Tod auch nicht veranlasst.«

»Das ist doch gelogen!«, rief Liane. »Sie bitten sich Respekt von mir aus, verkaufen mich hier aber ganz ungeniert für dumm? Wollen Sie mir wirklich weismachen, dass die zeitliche Nähe des Todes von meinem Mann zu den jüngsten Ereignissen rund um den Tod von Herrn Kaspers nur ein bedauerlicher Zufall ist? Wer soll es denn sonst gewesen sein, wenn nicht Sie?«

»Was weiß denn ich? Vielleicht die Leute, bei denen er sich verkrochen hat«, entgegnete Frankenfeld gereizt.

»Unsinn! Das hätten die dann längst erledigt haben können. Die scheiden aus. Wenn Sie sich rausreden wollen, müssen Sie schon überzeugendere Sündenböcke präsentieren.«

»Ich muss überhaupt nichts«, kodderte er verächtlich. »Verdammt noch mal, Sie scheinen schon wieder vergessen zu haben, mit wem Sie hier reden.«

»Keineswegs«, entgegnete Liane ruhig. »Ich spreche mit dem Mörder meines Mannes. Wenn mein Vorwurf wirklich haltlos wäre, hätten Sie dieses Gespräch schon längst beendet. Sie müssen doch nur auflegen. Aber das können Sie nicht, weil Sie die Gewissheit brauchen, mir das ausgeredet zu haben. Sie haben Angst vor mir, Herr Frankenfeld. Das sollten Sie auch.«

Frankenfeld antwortete nicht sofort. »Sehen Sie, genau dieses Selbstbewusstsein brauche ich in meinen Reihen. Sie sind eine Kämpferin. Ein Bullterrier, der sich festbeißt und nicht so einfach wieder loslässt. Genau darum will ich Sie eigentlich immer noch unter meine Fittiche nehmen. Ich muss allerdings einräumen, dass mir Ihre Respektlosigkeit gerade sehr zu denken gibt.«

»Versuchen Sie es jetzt wieder mit der Einschmeichelmethode? Ich habe Ihnen doch gesagt, dass die bei mir nicht funktioniert.«

Frankenfeld seufzte. »Ja, natürlich, wie konnte ich nur. Also – ich nehme an, dass es das dann war, mit uns beiden?«

»Nein, noch lange nicht. Wir sind erst miteinander fertig, wenn ich Sie erledigt habe. Wie ich bereits sagte.«

»Dann werden Sie Ihre verbleibende Zeit mit der aussichtslosen Jagd auf den falschen Mann verschwenden«, gab er im Plauderton zu bedenken.

Ihre Drohung schien ihm keine große Angst einzujagen. Und das war nicht das Einzige, was Liane wurmte. »Warum können Sie es nicht einfach zugeben, wenn Sie ohnehin davon ausgehen, dass meine Ankündigung keine Bedrohung für Sie darstellt? Wenn Sie mich wirklich so sehr wertschätzen, wie Sie immer behauptet haben, wäre es doch das Mindeste, dass Sie in diesem einen Punkt ehrlich mit mir sind.«

»Weil es nicht wahr wäre. Ich habe schlimme Dinge zu verantworten, und Sie dürfen davon ausgehen, dass damit auch noch lange nicht Schluss ist. Ich gebe aber nun mal aus Prinzip nichts zu, was ich nicht getan habe. Ganz einfach.«

»Ich war nicht der einzige Mensch, bei dem er seine Rückkehr angekündigt hat. Er musste …«

»Na bitte, es gab noch andere. Das untermauert meine Theorie doch ganz erheblich. Ich jedenfalls zähle nicht zu dem elitären Kreis der Informierten, was Ihnen einleuchten sollte. Darum begreife ich nicht, warum Sie so verzweifelt daran festhalten, dass ich es trotzdem gewesen sein muss.«

»Lassen Sie mich ausreden, dann erfahren Sie es. Er sollte sich auch noch bei Hauptkommissar Christiansen von der Kripo Itzehoe melden. Ich glaube, wir können davon ausgehen, dass Christiansen ihn nicht umgebracht hat. Darüber hinaus – und jetzt komme ich zum wesentlichen Punkt – wollte er vor seiner Rückkehr noch eine offene Rechnung begleichen. Die Einnahmen von diesem unsäglichen Abend befanden sich noch in seinem Besitz, weil er Ihren Geldeintreiber nicht mit reinziehen wollte. Er ist davon ausgegangen, dass Sie diesen Mann dafür büßen lassen würden, wenn er Timo bei der Geldübergabe nicht gleich einkassiert. Kein allzu abwegiger Gedanke, wie ich finde. Jedenfalls wollte er das noch vor seiner Rückkehr erledigen. Er wird sich bei diesem Kerl angemeldet haben, und so haben Sie natürlich auch davon erfahren. Niemand arbeitet für Sie und hält so eine Information vor Ihnen zurück. Zumindest nicht, wenn man weiß, dass Sie schon länger versuchen, die betreffende Person in die Finger zu kriegen. Wie Sie vorhin selbst gesagt haben: Sie wollen diese Angst.«

Frankenfeld schwieg. Sie hörte ihn ruhig atmen.

»Und? Immer noch leugnen? Oder kam Ihnen gerade etwas bekannt vor?«

»Wann haben Sie zuletzt Kontakt zu Hauptkommissar Christiansen gehabt?«, fragte er mit seltsam belegter Stimme.

»Vor drei Tagen, kurz bevor Timo sich bei mir gemeldet hatte. Was soll die Frage?«

»Ich habe vor zwei Tagen zum letzten Mal von meinem – Sie haben, glaube ich, das Wort Geldeintreiber benutzt?«, sagte er nachdenklich. »Das trifft es übrigens bei Weitem nicht, wie ich anmerken möchte. Seine wahre Verantwortung geht sehr viel weiter. Dieser Mann hat zum Beispiel dafür gesorgt, dass alle anderen Gäste dieses so tragisch verlaufenen Abends instruiert waren, wie sie auf Anrufe aus Friedrichskoog reagieren sollten.

Speziell auf jene, die von Ihrem Anschluss ausgehen würden«, ergänzte er, um gleich darauf mit deutlich entschlossenerer Stimme fortzufahren. »Also, vor zwei Tagen habe ich zum letzten Mal von diesem speziellen Geldeintreiber – mit Ihrer Erlaubnis bleibe ich der Einfachheit halber bei dieser irreführend unvollständigen Bezeichnung – gehört. Da hat er mir aber nichts von einer bevorstehenden Übergabe gesagt. Er hat mir bislang auch kein Geld gegeben, und wir reden hier immerhin von einer Viertelmillion. Die vergisst man nicht versehentlich.«

»Ich verstehe nicht, worauf Sie hinauswollen.«

»Wirklich nicht? Ich glaube, jetzt lügen Sie.«

»Wollen Sie die Schuld jetzt etwa Ihrem Geldeintreiber in die Schuhe schieben?«

Etwas passierte bei Frankenfeld. Sie nahm Geräusche wahr, es klang, als hielte er sich den Hörer gegen die Brust, um jemand anderem, der sich in seiner Nähe befand, ein paar Anweisungen zu geben.

»Entschuldigen Sie bitte die Unterbrechung. Frau Maschmann, wissen Sie eigentlich, wie Ihr Mann zu meiner Organisation gekommen ist?«

»Nein. Spielt das eine Rolle?«

»Wenn Sie mir die paar Minuten noch opfern mögen, hören Sie einfach noch mal kurz zu und entscheiden dann selbst. Das Ganze fing mit dem unerwarteten und unfreiwilligen, aber ausdrücklich nicht gewaltsam herbeigeführten Tod eines Mitarbeiters – eines Geldeintreibers – an, der bis dahin die Aufsicht über die Organisatoren der Bereiche Schleswig-Holstein und Mecklenburg-Vorpommern geführt hat. Die Gelegenheit zum Aufstieg für den dienstältesten Organisator in dem Zuständigkeitsbereich, der diese Möglichkeit auch gerne wahrgenommen hat, sodass ich unterm Strich einen neuen Organisator für den Bereich mittleres Schleswig-Holstein brauchte. Es war der frisch Beförderte selbst, der seinen eigenen Bruder für diesen Posten ins Spiel gebracht hat. Ein Soldat, der sich zum Zeitpunkt der Suche gerade im Einsatz in Incirlik befand. Der Mann wusste, welche Aufgaben sein Bruder für mich übernommen hat, fühlte sich auch geschmeichelt, dass man ihn in Betracht zog, bla, bla,

bla, glaubte letztlich aber, nicht der Richtige für diesen Job zu sein. Er hatte dort aber einen Kameraden kennengelernt, der ihn wohl sehr beeindruckt hatte. Ein gewisser Timo Maschmann, der nach seiner persönlichen Einschätzung alles mitbrachte, was es für diese Aufgabe brauchte. So kam der Kontakt zustande. Durch einen Zufall, wenn Sie so wollen. Kurz: Ihr Mann wurde befragt, natürlich auch ein wenig lecker gemacht, zeigte Interesse, stellte sich nach Einsatzende bei mir vor und wurde für geeignet befunden. Den Rest kennen Sie inzwischen.«

Liane ließ das gerade Gehörte sacken. »Das ist interessant. Aber ich verstehe nicht, inwieweit das jetzt von Relevanz sein soll.«

Sie hörte erneut die merkwürdigen Geräusche, bevor Frankenfeld antwortete.

»Weil Sie noch nicht begriffen haben, wer der Vorgänger Ihres Mannes war. Soll ich es Ihnen sagen?«

»Wollen Sie es mir denn sagen?«

Frankenfeld kicherte zwar, aber es klang ziemlich humorlos. »Das will ich in der Tat. Dieser Kamerad, den Ihr Mann während des Einsatzes kennengelernt hat, heißt Rolf oder Ralf Christiansen, ganz genau weiß ich den Vornamen leider nicht mehr. Sein Bruder, also Ihres Mannes Vorgänger und jetziger Geldeintreiber, heißt Stefan Christiansen und ist hauptberuflich Ermittler der Kriminalpolizei Itzehoe.«

Die Gänsehaut kroch Liane über den ganzen Körper. Bislang hatte sie vor der Terrassentür gestanden, aber jetzt wurde ihr leicht schwindelig, sodass sie sich setzen musste.

»Interessant, nicht wahr? Hatte ich erwähnt, dass ich seit zwei Tagen nichts von ihm gehört habe? Bis Sie mir eben vom Tod Ihres Mannes erzählten, hat mich das auch nicht weiter gestört. Manchmal vergehen fünf Tage und mehr, ohne dass ich von Christiansen und den anderen Männern in seiner Position höre. Inzwischen sehe ich das jedoch ein klein wenig anders. Jetzt stört es mich. Meine Assistenten haben in den letzten Minuten versucht, Kontakt zu ihm herzustellen. Wollen Sie raten?«

»Vergeblich«, hauchte Liane.

»So ist es.«

Das Schwindelgefühl wollte nicht gehen. Christiansen, dieser unscheinbare und ausgebrannt wirkende Mann, sollte sie alle an der Nase herumgeführt haben? Wirklich *alle*, inklusive Frankenfeld? Unfassbar. Dazu brauchte man Intelligenz, Glück, Geschick und vor allem ein paar riesengroße Eier. Vor allem Letzteres hätte sie ihm niemals zugetraut, selbst nachdem er sein Image bei ihr zuletzt etwas aufpolieren konnte. Sie fragte sich, ob er das alles von langer Hand geplant hatte oder einfach nur an einem bestimmten Punkt der Ereignisse seine Gelegenheit gekommen sah. »Mit anderen Worten: Der Kerl hat sich mit einer Viertelmillion aus dem Staub gemacht?«

Frankenfeld kicherte wieder. Dieses Mal klang es nicht einfach nur humorlos, sondern sogar gefährlich. »Viel besser, Frau Maschmann. Er ist gierig geworden und hat sich noch die Kasse von zwei weiteren Veranstaltungen unter den Nagel gerissen. Das bedeutet in Zahlen, dass er mit einer knappen Million auf der Flucht ist. Außerdem befinden sich Cannabis im Wert von dreißigtausend Euro und Kokain im Wert von hundertfünfundzwanzigtausend Euro in seinem Besitz. Gehört auch beides mir, wie Sie sich wahrscheinlich schon gedacht haben.«

Liane stockte der Atem. »Das heißt, er hat noch zwei weitere Organisatoren umgebracht?«

»Nein«, sagte Frankenfeld leise. »Die leben noch, haben ihm ganz normal das Geld übergeben, weil sie nichts von seinen Umtrieben ahnten. So wie ich. Wie wir alle.«

»Aber … warum hat er meinen Mann dann umgebracht?«

»Ich weiß es nicht, meine Liebe. Vielleicht ist Ihr Mann aus irgendeinem Grund misstrauisch und unkooperativ geworden. Aber da spekuliere ich nur.«

Liane wusste nicht mehr, was sie noch sagen sollte. Die glühende Lava in ihrem Kopf erhöhte nun mit Macht den Druck.

»Ich erledige das. Er glaubt wahrscheinlich, dass ich ihn nicht finde, aber ich habe noch ein Ass im Ärmel, von dem er nichts ahnen dürfte. Ich tue das natürlich in erster Linie für mich selbst – wenn auch nicht ausschließlich. Ich denke, Sie wissen, was ich meine. Ein letztes Geschenk von mir, auch wenn Sie dieses Mal nichts zum Auspacken haben werden. Verderben Sie es bitte nicht, indem Sie aus einem dummen Reflex heraus das Falsche tun. Okay? Kommen Sie mir nicht in die Quere!«

Liane starrte mit offenem Mund ins Leere.

»Es war mir eine echte Freude, Sie kennengelernt zu haben, Frau Maschmann. Leben Sie wohl.«

Dann hörte sie nur noch das leise Knacken in der Leitung. Frankenfeld hatte aufgelegt.

***

Die Wucht des Schocks hatte sie voll getroffen, kaum dass sie die Lähmungserscheinungen vom ersten Schock des Tages halbwegs hatte abschütteln können. Wie lange Liane noch mit dem Hörer am Ohr dagesessen und ins Leere gestarrt hatte, konnte sie im Nachhinein nicht mehr sagen. Auf jeden Fall lange genug, um jemanden, der sie heimlich beobachtet hätte, mit Gewissheit zu dem Schluss kommen zu lassen, dass mit ihr etwas nicht stimmte.

Ihr Mann war tot. Und es sah ganz danach aus, dass sein Mörder ausgerechnet der ermittelnde Beamte im Todesfall Roland Kaspers gewesen war. Warum nur musste ausgerechnet sie es immer wieder mit einer so verrückten Scheiße zu tun bekommen?

Sie wurde sich schließlich des Drucks vom Telefon an ihrem Ohr bewusst. Langsam und bedächtig legte sie es vor sich auf den Küchentisch. Dann stand sie auf und stellte sich wieder vor die Terrassentür, die Arme um den Körper geschlungen, und starrte nach draußen. In ihrem Kopf – war nichts. Sie war leer, geistig und emotional erschöpft. Zu gerne hätte sie jetzt geweint, nachdem sie es sich inzwischen ein paarmal verkniffen hatte. Sie wollte endlich den inneren Druck abbauen, wusste aber gleichzeitig, dass daran gerade nicht zu denken war. Es würde nicht funktionieren. Zuerst musste sie ihr Hirn wieder anschmeißen.

Ihr Mann war tot. Timo Maschmann gab es jetzt einfach nicht mehr. Weil er ermordet wurde. Von einem Polizisten. Einem unscheinbaren Mann namens Stefan Christiansen, der einfach alle hinters Licht geführt hatte. Und Frankenfeld, der Kopf einer Verbrecherorganisation, den sie eigentlich in der Verantwortung für Timos Tod sah, arbeitete gerade daran, diesen Christiansen dafür büßen zu lassen. Was letztlich bedeutete, dass er ihn über die Klinge gehen ließ. Es würde in nächster Zeit ein Mord geschehen, der möglicherweise sogar grausam ausfallen würde. Und Liane wusste davon.

Liane geriet plötzlich in Panik, und ihr wurde übel.

Frankenfeld wollte Christiansen töten lassen. Er würde seinen Leuten fürs Grobe den Auftrag zu einem Mord geben, hatte das wahrscheinlich längst. Und sie wusste Bescheid!

Ihre Atmung wurde schneller, die Enge in ihrem Hals unerträglicher, und ihr trat kalter Schweiß auf die Stirn. Die Gedanken, die gerade noch durch Abwesenheit geglänzt hatten, waren auf einen Schlag alle wieder da und hatten sogar noch ein paar neue Freunde im Schlepptau, mit denen sie Fangen spielen konnten. Sie begann im Kreis zu gehen, in ihren Haaren zu wühlen und ein leises, sich wiederholendes Mantra mit den Worten »Oh mein Gott!« vor sich hin zu sagen. Ihre Panik wurde immer intensiver, steigerte sich bis in den Bereich des Unerträglichen und erreichte den Höhepunkt, als ihr klar wurde, warum sie überhaupt so in Panik geraten war. Es war nicht etwa Angst oder Hilflosigkeit angesichts dessen, was Frankenfeld plante. Es war ihre Bereitschaft, Frankenfeld dabei tatsächlich nicht in die Quere zu kommen, die Absicht, Frankenfelds Maßnahmen stillschweigend zu dulden und den bevorstehenden Tod Christiansens billigend in Kauf zu nehmen. Sie *wollte*, dass dieser Mord geschah. Weil das Schwein, das ihren Mann getötet hatte, ohne dass sie die Chance bekam, sich von ihm zu verabschieden, genau das verdiente.

Liane hatte nun das Gefühl, an sich selbst zu ersticken. Wer war das, der diese schrecklichen Gedanken dachte? Diesen Menschen kannte sie nicht, und sie wollte auch nichts mit ihm zu tun haben. Aber wie konnte es dann angehen, dass sie trotzdem so viel Verständnis für ihn hatte?

Sie hielt es nicht mehr aus. Sie musste raus. Um durchzuatmen. Und um zu laufen. Beides gleichzeitig, an der frischen Luft. Vielleicht konnte sie sogar vor der Fremden in ihr weglaufen. Einen Versuch war es wert.

Nach Luft japsend, als wäre sie tatsächlich kurz vor dem Ersticken, stürmte sie durch den Flur nach vorne zur Haustür. Sie schlüpfte in ein Paar Sneaker, warf sich eilig eine Jacke über und schnappte sich den Schlüssel. Als sie die Tür aufriss und nach draußen floh, wäre sie um ein Haar über einen Mann gefallen, der auf ihrer Treppe saß. Es war Jan Saalfeld.

»Jan«, sagte sie fassungslos.

Er stand auf und wirkte verlegen. »Ja. Ich weiß, wie das aussieht. Ich war schon bis zum Schleusenweg, aber dann bin ich wieder umgekehrt. Ich wusste …«

»Jan!«

Er hielt inne und legte den Kopf schief. »… dass der emotionale Zusammenbruch noch kommen würde, und mochte nicht einfach gehen. Diese Wut, die du an mir ausgelassen hast – das habe ich schon zu oft gesehen, um mir nicht denken zu können, was passieren wird. Entschuldige, wenn ich mal wieder etwas zu direkt sein sollte, aber ich hatte ganz offensichtlich recht. Du siehst furchtbar aus, Liane.«

Kurz bevor sie zum zweiten Mal an diesem Tag den Boden unter den Füßen verlor, schwankte sie gerade lange genug, damit Saalfeld es registrieren und sie noch rechtzeitig auffangen konnte. In seinen Armen brach dann endgültig alles über ihr zusammen, und endlich flossen die ersten Tränen. Sie steigerte sich in einen unerbittlichen Weinkrampf, wie sie ihn selbst beim Tod ihrer Eltern nicht erlebt hatte. Sie schluchzte laut, hemmungslos und herzzerreißend, krallte sich in seiner Kleidung fest, zerrte an seinem Kragen und schlug sporadisch mit den Fäusten auf seine Schultern. Dabei tränkte sie seine Jacke mit heißen Tränen und salzigem Rotz. Saalfeld ertrug alles, ohne sich zu beklagen. Unbeirrt hielt er sie einfach nur fest und war für sie der sprichwörtliche Fels in der Brandung, den sie in ihrem Zustand so dringend brauchte.

Liane hatte erneut jegliches Zeitgefühl verloren. Als die Tränen langsam versiegten und sie wieder normal atmen konnte, nahm sie den Kopf von seiner Brust und sah ihn aus Augen an, die an ein Gazpacho erinnerten. »Wie lange stehen wir hier schon?«

»Ist nicht wichtig«, sagte er, legte ihr die Hände auf die Wangen und küsste sie auf die Stirn. »Wegen mir musst du dich jedenfalls nicht beeilen.«

»Danke«, flüsterte sie und ließ noch ein paar Tränen kullern. Sie wunderte sich, dass sie dafür überhaupt noch genügend Flüssigkeit im Körper hatte – und stolperte bei diesem Gedanken über die dunkel glänzenden Flecken auf Saalfelds Diensthemd und Dienstjacke. »Oh. Igitt! Entschuldige bitte.«

Er grinste nur.

»Gott! Das hat so gutgetan, endlich alles rauszulassen. Jan, ich war gerade kurz vorm Durchdrehen.«

»Das hat man gemerkt. Du sahst furchtbar aus.«

»Das wird jetzt wohl kaum anders sein.«

»Oh doch. Jetzt siehst du einfach nur verheult aus, das ist schon fast niedlich. Vorhin hattest du etwas von einer blutrünstigen Irren, die ihr Lieblingsmesser nicht finden kann.«

»Das ist der Realität sehr viel näher, als du glaubst«, sagte sie leise und wollte ihren Kopf wieder an seine Brust lehnen. Im allerletzten Moment fielen ihr die nassen Flecken wieder ein, und sie zuckte zurück.

Saalfeld ließ sie daraufhin los und musterte sie skeptisch. »Was kommt jetzt?«

»Das ist ein wenig kompliziert, weil du nicht alle Fakten kennst – glaube ich zumindest. Ist dir der Name Frankenfeld ein Begriff?«

Saalfeld legte die Stirn in Falten. »Meinst du diesen Showmaster aus den Siebzigern?«

Liane grinste. »Also nicht. Dann vergiss das erst mal. Die Kurzversion: Ich weiß jetzt, wer Timo umgebracht hat. Ich fürchte nur, es wird dir nicht ganz leichtfallen, das einfach zu glauben.«

»Versuch es.«

»Es war Hauptkommissar Stefan Christiansen von der Kriminalpolizei Itzehoe.«

Saalfeld starrte sie stumm an, verzog aber keine Miene.

»Er führt ein Doppelleben. Neben seiner Karriere als Polizist hat er in einer bundesweit operierenden kriminellen Organisation ... Dinge erledigt, ich weiß nicht genau, was so alles zu seinen Aufgaben gehörte. Ich weiß nur, dass er auch Geld eingetrieben hat, von Leuten, die für diese Organisation Partys veranstaltet haben. Partys für finanzkräftige Männer, mit Glücksspiel, Prostituierten und Drogen.« Sie sah ihm fest in die Augen. »Timo war einer von denen, die solche Partys organisiert haben. Er hat damit angefangen, nachdem er aus seinem Auslandseinsatz zurück war.«

»Du hast recht, das ist wirklich nicht leicht zu glauben«, stellte Saalfeld fest.

»Dann glaubst du es nicht?«

Er zuckte mit den Schultern. »Du denn?«

»Ich habe inzwischen keine Zweifel mehr.«

Erneut musterte er sie mit unverhohlener Skepsis, um dann schließlich zu nicken. »Also schön. Zurück zu der blutrünstigen Irren. Wie kam das?«

»Dieser Frankenfeld, von dem ich gerade sprach, ist der Kopf der Organisation. Von ihm weiß ich, dass Christiansen meinen Mann umgebracht hat.«

Saalfeld blinzelte verwirrt. »Warte, nicht so schnell. Du und dieser Frankenfeld – ihr steht in Kontakt?«

Liane nickte.

»Wie kam es denn dazu? Und seit wann läuft das?«

Sie legte ihre Hände auf seine Brust. »Das erzähle ich dir später. Christiansen hat diesen Frankenfeld massiv gelinkt. Er hat ihn belogen und bestohlen. Und er hat einen aus der Organisation umgebracht, nämlich meinen Timo. *Darauf* kommt es gerade an. Auf eine solche Vielzahl von Vergehen kommt nach Frankenfelds Wertesystem nur eine Reaktion in Frage. Und bevor du gleich nachhakst: Ja, das hat er gesagt. Nicht wortwörtlich, aber er hat es dennoch unmissverständlich zum Ausdruck gebracht. Und ich, ich habe nicht dagegen … Ich wollte einfach zulassen, dass …«

An diesem Punkt beendete sie ihre Erläuterungen und sah verschämt zu Boden. Sie hoffte, dass Saalfeld sich das Unausgesprochene oder in diesem Fall das Unaussprechliche selbst zusammenreimen konnte.

»Denk dir nichts dabei«, sagte er schließlich.

»Ich meine, er hat Timo schließlich einfach so aus meinem Leben gerissen. Auch wenn unsere Ehe vor dem Aus stand, war er doch immerhin über so viele Jahre mein Mann. Ich habe mich nicht einmal von ihm verabschieden können, Jan!«

»Ich bin mir ziemlich sicher, dass das eine absolut normale

Reaktion ist. Du musst das also nicht rechtfertigen. Ich würde sogar behaupten wollen, dass die meisten das bis zum bitteren Ende durchgezogen hätten. Ich könnte gerade nicht mal sagen, wie ich reagiert haben würde, wenn ich wüsste, dass jemand deinem Mörder nach dem Leben trachtet.«

Das Problem mit Saalfeld war, dass er unfassbar romantische Sätze meist zur unfassbar falschen Zeit sagte. So wie jetzt.

»Wir müssen etwas unternehmen, Jan. Aber ich habe keine Ahnung, was wir tun können. An Frankenfeld komme ich nicht mehr ran. Er hat den Kontakt zu mir gerade abgebrochen und die einzige Brücke, die von meiner Seite zu ihm führte, eingerissen.«

Saalfeld zog sein Smartphone aus der Jacke und wählte eine Nummer.

»Wo rufst du an?«

»Na, in Itzehoe, bei der Kripo.«

Liane wusste, dass sie noch stundenlang nach einem Ansatz gesucht hätte, bevor sie auf diese so schlichte und doch irgendwie geniale Lösung gekommen wäre.

»Ja, Hauptkommissar Saalfeld von der Polizei Marne. Moin!«, meldete er sich und formte mit seinem Mund lautlos den Namen »Panke«. »Ich würde gerne mit Hauptkommissar Christiansen sprechen, wenn das möglich ist. – Nicht da. Grundsätzlich nicht oder nur unterwegs? – Krank, aha. Was Ernstes? – Wissen Sie nicht, okay. Äh, Sie haben nicht zufällig versucht, in diesen zwei Tagen Verbindung zu ihm aufzunehmen? – Nur einmal? Per Telefon oder persönlich? – Telefon, okay. Also, Herr Panke, ich will Ihnen ja nicht den Tag verderben, aber ich habe Anlass, mir Sorgen um den Kollegen zu machen. Ich glaube, dass es jemand auf ihn abgesehen hat. – Natürlich weiß ich, wie das klingt. Aber ich würde das Risiko, mich hier zum Idioten zu machen, nicht grundlos eingehen, verstehen Sie? – Ich fürchte, das könnte tatsächlich stimmen. Darum wollte ich Sie bitten, sein Handy orten zu lassen. – Selbstverständlich weiß ich das, aber es geht hier ja auch um was. – Ach, kommen Sie, das glauben Sie doch wohl selbst nicht. – Also schön, er hat aber auf jeden Fall ein Diensthandy. Dann eben das. – Nein, verdammt, ich übertreibe nicht. Was ist jetzt mit dem Diensthandy?«

Saalfeld schloss die Augen und schüttelte langsam den Kopf. »Liegt in seinem Büro. Keine Idee, wie man seinen Aufenthaltsort herausbekommen könnte? – Nein, glauben Sie mir, ich übertreibe ganz bestimmt nicht. – Das ist 'ne längere Geschichte. Ich kenne auch noch nicht alle Details, aber ich erzähle es Ihnen bei Gelegenheit. – Uns läuft aber die Zeit davon. Sie läuft vor allem Ihrem Kollegen davon. Ich glaube wirklich, dass er in Gefahr ist.«

Gebannt hing Liane an seinen Lippen und musste mit anhören, wie Saalfeld sich nach weiteren vergeblichen Überzeugungsversuchen schließlich ergebnislos von Panke verabschiedete.

»Panke glaubt, dass Christiansen bei einer heimlichen Perle, die es Gerüchten zufolge seit einiger Zeit gibt, untergekrochen ist und sich dort gesund pflegen lässt. Er kennt diese Person aber nicht und wüsste darum auch nicht, wo man mit dem Suchen beginnen sollte. Ein privates Handy besitzt Christiansen angeblich nicht, und wo sich sein dienstliches befindet, hast du ja gerade mitbekommen.«

»Warum hast du ihm nicht erzählt, was ich dir gerade erzählt habe?«, wollte Liane wissen.

Er sah sie verständnislos an. »Ist das dein Ernst? Ich soll ihm das mit dem kriminellen Doppelleben erzählen? Dass es da diese Organisation gibt und dass er deren Obermacker beklaut und nebenbei auch noch deinen Mann umgebracht hat und deswegen wahrscheinlich dran glauben muss? Panke ist zwar noch jung, aber er ist auch ein pfiffiges Kerlchen. Auf Grundlage einer solchen Räuberpistole, die aus heiterem Himmel über ihn kommt, noch dazu von einem Kollegen, den er kaum kennt, macht der gar nichts. Und da ist er auch gut beraten. Es tut mir leid, Liane, aber für Christiansen sieht es schlecht aus. Ich weiß nicht, wie wir das noch verhindern sollen.«

»Und wenn du es noch mal bei Christiansens Vorgesetzten versuchst? Die können das doch nicht einfach ignorieren.«

»Doch, die können und werden. Aus denselben Gründen wie Panke. Versetz dich in deren Lage und versuche dir vorzustellen, wie du auf so einen Anruf reagieren würdest.«

Liane versuchte es.

»Und darüber hinaus muss ich auch an mich denken. Und an dich! Noch kann ich mich selbst rausreden und dich dabei komplett raushalten. Aber wenn ich denen jetzt die ganze Geschichte auftische, geht das nicht mehr. Die Wahrscheinlichkeit, dass sie mir trotzdem nicht glauben werden, ist riesig. Aber hinterher, wenn dann doch alles so kommen sollte, wie von mir prophezeit, geht das Heulen und Zähneklappern los. Und dann, wenn der erste Schrecken verflogen ist, wird man sich daran erinnern, dass es da ja diesen Saalfeld gibt, der scheinbar genauestens informiert war. Und dann wird man ganz detailliert wissen wollen, wie das angehen kann. Du weißt, was ich meine. In eine interne Ermittlung zu geraten ist angeblich kein Vergnügen. Bisher ist dieser Kelch zum Glück an mir vorbeigegangen, aber man hört nun mal so einiges. Ich brauche das nicht. Und ich will das auch nicht. Tut mir leid.«

Liane setzte sich auf die Treppenstufe und vergrub das Gesicht in ihren Händen. Saalfeld starrte in den Himmel.

»Ich kann mir nicht vorstellen, dass er ohne Handy unterwegs ist. Der muss doch Helfer haben. Freunde oder Verwandte, die ihn bei seiner Flucht unterstützen. Mit denen muss er sich doch irgendwie verständigen können.«

Saalfeld reagierte nicht auf ihren Einwand und starrte weiter in den Himmel.

»Jetzt mal ehrlich, niemand geht … warte mal.«

Sie stand auf und ging ins Haus. Der Notizzettel, den Christiansen ihr vor drei Tagen gegeben hatte, hing an der Pinnwand in der Küche. Sie nahm ihn ab, ging damit wieder nach draußen und gab ihn Saalfeld. »Hier, diese Nummer müssen wir orten lassen.«

»Was für eine Nummer ist das?«, wollte er wissen.

»Christiansen hat sie mir gegeben. Er wollte, dass Timo ihn auf dieser Nummer anruft, bevor er zu ihm fährt.«

»Nein, das bringt nichts. Sein Diensthandy liegt doch in seinem Büro. Hast du das gerade nicht mitbekommen?«

»Ich glaube nicht, dass das sein Diensthandy ist. Er hat verlangt, dass Timo ihn auf dieser Nummer anrufen soll. Nicht über das Festnetz, sondern über eine Mobilfunknummer, die auf einem

Schmierzettel notiert wurde. Angeblich, weil er schon seit zwei Wochen keine Visitenkarten mehr hat. Damals habe ich ihm das abgekauft. Aber jetzt, wo ich weiß, wer er wirklich ist und was er getan hat, glaube ich das nicht mehr. Dass er sie mir gegeben hat, nimmt er mit ein wenig Glück nicht als Problem wahr. Seine Kollegen bei der Polizei kennen die Nummer bestimmt gar nicht. Und Frankenfeld wahrscheinlich auch nicht. Der ist nämlich extrem neugierig und misstrauisch, und das weiß Christiansen. Mein Telefon hat Frankenfeld zum Beispiel bei der erstbesten Gelegenheit verwanzt.« Liane ignorierte Saalfelds alarmierten Blick. »Ich kann mir einfach nicht vorstellen, dass Christiansen so dumm wäre, dieses Risiko einzugehen, wenn er vorhat, einen Mann wie Frankenfeld zu hintergehen.«

Saalfelds unglücklicher Blick rührte Liane.

»Bitte, Jan. Ich bin mir wirklich sicher. Und was haben wir zu verlieren? Wenn bei der Ortung die Kripo in Itzehoe rauskommt, gebe ich sofort Ruhe. Aber noch besteht die Chance, einen Mord zu verhindern. Irgendwie kann ich es kaum glauben, dass ich diejenige bin, die ausgerechnet dich davon überzeugen muss.«

»So wie ich nicht glauben kann, dass ich dir erklären muss, wie das mit der Handyortung läuft. Wir bräuchten jemanden, der bereit wäre, ohne richterliche Anordnung stille SMS zu versenden. Und selbst wenn wir so jemanden hätten, was auf mich leider nicht zutrifft, bräuchten wir die richterliche Anordnung danach dann doch auf jeden Fall, damit der Mobilfunkanbieter die Daten der Antwort-SMS rausrückt.« Saalfeld sah von Lianes enttäuschtem Gesicht auf den Zettel. »Hast du denn schon mal versucht, selbst auf der Nummer anzurufen?«

»Veräppelst du mich jetzt, oder war das dein Ernst?«

»Das war mein Ernst. Das mit der Ortung musst du ganz schnell vergessen. Wir sind hier schließlich nicht in 'nem Krimi, wo immer alles problemlos möglich ist, wenn man es aus dramaturgischen Gründen gerade braucht. Entweder hilft nur der direkte Weg oder gar nichts mehr.«

Liane stand auf, nahm ihm den Zettel aus der Hand und starrte auf die Nummer, als würde sie den entscheidenden Hinweis enthalten, wie ihre nächsten Schritte auszusehen hatten. »Aber der wird doch von mir keine Hilfe annehmen. Der kann sich denken, dass ich inzwischen Bescheid weiß und ihm daher alles andere als wohlgesonnen bin. Auf keinen Fall wird er ausgerechnet mir glauben, dass ich ihn vor Frankenfeld warnen will. Der wird ’ne Falle wittern.«

Saalfeld legte die Handflächen aneinander. »Dann lass dir was Besseres einfallen – oder den Dingen ihren natürlichen Lauf, so wie du es zuerst wolltest.«

Langsam zog Liane ihr Handy aus der Hosentasche, hielt es neben den Zettel in der anderen Hand und wartete auf eine Eingebung. Dann murmelte sie: »Also schön, versuchen wir’s«, und wählte.

Saalfeld trat an sie heran und legte sein Ohr von der anderen Seite ans Handy.

»Wer ist da?«, meldete sich eine pampige Stimme.

»Liane Maschmann. Gut, dass ich Sie erreiche, Herr Christiansen.«

»Woher haben Sie …« Erkenntnis, gefolgt von Schweigen.

»Sie kennen doch Herrn Frankenfeld?«

»Was? Warum fragen Sie mich das denn?«

»Wussten Sie, dass er schon seit etwa einer Woche versucht, mich dazu zu überreden, für ihn zu arbeiten?«

Schweigen.

»Wussten Sie, dass er mir Herrn Miric in Plastikfolie eingewickelt vor die Tür gelegt hat? Sozusagen als Gunstbeweis. Ja, er scheint mich wirklich zu mögen. Zumindest betont er das immer wieder.«

»Was soll das? Was wird das?«, fragte er etwas zu laut.

Liane fand, dass er nun ängstlich klang. »Vor ein paar Stunden hat er mich wieder angerufen. Er weiß nun, dass mein Mann tot ist und dass er von einem Mitarbeiter bestohlen wurde. Und nachdem er mir erklärt hat, wer Sie eigentlich sind, weiß ich nun, wer meinen Mann umgebracht hat.«

Schweigen. Und schweres Atmen.

»Er ist schon auf der Suche nach Ihnen, Herr Christiansen. Sie wissen, was das bedeutet. Ich wollte ihn eigentlich gewähren lassen, aber ich kann das nicht. So bin ich nicht. Darum musste ich Sie warnen, auch wenn ich zurzeit wohl einer der letzten Menschen bin, denen Sie vertrauen würden. Trotzdem möchte ich Ihnen raten, sich der Polizei zu stellen. Dann sind Sie sicher vor ihm.«

»So ein Unsinn. Sie bluffen doch!«

»Nein. Darf ich fragen, wo Sie sich zurzeit aufhalten?«

Es knackte in der Leitung. Christiansen hatte aufgelegt.

»Das war gut. Jetzt ist er zumindest gewarnt. Mehr kannst du nicht tun, Liane«, meinte Saalfeld.

***

Liane hatte einen Kaffee zubereitet. Den tranken sie, brav nebeneinander auf der Couch sitzend. Dann hatte sie sich von ihm in den Arm nehmen lassen und es genossen. Sie sprachen kein Wort, sodass eine angenehme Stille herrschte. Auch die genoss sie, und sie war dankbar, dass Saalfeld nicht versuchte, diese Stille mit gut gemeinten, aber letztlich überflüssigen Worten zu füllen – was durchaus von ihm zu erwarten gewesen wäre. Sporadisch flossen noch ein paar Tränen über ihre Wangen, aber es war kein hartes Weinen wie zuvor. Saalfeld streichelte ihr dabei wechselweise über die Haare oder den Oberarm. Er machte auch keine Anstalten, diese besinnliche Zweisamkeit mit unangebrachter Dienstbeflissenheit – denn er befand sich noch im Dienst – zu zerstören, und auch das rechnete sie ihm unheimlich hoch an.

Es war – wie so oft in letzter Zeit – ein Anruf, in diesem Fall auf ihrem Handy, der ihren Alltag wieder beschleunigte. Auf dem Display stand zwar, dass es sich um einen unbekannten Anrufer handelte, aber manchmal waren Handys dümmer als ihre Eigentümer. Liane erkannte die Nummer.

»Das ist Christiansen!«, raunte sie Saalfeld zu, bevor sie das Gespräch entgegennahm.

»Was wollen Sie?«, meldete sich Liane betont unhöflich.

»Er hat mich gefunden! Sie haben die Wahrheit gesagt!«, rief ein hektisch klingender Christiansen.

Liane hielt sich unwillkürlich die Hand vor den Mund. »Was bedeutet das? Hat er Sie, oder jagt er Sie?«

»Er hat mich gefunden und verfolgt mich. Eine schwarze S-Klasse mit Bremer Kennzeichen. Das ist er! Wenn die mich kriegen, war es das mit mir!«

Es war Liane unmöglich, sich die folgende Bemerkung zu verkneifen. »Und? Wie fühlt es sich an?«

Christiansen keuchte. Nun nahm sie auch die Motorengeräusche wahr. Außerdem wurde mehrmals gehupt. Offenbar sah Christiansen sich gezwungen, die Verbindlichkeit der Straßenverkehrsordnung außer Kraft zu setzen, wenn er sein Leben retten wollte, was bei einigen wohl nicht so gut ankam. »Was wollen Sie? Dass ich mich bei Ihnen entschuldige? Was da geschehen ist, wäre mit nichts aus der Welt zu schaffen. Schon gar nicht mit einer profanen Entschuldigung.«

»Dem habe ich nichts hinzuzufügen«, erwiderte sie kalt.

»Vorhin wollten Sie mir helfen, aber ich habe … nun fahr schon zur Seite, du verdammter Schwachkopf! … ich habe Sie nicht ernst genommen. Dafür entschuldige ich mich. Und komme nun doch noch auf Ihr Angebot zurück.«

Liane sah kurz zu Saalfeld, der fassungslos den Kopf schüttelte. »Mein Angebot? Ich fürchte, da haben Sie was in den falschen Hals bekommen. Ich habe Ihnen bereits geholfen, indem ich Sie gewarnt habe. Ich kann nur meinen Rat erneuern, dass Sie schleunigst zur nächsten Polizeidienststelle fahren und sich dort stellen sollten. So wie ich das sehe, die einzige Möglichkeit, um sich Frankenfelds Zugriff noch zu entziehen.«

Christiansen trommelte ein paarmal kurz hintereinander auf seine Hupe und ließ anschließend den Motor aufheulen, bevor er antwortete. »Vergessen Sie's, ich werde mich auf gar keinen Fall stellen! Nicht der Polizei und nicht Frankenfeld. Auch sonst niemandem.«

»Na gut, Ihre Entscheidung. Sie ist dumm, aber das ist natürlich nur meine Meinung. Sehen Sie mir bitte nach, dass ich Ihnen jetzt nicht auch noch viel Glück wünsche.«

»Jetzt hören Sie mal zu: Ich fahre gerade durch Marmstorf. Ich bin hier aufgewachsen und dachte eigentlich, dass es mir hier gelingen sollte, den Mistkerl abzuschütteln, aber der klebt wie eine Klette an mir. Ich fürchte fast, dass das Schwein …«

Christiansen verstummte, und Liane hörte ein furchtbares Geräusch. Als wäre etwas Schweres in die Windschutzscheibe seines Wagens eingeschlagen. Bremsgeräusche gab es jedoch keine.

»Was ist da passiert?«, wollte Liane wissen.

»Nicht so wichtig«, murmelte Christiansen leise.

»Das klang, als ob Sie jemanden überfahren haben.«

»Nur ein Penner, den ich gestreift habe. Aber er versucht schon, wieder auf die Beine zu kommen. Wie ich sagte, nicht so wichtig. Jedenfalls glaube ich, dass Frankenfeld mein Fahrzeug mit einem Sender ausgestattet hat. So dürfte er mich auch gefunden haben. Wenn ich jetzt aber für 'nen Fahrzeugwechsel anhalte, hat er mich. Ich werde daher versuchen, mich in Richtung Norden durchzuschlagen. Wenn Sie mir gleichzeitig entgegenkommen, geht es schneller. Nehmen Sie die A 23.«

Liane verschlug es die Sprache. Mit offenem Mund starrte sie Saalfeld an, dem es offensichtlich so ging wie ihr.

»Haben Sie mich verstanden, Frau Maschmann?«

»Sie glauben doch nicht wirklich, dass ich … Sind Sie noch bei Trost?«

»Vorhin haben Sie durchblicken lassen, dass Frankenfeld was an Ihnen liegt. Ich will, dass Sie das für mich in die Waagschale werfen. Überzeugen Sie ihn, dass er mich gehen lassen soll.«

»Sie haben Sie doch nicht alle! Ich soll dem feigen Mörder meines Mannes einen solchen Gefallen tun? Wie dumm müsste ich sein? Das wird auf gar keinen Fall passieren.«

»Das sollte es aber. Ansonsten nehme ich die letzten Worte Ihres Mannes mit ins Grab. Überflüssig zu erwähnen, dass die Ihnen galten. Wollen Sie dieses Risiko eingehen?«

Plötzlich schnürte sich Lianes Kehle wieder zu. Sie hatte das Gefühl, dass ihr jetzt sofort, in genau diesem Moment und aus dem Stand, eine weitere Heulattacke bevorstand.

»Hören Sie, der Plan war ein anderer, das versichere ich Ihnen. Aber der dumme Kerl ist misstrauisch geworden und wollte mir das Geld plötzlich nicht mehr geben. Ich habe meinen Leuten nur gesagt, dass sie ihm helfen sollen, das Richtige zu tun. Das lief dann aus dem Ruder, weil dieser Idiot sich unbedingt wehren musste. Ihnen muss ich ja nichts über Timo Maschmanns Jähzorn erzählen. Seinen Tod habe ich aber nie verlangt, das schwöre ich. Mir ist klar, dass das kein Trost für Sie ist, aber es war nur ein Unfall, das müssen Sie mir glauben. Ich bedaure zutiefst, dass ich Sie damit nun auch noch erpressen muss. Ich mag so etwas eigentlich nicht. Wirklich nicht. Aber ich muss jetzt vor allem an mich denken.«

»Glaub ihm nicht!«, flüsterte Saalfeld ihr zu. »Der will dich doch nur vor seinen Karren spannen und dich ausnutzen.«

»Wer ist das? Ein Freund von Ihnen?«

»Ja«, sagte Liane wie betäubt.

»Sagen Sie ihm, dass er keine Ahnung hat und sich gefälligst raushalten soll. Aber vielleicht möchte er Sie ja als Verstärkung begleiten, das kann bestimmt nicht schaden. Wie auch immer, fahren Sie jetzt bitte los. In etwa einer halben Stunde melde ich mich wieder. Und vergessen Sie nicht, was auf dem Spiel steht. Ich schwöre Ihnen, dass Sie das hören wollen.«

Christiansen beendete das Gespräch.

Liane stand auf. Sie fühlte sich elend, wusste aber bereits, was es zu tun galt.

»Mit dir oder ohne dich. So oder so, ich fahre jetzt los!«, sagte sie fest entschlossen zu Saalfeld.

Sie waren gerade aus Marne raus, als Liane einen zaghaften Versuch wagte, das Schweigen zu brechen. »Hamburg! Mann, ich hätte gewettet, dass er längst nicht mehr im Land ist.«

Saalfeld reagierte nicht, konzentrierte sich weiter auf den Verkehr. Er hatte sofort abgelehnt, sie allein losfahren zu lassen. Also waren sie in seinen Dienstwagen gestiegen und zusammen aufgebrochen. Dennoch war ihm überdeutlich anzumerken, wie sehr er die Lage hasste, in die er sich gerade sehenden Auges begeben hatte.

»Danke, dass du das für mich machst«, sagte sie leise.

»Ich würde alles für dich tun, Liane. Das würde ich wirklich«, sagte er ernst. Er atmete tief durch, und seine Knöchel traten weiß hervor, als er den Griff ums Lenkrad verfestigte. »Ich fürchte nur, dass du das sehr genau weißt. Und es … einsetzt.«

»Du meinst, ich manipuliere dich?«

»Nicht bewusst. Aber letztlich bringt es das wohl doch am treffendsten auf den Punkt.«

»Du hättest nicht mitzukommen brauchen.«

»Bitte lass das. Ich weiß schon, dass du auf dich aufpassen kannst. Aber du wirst trotzdem niemals erleben, dass ich dich allein lasse, wenn ich weiß, dass du dich in Gefahr begibst. Das könnte ich nicht. Genau das ist es ja, wovon ich gerade sprach.«

Für eine Sekunde riss er seinen Blick von der Straße los und sah sie an. »Lass uns das vertagen. Okay?«

»Einverstanden«, sagte Liane und lief rot an. »Beantworte mir bitte nur noch eine Frage, dann lasse ich das Thema ruhen: Zweifelst du an meinen Gefühlen für dich?«

»Liane, bitte!«

»Nur diese eine Frage. Und ich verspreche, dass ich deine Antwort auch nicht sofort auf den Seziertisch legen werde, egal, was du sagst. Ein simples Ja oder Nein würde mir schon vollkommen reichen. Tu mir den Gefallen.«

»Also schön. Nein, ich zweifle nicht.«

Eine knappe halbe Stunde später, kurz bevor Liane und Saalfeld bei Itzehoe auf die A 23 fahren wollten, meldete Christiansen sich wieder. Liane nahm das Gespräch an.

»Ja.«

»Ich werde sie nicht los. Ich kann diese Mistkerle einfach nicht abschütteln«, rief Christiansen. Seine Besorgnis war ihm dabei deutlich anzuhören. »Wenn wir aufeinandertreffen, muss das alles sehr schnell gehen, stellen Sie sich darauf ein. Wo sind Sie jetzt?«

»Bei Itzehoe. Gleich geht's auf die Autobahn.«

»Okay. Ich bin jetzt auf der A 7 unterwegs und fahre gleich in den Elbtunnel. Wenn ich das Dreieck Nordwest erreicht habe, melde ich mich wieder.«

Liane erzählte Saalfeld, wo Christiansen sich gerade befand, was der mit grimmiger Miene zur Kenntnis nahm.

Dann geschah, was Liane insgeheim befürchtet hatte. Die Dauerbaustelle der A 23 zwischen Itzehoe-Süd und Itzehoe-Mitte hatte wieder einmal den Verkehr zum Erliegen gebracht. Saalfeld fluchte ungeniert und leidenschaftlich. Liane nahm ihren ganzen Mut zusammen und legte ihre Hand in seinen Nacken, um ihn ein wenig zu kraulen. Zu ihrer Freude ließ er es zu und beruhigte sich auch wieder.

Am Ende hatten sie mehr als zehn Minuten für eine Strecke gebraucht, die sich normalerweise in einer Minute bewältigen ließ. Saalfeld drückte aufs Gas, und Liane nahm den nächsten Anruf entgegen.

»Sie wollten sich doch erst am Dreieck Nordwest melden.«

»Und ich bin ein Mann, der Wort hält. Was soll die Bemerkung?«, fragte Christiansen gereizt.

Liane verstummte kurz, um im Geiste etwas auszurechnen. »Sie haben in der kurzen Zeit doch unmöglich eine solche Strecke zurückgelegt.«

»Ich werde gejagt, Sie dumme Kuh!«, brüllte Christiansen, der inzwischen scheinbar kurz vor einem Nervenzusammenbruch stand. »Glauben Sie denn, ich fahre hier vorschriftsmäßig?«

»Wenn Sie mich noch einmal dumme Kuh nennen oder sich in anderer Weise mir gegenüber respektlos verhalten, kehre ich um. Haben Sie *das* verstanden?«

Christiansen keuchte. »Es tut mir leid. Aber der Typ, der mich jagt, ist ein Mörder. Und der Verkehr ist leider auch mörderisch. Ich heize hier mit einem Affenzahn in Schlangenlinien zwischen Lkws und Autos hin und her, teilweise auch über den Standstreifen. Und nebenbei telefoniere ich auch noch mit Ihnen. Ich bin in mehrfacher Hinsicht gefährdet, und das stresst mich.«

Lianes Mitleid hielt sich in Grenzen.

»Wo sind Sie jetzt?«

»Gerade erst auf die Autobahn eingefädelt. Die Baustelle macht mal wieder alles langsamer.«

»Kacke!«, fluchte Christiansen. »Die Typen sind bis auf wenige Wagenlängen an mir dran.« Er hielt kurz inne, sodass sie nur sein keuchendes Atmen und die Fahrgeräusche hörte. »Ich melde mich gleich wieder.«

Liane legte das Handy auf ihren Schoß und rieb sich die Augen.

»Dumme Kuh?«, fragte Saalfeld mit einem leichten Lächeln.

»Jap. Na ja, der ist kurz vorm Durchdrehen. Ich war noch nie auf der Flucht vor jemandem, der mich umbringen will, und stelle mir das auch nicht so witzig vor. Jedenfalls ist er schon am Dreieck Nordwest vorbei. Der fliegt regelrecht über die Bahn, also sollten wir vielleicht etwas langsamer machen. Ich schätze, dass er uns beim nächsten Anruf mitteilt, wo er sich mit uns zusammenschließen will.«

Saalfeld wies mit einer Hand auf den Verkehr vor ihnen. Schnell fahren war zurzeit ohnehin nicht möglich. Zumindest nicht, wenn man nicht bereit war, Christiansens Beispiel zu folgen. Der Verkehr war einfach zu dicht, und sobald am Horizont ein Lkw auszumachen war, zog nach und nach jeder Pkw auf die linke Spur. Viele machten sich gar nicht erst die Mühe, überhaupt wieder auf die rechte Spur zu wechseln, holten stattdessen lieber das Letzte aus ihren unterlegen motorisierten Fahrzeugen heraus, was letztlich aber nichts daran änderte, dass sie für die deutlich schnelleren Fahrzeuge ein Hindernis darstellten.

Als einige Minuten später die Ausfahrt Hohenfelde angekündigt wurde, ging Christiansens nächster Anruf ein.

»Ja.«

»Ich bin von der Autobahn runter, Abfahrt Horst/Elmshorn. Und ich fahre jetzt auf Elmshorn zu.«

Liane stand kurz der Mund offen. »Warum denn das?«

»Auf der Autobahn kann ich sie nicht abschütteln. Da sind sie mir nur immer näher gekommen. Aber ich bin der bessere Fahrer, darum müsste es mir über Land gelingen, wieder etwas Abstand zwischen uns zu bringen. Wir brauchen nun mal ein Zeitpolster, um zusammenzukommen.«

»Er hat die Richtung geändert, fährt jetzt wieder nach Süden. Er ist von der Autobahn runter und nähert sich Elmshorn«, sagte sie zu Saalfeld.

»Scheiße! Da kenn ich mich nicht die Bohne aus. Du?«

»Ja, ein wenig.«

»Ist das Ihr Freund? Der ist tatsächlich mitgekommen?«

»Wie Sie schon richtigerweise sagten, das kann nicht schaden. In diesem speziellen Fall sogar ganz sicher nicht.«

»Gut. Beeilen Sie sich. Sie müssen mich einholen.«

»Dazu müssen wir aber wissen, wohin Sie wollen.«

»Weiß ich ja selbst nicht«, jammerte Christiansen und atmete nun noch schwerer. »Wie wäre es bei Kölln, am Südufer?«

»Kommt nicht in Frage! Da sind mir zu viele Menschen unterwegs. Wir werden nicht riskieren, dass Unschuldige in Mitleidenschaft gezogen werden, falls es doch aus dem Ruder läuft.«

Christiansen stöhnte laut auf. Es klang schwer genervt, und Liane spürte förmlich, dass er ihr jetzt gerne eine fette Despektierlichkeit an den Kopf geworfen hätte. Aber es gelang ihm, es beim lauten Stöhnen zu belassen.

»Okay, verstanden. Dann … wissen Sie, wo das ›Teppan House‹ ist? Dieses asiatische Restaurant?«

»Nein, keine Ahnung.«

»Nicht, na gut. Der Butterberg, sagt Ihnen das was?«

»Ich weiß, wo der Buttermarkt ist. Aber das wär keine Option. Aus denselben Gründen wie das Südufer.«

»Das sind zwei weit voneinander entfernte Orte.«

»Gut. Aber dann muss ich leider erneut passen.«

Wieder das genervte Stöhnen. »Versuchen wir es mal so: Wenn man von Elmshorn nach Uetersen fährt, über die B 431, kommt man direkt am Ortsausgang durch ein Waldstück. Nach einigen hundert Metern kann man nach links in den Wald abbiegen. Da geht es zu einem Waldkindergarten und eben auch zum Butterberg. Auf der linken Seite ist ein Parkplatz. Da treffen wir uns. Finden Sie das?«

»Ein Kindergarten? Haben Sie mir gerade nicht zugehört?«

»Sie ver…« Christiansen bremste sich in allerletzter Sekunde. »Da ist um diese Zeit doch niemand mehr. Es ist später Nachmittag, Frau Maschmann. Außerdem treffen wir uns ja auf dem Parkplatz. Da ist bei dem Scheißwetter heute nichts los.«

Liane sah auf die Uhr. Es war bereits deutlich nach fünf. »Na gut, dann also da.«

»Gut!« Christiansen seufzte erleichtert. »Ich werde ein paar Schleifen durch das Stadtgebiet fahren. Mit etwas Glück sollte es mir gelingen, etwas Strecke zwischen Frankenfeld und mich zu bringen und Ihnen gleichzeitig die nötige Zeit zu verschaffen, um mich einzuholen. Wenn Sie da sind, rufen Sie mich an, okay? Und beeilen Sie sich! Lange geht das nicht mehr gut.«

Liane legte das Handy wieder beiseite.
»Wo geht's hin? Die Nächste runter?«, fragte Saalfeld.
»Nein, nimm lieber die Übernächste, Ausfahrt Elmshorn. Sag mal – könntest du nicht mit Blaulicht fahren?«
Saalfeld warf ihr einen Blick zu, auf den sie gerne verzichtet hätte.
»Wir haben einen Treffpunkt vereinbart. Aber Frankenfeld sitzt ihm immer noch im Nacken. Der Druck wird langsam zu viel für ihn, Jan. Christiansen hält nicht mehr lange durch.«
Saalfeld atmete gleichmäßig und tief und sah konsequent auf die Straße. »Wenn rauskommt, dass ich in einem Gebiet, weit außerhalb meiner Zuständigkeit, die Fackel angeworfen habe, ohne zumindest die örtlichen Polizeikräfte über meine Absichten zu informieren, bekomme ich doch noch mein Stelldichein mit den Internen«, setzte er ihr ruhig auseinander.
»Du hast natürlich recht. War nur ein –«
Saalfeld schaltete das Blaulicht ein und trat das Gaspedal durch. Wie durch Zauberhand zogen die vor ihnen fahrenden Fahrzeuge eines nach dem anderen auf die rechte Spur.
Er erwies sich als gnadenloser Fahrer. Während der Ausbildung lernte man so einiges, und auch im aktiven Dienst waren Liane Verfolgungsjagden nicht fremd, auch wenn sie nicht gerade zu ihren alltäglichen Herausforderungen gezählt hatten. Man brauchte manchmal starke Nerven, und eine gewisse Todesverachtung konnte ebenfalls hilfreich sein. Liane hatte sich beides angeeignet. Wie Saalfeld nun aber mit einer Geschwindigkeit nah an zweihundert Stundenkilometern über die A23 jagte und den Fahrzeugen, die nicht rechtzeitig begriffen, was sich da hinter ihnen zusammenbraute, auf die Pelle rückte, ließ sie an ihren starken Nerven und ihrer Todesverachtung zweifeln. Mehrfach war sie sicher, dass sie jeden Moment den Knall vom Aufprall hören würde, so nah fuhr Saalfeld auf seine Vorderleute auf. Sie wunderte sich, dass keiner von ihnen panisch reagierte. Alle zogen zwar zügig nach rechts, wenn sie ihn denn endlich bemerkten, taten dies aber offensichtlich kontrolliert. Aber das machte es für Liane leider nicht erträglicher. Bevor sie, getrieben von echter Todesangst, ihre Augen zukniff, sah sie noch einmal kurz zu

Saalfeld. Der hatte das Lenkrad mit beiden Händen fest im Griff und starrte hoch konzentriert und entschlossen mit feuchter Stirn auf den Verkehr.

Liane war nicht gläubig, aber in einem stillen Gebet bat sie ihren Schutzengel, jetzt bloß keine Pause zu machen.

Nach einem letzten harten Bremsen und einer scharf genommenen Kurve, in der die Fliehkräfte mit aller Macht an ihr zogen, hörte sie Saalfeld sagen: »Du kannst die Augen jetzt wieder aufmachen, du Weichei. Wir haben die Ausfahrt erreicht.«

Sie riskierte es. Zuerst bemerkte sie, dass es wieder zu regnen angefangen hatte. Als Nächstes fiel ihr der große grüne Schriftzug des überregional bekannten Teppichhauses ins Auge, um gleich darauf auf einen schwarzen Audi Q7 mit Hamburger Kennzeichen aufmerksam zu werden, in dessen Kofferraum Saalfeld scheinbar Einlass begehrte und dessen Fahrer es gerade wahrscheinlich ziemlich fertigmachte, dass er sich trotz des Schlachtschiffes unter seinem Hintern in der ungeliebten Rolle des Genötigten wiederfand.

»Glaubst du denn, er fährt schneller, wenn du deine Scheinwerfer hinter seinen Rücklichtern versteckst? Nach meiner Erfahrung neigen die meisten Autofahrer zu penibler Vorschriftentreue, wenn ein Polizeifahrzeug hinter ihnen herfährt.«

Saalfeld warf ihr einen im höchsten Maße verständnislosen Blick zu. »Wir haben es doch eilig, oder etwa nicht? Ich fahre, du navigierst, so läuft das hier. Und nun sag mir, wo ich lang muss. Links oder rechts?«

»Nach links«, antwortete Liane.

Saalfeld schaltete das Blaulicht wieder aus und sah zu Liane. »Wenigstens nicht in der Stadt«, erklärte er. Dann bog er ab, zog auf die rechte Spur und trat drauf – um sogleich wieder scharf zu bremsen, weil die Ampel auf Höhe eines Autohauses gerade auf Rot umgesprungen war. »Verdammte Dreckscheißampeln!«, schimpfte er ungeduldig. »Natürlich ausgerechnet jetzt. Wie weit ist es noch bis zum Treffpunkt?«

»Schon ein Stück. Wir müssen einmal komplett durch die Stadt. Bestimmt sechs Kilometer, vielleicht etwas mehr.«

»Scheiße!«, fluchte Saalfeld. »Bei dem Verkehr und den ganzen Schweineampeln wird es dann locker noch 'ne Viertelstunde dauern, bis wir da sind.«

Liane zuckte mit den Schultern. »Das bringen Städte nun mal mit sich.« Sie maß Saalfeld mit einem forschenden Blick. »Hast du eigentlich schon immer so viel geflucht? Ich entdecke gerade eine ganz neue Seite an dir.«

Als er schuldbewusst zu ihr rüberschielte, klingelte Lianes Handy wieder.

»Wir sind gerade erst von der Bahn runter, Herr Christiansen. Ein paar Minuten müssen Sie –«

»Zu spät! ... Haben mich gleich!«, schrie Christiansen mit schriller Stimme und keuchte gleichzeitig ausgiebig.

Nicht nur seine Stimme, auch alle Umgebungsgeräusche klangen nun ganz anders. Es hörte sich an, als wäre er im Freien und würde laufen. Sie glaubte, schnelle, schwere Schritte zu hören und auch das typische laute Rauschen einer Windböe, die das Mikrofon traf.

Liane schloss die Augen. »Was ist los?«

»Ich dachte ... hab sie abgehängt ... waren aber schlauer ... Ampel beim ›Teppan House‹ ... da waren sie wieder ... Musste aussteigen und ... laufe jetzt ... Helfen Sie mir! ... Bitte!«

Die Verbindung brach ab.

Liane sah zu Saalfeld und krallte ihre Hand in seinen Oberarm. »Sie haben ihn gestellt! *Du musst jetzt das Blaulicht wieder anmachen und Vollgas geben!* Und ich – werde die örtliche Polizei verständigen.«

Saalfeld sah sie direkt an. »Aber dann ...«

»Ja, ich weiß. Aber nun geht es nicht mehr anders. Sie werden ihn kriegen, und dann wird es einen weiteren Mord geben. Auch wenn er es wahrscheinlich nicht besser verdient hat, will ich das nicht auf mein Gewissen laden.«

Kommentarlos schaltete Saalfeld das Blaulicht wieder ein und gab Gas.

Lianes Einschätzung erwies sich als richtig. Es waren ziemlich genau sechs Kilometer bis zum Waldstück, für die sie, trotz Blaulicht, gute zehn Minuten benötigten.

Ihre zwischenzeitlichen Versuche, wieder eine Verbindung zu Christiansen herzustellen, waren gescheitert. Nach etlichen Freizeichen sprang jedes Mal die Mailbox an.

An der letzten Ampel vor dem Ende der Ortschaft stand ein offensichtlich verwaister schwarzer Opel Insignia mit Steinburger Kennzeichen, die Fahrertür weit offen.

»Er muss mitten auf der Straße ausgestiegen und weggelaufen sein«, stellte Liane fassungslos fest, als Saalfeld an dem Wagen vorbeifuhr.

»Wenigstens wissen wir nun, dass wir hier richtig sind. Was jetzt? Zum vereinbarten Treffpunkt?«

»Ja, da habe ich die Kollegen auch hingelotst. In ungefähr siebenhundert Metern musst du links abbiegen. Da geht es zu einem Kindergarten. Ist wohl auch ausgeschildert.«

»Okay. Offizielle Version: Christiansen hat mich zu Hilfe gerufen, weil er sich nicht sicher war, wer noch alles auf Frankenfelds Lohnliste steht. Ich bin einer der wenigen, denen er vertraute. Okay?«

»Jan, du musst nicht schon wieder …«

»Okay?«

Liane starrte ihn an und war eingeschüchtert. »Und wie erklärst du meine Anwesenheit?«

»Gar nicht. Ich will dich weder erwähnen noch vorzeigen. Im Zweifelsfall bist du nur eine Passantin, die dort zufällig spazieren ging.«

»Aber … nein! Ich will wissen, was Timo gesagt hat. Ich muss mit ihm sprechen können.«

»Wach auf, Liane! Dazu wirst du keine Gelegenheit mehr erhalten. Entweder haben sie Christiansen längst eingesackt, oder er ist bereits tot«, polterte er, während er das Schild erreichte und links abbog.

Liane sah ihn entsetzt an.

»Er ist zu Fuß vor denen geflüchtet. Was glaubst du, wie weit er da noch gekommen ist? Wir haben seit seinem letzten Anruf bestimmt 'ne Viertelstunde gebraucht, um hierherzukommen. Ich wette einen Hunderter, dass wir zu spät sind!«

Sie erreichten den Parkplatz. Außer einer schwarzen S-Klasse mit Bremer Kennzeichen waren keine Fahrzeuge zu sehen. Die örtliche Polizei war also noch nicht eingetroffen. Es schien auch niemanden zu geben, der bei dem miesen Wetter Lust auf einen Spaziergang durch den Wald hatte.

»Abwarten, sage ich«, wisperte Liane. »Vielleicht hat er ja noch rechtzeitig ein gutes Versteck gefunden.«

Liane und Saalfeld stiegen aus und drehten sich langsam einmal um sich selbst. Saalfeld öffnete schließlich sein Holster und ging zielstrebig auf die S-Klasse zu. Er versuchte, eine Tür zu öffnen, aber der Wagen war abgeschlossen. Der Blick ins Fahrzeuginnere wurde ihm verwehrt, da sämtliche Scheiben getönt waren. So konnte er vorerst nur seinen Notizblock zücken und sich zumindest das Kennzeichen aufschreiben.

Liane blickte mit zusammengekniffenen Augen zum Himmel und zog sich den Kragen ihrer Jacke fest in den Nacken. »Verdammter Scheißregen.«

»Ja. Und was machen wir jetzt?«, fragte er leise und legte die Hand ans Holster. »Wie sollen wir ihn hier finden? Nach ihm rufen scheidet ja wohl aus, wenn die anderen sich hier auch rumtreiben.«

Dann hörten sie ein Rascheln und Knacken, als würde sich jemand im Laub vom letztjährigen Herbst wälzen. Es schien aus nordöstlicher Richtung zu kommen.

Saalfeld ging auf einen kleinen, laubbedeckten Hügel zu, der in Richtung des Geräusches lag, während Liane Anstalten machte, einem ausgewiesenen Wanderweg zu folgen, der zu einem Teich führte.

»Du bleibst schön an meiner Seite«, zischte Saalfeld und sah sie dabei streng an. »Das will ich übrigens nicht wiederholen müssen.«

Liane verdrehte die Augen, gehorchte aber, sodass sie einige Sekunden später nebeneinander auf dem Hügel standen und durch nackte Äste auf den Teich starrten.

»Ehrlich, ich habe überhaupt keine Ahnung, was wir jetzt machen sollen. In einem so weitläufigen Gebiet zu zweit mit der Suche nach ihm anzufangen wäre – dämlich. Das wäre wirklich unverschämtes Glück, wenn wir ihn so tatsächlich fänden.«

Liane drehte sich um und blickte zur anderen Straßenseite. Relativ dichtes Gehölz und jede Menge welkes Laub, das jetzt feucht glänzte und überall diesen ganz besonderen, erdig fauligen Duft verströmte. Ansonsten jedoch nichts Auffälliges. Nicht nur Christiansen trieb sich hier irgendwo herum, auch seine Verfolger konnten nicht weit sein. Wenn sie sich in unmittelbarer Nähe zu ihnen befanden, hätte man sie eigentlich irgendwo sehen müssen. Aber der Wald war nicht gerade klein. Sie hatten Vorsprung und konnten schon sonst wo sein. Saalfeld hatte vollkommen recht, die Suche zu zweit in Angriff zu nehmen wäre Unsinn.

»Ist vielleicht wirklich das Beste, wenn wir auf das Eintreffen der örtlichen Polizei warten. Kann ja auch eigentlich nicht mehr so lange dauern.«

Erneut hörten sie das laute Rascheln, so deutlich, als wäre es keine fünf Meter von ihnen entfernt.

»Ich glaube, das kam von da unten«, sagte Saalfeld und zeigte den Hügel hinab. »Wahrscheinlich irgendein Tier.«

»So wirklich überzeugt klingst du aber nicht.«

»Nein, natürlich nicht. Ich sehe die wahre Ursache genauso wenig wie du.«

»Wollen wir mal runtergehen?«

Saalfeld nickte und ging voraus. Als sie den Hügel vorsichtig ein paar Schritte hinuntergestakt waren, hörten sie ein Geräusch, das ganz sicher nicht von einem Tier stammen konnte und leicht zu identifizieren war. Ein Motor wurde gestartet.

Die beiden blickten sich erschrocken an und stürmten wieder zurück, den Hügel hinauf. Oben angekommen sahen sie, wie die S-Klasse mit durchdrehenden Reifen einen Bogen beschrieb, um in Fahrtrichtung Bundesstraße noch einmal kurz stehen zu bleiben. Ein schwarz gekleideter Mann, der Liane sofort bekannt vorkam, kam aus dem dichten Gehölz auf der anderen Straßenseite gerannt. Kurz bevor er das Auto erreicht hatte, flog die Tür auf, und er stürzte sich ins Fahrzeuginnere, ohne Liane und Saalfeld, die beide schon wieder den Hügel hinuntergelaufen waren und den Parkplatz bereits zur Hälfte überquert hatten, eines Blickes zu würdigen. Kleine Steine und Dreck wirbelten durch die Luft, als der Wagen mit erneut durchdrehenden Reifen zur

Bundesstraße durchstartete und vor Saalfelds Nase, der es bis auf etwa drei Meter an das Fahrzeug heran geschafft hatte, davonfuhr. Er lief noch kurz hinter dem Fahrzeug her, erkannte aber schnell, wie aussichtslos das war, und gab auf.

Liane kümmerte sich nicht um ihn und ging stattdessen sofort in den Wald auf der anderen Straßenseite, dorthin, wo der Mann, der vor einigen Tagen zusammen mit Frankenfeld in ihr Haus eingedrungen war, um sich eine Tracht Prügel bei ihr abzuholen, aus dem Unterholz aufgetaucht war. Sie hatte keine Ahnung vom Spurenlesen in der freien Natur, aber nach ein paar Metern in das Gehölz hinein wurde sie auf etwas aufmerksam, das ihrer laienhaften Vorstellung von einer Schleifspur im Laub entsprach. Als wäre dort etwas oder jemand mit Gewicht entlanggezogen worden. Liane folgte der Spur, die nicht gerade verlief, sondern zwischen den Bäumen hin und her mäanderte, noch ein paar Meter weiter – und dann sah sie ihn. Er lag etwas verquer auf der Seite und hatte ihr das Gesicht zugewandt, als würde er sie direkt ansehen. Seine Augen waren aber geschlossen. Ein dunkles Bündel mit blassem Gesicht. Und Blut. Sehr viel Blut.

»*Jaaaann!*«, schrie sie, lief zu Christiansen und kniete sich nieder. Sie rüttelte vorsichtig an seiner Schulter. »Herr Christiansen, können Sie mich hören?« Sie wartete nicht auf eine Antwort, drückte ihm stattdessen Zeige- und Mittelfinger der rechten Hand auf die Halsschlagader. Er schien noch eine normale Temperatur zu haben, aber es war kein Puls fühlbar. Sie schreckte zurück, als hätte sie niemals zuvor einen Toten gesehen, stand auf und trat einen Schritt von ihm weg. Erst jetzt registrierte sie, wie übel Christiansen zugerichtet worden war. Sein Zustand war grauenhaft, wohl – was für eine Ironie – in etwa so wie der ihres Mannes, als man ihn auf dem Schrottplatz tot aufgefunden hatte. Sie hatten nach allen Regeln der Kunst auf ihn eingedroschen, bis er sich nicht mehr rührte. Fünf Minuten schienen nicht viel zu sein, aber es war dennoch eine Zeitspanne, in der sich eine Menge unschöner Dinge mit einem Menschen anstellen ließ. Und in zehn Minuten gleich doppelt so viele. Sie fragte sich, ob Christiansens Peiniger sich möglicherweise zum früheren Aufhören genötigt sahen, weil sie und Saalfeld die Szene betreten hatten.

Aber da war er sicher längst tot gewesen. Weitere Schläge wären überflüssig gewesen. Man musste ihm fast wünschen, dass er nicht mehr lebte, so wie sie allein sein Gesicht verunstaltet hatten.

Sie hörte das Rascheln von Schritten. Saalfeld trat von hinten an sie heran und legte ihr die Hände auf die Schultern.

»Hast du …« Er beendete seine Frage nicht. Ein aufmerksamer Blick auf Christiansen gab alle Antworten, die man brauchte. »Es tut mir leid, Liane. Dass …«

»Ich weiß, Jan. Schon gut.«

»Du musst jetzt hier verschwinden. Gerade sind die Kollegen aus Elmshorn eingetroffen. Weißt du noch, was du sagen sollst, wenn du ihnen versehentlich doch noch in die Arme läufst?«

Sie nickte, konnte ihren Blick aber nicht von Christiansen losreißen.

»Gut. Dann geh jetzt bitte. Da hinten scheint eine Siedlung zu sein. Da solltest du hingehen. Ich rufe dich dann an, wenn ich hier wieder wegkomme, aber jetzt musst du dich beeilen.«

Und das tat sie.

Abspann

Alle hatten ihr versichert, dass es eine schöne Beerdigung gewesen war. Fraglich, ob man so etwas von einer derartigen Veranstaltung wirklich behaupten konnte. Eine Zusammenkunft trauernder Menschen, die Abschied von den sterblichen Überresten eines geliebten, gemochten oder zumindest respektierten anderen Menschen nahmen, hatte in Lianes Welt zumindest nichts Schönes an sich. Der militärischen Abordnung mit den Sargträgern und dem Spalier zum Trotz. Ihre Nachbarin und Freundin Beate hatte es da deutlich passender auf den Punkt gebracht und Timos Beisetzung als würdig bezeichnet. Da sie ihm zeitlebens nie wohlgesonnen gewesen war und aus ihrer Abneigung auch keinen Hehl gemacht hatte – was von Timo eins zu eins gespiegelt wurde –, wirkte ihre Trauer umso beeindruckender auf Liane. Schon als Beate von ihr erfuhr, was geschehen war, hatte sie wie der sprichwörtliche Schlosshund geheult, fast noch intensiver als Liane selbst. Bei der Beisetzungszeremonie gab es dann tatsächlich niemanden mehr, der ihr in der Kategorie »zur Schau gestellte Niedergeschlagenheit« das Wasser reichen konnte. Liane hätte es komisch finden können, wenn ihre Trauer nicht so tief gesessen hätte.

Saalfeld war in den fünf Tagen vor der Beerdigung, und auch in den fünf Tagen, die sie schon wieder her war, erneut ihr Fels in der Brandung gewesen. Ihr war vollkommen klar, dass sie diese Zeit voller Nachrichten, die es zu verkraften galt, Pflichtterminen, die es wahrzunehmen galt, und persönlichen Krisen, die es zu überwinden galt, ohne ihn nicht überstanden hätte. Saalfeld stützte und stärkte sie mit einer Selbstverständlichkeit, die über das Verständnis ihres verstorbenen Mannes wohl hinausgegangen wäre. So traurig diese Erkenntnis vor dem Hintergrund seines Todes auch sein mochte, Timo Maschmann hätte ein solches Verhalten wohl nur mit aufrichtigem Spott zu kommentieren gewusst. Zumindest wäre er niemals auf die Idee gekommen, sich selbstlos in den Dienst seiner trauernden Frau zu stellen. Das wusste Liane, seit ihre Eltern vor über zehn Jahren ihren viel zu frühen Tod gefunden hatten.

Und dennoch, das Begräbnis ihres Mannes war einer der härtesten und schwärzesten Tage ihres Lebens gewesen. Der Tag des endgültigen Abschieds, der alles noch einmal aufwühlte.

Liane hatte längst Gewissheit darüber erlangt, dass sie nicht mehr an Timos Seite weiterleben konnte – eigentlich. Die unerwartete Intensität ihrer Trauer hatte sie jedoch zum Nachdenken gebracht. Nicht nur über die vermeintlich erloschenen Gefühle für ihren Mann, sondern auch über ihre Gefühle für Jan Saalfeld. Sie spendeten ihr Hoffnung und Wohlbefinden, während sie beim Gedanken an Timo eigentlich nur noch Verzweiflung empfand. Aber die Gefühle für Saalfeld waren auch frischer und hatten bislang nie einer wirklich ernsthaften Prüfung standhalten müssen. Eine Herausforderung für die nahe Zukunft, die Liane schon länger auf der Lauer hatte liegen sehen.

Der zweithärteste Tag der letzten Jahre war gleich nach ihrem vergeblichen Rettungsversuch gewesen. Die Nachricht, dass Christiansen noch lebte, war noch am selben Tag zu ihr durchgedrungen, an dem sie ihn im Wald gefunden hatten. Saalfeld hatte sie überbracht und sich wirklich aufrichtig mit ihr zusammen gefreut. Die bereits tot geglaubte Möglichkeit eines Gespräches mit Christiansen schien plötzlich wieder da zu sein. Ein zarter Hoffnungsschimmer am Horizont. Aber dann, am späten Nachmittag des folgenden Tages, war es erneut Saalfeld, der diese aufkeimende Hoffnung wieder zerstören musste. Er hatte ein Status-Update aus dem Krankenhaus erhalten, demzufolge Christiansen in ein tiefes Koma gefallen war, aus dem es voraussichtlich kein Zurück geben würde. Es hieß, dass es, selbst wenn der unwahrscheinliche Fall doch eintreten sollte, ausgeschlossen schien, dass Christiansens physische und psychische Verfassung jemals wieder über die einer welken Tomate hinausreichen konnte. Zu schwer waren die Schädigungen seines Schädels und, damit einhergehend, seines Gehirns. Die darin verborgenen Abschiedsworte von Timo – wenn es sie denn tatsächlich gegeben hatte – waren unwiederbringlich verloren.

In den fünf Tagen nach der Beerdigung schien dann alles wieder etwas leichter zu werden. Langsam, aber stetig, in kleinen Schritten. Liane konnte schon wieder lachen. Sie weinte auch immer weniger. Das stimmte sie zuversichtlich.

Von Saalfeld hatte sie erfahren, dass die sofort eingeleitete Fahndung nach der schwarzen S-Klasse bislang erfolglos verlaufen war. Es hatte sich herausgestellt, dass das Bremer Kennzeichen in Wahrheit zu dem schon in die Jahre gekommenen silbernen Skoda Oktavia eines kroatischen Einwanderers gehörte. Berichten zufolge hatte der Mann sich vor Lachen fast eingenässt, als er nach einigem Hin und Her begriffen hatte, dass die örtlichen Freunde und Helfer zu ihm gekommen waren, um sich seinen schwarzen Mercedes anzusehen.

Frankenfeld war einfach ein mit allen Wassern gewaschener Mistkerl aus dem Lehrbuch.

Es gab aber auch gute Nachrichten. So durfte Saalfeld weiter darauf hoffen, niemals in die Hände der Internen zu geraten. Seine Rolle in der Causa Christiansen wurde natürlich hinterfragt, aber seine Version der Geschichte kam besser an, als er zu hoffen gewagt hatte. Man glaubte ihm. Unerwartete Schützenhilfe kam dabei von Kommissar Panke, der seinen Partner Christiansen als einen zutiefst misstrauischen Menschen an der Grenze zur Paranoia charakterisierte und vorgab, selbst unter dem Misstrauen des Hauptkommissars gelitten zu haben. Dass Christiansen sich ausgerechnet bei Saalfeld stellen wollte, erschien Panke durchaus plausibel, weil er sich damals, auf dem Rückweg von Friedrichskoog nach Itzehoe, wohl sehr angetan von Saalfeld gezeigt hatte.

Noch einer, der gegen sein einnehmendes Wesen machtlos war.

Liane saß auf ihrer Terrasse, eine Decke um die Schultern geschlungen, ein dampfender Becher Kaffee auf dem Tisch und eine Zigarette in der Hand. Die drittletzte aus der Schachtel. Sie plante es zwar nicht, aber es konnte durchaus sein, dass sie sich nach Genuss der beiden letzten Zigaretten keine neue Schachtel mehr holen würde. Saalfeld und Beate würde es vor Freude garantiert umhauen, allein das war es wert.

Das Wetter war nicht besonders, zwar trocken, der Himmel aber durchgehend grau, wie schon während der vergangenen zwei Wochen. Außerdem ging ein ziemlich frischer Wind, der ihr ins ungeschützte Gesicht biss. Trotzdem wollte sie draußen sitzen, und das nicht nur wegen der drittletzten Zigarette. Im Haus fiel ihr zurzeit schnell die Decke auf den Kopf, sodass sie es irgendwann nicht mehr aushielt. Das war neu, aber hoffentlich nicht von Dauer. Sie führte es darauf zurück, dass noch zu vieles im Haus an Timo erinnerte, während sie mit seinem Tod noch nicht vollständig abgeschlossen hatte. Aber sie war optimistisch, dass sich dies mit der Zeit wieder legen würde.

Ihr Handy klingelte.

In den letzten Tagen hatte das Telefon immer wieder geklingelt, sehr viel öfter als normal. Liane war so gut wie nie rangegangen, egal, ob Handy oder Festnetz. Die Zahl derer, deren Anrufe sie zurzeit entgegennahm, ließ sich an einer Hand abzählen, ohne dafür alle Finger zu brauchen.

Es war mal wieder eine unbekannte Nummer. Gleich würde die Mobilbox anspringen und die Drecksarbeit für sie erledigen. Dann hätte sie wieder ihre Ruhe.

Aber andererseits war ihr auch gerade ein wenig langweilig.

Beim neunten Klingeln ging sie ran. »Ja, Maschmann.«

»Frankenfeld.«

Unwillkürlich richtete Liane sich auf. Mit ihm hatte sie nicht gerechnet. »Sie?«

»Ist das ein Problem?«

»Hm, nein, eigentlich nicht. Aber nachdem Sie mir neulich schon Lebewohl gesagt haben, kommt das doch überraschend.«

»Ich weiß, was Sie meinen. Aber es gibt triftige Gründe dafür. Das wissen Sie«, sagte er kühl.

»Tu ich das?«

»Das will ich meinen. Einen Grund kennen Sie auf jeden Fall. Und bevor Sie sich rausnehmen, weiter so zu tun, als wüssten Sie nicht, was ich denn meinen könnte, kürze ich das ab. Sie sind mir bei Christiansen in die Quere gekommen, obwohl ich Sie gebeten habe, es nicht zu tun. Als ich sagte, dass ich ihn auch für Sie zur Rechenschaft ziehe, war das keine hohle Phrase. Aber Sie mussten mich trotzdem sabotieren. Ich habe mir in den letzten Tagen wirklich das Hirn zermartert, aber ich komme nicht dahinter, warum.«

»Ich musste einfach. Mord ist Mord, auch wenn es jemanden treffen soll, den ich hasse. Ich konnte nicht einfach wegsehen. Für ein paar Minuten habe ich es wirklich gewollt, das dürfen Sie mir glauben, aber dann habe ich mich vor mir selbst geekelt und brachte es doch nicht fertig. Wie auch immer, was ich vorhatte, hat nicht geklappt. Letztlich habe ich Sie also nicht wirklich sabotiert. Ich habe es lediglich versucht.«

»Unter all den Dingen, die mir wirklich gegen den Strich gehen, stehen Spitzfindigkeiten an zweiter Stelle. Gleich nach Unhöflichkeiten.«

»Es war gar nicht meine Absicht, spitzfindig zu sein. Wollen Sie etwa behaupten, dass Sie Christiansen nicht bestraft haben? Dann hätten Sie sich vielleicht mal die Mühe machen sollen, aus dem Wagen auszusteigen und sich anzusehen, was Ihre Gorillas mit ihm angestellt haben. Er war regelrecht entstellt. Zwar ist er noch am Leben, aber in diesem Zusammenhang von Leben zu reden, ist eigentlich ein schlechter Witz. Was Sie mit ihm gemacht haben, ist meiner Meinung nach schlimmer als der Tod. Wenn Sie aber Ihr Werk vollenden wollen, verrate ich Ihnen, in welchem Krankenhaus er liegt. In diesem Fall würde ich es nicht mehr als Mord, sondern als Erlösung ansehen. Der Mord hat schon vor zehn Tagen stattgefunden, in dem Wald. Ehrlich, ich würde dieses Mal nicht versuchen, Sie aufzuhalten.«

»Ich bleibe dabei: Spitzfindigkeiten. Und wenn Sie wirklich glauben, dass Sie mich an dem Tag nicht sabotiert haben, möchte ich zu bedenken geben, dass ich mich vor der Polizei verstecken musste. Das hat meine Pläne für den Rest des Tages komplett über den Haufen geworfen.«

Liane verschlug es kurz die Sprache. Wie man an ein solches Ego kam, erschloss sich ihr einfach nicht. »Oje, ja. Das schlägt dann so richtig auf die Stimmung, oder? Würde es etwas bringen, wenn ich mich dafür bei Ihnen entschuldige?«

Erst blieb es still. Dann prustete Frankenfeld los und bekam sich für eine knappe Minute nicht mehr ein. Was für ein faszinierender, schräger und brandgefährlicher Soziopath das doch ist, dachte Liane.

Langsam beruhigte er sich wieder und räusperte sich schließlich. »Nun gut, nachdem das geklärt scheint, komme ich zum zweiten Grund meines Anrufs«, fuhr er ernst fort. »Ich muss Ihnen leider mitteilen, dass ich mein Angebot, Ihnen einen Posten in meiner Organisation zu geben, leider nicht mehr aufrechterhalten kann.«

Er legte eine Kunstpause ein, wohl um das schreckliche Gewicht seiner Worte zum Tragen kommen zu lassen. Wenn er Liane jetzt hätte sehen können, würde er sie gefragt haben, warum sie eigentlich so dämlich grinste.

»Wie es scheint, fühlen Sie sich den Werten und Normen von Recht und Gesetz trotz Ihrer Demission bei der Polizei einfach immer noch viel zu sehr verpflichtet. Wer für mich arbeiten möchte, darf aber nicht mit solchen Prinzipien belastet sein. Sie verstehen das sicher.«

Ich bilde mir ein, dir längst einen Korb gegeben zu haben, dachte Liane, sagte stattdessen aber nur: »Voll und ganz. Ich sehe das auch so.«

Frankenfeld schwieg wieder für einen Moment, bevor er geradezu förmlich fortfuhr: »Ich hatte Ihnen ja erklärt, dass so ein Angebot nur so lange gilt, bis ich es zurücknehme. Das hatte ich aber noch nicht.«

Er schwieg wieder, und Liane wurde sich direkt selbst ein bisschen unheimlich, weil sie nun tatsächlich zu verstehen glaubte, was den alten Gangster umtrieb.

»Ich wünsche mir, dass sich unsere Wege nie wieder kreuzen, Frau Maschmann. Sie halten sich von mir fern, ich lasse Sie in Ruhe, so soll es zukünftig sein. Und jetzt endgültig: Leben Sie wohl, meine Liebe«, schloss Frankenfeld feierlich und legte auf.

Hauke Lindemann
DIE AKTE ROLLMOPS
Broschur, 208 Seiten
ISBN 978-3-95451-960-6

»Hauke Lindemann bleibt seinem Stil treu und zeichnet seine Figuren mit viel Charme und Liebe zum Detail, und es fällt nicht schwer, sich in die Denkweise der Friedrichskooger Protagonisten hineinzuversetzen.« Elmshorner Nachrichten

»Es hat Spaß gemacht, diesen Küsten-Krimi zu lesen. Er überzeugt durch seine typische norddeutsche Art.« Förde Radio

»Flott geschriebener Heimat-Krimi. Lesen!« Lübecker Nachrichten

www.emons-verlag.de